裴指海 ☆ 著

锅盖头

GUOGAITOU

山西出版传媒集团　北岳文艺出版社
·太原·

图书在版编目（CIP）数据

锅盖头 / 裴指海著. —太原：北岳文艺出版社，2020.1
ISBN 978-7-5378-6054-3

Ⅰ.①锅…　Ⅱ.①裴…　Ⅲ.①长篇小说—中国—当代
Ⅳ.①I247.5

中国版本图书馆CIP数据核字(2019)第252741号

锅盖头

裴指海 / 著

出品人
续小强

选题策划
刘文飞

责任编辑
刘文飞

书籍设计
张永文

印装监制
巩璠

出版发行：山西出版传媒集团·北岳文艺出版社
地址：山西省太原市并州南路57号　邮编：030012
电话：0351-5628696（发行部）　0351-5628688（总编室）
传真：0351-5628680
网址：http://www.bywy.com　E-mail：bywycbs@163.com
经销商：新华书店
印刷装订：山西人民印刷有限责任公司
开本：787mm×1092mm 1/32
字数：326千字
印张：11.75
版次：2020年1月第1版
印次：2025年1月山西第2次印刷
书号：ISBN 978-7-5378-6054-3
定价：52.00元

本书版权为本社独家所有，未经本社同意不得转载、摘编或复制

这里沉睡的一些人
比别人活得更短或更久
他们曾是父亲和情人
儿子和兄弟
热切地领略过青春和渴望
如今已失去一切

所有人都将面临死亡
而他们接受得更积极、准确
他们庆幸毁灭于人类之前
因为他们是战争的种子
——军人

———— 阮晓星《墓志铭》

篇目	页码
特种爱情	200
「狼人」	221
像狗那样	255
怀念一只鸟	290
第四季　第三十二条军规	305
爱上你	307
爱情毒品	330
兄弟连	338
大兵，别哭	347
就当它是后记吧	358
后记　闪开，我来歌唱老Ａ	363

目 录

引子	001
第一季　青春祭	007
他说我是畜生	009
臭作	038
下流的动物	055
阳光与花朵	079
第二季　步兵战	111
最新的士兵	113
我的班长	131
武装越野	138
怀念一位老兵	149
第三季　特种突击	157
锅盖头	159

引　子

在上中学的时候，他们都说我像个小流氓，我自己也以为我这辈子可能就这样毁掉了。

我后来当了兵，先是在"红四连"当了一名步兵，接着在特种大队、"狼人"集训队，部队真的就像一个大熔炉一样，把我这块废铁炼成了一个钢铁战士，一个真正的特种兵。我非常怀念那些弟兄。那时我们有句口号："在这里最舒服的日子永远是昨天"，每天我们都像狗一样地惨不忍睹地训练，为的就是把自己训练成一个像狼一样凶猛的士兵，一只不屈不挠永不退却的狼，集结起来就是一群狼，毁灭一切的狼群！我从来都不怀疑，如果有一天出现了战争，把我和这些兄弟们放在世界上任何一个角落，他们都能勇往直前，坚决完成在常人眼里不可能完成的任务！

我们特战一连的潘铁军连长已经在"爱尔纳·突击"国际侦察兵竞赛中和美军的"海豹"突击队都较量过了，不照样把他们修理了？那可是老美的标杆部队，吹捧他们英雄事迹的战争大片没少拍过。

现在我坐在我租住的一间屋子里，外面就是农村，不少光着屁股、小黑狗一样的小孩在田野里追着蜻蜓玩着。我看着他们，想着特种大队，想着那些光着脑袋的特种兵兄弟，他们此时此刻在干什么呢？是在天上飞翔，还是潜伏在黝黑的海底？他们的脸色冷峻，紧绷着面孔，随时准备给敌人致命一击。心里突然就好像被一颗子弹击中，我也曾是他们中的一员啊。那些日子已经离我越来越远，但它们就像刻在了我的心上一样,永远都不可能忘记了。我住的地方离我上班的地方很远,每天都是坐着公共汽车上下班。但有一天我突然就甩开大步跑了起来,跑了十多公里回来了,我一点儿都不在乎道路两边人们惊讶的目光,那会儿我感觉自己还是一个特种兵。

这些天有些心神恍惚。

我总是产生错觉,觉得离开那些士兵兄弟很久了,好像已经过去好几年了。我本来不是一个耽于深思的人,相反是个坐不住的人,手上的硬茧像石头一样,总想在墙壁上砸上两拳才过瘾。还有那两条肌肉绷得紧紧的双腿,看见一根柱子——不管它是水泥柱子还是木头桩子,就有一种抑制不住的冲动,想把身子跃起,在空中飞起一脚把它踢成两截。路过学校门口,突然听到有人在吹哨子,条件反射般一阵紧张,差点儿就突然往前面冲出去了。这都是当兵时养成的习惯。那时根本就没有时间让你坐下来,像个书生一样多愁善感地想些东西。但这段时间坐在书桌前,愣愣地看着面前的日历,想的都是我在部队里的那些事。日历上那些冰冷的黑白数字告诉我,我离开那帮兄弟们已经有三个月的时间了。我长久地盯着这张破旧的桌子,上面的红色油漆已经掉了很多,露出了土黄色的木头,它和我当兵时放在宿舍里那张桌子一样,都已经有些年头了。日历上黑色的字体慢慢变淡,像水一样洇进了桌子里面,面前模糊一片,但那些士兵们的一张张脸庞却越来越清晰,他们就像在我身边一样,大声地呐喊着,爬过铁索,跳进泥潭,泥水四溅,他们像泥人一样向前冲着,飞快地攀越障碍,扑在地上,迅速出枪。尘土飞扬,淹没了他们,他们嗒嗒地射击着。我真的闻到了火药芳香的味道,闻到了他们身上散发的汗水味,听到了他们沉重的呼吸声,甚至心跳的声音……

他们都是我真正的兄弟。我是一个独生子,但我现在有很多兄弟。准确地说,有二百一十七名。他们和我一样来自五湖四海,为了一个共同的目标走到了一起。这是毛主席说的。只有当兵的才互相称呼对方是兄弟,也只有他们会把那些和自己毫无血缘的人称为自己的兄弟,并且比亲兄弟还要亲。他们中的任何一个人，都会在一场战争中为身边的战友挡住凶狠的子弹。我们是生死相依的兄弟。

我很想念他们。

我在骨子里仍然认为我是一名真正的军人。如果有一天，真的需要我参加战斗时，我会毫不犹豫地重新拿起枪，用我的生命来捍卫属于军人的荣耀。我从来都不认为我真的离开了我们这支伟大的军队。在大街上遇到一个军人，我的目光总要追着他走上好长一段路，很多时候，我都恍恍惚惚地觉得那才是自己。我现在是一名公安局的特警队队员，整天还是和枪打交道，锃亮的枪支散发出来的雄性气味让我着迷，我可能一辈子都离不开它了。这是我喜欢的一个职业。这个工作是特种大队的李大队长给我介绍的。我甚至还想，这可能是他特地为我安排的，万一哪一天部队需要我了，他就可以迅速地找到我了——尽管我知道这种可能性几乎没有。

我把稿纸摊开，开始写一封信，给我的那些士兵兄弟们。

我这封信是写给老兵老李的。本来只是想写封信，说些闲话，问些兄弟们的情况，把那些因为思念而变得空荡荡的时间填满，它很容易让一个充满斗志的人变得空虚和无聊。我害怕这样的日子。但写着写着，泪水就出来了，我边流泪边写，像一个纯洁多情而又伤感的女子。我用手去擦眼泪，手掌粗糙，把我的眼睛弄疼了。手上布满了伤疤，有的是在击打沙袋时留下来的，有的是握成拳头在水泥地上做俯卧撑时留下的，更多的我也说不清了，那时每天都是磕磕碰碰的，每天都有可能留下一块新的伤疤。那样的日子再也不会来了。好不容易把信写完了，心情平静了许多，泪水好像也流完了。迷雾散尽，那些日子一下子清清楚楚地呈现在我的面前，就像潮水一样，它们退下去后，在记忆的沙滩上留下了无数五彩斑斓的贝壳，我赤脚走在记忆的沙滩上，柔软的沙子挤着拥抱着我的脚踝，温暖湿润的感觉一点点地渗透进来，融化在皮肤、血液和骨头里，紧紧地包围着我。我捡起一枚贝壳，它带着大海一层层蔚蓝的海风,也留着海水伤感的咸味,那些日子像涨潮了一样哗地涌到我眼前,在我面前铺展开来,一波推着一波,无穷无尽。

我把那封被泪水润湿的信揉皱,扔在了纸篓里,它像一条单薄的小船,已经无法在波涛汹涌的记忆之海中行驶。我开始写一个小说,一个可以把记忆之海的所有贝壳都打捞上来的大船。其实我所写下的都是真实的,但我不能保证我的记忆都是准确无误的,所以还是叫它小说吧。

我感谢我们这支伟大的军队,是它把我从一个无所事事的小混混儿改造成了一个无所畏惧的战士,除了它,没有任何东西会有这种力量。如果你知道了我的所有经历,你就会知道什么叫"化腐朽为神奇"了。

我还是告诉你们吧,我当兵以前,是个出名的混混儿。

怎么说呢?现在回想起中学时代,我总觉得像是做了一场梦一样。我那时的确算是一个"坏蛋"了,我会抽烟、逃课,还总是打架,除了没有恋爱,"坏"学生干的事我都会干了。后来我连恋爱也谈上了。老师们对我印象都不是很好,我们班主任李建国就说过,我是一块渣子,将来到了社会上也没什么用,迟早都要被公安局当作小流氓抓起来。他们都不喜欢我。我后来在部队里转成士官后,有年回家探亲,在街上见到一个中学老师,他那时教我们体育,我体育还行,他也不用像班主任那样对我很操心,所以看见我就觉得没那么不顺眼。我和他说话相对随便些,但他听说我在部队已经当上了班长,还入了党,还是觉得有点儿不可思议,脱口就说:"咦,像你这样的人,在部队还变好了?"说完了才觉得有些不合适,忙加了一句:"部队真能锻炼人啊!"我朝他笑笑,没有吭声,这不是一句话就能说清的。

那个老师说得没错,部队的确很能锻炼人。有许多在家里像"小流氓"一样的家伙,在部队里待了两年,回去就像换了一个人一样,不但有礼貌,还很懂事。所以,很多家长都喜欢把自己不成器的孩子往部队送。但话又说回来,我们部队是用来打仗的,将来会越来越需要有知识有文化的士兵。像我这样的"坏"学生,以后可能会很难被送到部队了。我曾经在网上看过一部很老的电影《白毛女》，里面说"旧社会能把人变成鬼，新社会把鬼变成了人"。当时还觉得好笑，认为这也说得太夸张了吧。我现在完全相信了，我们部队就能做到这一点，它就用短短几年的工夫，让我这个中学时不折不扣的"坏蛋"成了一名合格的士兵，让我仿佛一夜之间长大成人了。

我现在写着这个小说，回忆往事，我自己都觉得不可思议，我都有点儿不相信中学时那个整天逃课的叛逆少年是我了。我现在完全成了另外一个人。

最初的记忆无疑是沉重的。我真正地长大成人还是在部队里。当我成为一名真正的士兵时，我开始羞于回忆往事，更没有勇气重新走回。那时的日子像梦一样，有时我甚至觉得那个整天叼着烟在校园里无所事事的少年并不是我，他不知道自己是谁，要干什么。没有人会喜欢一个坏学生的。我也不喜欢他。心理学家说，人的大脑里有个抑制机制，有些不愉快的回忆会被有意地抑制起来，慢慢地让你忘记。有些事情你经常不去想，过去时间就算不长，你有时也会突然想不起来了。我就是这样，我当兵前那一年发生了那么多事情，现在想把它写下来了，却不知道该从哪里说起。

就从那天晚上说起吧。

第一季　青春祭

他说我是畜生

校园外面的法国梧桐树像个伟大的哲学家一样在风中沉默着。我们这个县城虽然很小,但到处都是这种很洋气的树木。我真的不知道它们是从哪里来的,但我那天晚上还是很讨厌它们,我像条狗一样围着这棵法国梧桐树转了几圈。旁边的小河沟里散发着一股难闻的味道,天空很阴,犹如我的前途很不明朗。在半个小时前,我像条狗一样被我们班主任李建国赶了出来,他满脸通红,脸上的麻子被我气得颗粒饱满,一个个怒气冲冲地站在那里,他拉着我的胳膊,像甩鼻涕一样使劲儿地把我甩了出来。

我坐在教室里,一会儿看看窗外黑乎乎的夜色,一会儿看看坐在讲台上正在看书的老师,屁股下面像扎了一根刺一样坐卧不安。下课铃响,教我们生物的杨爱华老师刚站起来,我和刘坚强就跳起来,像炮弹一样冲到了门口,一副快要把屎拉到裤裆里的样子。杨老师忙红着脸闪到一旁,主动让出道路,好让我们先蹿出教室。向毛主席保证,我们并不想难为她,她很温柔也很美丽,尽管她的名字也很俗,但这不是她的错。我们一向都很喜欢上她的课。我们之所以这么急着要冲向厕所,实在是迫不得已而为之,因为我和刘坚强的烟瘾都犯了。

那时我几乎一天要抽一包烟,在这方面,我可能是我们那个中学里最牛的一个学生了。我并不是觉得香烟有什么好,主要是觉得抽烟让我更有男人味,看上去真的长大成人了。

那时连做梦都想着自己赶紧长大成人,他们能干的事情我也能干,而不是干什么都要偷偷摸摸的,恨不得自己一夜之间就长到二十岁。我现在才知道这个想法真傻,时间无可挽回地流逝了,生命也就更快地奔向它的终点。如果放在现在,我发誓我会成为一名好学生的。

我把中学时的黄金时光全部糟蹋了。

我和刘坚强以百米冲刺的速度向厕所跑去,落叶在脚下沙沙地响着,风在耳朵边呼呼地吹着,我突然想起一句电影中的插曲:"爬上飞快的列车,就像骑上奔驰的骏马",我在心里嘿嘿地笑了。这种感觉真好。如果说,我必须得喜欢学校里的某一个地方,那我就喜欢厕所,蹲在厕所没人管你,并且还能抽烟。如果有可能,我宁愿晚自习时一直蹲在这里也不愿意去教室。

厕所里很暗,由于我们来得早,没有什么人。刚一进去,我就砰的一声把门关上,掏出一支烟,叼在嘴上,又抽出一支烟递给了刘坚强。他是我的跟屁虫。我一摸口袋,身上没带打火机。

我回过头来,借着外面射进来的昏黄的灯光,很有耐心地拉开一个个厕所的挡板,一个一个地搜。终于在第五个格子里看到一个家伙正在就着尿骚屎臭味津津有味地吞云吐雾,我当即眼馋得恨不得立马把他从便池前拉起,夺过他手中的香烟,然后再踢他一脚,让他滚走。

我还是很有礼貌地凑过去,点头哈腰地说:"兄弟,借个火。"

那个家伙好像在黑暗中抬了一下头,口气很硬地说:"你说什么?你再给我说一遍!"

我愣了一下,有点儿反应不过来,不就是借个火吗?我果断地上前一脚踢掉他手中的烟头,恶狠狠地说:"你他妈的神经病啊,老子就是给你借个火,你狗日的还真有脾气?想打架咋的?"

我准备逼着这个家伙拿出他的打火机,用完以后,直接扔进便池里。

谁知这还没吓着他,相反还好像瞪了我们一眼,口气依然嚣张:"你们是哪个班的?"

我认真地看了看他，厕所里很暗，看不清他的脸，但他个子不算矮，看来这是个不好惹的主儿。还没等我考虑好，刘坚强却抢着说："老子是高三（五）班的胡建军和刘坚强，有本事你放马过来！快乖乖地把打火机掏出来！"

那家伙突然提着裤子站了起来，这下我看清了，他的个子比我和刘坚强都高了一头，直戳戳地站在了我们面前。我愣了一下，本能地觉得在这里面动手我们要吃亏，刚要跑到外面去地上找个砖头什么的，他腾出手来，一只手揪着我们的一只耳朵就往外面拖，嘴巴比手还狠："毛还没长全的小毛孩，还想造反？！"

我这时烟瘾全没了，脑袋清醒了一些，觉得事情不对劲儿。出了厕所，我龇牙咧嘴地借着灯光一看，果然是我们的班主任李建国。那一刻，我心里充满了沮丧，觉得这家伙太可恶了，明明有教师专用卫生间不去，却偏要到我们这脏不拉唧的学生厕所来，就像粘在手上的鼻涕，怎么都甩不掉。我很生气，倔强地把头抬得直直的。刘坚强却立马软蛋，歪着脑袋，可怜巴巴地看着李建国，一个劲儿地向他哀求："李老师，我错了，我一定痛改前非，你就给我一个机会吧，你看我以后的行动吧。"我侧着脑袋使劲儿瞪着他，觉得他的形象很猥琐，像个投靠了国民党的叛徒，一点儿气节都没有。但他不看我，继续可怜巴巴地看着李建国，捏着嗓子装着哭腔哀求。

李建国怒气冲冲地把我们拉到教室里，像扔死狗一样把我们推到了讲台上，同学们立刻放下课本，兴致勃勃地盯着我们。我很不在乎地斜了他们一眼，然后翻个白眼，把头抬得直直的，看着天花板。我这种死猪不怕开水烫的大无畏态度，显然把李建国气坏了，他让全体同学肃静，接着使劲儿捶了一下讲桌，讲桌上的粉笔末飘散开来，呛得我的喉咙有点儿发痒。我忍了又忍，最后还是忍无可忍，就小小地咳了一下。李建国扭头狠狠地看着我，他显然误解了我的意思，以为我这是在向他示威。我甚至带着歉意朝他笑了笑，表示自己不是那个意思。但让我没有想到的是,他并没有接受我的歉意,他用手指捣着我的鼻子,眯成一条缝的眼睛也张开了,因为激动,他的嘴唇颤抖,面孔红润。他愤怒地说:"这就是我们高三(五)班的两名学生,你们看一看,他们哪里是学生?分明是两个小流氓、小痞子、畜生!"

我们是畜生?

我的脑袋嗡嗡嗡地响,愣愣地看着他。教室里很静,我听到了同学们沉重的呼吸声,他们中有许多人甚至低下了头,趴在了座位上,不敢看我们,他们显然被"畜生"这个词吓坏了。我的手脚冰凉,身上很冷,摇摇晃晃地站在那里,脑袋有些眩晕,同学们的脸、李建国的脸在我面前晃动,我甚至看不清楚他们了。我只看到李建国的嘴巴还在一张一张的,但我听不清他在说什么,满脑子里都是那句"畜生"。是的,他这句话伤着了我。虽然我从小到大经常被老师们训斥,我就是在他们的唾沫星子里长大的,什么难听的话都见识过,甚至还听到过一些老师建议我"一头撞死到墙上",但我还从来没有听到过哪个老师敢说我是"畜生"!这太他娘的伤人了,我是一个"坏蛋",但坏蛋也有坏蛋的尊严。所以我开始生气了。

我咬着嘴唇,忍着不让自己屈辱的眼泪流出来,这只会让我更加屈辱,我从来没有当着老师的面流过泪。我红着眼睛看了看刘坚强,我很想知道他是怎么想的,但结果很让我失望。他低着头,看着自己的脚尖,开始哭哭啼啼地抹着泪水,可怜巴巴地对李建国说:"老师,我错了,您再给我一个机会吧,我一定要好好表现,您就看我的行动吧……"

我皱着眉头,毫不掩饰地朝他撇了撇嘴,很看不起他。我的这个举动显然刺激了李建国,他突然脸涨得通红,脸上的麻子鲜花盛开,他瞪着眼睛看着我,目光不像是在看我,就像咬着我一样。我感到脸上发烧,甚至有点儿心虚了,实际上我也不知道我这时该做些什么,我甚至很不争气地想低下头去。但还没等我低下头,李建国抓起了讲桌上的一盒粉笔,向我迎头砸了过来,朝我吼了起来:"你是个人渣、畜生,你毫无希望了，你给我滚走！"

　　这真出乎我的意料，我根本做不出什么反应，粉笔盒砸在我头上，又"砰"的一声掉在地上，光荣地粉身碎骨了。教室里很静，我甚至还听到了掉到地上的一支粉笔滚动的声音。我伸出手，把头发上的粉笔屑拂了下来，气急败坏地四处张望，终于看到了放在黑板下面的一个黑板擦，我立马把它抓到了手里，也用那种咬人的目光瞪着李建国。但我还是犹豫了一下，本来想砸在他脸上，击中他的鼻子，然后"砰"的一声，他的鼻子开花，鲜血犹如梅花在脸上盛开。但等我把黑板擦要扔出去时，我又有点儿害怕了，他毕竟是老师。我只好让黑板擦临时改变了方向，并且减少了三分之二的力度，只在他的西装上留下了一块很小的白斑，很委屈地掉在了地下。没有击中他的鼻子，我甚至还松了口气。

　　我冲着他愤怒地说："我是做错了事，但请你注意自己的教师形象，不要侮辱我！"我的声音里甚至还带着一点儿哭腔。

　　同学们吃惊地看着我，他们显然被我的举动吓呆了。

　　李建国可能也没料到我会反抗他，他愣了一下，目光松弛下来，一脸茫然地看着我，还眨了两下眼睛，但他很快就意识到发生什么事了，立马冲了过来。

　　我愣了一下，惊愕地看着他，他的目光这时不是想咬我了，而是想吃了我，他的五官因为愤怒而挤在一起，甚至有点儿扭曲了，他的样子很让我害怕，我本能地朝后退了两步，他冲过来了要干什么？我还没想通，他已经扬起手，朝我脸上狠狠地扇了一耳光："我不但要骂你，我还要打你！你能怎么着！"脸像火烧着了一样很疼，我低下头，刚捂着脸，李建国的拳头就又过来了，他双手乱舞，拳头落在我的肩膀、胸口、胳膊上。我很害怕，几乎要哭了，他气喘吁吁地追着我，像个疯子一样拳拳向我身上招呼着。他这肯定是疯了，他当着全班同学的面在打我，他这肯定是疯了。我用双手护住脑袋，像一条狗一样在讲台上团团乱转，四处躲闪，心中悲愤交加：我说错什么了？我不让你侮辱我，我说错了吗？我感觉到全班五十多双眼睛都很古怪地盯着我，他们不会同情我的，没有人站出来制止，甚至还有人在幸灾乐祸。他们和老师们一样，早就拿我们这些坏学生当臭狗屎了。我真的想哭了，本来不想被他侮辱，结果却招来了更大的侮辱。

我悲愤地在讲台上转来转去，躲避着李建国的拳头，那些拳头对我来说，并不怎么样，但它真的很侮辱人。我有几次甚至停了下来，回头用目光恨恨地盯着他，真想扑上去，和他打一架，我从来不怕和别人打架。即使我打不过他，就是被他打倒在地，踏上一只脚，也比现在像一条狗一样被他追着乱打要好。我几次捏紧了拳头，但几次都松开了。我是个坏学生，打架、喝酒、抽烟，但我还是没有勇气向老师动手。后来我干脆就不再护着脑袋了，站在那里，心里一个劲儿地想：李建国，你有种，你打吧，你有本事你把我打死吧！

他当然没有把我打死，最后他一脚把我踢到了教室门口，又喘着粗气冲了过来，大手像钳子一样拉着我的胳膊，像甩鼻涕一样把我甩出了门外，目光充满了憎恶，像对一条狗一样对我说："你给我滚走吧！"然后咣的一声摔上了门。

我回头狠狠地瞪了一眼已经被关上的门，我想我的目光会像刀子一样挖穿这扇门，让他感觉到我的愤怒的。我在教室门口站了一会儿，脑袋有点儿疼，但我还是昂头走了。尽管我知道这不是什么光彩的事，但头还是要昂着的，不能让他们笑话我。我还没走多远，听见身后传来了刘坚强的哭声："老师，再给我一次机会吧，我一定会好好表现……"我听清楚了，他这次可是真哭，不是捏着嗓子装出来的，可能是真的被李建国这个疯子吓坏了。

我回头看了看教室，我没有哭，相反却嘿嘿地笑了，甚至笑得眼泪都出来了。这算什么事啊，不就是挨了顿老师的打吗？这没什么，甚至还不如我和别的小混混们打的架，有时还要拔刀子。真的，这没什么，我只当这是被蚊子咬了一口。

还没到放学的时间，我不能这么早就回家了。我无所事事地在学校周围乱转，后来就跑到了学校门口的那棵像个哲学家的法国梧桐树下，叼着香烟斜着眼睛看着学校大门。

当我抽到第五支烟时，下课铃响了。我正要转身就走，从巷子里蹿出一条黑影，擦着我的身子飞快地跑了过去，还捎带着踩了一下我的脚，差点儿把我撞倒。我一下子来了精神。那天晚上我是非要找人打一架不可。李建国把我打得鼻青脸肿，我得找个更好的理由来搪塞我的父母。所以，我必须得赶在回家之前，找人打一架，要是别人问起，我这也是打架打的，不丢人。

我刚转过身，还没来得及追过去，就看到这个家伙飞快地跑到马路边，冲着两个推着自行车的女生招手。我站在那里，不知道该不该再追过去，他是来泡我们学校女生的。这让我有点儿犹豫。据说爱情是件很神圣的事情，人家要是真有神圣的爱情，我打他还是不打？要是打他了，让人家在女生面前栽跟头，这也太没面子了。要是不打，他踩了我一脚，又差点儿把我撞倒，这么好的一个打架的借口，我就白白地扔掉了？

打还是不打，这还真是个问题。

我一摇一晃地走了过去，两个女生长得挺漂亮的，都很苗条，那个个子稍高一点儿的脸上还化了点儿淡妆，个子稍矮一点儿的还算清纯，要是有个女朋友，我当然选她了。我斜着眼睛看她们时，她们也飞快地瞟了我一眼，好像还有点儿害怕。我的形象是有点儿怕人，吊儿郎当的，嘴里叼着一支香烟，还鼻青脸肿的，看上去是像是个坏蛋。我又扭过头看了看和她们说话的这个家伙。这个家伙没什么可看的，年龄看样子和我差不多，嘴巴上连根毛都没长出来，个子还比我矮了一头，比我还更瘦一点儿，肌肉看来也没我结实，如果打起来的话，估计他根本不是我的对手。我越看越觉得他也不像是个什么好东西，头发鬼染似的，黄不拉叽的，穿着一身稀奇古怪的牛仔服，袖口还莫名其妙地带了两个黄铁圈。我不喜欢这种人。真是奇怪，那时我自己也根本好不到哪里，但我的确看不起那些整天在街头上混日子的少年们。我都有点儿替我们学校的这两个女生感到有点儿可惜了,不管是哪一个和这个家伙谈恋爱,我都觉得可惜。这个家伙看了看我,我笑笑地注视着他,还抽了口烟,很老成地吐了口烟圈。我果然吓着他了,他立马扭头不看我了,很厉害地对那个个子稍高的女生说:"你怎么还没把钱拿来?你再骗我,我进学校砍个人还是可以的!"

我一听,立马来了精神,忙把嘴里的香烟取了下来,伸长脖子打量着他。他不是来谈恋爱的,而是来找事的。我最看不惯这些向学生拦路要钱的家伙了,有本事你去抢银行去,那才叫牛,向这些胆小怕事的学生勒索,一点儿也不像个男人。这就更该挨打了。我于是立马决定,今天晚上这场架是一定要打的。我斜了他一眼,他还毫无思想准备,依旧恶狠狠地盯着那两个女生,一点儿也没注意到我的双手正握成了拳头,激动得发抖。我把香烟屁股从嘴巴上取下来,弹了一下烟灰,斜着看了他一眼,淡淡地说:"你刚才说什么来着?你敢进学校随便砍个人?"

那个家伙愣了一下,他看了我一会儿,眼睛里有些惊恐,但最后还是把脖子硬了硬,冲着我恶狠狠地说:"你他妈的给我滚开,老子砍过人!"

这当然吓不着我了,我也经常这样虚张声势地吓唬别人。遇到这种人,你只能比他更狠。我竖起中指,在他眼前晃了一下,一脸鄙视:"小子,你牛,你现在就把我砍了!你不砍我你不是人,是畜生!"。

他显然有点儿惊慌了,目光再落到我身上时,已经有些闪躲不定了,甚至不敢看我眼睛了。他扭头看了看那两个女生,那两个女生也在看我,她们听出来我是来找他碴儿的,她们虽然还很胆怯,但落在我身上的目光里已经有了些温暖的东西。那个家伙充满狐疑地看了看那两个女生,他可能以为我是她们请来的帮手,这样也好,我就不用再给他解释了。他又看了看我,这次他的目光调整过来了,变得很狠毒,就像一个黑社会老大一样,坚定并且阴森森的。他稍微提高了一下声音,恶狠狠地说:

"你少来蹚这个浑水,我是刚被学校开除的,我什么都不怕……"

我都有点儿想笑了,但我没笑,我握紧拳头,直接朝他脸上打了过去。如果打架不可避免时,我一般不喜欢再啰唆,那不像男人。男人应该说打就打。我那一拳头积攒了很多力气,甚至还听到了拳头和空气摩擦时发出的悦耳的嗞嗞声,有风掠过我的拳头,很凉,也很舒服。我的拳头落在他的脸上,"咯嘣"一下,感觉好像是砸在了一块尖利的石头尖上了,手指很疼。他痛苦地叫了一声,吐了一口鲜血,两颗门牙掉在了地上。我一拳头就打掉了他两颗门牙。我犹豫了一下,我本来以为他应该稍微躲一下或者用手接住我的拳头,谁知他根本就没做出反应,被我结结实实地打在了他的脸上。他嗷嗷地叫了两声,弯着腰用手抹了把脸,又把手伸出来看了看,那些血在灯光的照耀下一闪一闪的,他呸的一声,又吐出了一口掺着血沫子的唾沫。那两个女生好像没见过这场面,像被蝎子蜇着了一样,"妈呀妈呀"地叫着跳到了一边,偎在一起惊恐地看着我们。

我皱着眉头,觉得有些扫兴,这个家伙也太不经打了。我拍了拍手,抖了抖衣服,刚想转身就走,谁知他突然从地上捡起一块砖头,朝我扑了过来。我忙上去拽着他的胳膊,他使劲儿挣着要把砖头砸到我身上,我则扭住他的胳膊,不让他的砖头落下来。我们两个扭在了一起。我很快就夺走了那块砖头,把它扔到了一边,三下五去二就把他打趴在了地上。在整个过程中,我也挨了他几拳,鼻子也出血了。我把他按倒在地上后,骑在他身上,把他的后背当作沙袋给了他几拳头。我本来也不想出手太狠了,他又没惹我,我犯不着和他较劲儿,但在我揍他的过程中,我的鼻孔滴滴答答地不停地流血,这让我的情绪很糟糕,就又给了他两拳。他伸胳膊弹腿地挣扎了一会儿,见我没有停手的打算,就不挣扎了,很没志气地开始哭哭啼啼:"大哥,你饶了我吧,我给你喊爷了!"这让我很扫兴,这个王八蛋居然像刘坚强一样软蛋。我一阵恶心,很看不起他,也懒得再打他了,一脚踢在了他屁股上,吼了一声:"滚吧!"

他立马爬起来，连身上的尘土也来不及收拾，慌慌地看我一眼，撒腿就跑了。走了很远，他突然扭过头来挥舞着胳膊鬼叫了一声："我×你妈，你小子有种，看老子怎么收拾你！"我立即指着他吼道："你给我站住，如果你不服气，我们再打一架！"他却立刻又飞快地跑了起来。

我扭头看了看那两个女生，她们被吓得不轻，浑身颤抖，偎着站在那里，脸色苍白地看着我。我看看远处，那个小混混已经不见了，但谁能肯定，他是不是在某个阴暗的角落里躲着呢。我想了想，决定把这两个女生送回家。我这不是关心她们，我只是不想让别人受我牵连。我有点儿担心刚才被我打跑的那小子还有帮手，他们要是再找回来，如果找不到我，她们就麻烦了。这账当然要记在我胡建军的头上，该我挨的刀，我不会让它落在别人身上。

我擦了一把鼻血，抬头看了看她俩，问她们住在哪里。她们说了以后，原来离我家还挺远的，还要绕一个很大的弯子。不过这也没什么，反正我回家晚了也没什么事。我说我送你们一程吧。听说我要送她们回家，那个个子挺高的女生很高兴，一口气说了好几个"谢谢"，害得我都有点儿不好意思了。那个个子矮一点儿的女生还没完全反应过来，几乎都推不动单车了。我只好给她推着车子，为了不让她们再婆婆妈妈地说"谢谢"，我就认真地给她们撒个谎说是顺路送她们回家。

我们走了老长一段路，她俩才完全恢复正常。两人原来都很健谈，像两只小母鸡一样叽叽喳喳。矮个子女生叫米小阳，高个子女生叫宋高丽，她妈是米小阳的小姨，米小阳家在下面一个镇上，她现在就住在宋高丽家。我还知道，她俩都是高三（二）班的。她们还告诉我，刚才给她们要钱的那个小混混叫陈小刚，因为偷学生钱刚被学校开除。宋高丽撇了撇嘴，愤愤不平地说："他可坏了，被学校开除后，就天天在学校门口向我要钱，已经要走了我七十元钱，要走小阳五十元钱了。他这次逼着我们再给他两百元钱。他在学校还打架、喝酒、抽烟，是个坏学生！"

我脸红了一下，忙低下头默不作声，其实我心里都有点儿后悔了，不该送她们回家了，因为我也是个打架、喝酒、抽烟样样都会的坏学生，我们班的女生肯定也会在背后这样咬牙切齿地说起我。我低着头，看着路灯下自己的身影，心里很不是滋味，我都有点儿不想理她们俩了。那时，我觉得自己有点儿孤独，是的，没有人会喜欢一个坏蛋的。

我忧伤地看了看她们，她们对我印象很好，目光总是很温柔地黏在我身上，似乎还有那么点儿崇拜的意思在里面，我从来没有遇到过女生这么温柔的目光。这让我更加难过，如果她们知道了我的真实面目，说不定会立即扭过头不理我的。很多人都是这样，除了刘坚强，我也没有什么朋友。我脑袋有点儿眩晕，把路走得高一脚低一脚。她们显然没有注意到这一点。宋高丽还表扬我说："你真像雷锋一样，对待同志们充满阶级友爱，像春天般温暖，对待敌人就像秋风扫落叶！"说完，她手一扬，往旁边一扫，做个"扫落叶"的手势，然后还回过头，像个小妖精一样朝我笑了笑，好像还想让我夸她两句。

米小阳却不同意，她看了看我，我正好刚抽完一支香烟，顺手把烟屁股很老练地弹了出去。米小阳扭头看了看宋高丽，很认真地说："他不像雷锋，雷锋就不抽烟……我看有点儿像香帅楚留香。"

我的脾气像匹不安分的小马驹一样上蹿下跳，说变就变，有时连我也捉摸不定，我这会儿心情就更不好了，闷闷不乐地把头扭向了一边。这主要是因为刚才宋高丽说我"像雷锋一样"，我不喜欢她这么说我。雷锋那个木头呆子螺丝钉，我才不稀罕。她就知道雷锋，一点儿创意都没有，一下子让我小看了她许多，还是米小阳比较好，人家文文静静的，像个好学生，还知道香帅楚留香，我也喜欢看武侠小说。我不由得扭头看了看她，她的长发披在肩上，在路灯的照耀下乌黑油亮，我甚至还闻到了她头发上散发出来的芳香，我都有了用手摸摸的想法了。我脸红了一下，忙把头扭向了一边，觉得自己真他妈的流氓。

米小阳歪着头看了看我，眼睛闪烁着，仿佛要从我脸上看出点儿什么，我都被她看得不好意思了，就扭头也看了她一眼，她忙给我笑笑，很认真地问我："你叫什么名字？你不是个学生吧！"

我因为对她有那么点儿好感，所以回答得特别快："我是个学生。"说完以后，我低下了头，加快了脚步，闷声地向前走着。我不想把我的名字告诉她们，她们万一到我们班打听一下，就知道我是个什么样的人了。特别是对米小阳，我更不愿意让她知道，她万一知道了我的底细，以后肯定不会理我了。

没想到的是，米小阳听说我也是个学生时，好像很高兴，跑了两步追上了我，惊喜地叫了起来："你也是学生？快告诉我们，是哪个班级的？叫什么名字？"

我脸很烧，可能已经红了，我忙扭过头，看了看路边的法国梧桐树，声音很低，支支吾吾地说："你们知道了有什么用？我又不指望你们给我送锦旗。"

米小阳噘着小嘴唇，依旧不依不饶："告诉我们嘛，告诉我们嘛！"

我决定咬紧牙关，像个坚强的地下党员一样，决不松口。

宋高丽看了看我，又看了看米小阳，自作聪明地说："我知道了，他是想做个活雷锋，做好事不留姓名。"

我斜着眼睛看了她一眼，心情极为恶劣，想象力真他妈的丰富。从小到大，老师们天天教育我们学雷锋，我早就烦透了。我都有上去给她一嘴巴的念头了。

终于把她们送到她们家的楼下了。我要走时，米小阳眨着水汪汪的大眼睛，目光在我脸上盘旋着，低低地说："以后你还和我们一起回家吧，反正你顺路，我真怕那个小混混儿还给我们要钱。"

我犹豫了一下，看着她充满期待的样子，我心一软，竟满口答应了。

她们见我答应了，都很高兴，宋高丽还很不知趣地又表扬了我一句："你真是个活雷锋，向雷锋学习！"说完，还调皮地向我敬了个军训时学的军礼，然后和米小阳一起蹦蹦跳跳地上了楼。

我双手抄在口袋里，皱着眉头，痛苦地看着她们的背影。等她们转过了楼角，我回过头，狠狠地朝地上吐了一口唾沫："宋高丽，你再说我是活雷锋，我一定让你后悔死！"

我不想做什么雷锋，我就是个小流氓、小痞子，还有……畜生。

如果说我是一个破罐子的话，那时我是真的想破罐子破摔了，我也不知道我想要什么，没有目标，没有方向，像只无头苍蝇一样，就想着赶紧把高中上完，每天都觉得时光那么漫长，熬过一天是如此艰难。上了十多年学了，我早就厌恶了学校，但家里同样也没什么温暖。

我觉得自己活得特别不容易。

走到破破烂烂的巷子口时，我还抱着一线希望，希望父母都已经上床睡觉了，并且睡得像死猪一样。但我很快就看到我家那破烂房子里露出了点点滴滴的灯光。他们在等我回来。我痛苦地站在那里，那些灯光刺得我眼睛很疼，它们不怀好意地看着我，幸灾乐祸。有一会儿，我甚至有了不回家的念头，但我很快就打消了这个念头，这是不可能的，学校已经把我放弃了，我再不回家，那我就真的成了一条无家可归的狗了，我能干什么呢？我什么也干不了，还得靠父母养着。我不得不慢吞吞地蹭着回到了家里。

结果可想而知，我被父亲打了一顿。但我并不在意，反正我从小就挨惯他的打了，这没什么了不起的。如果连这样做他还不打我，那才是一件让人感到奇怪的事情。我可以告诉你们，这样奇怪的事情基本上没有发生过。

第二天上午，我像往常一样赶到了学校，刚到教室门口，就被李建国拦住了。他抱着膀子，眯着眼睛，满脸微笑地看着我，带着一副嘲弄的样子。我不喜欢他这种样子，低着头，装作没看见，想侧着身子挤进教室。谁知他伸出胳膊拦住了我，收起了脸上那种奇怪的表情，很严肃地地瞪着我，认真地说："胡建军，你的脸皮咋这么厚？你还有脸到学校里来吗？"

有一种人脸皮是很厚，但绝不会是我，比如李建国。他这样说，就好像这个学校是他家开的一样。

我站在那里，干脆把手抄在了口袋里，抬起头来，一副很真诚的样子，很认真地问他："我被开除了？"说实话，我很早以前就做好了被学校开除的思想准备，我知道像我这样被老师们称作"一个老鼠坏了一锅汤"的坏蛋，总有一天会被他们捞出来当作垃圾一样扔到一边的。这是迟早的事。我甚至盼着这一天早点到来，但我也知道，这需要一个很好的理由。

果然，结果让我很失望，学校并没有这个意思。

李建国冷冷地看着我，嘴角朝我撇了撇，一脸对我不屑一顾的样子，声音很响亮地对我说："你别得意，你以为谁会稀罕你啊，我要是你，早就不活了。你被停课一周！回家去吧。"

我一声不吭，转身就往学校外边走。

学校外面很冷清，法国梧桐树上不时地盘旋着落下几片叶子，动作既优雅又孤独，就像我一样。我捡起一片树叶，树叶上还有点儿露水，上面很潮湿，也许是它承受不了这颗露珠的重量而失身从树下飘了下来。生命有时就是这么脆弱。我不能像它一样，我必须要学会坚强。

我站在学校外面的十字路口，清晨的太阳照耀着我，光线不是很强，但我还是觉得刺眼。我把手搭在额前，眯着眼睛看了看天空。天空很晴朗，只有几片像瓦片一样的云彩有气无力地挂在天空中，悠然自得地在空中漫步。我有点儿忧伤。学校是不能回去了，我能到哪里去呢？家里当然也不能回了，爸妈要是知道我被停课一周，一定会气得吐血，然后再揪住我打一顿，拉着我到李建国那里低三下四地承认错误、哀求求情。这简直比杀了我还难受。他们都是小人物，我不愿意看到他们受到这种屈辱。

最后我决定不回家了，反正县城这么大，我随便都可以找个地方玩玩儿。

麦城最南边有个叫青山湖的地方，我到了那里，抄着口袋站在湖边，心情糟糕透顶，看着湖面上漂过来的垃圾，觉得自己就像湖里的垃圾一样令人厌烦，整天无所事事，浪费大米、麦子和玉米，想得比较深入时，我甚至都有了跳进青山湖里自杀的念头了。

中午时我本来不想回家了，随便弄点儿吃的糊弄一下肚子就行，但又怕引起父亲的猜疑，跑到学校去找我，只好又坐着公共汽车往家里赶。

我当然很不喜欢我们家，如果我是条狗，我也不会住在那里，我宁愿跛着一条腿去当条流浪狗。可我不是狗，还得屁颠儿屁颠儿地往家里跑。

我们家是在一条破烂的小巷里，这里是县城的老城区，到处是用石棉瓦堆起来的违章建筑。一到下雨天，整个路面就成了泥潭，要是有一辆小汽车过来，射闪不及，路边的行人就成了泥人。这里住的都是下岗工人或者农村来的民工，家里都不怎么样，甚至有人说这里就是麦县的"贫民窟"。我父母没什么文化，在我们家开了一个废品收购站。生意总的来说还可以，比那些蹬三轮的要稍好一些。每天小贩们把废品运来，父亲整理好那些纸箱、报纸，母亲拿着一根胶皮水管，接上自来水，把这些纸箱、报纸打湿，这样可以增加不少分量，然后打包捆好，准备让更大的废品收购站来收购。他俩都是"奸商"，我很看不起他俩。我们这条巷子里没一个好人，全是他妈的奸商，炸油条的用的是泔水油，做臭干生意的用的是工业染料，卖鸡的至少要给鸡肚里塞上几两沙子，卖西瓜的要往里面注射几两糖水，就连蹬三轮的，遇到一个外地人，也要绕上几圈。我在这里一直长到了十七岁，我很了解他们。本来我挺喜欢我家邻居张叔叔的，在我们那里，他是最有文化的，据说还是恢复高考后第一批考上大学的，毕业后成了一名光荣的人民教师。后来改革开放了，市场经济了，他发现当教师很不好玩儿，一个月就拿几个死工资，还不如在学校门口卖茶叶蛋的，一气之下就把工作扔了，改行去当奸商，在他们学校门口摆了一个茶叶蛋摊，还真的赚了些钱。他手里有俩臭钱以后，就不再卖茶叶蛋了，在家搞了一个水发货的加工点，做起了小老板，没过几年，还真的买了一辆桑塔纳轿车，人模狗样地发起来了。小时候我最喜欢到他们家玩，那时他总是会给我一些牛百叶、鱿鱼片什么的过过嘴瘾，逢年过节了，他还会给我家送来一点儿打打牙祭。他家还有不少书，我上了学后，不喜欢看《雷锋日记》，就喜欢看一些乱七八糟的书，我给他要这些书看时，他总是能抱出一大堆，还鼓励我多看一些，将来长大了，做个有文化的人，不要像他那样没出息，就是一个臭生意人。当时我还有点儿想不通，觉得他太谦虚了。后来我才知道，他这不是谦虚，他真的不是一个东西。他搞的那些水发货都不是什么好玩意儿，里面加了很多工业双氧水、工业氢氧化钠、福尔马林什么的，这会让他加工的那些水发货显得又白又大，而且手感更硬，口感更脆，分量更足。经过这些东西炮制的水发货，比如牛百叶，一斤就能变成四斤。这些东西对人体伤害很大，能引起各种各样的疾病，比如肝、肾的疾病，甚至致癌。福尔马林还是用来泡尸体的，想想都够恶心人的了。他的这些水发货搞好后，大部分都送到超市去了。我们县城很多超市里的牛百叶都是又白又大，看样很好，而真正的牛百叶据说应该是淡黄褐色，但我从来没有见到过。我现在再也不吃那些玩意儿了。我很看不起这些家伙，他们的良心都被狗吃了。有很多次，我都想站在巷子口，举着一支火把，挨家挨户地把他们的房子都烧了。

我现在见到了这个姓张的小老板，就从来不理他。

我不想瞒你们，我父亲也不是个什么好人。他是个典型的失败者，年轻时做过很多生意，但都没赚到什么钱，胸无大志，碌碌无为，整天就知道喝酒。喝酒没什么，偶尔我也会喝点儿酒。要是他能像李白那样"诗酒斗百篇"，能赚些稿费，也就算了，关键是他喝完酒以后不去写诗，而是借着酒疯找事，看着谁都觉得不顺眼，有时还要打人，打别人他不敢，只好打自己的老婆和儿子。我妈也是个窝囊废，我从小到大，就看见她哭哭啼啼的，从来不知道哪里有压迫哪里就有反抗，也不知道去找妇联。要是我，早就和这个男人离婚了，远走高飞，让他只能对着一堆废纸箱、破报纸练拳击。这个男人当然更让我看不起，他一喝醉，先是把酒杯摔在地上，拽住我妈的头发拳打脚踢一番，然后又瞪着眼睛让我给他泡杯茶喝喝。我动作只要慢些，他就会像个疯子一样冲过来大叫大喊。他经常打我，打累了，他就会抱着我，有时还会把我妈也揽过来，呜呜地哭，眼泪鼻涕一大把地说自己没本事，家里这么穷都怪他，他打我是好心，是盼着我能好好学习天天向上，长大了当个大官，过上好日子。他说得极其真诚，其实都是狗屁。我这时心里就很是不舒服，让我去当官，真不如让小流氓们把我乱刀砍死好了，当官的都假模假式，我从来就没有看上过他们。

都说八十年代出生的是"小皇帝"，因为是独生子女，是被父母捧在手心里长大的，可能这是真的，但我从来都没有在谁的手心里待过。贫穷并不是罪，但它的确可以让一个正常的男人女人变得不正常，我父母就属于这种人。

我还最烦他们常常教育我说："种瓜得瓜，种豆得豆。"言外之意，我应该去种西瓜，不能去种豆子。我就想成为一个种豆子的人，那些豆子，匍匐在地上，紧紧地抓住大地，就是有狂风暴雨，那些麦子都折断了，它们依旧在地上顽强地生长着。它们结果了，把枝叶伸向天空，豆荚在阳光中"啪啪"地爆响着，声音清脆。那些金黄色的豆子在大地上跳动，质地纯正，颗粒饱满。我一点儿都不会看不起豆子，它们对肥料，甚至对阳光，要求都很低，不像西瓜，雨水一来，就会烂在地里，它们甚至比只能解渴的西瓜更有用处。我只想成为一个种豆子的人，平平凡凡、简简单单地过完这一生。我没有什么远大理想。

所以我爸我妈一说"种瓜得瓜，种豆得豆"，将来当大官这些混账话，我就烦死了，我宁愿挨打，也不愿意听他们说话。很多次挨打后，我就整天坐在门口，盼着能有个人贩子过来把我拐卖走。等我懂事了，只要我爸一打完我，准备过来抱着我的脑袋痛哭时，我就一扭身走了，在小巷里随便溜达，等他们精神恢复正常了，这才回去。

我回到家里，小心翼翼地看了看父母的脸色，他们正在津津有味地看那些垃圾一样的电视连续剧，似乎还不知道我被李建国停学一周的事，连看我一眼都没看。我松了口气，草草地扒拉了两口饭，嘴巴一抹，说了声"我上学去了"，就又跑了出来。

在县城的步行街玩了一下午，转了几个商场，最后实在没什么可转了，就坐在广场的一个台阶上，抽着香烟，有时看看马路上跑来跑去的汽车，有时眯着眼睛色迷迷地看来来往往的漂亮少女。太阳温暖地照着，没有人理我，我也不用理他们，谁也不认识谁，这种感觉挺好。唯一让人感到不快的是，我的旁边坐着一个乞讨的老太太，穿得破破烂烂的，头发像鸡窝一样乱糟糟的。她还以为我是给她抢生意的，或者是个小流氓，想抢她面前破瓷碗里的几个硬币，不时地抬起头，充满警惕地看我一两眼。我只好搜遍全身的口袋，摸出了一元硬币，扔到了破瓷碗里。她这才放心，露出满嘴黄牙冲我笑了笑。这让我感到很温暖，忙也冲她笑笑。

吃过了晚饭，我本来想到夜市逛逛，顺便买几张盗版光盘看看，但走到半路，突然想起昨晚答应过米小阳、宋高丽，晚自习下课后送她们回家。虽然我和她们没什么交情，但说话要算话，这是我做人的原则。我是一个有原则的人。我忙跳下车，朝着学校奔跑起来。

学校灯火通明，照得整个校园明晃晃的，但却是静悄悄的，外面没几个人影，看来还是好学生是多数。这让我觉得有点儿伤感，像我这样的坏蛋毕竟是少数。我把衣领竖起来，遮住脸，像个特务一样低着头悄悄地溜到高三（五）班教室窗前，朝里面看了看。地理老师张凯正坐在讲台前，低着头在看什么书。我留意了一下刘坚强，他也一本正经地坐在那里看书，我心里酸溜溜的，朝他撇了撇嘴。刘坚强是个有名的邋遢鬼，牙齿脏得要命，他张开嘴巴说话时，你注意看一下，他的牙齿里面全是黑的，这都是抽烟抽的。他又总是觉得自己很帅，喜欢勾引人家女生，但他至今还没勾引到一个女生，因为没有一个女生会喜欢一个牙齿很黑、衣领总是黑乎乎的男生。我也不喜欢，但我在学校没一个朋友，只有他这一个哥们儿，我闷得无聊，想找个人玩，还只能去找他。这也是我不喜欢学校的原因之一，还不如窗外的鸟儿们，想到哪里就到哪里，朋友也很多。

很多时候，我都闷闷地看着那些鸟儿，如果我是一只鸟多好，离地面远远的，就往天上飞。

我本来想弄出点动静，把刘坚强勾引出来。但我看了看坐在讲台前的张凯老师，最后还是决定放弃了。张凯老师人还不错，虽然人长得不是很英俊，个子比较矮，一米六五左右的样子，站在我们面前，他倒像我们的小弟弟，但我还是比较服他的。他虽然大学刚毕业，年龄不大，但肚量不小，如果有可能，可以和他交个朋友。我这人对朋友其实并不是很挑剔的。

我悄悄地看了看张老师，他看书看得很投入，有一会儿甚至还偷偷地笑了一下，嘴唇微微上翘，扬了扬眉毛，样子十分迷人。我也笑了笑，我曾经为难过他，一想起这事，我就有点儿不好意思，觉得很对不起他。那次上课时，他端着一杯泡有胖大海的茶杯进了教室。那时我对他还不了解，所以看着他端着茶杯的样子感觉很不舒服，因为我们教室墙上贴的规章制度里明令禁止在课堂上喝水。那天我正闷得发慌，就站了起来，很认真地问他："张老师，你在课堂上一向对我们严格要求，那你为什么不严格要求你自己呢？"

他愣了一下，很困惑地看了看我，又看了看其他同学，说："我很严格要求自己啊。"

我在心里都想笑了，没想到他就这么容易地跳进了我设的套子里了。我很严肃地用手指了指墙上贴的规章制度，质问他："这只对我们有作用，就不能对你们老师起作用？"

他看了一眼规章制度，一下子就明白了，低头看了看手上的茶杯，说："我有点儿感冒。"

我摇了摇头。这当然不是理由,我口气很硬地说:"感冒了可以请假,不来上课。"

张老师有点儿坐不住了,他说:"我在喝药。"

我说:"喝药可以在外面喝完了再进来。"

张老师愣了一下,低头想了一会儿。我本来只是想让他难堪一下,并没有什么恶意,但他居然同意了我的说法,跑了出去,拿着杯子,仰起脖子,咕咚咕咚地把一杯茶喝完了,然后又把茶杯放在了窗台上,这才进来了,除了让我坐下,还表扬了我两句,最后还幽默了一下:"我不对,我有罪,我不好,我检讨。"这件事张老师很给我面子,同学们也因此高看我几眼,那几天里,我一直都觉得很兴奋,看谁谁都顺眼,上课时也老实多了。

我对张凯老师是有那么点儿好感的,我只愿意上他的课。所以那天晚上我也不想找他麻烦,没有再去勾引刘坚强。一个人跑到学校空旷的操场上,准备躲到一个角落里抽烟打发时间,等到晚自习放学时,再送米小阳她们回家。

操场西北角有一片小树林,那里比较隐蔽,我准备躲在里面抽烟。我刚跑进去,只见旁边的一棵大树边有两个黑影抱在一起。我有点儿鄙视地看了看他们,撇了撇嘴,八成是在谈恋爱的。我背朝他们,坐在草地上,掏出一支烟,叼在嘴上抽了起来。可能是我的到来,坏了他们的好事,让他们多了一份不安全感。他们蹑手蹑脚地出来了,看来是要换个地方去鬼混。他们从我身边刚走出不远,我突然想做个恶作剧。我承认,那天晚上我是无聊得快发疯了。我猛地站了起来,冲着他们低沉地吼了一声:"站住!"

两人很听话地站住了,不安地看着我。我眯着眼睛看着他们,他们的影子有点儿熟悉,但灯光模糊不清,我看不出来是谁。我皱着眉头,像个黑社会老大一样冲着他们恶狠狠地说:"操,你们就能玩,老子今天也要玩玩。男的滚走,女的留下陪大爷玩玩儿。"

我刚说完，那个男的果然扔下那个女生撒开脚丫子就跑。我吃了一惊，不禁愣在那里，不知道该怎么办。这可真出乎我的意料，我本来还想让他当个"护花使者"表现一把呢。我心情要是突然又好的话，甚至还可以配合他一下，让他好好表现。谁知我还没有来得及行动，他却像兔子一样蹿走了。这可真没意思。那个女生呆在那里，看来被吓得不轻。我一下子兴趣全无，扬了扬手，无精打采地说："我是闹着玩的，你走吧。"

那个女生仍旧站在那里，静静地看着我，一动不动。我有点儿生气："你怎么这么胆小？是不是被吓傻了？"

她终于开口了，低低地说："原来是你，你也是个坏学生！"

我听出来了，她是宋高丽。我的脸腾地红了，脸上很烧，我摸了摸脸，咧咧嘴，想笑又没笑出来，我很想找个地洞钻进去。我本来以为她要生气了，如果是那样的话，我会好好给她解释的，我只是闷得发慌，逗得玩玩儿而已，她要是还不信，骂我一顿也行。

她见我不吭声，又问了我一句："你怎么也在这里？"

我抬头看了看她，听她口气，还挺平静的，不像是生气的样子，我这才松了口气。我再仔细一想，她不在教室里好好学习，却跑到这里谈恋爱，看来也不是什么好东西，我也就用不着自责了。相反，我这是做了件好事，真金不怕火炼，那个家伙刚才扔下她就跑，看来他并不是真的在乎她。通过这件事，她应该明白，他不是她的真爱。她应该感谢我才对。这么一想，我心里又有点儿高兴了，她要是不讨厌我，正好陪我聊聊天，我正无事可做，寂寞得要死。

我咳了一下，清了清喉咙，朝她招了招手："过来，过来，快过来！"

她好像还有点儿不情愿，像个淑女一样扭扭捏捏地说："你那里黑灯瞎火的，我去干什么？"

我有点儿生气了，刚才她还不是在这里和人家搂搂抱抱的，这会儿装什么正经？何况我又没打算怎么着她，我就是想和她聊聊天而已。我耐着性子对她说："你站在那里，咱们说话不方便。再说，那儿太明显，要是被别人看见了,影响不好。"

我认为我说得很得体,谁知她扑哧一下笑了,还莫名其妙地在空中挥了一下手,笑嘻嘻地说:"像你这样的人,还要什么影响啊?你告诉我你叫什么名字,我就过去。"

我想了想,反正她已经知道了我那副坏蛋嘴脸,再瞒下去也没多大意思了。我老老实实地告诉她,我叫胡建军。她这才过来了,很大方地坐在了我身边,我反倒有点儿不自在了,忙把脸扭向了一边。我还真没有这么近地和一个女生坐在一起过。我那会儿一定是脸红了一下。好在天色很黑,她肯定没看出来。

我低着头坐在那里,从地上扯了一根干枯的小草,扯成两半,再扯成两半,最后扯成了碎末子。我是很想和她聊天,但我又不知道该说些什么才好。我偷偷地看了看她,她正抬着头看着教学楼,灯光照着她的下巴。她的下巴曲线秀美流畅,她的睫毛长长的,像梦一样,我甚至看到了她洁白的皮肤下面青色的血管,她的身上散发着一种芬芳的味道,这种味道让我心猿意马、魂不守舍、坐立不安,最后我只好站了起来,双手插在口袋里,围着她走来走去。她抬起头,很不高兴地说:"你站在那里晃来晃去的,搞得我眼花。"

我突然心情变得很不好,没什么原因,真他娘的莫名其妙。我口气很硬地说:"那你干吗不也站起来?"

她只好也站了起来,小脑袋只到我的鼻子下,我看她时有种居高临下的感觉,心里这才好受些。还是没话说,有一会儿,我甚至想拔腿就走了。沉默了一会儿,我没话找话地问她:"刚才那个男生为啥跑了?"

她妩媚地笑了一下,仰着小脑袋看着我,发嗲地说:"还不是怕你嘛!"

她发嗲的声音很好听,清脆柔和,她嘟着小嘴唇的样子也很可爱,漂亮清纯,我的心情又变好了。我像个小流氓一样嘿嘿地笑了,说:"我是个小流氓嘛!"

她好像也很开心："你才不是小流氓呢，你是个大流氓，大流氓吓走了小流氓。"

我装作很感兴趣的样子："这么说，你的那个男朋友也是个流氓了？"

她撇了一下嘴，哼了一声，好像对她的那个"小流氓"很不屑："他才不是我的男朋友，他是陈小刚！"

我以为我听错了，又忙问了她一下："他是谁？"

她很认真地说："就是陈小刚啊，你昨晚不是还揍了他一顿吗？"

我有点儿吃惊，瞪着眼睛看了看她，她看着我，还是一副笑嘻嘻的模样。我皱着眉头，扭头看了看灯火通明的教学楼，一阵恍惚，甚至还有那么点儿时空错乱的感觉。我真想不通，陈小刚不是拦路向她们要钱吗？她现在怎么又和他勾搭到一起了？

我摇了摇头，我都不知道她心里是怎么想的，甚至对她产生了那么一点儿兴趣，我很想知道她和陈小刚之间到底是怎么回事。我从来都没见过像他们这么奇怪的关系。我伸开胳膊，前后甩甩，舒展了一下身体，觉得浑身有劲儿。我扭头仔细地看了看她，她的头发刚修理过，短短的，像个小男生一样，看上去很可爱。我很放松，虽然她可爱，但她和社会上的小混混谈恋爱，看来也不是一个好学生。既然我们是一路人，我也就不必再对她客气了，我单刀直入地问她："陈小刚对你们那么坏，你怎么刚才还和他搂搂抱抱的？"

她瞪了我一眼，好像我冤枉了她一样，很不高兴地说："这还不是为了不让他以后欺负我和小阳嘛。你以为我愿意吗？"

我皱了皱眉头，心里小小地被刺痛了一下。我把头扭向一边，淡淡地说："我昨天晚上不是给你们说过吗？以后我送你们回家！"

她却不以为然，双手抄在裤兜里，白了我一眼："你连名字都没有告诉过我们，谁知道你是从哪个老鼠洞里钻出来的，我们凭什么相信你？"

我更加生气了，看着她，有了甩她一个响亮耳光的想法。我即使被班主任李建国停课了，还想着晚上来送她们回家，谁知她竟然根本就不相信我！我都有点儿后悔来找她们了，她们就是被流氓欺负了，和我又有什么关系？我这是吃饱饭撑的，没事儿自己给自己找难受。

我恶狠狠地朝地上吐了一口痰，声音很大地说："那我以后不管你们了，你们让那个小流氓送你们回家吧。"

她也有点儿不高兴了，直直地看着我，咬着嘴唇，恨恨地说："你真像个流氓！"

我有点儿恶毒地回敬了她一句："你看来也只配和流氓混到一起了！"

我扭头看着她，以为她会暴跳如雷，这样以后我就不用理她了，谁知她又不生气了，反而很高兴，靠在一棵树上，荡着一条腿，踢着地上的小石子，笑嘻嘻地说："和流氓混在一起好啊，没人敢欺负我。"

我有点儿不怀好意地斜了她一眼："你说的流氓是陈小刚，还是我？"

她依旧像个小妖精一样，妩媚地笑着："你说是谁呢？"

这话让我很恼火，觉得她这是在故意调戏我。为了让她知道我也不是好惹的，我走到她跟前，很下流地用手抬起了她下巴，很无耻地说："你要是说的是陈小刚，我现在就敢欺负你，你信不信？"

我本来以为她会打掉我的那只肮脏的手，再打我一个耳光，谁知她倒像个坚贞不屈的女共产党员，直直地看着我，眼睛眨都不眨一下："你敢吗？"

这可真出乎我的意料。我的脑袋嗡嗡地响，连手心里都冒汗了。青春像条狗一样追着我，我曾经刻意地不和女生接近，但我知道，我心里很想和她们亲近。虽然有这个因素，但那天晚上也不能全怪我，宋高丽这么说我，作为一个敢做敢当的男人，我要是不做些什么，那我真没面子了，以后没法在她面前混了。是她把我逼到这一步的，真的，这不怪我。

宋高丽挑衅地问我"你敢吗"以后，我一点儿也没犹豫，立刻把她拉到了怀里。那时，我既兴奋，又害怕，甚至都有点儿头晕了。她娇小的、热乎乎的身子颤抖着,要推开我。我还以为她会吐我一脸唾沫,骂我一顿,我不知道这时我要不要松开手。我正在糊里糊涂时,她突然不挣扎了,用双手抱住了我的脖子。这让我有点儿手足无措,不知道自己下一步该怎么办,手心里全是汗。脑袋里空白了一阵,突然想起,我这时应该亲她才对。于是,我忙腾出两只手,捧着她的头,嘴巴亲着她的额头。她好像很害羞,闭着眼睛,低着头,顺从地让我亲吻。我又亲了她的眉毛、眼睛、鼻子。当我正在亲她鼻子时,她突然睁开眼睛,扑哧地笑了。我吓了一跳,紧张地看着她。她低低地说:"你把我鼻子弄得痒死了,你这人怎么这么怪,亲人家鼻子都亲了这么长时间,我都快喘不过来气了!"

我的脸腾地红了,我还真不会欺负一个女生,我也顾不得有没有面子了,像个很乖的小学生一样问她:"那你说,我该怎么亲你?"说完这句话,我都羞得无地自容了,因为我的声音竟是他妈的颤抖的。我有点儿痛恨自己怎么这么不争气,这没什么可怕的,她又不是一只老虎,只是一个正在发育的女生而已,真的,这没什么可怕的。

她笑着打了我一下,说:"你这人怎么搞的?是真不懂,还是假不懂啊?亲嘴亲嘴,不就是互相用嘴巴亲吻吗?"

我立刻羞愧得无地自容,都想打自己一个耳光了,过去想过这事,还悄悄地在心里演习过很多次了,一到关键时刻却拉稀了。我忙掏出一支烟,叼在嘴上,狠狠地抽了两口。我看了看她,她在夜色中拢了一下头发,微笑着看着我。

我忙低下头,又狠狠地抽了两口烟。她皱起了眉头,捂着鼻子,用手拂着面前的烟雾,有点儿不高兴:"你怎么又抽起烟来了?"

我支支吾吾地说:"我有点儿紧张。"

这反而让她更加喜欢我了:"一看就知道你是第一次,想不到你还挺纯洁的,你抽吧。"

我飞快地抽完了这支烟,抱住了她,开始深情地和她亲吻。她的嘴唇湿润,芳香四溢,让我的脑袋迷迷糊糊的,有一会儿,我都快站不住了。我们休息了一会儿,又开始接吻,我还是手慌脚忙的,都是在她的启发、引导下,才完成了一些高难度的接吻动作。但我还是很厉害的,很快就镇静下来了,注意摸索总结经验,很快就像个老手一样,行动自如了,欺负一个女生游刃有余了。亲吻让我们着迷,那天晚上将近一个多小时的晚自习,我们都一直抱在一起,一声不吭地发疯接吻。这让我受益匪浅,在后来我们再亲吻时,我把这些经验成功地运用到她身上,结果一直是我占主动。

后来,我无师自通地要把手插进她的衣服里,想抚摸她的胸部,但她很坚决地把我的手打掉了,绷着脸,很严肃地批评我:"你别猴急猴急的,能不能装得更纯洁一些?不然我会觉得自己是个坏女孩儿的!"

我觉得她说得很有道理,于是就很自觉地停止了。

我至今仍然觉得,那是我青春中最为美丽的一个晚上,那是一个非常纯洁的晚上。

那一周是我在天堂漫步的一周,我感觉到学校里充满了温暖、湿润、幸福的空气,学校从来没有像现在这么吸引我,恋爱就像手中的香烟一样,我再也离不开了。白天我坐着公共汽车在整个城市里游荡,坐在天桥上发呆,站在青山湖边发愣,甚至还跑到大青山上冒充诗人,在一个亭子的柱子上留下了墨宝:"著名诗人胡建军到此一游。"晚上我就像个发情的小公狗一样往学校跑,和宋高丽在操场的小树林里操练亲吻。在我的坚持下,终于抚摸到了她正在发育的胸部。要不是她强烈抵抗,说不定我还能要了她。

当然,我也有悲伤、痛苦的时候。我送宋高丽、米小阳她们回家时,宋高丽觉得我已经和她拥抱、亲吻过了,我们的关系今非昔比,所以举止就有些轻浮,一有空就朝我挤眉弄眼的,一点儿也不像个淑女。这时我就很难受,真想上去把她的眉毛扯下,把眼睛用块抹布蒙上,因为我似乎更喜欢米小阳。我也搞不清楚我怎么就这么贱，宋高丽其实对我也挺好的。

我们三个人走在马路上，有一搭没一搭地说着话，很多次我都在偷偷地观察着米小阳。我知道她和我们其实不是一路的，她很安静，还有点儿忧郁，我很喜欢这种气质。但因为有宋高丽，我都不敢怎么和她说话了，恐怕宋高丽吃醋了，把什么都告诉她。我不想让她知道我和宋高丽的事情，宋高丽不是个好鸟，我和她混在一起谈恋爱，我怕米小阳因此把我看扁了。我其实还是想成为一个有志青年的，我对电脑玩得很熟，将来到网络公司找个活儿干干，估计不成问题。那时我就从家里搬出来，一定可以赚钱养活自己和米小阳的。我常常在想象中嘿嘿地笑了，她俩都说我是神经病。

我抬起头，看了看天空中昏黄的月亮，心里有点儿忧伤。我喜欢米小阳，但米小阳对我没有什么特别的举动，她看我时，目光坦坦荡荡、一览无余，没有什么异样的内容。听到米小阳和宋高丽一起笑着说我是神经病时，我心里就很难受、悲伤和孤独，但因为引起了米小阳的关注，我心里又有点儿喜悦。是的，这真是一件矛盾的事情，但事实就是这样的。我是很喜欢米小阳，我走在她们前面，她们的影子拖得很长，我宁愿绕个弯子也不愿踩着了米小阳美丽的影子。我很想就这样一直走下去，走到老都行。

但这种阳光灿烂的日子在周五晚上结束了。那天我老爸不知怎么跑到我们学校去收废品，遇到了我们班主任李建国。李建国狠狠地批评了他一顿，把我成为一个小流氓、小痞子的原因都推到了他身上。我爸手足无措地站在校园里，不停地在衣服上擦着他那双手。阳光毒辣地照着他，他愣愣地看着李建国的嘴巴像个癞蛤蟆一样一张一合，唾沫星子乱飞。他的脑袋有点儿疼，除了一个劲儿地点头哈腰地说是是是，我爸没能说出一句话。

那天我爸从学校出来，也顾不得再到其他地方收废品了，他垂头丧气地骑着电瓶车回去了，路上还差点撞到一个老太太，把他吓得出了一身冷汗。我爸被李建国说得很没面子，再联想到自己风里来雨里去，赚俩钱供儿子上学，最后却培养出来了一个小流氓、小痞子，感觉自己的人生很失败。他回到家里，拿了一瓶酒喝了个精光，然后从废品堆里找了根皮鞭，坐在椅子里等我回来。后来他等不及了，酒劲儿上来了，就按着我妈先打了一顿，大概是怪我妈的卵子质量不好，所以儿子成了流氓。

我回到家时，我妈正坐在床边哭哭啼啼，屋子里弥漫着一股恶臭的废品味、刺鼻的酒精味。我以为没我什么事，就准备回我房间去。我爸把眼睛瞪得像牛蛋一样大，冲着我大吼了一声："站住！"然后又冲着我妈吼："拿根绳子来！我看你还学不学好！"

我妈立刻爬到床底下把绳子拿出来递给我爸。我爸接过绳子，又举起了酒瓶，喝了一口酒，红着眼睛瞪着我，呼哧呼哧地喘着气。我知道这顿打是跑不掉的，就主动伸出手，让他给我绑上。别看我在学校是个谁见了谁头疼的"邪头"，但在家里，我像只小老鼠一样，谁都可以欺负。我爸妈都是那种没文化的人，他们的教育方法不像我们学校那样有很多花样，变着法子折磨人，他们就知道打骂。

我爸喷着酒气，红着眼睛，呼哧呼哧地把我绑在桌子边。他累得不轻，头上冒出了热气，他还以为我的反抗会很激烈，因此打的死结还很结实，最后还用牙齿使劲儿地咬了咬，这才放心。他目光像刀子一样在我脸上划了几刀，咬牙切齿地对我说："我看你还老实不老实！"对这些我已经很习惯了，所以在整个过程中，我表现得非常英勇。他就这个德行，在大街上连个屁都不敢放，只敢在家里耍威风，这算什么男人？我看不起他。他抽了我两皮鞭，我的肩膀很不争气地抽搐了一下，果然很疼。我闭着眼睛，一声不吭。

我爸一边抽着我，一边问我："你好好学习不好好学习？"

我懒得理他，把脸扭向一边。后来我干脆闭上了眼睛，看都不看他了。真的,我一点儿也没觉得难为情,心里甚至什么都没想,只是把这当作了一个差事,赶紧结束掉。我可能挨打惯了,已经麻木了。有一会儿,我居然迷迷糊糊的,脑袋很沉,好像要睡着了。我是真有点儿累了。我妈却有点儿沉不住气了,慌慌张张地对我爸说:"他是不是晕过去了?"

我爸红着眼睛回头瞪了她一眼,恼怒地吼了一声:"晕个屁!"说完,还顺手抽我妈一鞭子。我妈忙退到一边,抬着一张苦瓜脸,茫然地看着我们,再也不敢插半句话了。我爸又抽了我几鞭子,吼了一嗓子:"你服不服?"他也知道,他这是白问,我从来没有回答过他。果然,他问完以后,不等我回答,就一屁股坐在椅子上喘气。

我妈把绳子解开了。我站起来,活动了一下胳膊,手腕被他绑得有点儿酸疼。按照我从前的经验,我爸这时候就会表现失常,再把我和我妈揽过去哭一场,这很让人头疼。我扭过头,皱着眉头看了看他,老家伙的神经病果然又要犯了。他呆呆地看了看我,突然扔掉鞭子,扑了过来,用粗糙的脏手搂住我,呜呜地哭了:"孩子,爸这还不是为了你好?你要是好好学习了,考上了大学,当上了大官,咱不也是能过上好日子了?"他不是演戏,哭得很真诚,眼泪淌下来,和鼻涕混在一起,他那张本来就很脏的脸很快就成了一个大花脸。我有点儿恶心,把头扭向一边,谁知他哭得更来劲儿了,还把我妈又揽了过来,舌头好像被人割去了半截,呜呜地哭着说:"咱只有这一个孩子,你以为我真想打他吗?我这是恨铁不成钢啊!咱们这是过的什么日子啊,你以为我想喝酒吗?"

我妈也来劲儿了,呜呜地哭,两人的泪水吧嗒吧嗒地掉下来,掉在我脸上,冰凉冰凉的,还散发着一股恶臭味、汗酸味。我不喜欢。自从我和宋高丽拥抱接吻后,我对她身上的清香味很着迷,非常讨厌我们家的恶臭味。我再也受不了了,一把推开他们,冷冷地说:"你们这是在干什么啊?恶心死人了!"然后我就跑回自己的小房间里,哐当一声关上了门。

我趴在床上,把脸埋在被子里,我没有哭,相反却笑了。我爸我妈他们肯定目瞪口呆，看着我的房间，想不通我怎么软硬都不吃。一想到这，我都高兴死了。

我根本就不怕他们。这都是他们棍棒教育的结果，每次打完我以后，我就发现我更坚强了一些。

《臭　作》

星期一我又开始去学校上课了。

我一坐到教室里，脑袋就有点儿沉，总想趴在课桌上一觉睡死过去算了。我很讨厌这个教室，四周的墙壁都是白色，单调得要命，还贴了几张"马恩列斯毛"的伟人画像，不知道是激励我们好好学习，还是在监督我们天天用功，我一直到现在也没弄明白。整个房间里坐满了机器人，个个都是一脸苦大仇深的模样，他们呼出的气体浑浊，让人昏昏欲睡。这个房子没法让人喜欢。

我总是拉着刘坚强和我一起逃课。他家有一台电脑，这是他那个在县委当公务员的父亲给他买的。他本来指望儿子能用它来学习高科技，但他那个宝贝儿子却只会用这台电脑看黄色影碟、上网玩游戏，总而言之，没干过正事。我觉得这简直是暴殄天物，非常可惜，我用电脑主要是学习 Fireworks、Flash、Photoshop 这三个软件。我想将来到网络公司找件事干干。刚开始刘坚强还挺配合，把他那个像狗窝一样的小房间让给了我，自己滚到客厅里看电视去了，但我刚学了一会儿，他突然跑进来，像条狗一样围着我转个不停，好像有一肚子坏水要向我倾诉。我奇怪地看了他一眼，他立马凑过来，一脸诡秘地问我："你要不要看那种光盘？"

我当然知道"那种光盘"就是一些黄色影碟什么的，我一向都看不起那些喜欢看"那种光盘"的家伙。我斜了他一眼，刚要非常鄙视地拒绝他，却偏偏突然想起了宋高丽。一想起她，我就很激动，她的确是个长得挺漂亮的女生。青春期的魔鬼真是无处不在，我没办法控制住自己不去胡思乱想。我低着头想了一会儿,那个魔鬼像个漂在水面的葫芦一样按也按不住,它撕扯着我的脖子,扼住了我的喉咙,我感到口干舌燥,浑身发热,我想和它搏斗,但却有气无力,甚至有点儿气喘吁吁了。我真的不行了,但我还不甘心地试着说服自己,这不能怪我,我和宋高丽第一次亲吻,都是她教我的,万一我们发展到了那一步,如果还不会,让她来教我,那就太丢人了,我还真不如跳进青山湖里去算了。这种可能不是没有,我很有必要预先准备一下。经过一番惊心动魄的挣扎,我终于很可耻地失败了。但要我一下子降低自己的档次,和刘坚强这样的邋遢鬼平起平坐,一起看"那种光盘",我的面子还是有点儿放不下。我低下头,装作漫不经心的样子,有点儿不情愿地对他说:"拿来,让我看看。"

刘坚强立马露出一脸坏笑,兴奋地说:"我这里有日本的成人卡通片,不过,都打上了马赛克。"

我吃了一惊,赶紧问他:"还有那种卡通片?你有没有搞错啊?"

我很喜欢卡通片,《名侦探柯南》《灌篮高手》《死神》都被我翻来覆去地看过 N 遍了。但我从来没有听说过还有色情卡通片,我被他说得蠢蠢欲动,让他立刻拿来:"马赛克是小意思,我能摆平。"

他从床下面一个盒子里拿出一张叫《臭作》的光盘,我把它放进光驱里一看,卡通少女一个比一个漂亮、清纯,却是色情卡通。我没看过这种卡通片,我感到很震惊,很长时间心脏都在紧张地跳个不停,我一声不吭,瞪着眼睛看着电脑,脑袋里乱糟糟的。我他妈的真的变坏了,当刘坚强让我解除马赛克时,我立刻动手,三下五去二就把那些遮在关键部位的马赛克擦除干净了。

现在回想起来,我还清楚地记得,我是带着强烈的好奇来看的,对女孩子身体的好奇,对色情卡通片本身的好奇,都让我没办法不去看。但我还记得,我的心情始终都处于一种非常难受的恍惚状态中,我看得都想哭了,美丽的少女,漂亮的卡通,但这却是他妈的色情片。我甚至还有一种对自己极度厌恶的感觉。

刘坚强一脸坏笑地看着我，嘿嘿地笑了："受不住了吧，兄弟？"

我咬着嘴唇，没有吭声。

刘坚强狡黠地看我一眼，一脸诡笑："你老实说，你上了宋高丽没有？"

我扭过头，吃惊地看了看他。我和宋高丽恋爱的事，我一直认为自己做得很隐秘，不会有人知道的。我忙问他："你怎么知道她？"

刘坚强拍了我肩膀一下，很推心置腹地对我说："你别小看兄弟我，我在外面路子野着呢！陈小刚我也认识，你把他打得不轻，又夺走了他马子，他恨你恨得不轻，这段时间他到处在打听你。你可得小心一点儿，他现在在社会上混，比咱们难缠多了。"

我不以为然地笑了笑，原来他是听陈小刚说的，看来宋高丽和这个小混混果然有一腿。这么想时，我心里有点儿不好受，觉得这个女生真是水性杨花，十分可恶，但我还是装得大大咧咧地说："陈小刚算个屁，我根本就不把他放在眼里，你给他说一声，要是我以后再见到他，见一次打一次，直到把他嘴里的牙齿打掉光！"

刘坚强摆了摆手，装出一副也看不起陈小刚的样子："不说他了，不说他了，我和他也早就没来往了。你说实话，你上过宋高丽没有？"

我很认真地告诉他，我没上。他还不信，很阴险地说我是在说谎。我再三否认，就差跪在地上赌咒发誓了。他见我说得这么真诚，这才相信我是清白的了，就怂恿我说："你把她叫来，让她也看看这盘《臭作》，她肯定会受不了！"

我看了看刘坚强，他说得很认真，不是给我开玩笑。我的脸有些发烧，我挣扎了几下，但还是没有办法制止自己不去思考这个想法。有一会儿，我甚至觉得这个主意不错。连陈小刚那样的烂货都可以泡她，可见宋高丽也不是什么好鸟，我要是上了她，也不算害她，她本来就不是个好学生，她和我一样是差生。我下意识地看了看电脑屏幕，到处都是美丽的卡通少女，我的怀里像揣了一只小兔，它在我的身体里乱跑，搞得我都有点神经错乱了。我故作镇定，颤抖着问他："你别吹牛，你这里安全吗？你爸要是知道了，不把你的脖子拧掉才怪！"

他立马兴奋地说没事，白天他爸他妈都要上班，他可以把钥匙给我。

我双手抱着脑袋趴在桌子上，心里非常乱，这个想法很诱惑我，动物凶猛，这不是我的错。我真的很想欺负她一次。我还为自己找了一个理由，谁让她那次说我是活雷锋呢。我最恨别人说我是活雷锋。她一而再再而三地说我是活雷锋，活该她倒霉，这不能都怪我。我甚至还这样对自己打气，胡建军，你是个小流氓，你就要像个小流氓那样去做事。我拿定主意了，我就欺负她一次，看她能怎么着我。

我抬起头来，眼睛闪闪发光，无比兴奋。我很坚定地告诉刘坚强，我一定要把宋高丽上了。他听了，比他自己上了还要兴奋，拍着胸口向我保证，他随叫随到，只要我需要，他立马把家里的钥匙借给我用。他这么积极，反倒让我心里沉甸甸的，增加了不少压力，这事八字还没一撇，我已经放出风来了，我要是办不到，刘坚强还不笑话死我？

我再也没心思学习那些软件了，满脑子里想的都是这事，一会儿为自己的这个可耻想法激动得浑身发抖，一会儿又害怕得手心里是全是汗，把我折磨得都快全身虚脱了。到了最后，我终于想通了，这是什么事啊，宋高丽我们都是小流氓，我用得着这么紧张吗？愿意就干，不愿意拉倒，就这么着。这么一想，我就平静多了，还试着做了一个很搞笑的flash作品。

中午吃过午饭，我把嘴一抹，就急急地跑到学校，然后躲在学校大门旁边的一个小屋的墙角边，守株待兔等待宋高丽。我一定要用我的三寸不烂之舌，把她骗到刘坚强的狗窝里。我又激动又不安，把手抄在口袋里走来走去，不时地抬头向学校门口张望，好不容易看到宋高丽来了。谢天谢地，米小阳没和她一起来。我摸了摸扑通扑通狂跳的心脏，安抚它镇静一点儿，然后跑了出来，冲她招了招手。

她看见我了，立刻把单车放在路边，走了过来。我着急地示意她再走近些，谁知她回头望了一下，大大咧咧地说："你怕什么呀，像做贼似的。咱们又不是优等生，谁爱管你，看你自作多情的样子！"

我一想，她说的是有道理，我就不再小心翼翼了，从墙角边走了出来，做了个深呼吸，心脏跳得慢了一些，脸也不是那么热了，但手心里还全是他妈的汗。我把她带到操场，装作很认真的样子，一本正经地对她说："宋高丽，我买了几个经典电影的光盘，咱们下午逃课去看吧！"

她还不知道我的想法，装作很可爱的样子，歪着脑袋，很认真地问我："那怎么看啊？到哪里看？"

我忙说："到我同学刘坚强家看，他有一台电脑，离咱学校不远，他爸妈白天都上班去了。"

她好像也有点儿心动了，问我："什么电影呀？"

我忙咽了口唾沫，想了一会儿说："是帝国主义的大片《黑客帝国》。"

谁知她立马不感兴趣了，摇了摇头："听这名字就不怎么样，我不想看。"

我挠了挠头，正在紧急盘算着再捏造个什么电影名字骗她一下，她又笑嘻嘻地说："你要是有《终结者》，我就去看。"

我立刻明白了，她的确是想跟着我一起逃课，一起去看经典电影，所以在关键时刻给我竖起了一根杆子，我立即顺杆子爬了："对对对，我有《终结者》，我有《终结者》。"

我满怀期待地看着她，激动得双腿都发抖了。谁知她还是不愿意和我一起去看。

我急得像一条找不到家的疯狗一样，围着她团团乱转，我已经向刘坚强吹过牛皮了，他就等着给我钥匙了，我怎么向他交代？我痛苦地看着她，她穿着连衣裙，身子丰满，脖子细长，散发着少女的清香。我抬起头，我那可怜的青春在校园上空无助地飘荡着，我感觉到了它的痛苦、忧伤和挣扎。我靠在一棵树上，着急地揪了一会儿头发，抬起头瞪着她，很生气地说："说得好好的，你为什么又不去了？"

她踢了踢脚下的石子，闷闷地说："经典电影没意思，我都看不懂。"

我很恼火："你不是说要看《终结者》吗？"

她斜了我一眼，很不相信地说："你根本就没有这张光盘，谁知道你操的是什么心！你要是真想让我看，就请我到'大华影院'去看！"

我气得牙根痒痒的，气急败坏而又无可奈何地看着她，她漫不经心地看着地上的落叶发呆，抿着嘴唇一声不吭。我都有了上去抽她一耳光的想法了。我们站在那里，任凭我怎么劝她，她都不肯去了。最后我被她折腾得没一点儿耐心了，婆婆妈妈的，真是烦死人了，还不如来个快刀斩乱麻，把话说清，你爱去不去，我不稀罕。

我干脆把那张《臭作》的卡通光盘甩给了她，像个流氓一样无耻地说："就是这张光盘，你爱看不看。"

她接了过去，仔细地看了看，鬼都认识上面"成人卡通"这四个字，鬼都知道那个花花绿绿的封面是什么意思，她居然没脸红，相反却很纯洁地看着我，眼睛闪闪发光，好奇地问我："这是卡通片啊？你从哪里搞的？"

我当然不能告诉她是从刘坚强那里搞的，我骗她说，是我家一个远房亲戚从日本买回来的。

她亭亭玉立地站在绿色的树下，眼睛水汪汪的，额头洁白光滑，脸蛋像朵盛开的玫瑰花一样鲜嫩。我咽了一口唾沫，呼吸有点儿粗，我真他妈的想扼住自己的喉咙了。我忙偷偷地做了个深呼吸，尽量装得像平常一样，双手插在裤兜里，靠在树上，吊儿郎当地看着她。

她果然很感兴趣："好看不好看？"

我立马告诉她，好看得不得了，跟日本人制作的其他卡通片一样漂亮，不过是色情的，就看她敢不敢看了。

谁知她却很勇敢："谁说我不敢看？"

我忙动员她和我在明天上午一起到刘坚强家去看，就我们两个人。我说这话时，激动得声音都颤抖了。

她一脸狐疑地看了看我,说:"那我可不敢去。"

我装作很奇怪地问她:"怎么又不敢去了?你不是很想看嘛!"

她看了看我,好像还有点儿害羞,低下了头,喃喃地说:"你那么有力气,我可没有一点儿力气,我怕到那里你欺负我。"

我忙一脸严肃地向她保证:"我决不会欺负你的!"

她还不相信,慢慢地摇了摇头:"说得好听,到时你欺负我了,我可是叫天天不应,喊地地无声呀!"

我恐怕她再中途变卦,忙很肯定地说:"我说过不会欺负你就是不会!"不怕你们笑话,我甚至都想给她跪在地上赌咒发誓了。

谁知她又笑了:"要是你心情不好了,就把我扔到一边不管了怎么办?"

我忙嬉皮笑脸地说:"我是那样的人吗?我才舍不得呢,恨不得天天都亲你!"

她笑着打了我一下,妩媚地说:"我是说着玩的,我知道你不会欺负我的。"

我一听,又有点儿激动了,动物凶猛,说来就来,我也没办法。我一脸下流地说:"要是我万一欺负你呢?"

她脸终于红了一下,低低地说:"那我就拿一万顶着。"

"一万"是个什么玩意儿?什么玩意儿都不是!我,她果然也是个小流氓。我立马给她赌咒发誓:"明天上午八点来,咱们一起去看。我在学校门口小卖部旁的小巷子里等你,谁要是不去,叫他不得好死!"

她脸蛋红扑扑的很好看,她又笑着打了我一下:"肯定是你不得好死!"

我把她揽在怀里,我们很幸福地亲吻着,我抚摸着她的一头秀发,感慨万千,我都有点儿拿不准了:难道就这么容易吗?简直像做梦一样。后来我就不再想它了,反正她已经答应了,今天晚自习时,我一定让刘坚强把钥匙交出来,明天上午我一定要成功!

第二天上午，在去学校的路上，我特地跑到一家药房，买了一盒避孕套。刚开始还有点儿不好意思，怀里像揣了一只很不老实的兔子扑通扑通地跳。站在避孕药品柜台的是个妇女，我红着脸指着一盒避孕套慌慌地说："我买一盒这个。"她却嫌这个便宜，给我介绍另外一种牌子。我更不好意思了，支支吾吾地坚持要我指的那一种。她只好递给了我，我付过钱，抓住那盒避孕套就飞快地跑了。

我提前半个小时赶到学校门口小卖部旁的小巷里，过了一会儿，看到宋高丽来了。她穿了一件灰色的背心，下面穿了一个白色的短裙，她的双腿细长、雪白，看上去十分性感。我双手插在口袋里，握着那盒避孕套的手里全是汗，小腿肚一个劲儿地颤抖，我既激动又害怕，还有点儿看不起自己，我真是个软蛋。

我和宋高丽像做贼似的溜出巷子，为了不让别人认出，我俩都低着头，保持五米左右的距离，先后赶到刘坚强家。按照刘坚强的事先安排，我先按门铃，他爸妈要是在家，我就隔着猫眼说是找刘坚强的。要是他们都上班去了，我就和宋高丽开门进去。刘坚强把钥匙交给我时，只是一再叮嘱我要先按门铃，没说一句"别动我家东西"之类的屁话，这说明这家伙充分地相信我。这家伙很够意思，以后可以作为一个朋友长期交往下去。

那天上午，我站在刘坚强家的门前，用渗着汗水的手按了半天门铃，没有动静，我用钥匙开门时，手颤抖得很厉害，有好几次都没把钥匙插进去，最后还是宋高丽把钥匙拿过去打开了门。我们蹑手蹑脚地溜了进去，像两个小偷一样，小心翼翼，谁也不敢说话，整个气氛十分诡秘，压抑得让人汗毛直竖。

我们在刘坚强的电脑前坐下，我擦了一把额头上的汗，刚要启动电脑，宋高丽坐在床边又有点儿后悔了："我和你看这种光盘，你不会看不起我吧？"

我看了看她，看得出她今天特地打扮过，她的皮肤像陶瓷一样细腻、白净，两条雪白细长的腿晃得我头晕。我们从前大多数是在晚上约会，很少在白天这样面对面地坐在一起，并且她这还是第一次穿短裙。那件灰色的背心刚好盖住她的肚脐，两颗正在发育的乳房呼之欲出。我的心虽然还在怦怦乱跳，但我其实已经平静多了，她知道和我一起来是看那种光盘的，但她还特地这样打扮了一下，我所盼望的，也正是她所盼望的。我被青春期的动物所折磨，她也比我好不到哪里。

我激动得双腿发抖，嗓子发干，咽了口唾沫，安慰她说："咱们是乌龟对王八，谁也别说谁。"

玩笑让我们轻松了许多，她笑着用手轻轻地打了我肩膀一下，说："你才是王八呢。"

我也笑了，紧张的气氛缓和了不少。我擦了一把汗，觉得自己整个身体都快爆炸了。青春期真他娘不是个东西。

我把电脑打开，就要把光盘放到光驱里时，她向这边移了移，胳膊肘放在桌子上，托着腮，嬉皮笑脸地对我说："你看了这种乱七八糟的东西，可别欺负我啊！"

我做了一个深呼吸，觉得她真是个小妖精，这不是明摆着提醒我要"欺负"她吗？但我还是回过头来，一本正经地告诉她："我们这是在观摩艺术，欣赏高雅的卡通作品，你怎么总是想歪了？"

她却没有一点儿幽默感，瞪了我一眼："你还知道什么是高雅艺术啊！"

我斜了她一眼，连这点儿幽默都不懂，觉得她真是个白痴脑袋，真想立马把她摁到床上了。但我觉得那没意思，最好能让她乖乖地束手就范。我要做个有品位的小流氓，不能强人所难。这个想法很让我激动，我立马把光盘放在光驱里，三下五去二地解除了马赛克。我的心脏怦怦地乱跳，扑通扑通地响，额头上都渗出了密密麻麻的汗珠，真让人受不了。

那天我终于和宋高丽有了那档子事，却没有我想象中的那样美好，相反心里很难受。我愣愣地看着她，她掩着脸，头发凌乱地坐在那里，样子一点儿也不好看。一股巨大的空虚袭来,我有点儿怅然若失,闷闷不乐,我都有点儿后悔了,原来就是这么回事。她好像也有点儿不大高兴,急急忙忙地穿上衣服,坐在床边,低着头抠着指甲,一声不吭。我闷闷地坐在她旁边,也不知道说什么才好。过了一会儿,我突然想起了什么,回头看了看乱七八糟的床单,低低地问她:"你不是处女了?"她抬起头,很不高兴地瞪我一眼,恶狠狠地说:"关你什么事!"我张口结舌,是啊,这关我什么事?我也只是随便这么问问,没有别的意思。

我们闷闷地坐了一会儿,想不起来要说什么,这太他妈的尴尬了。我就没话找话说:"你第一次给谁了?"

她有点儿生气了,声音很大地说:"你这人是怎么了?什么都要问!我第一次给我自己了,你满意了吧!"

我愣了一下,刚开始时不知道她说的是什么意思,但很快我就想明白了,我觉得好玩,指着她哈哈地笑了。

她突然站了起来,狠狠地瞪着我,脸色变得很难看,拿起书包,气冲冲地说:"有什么好笑的!"说完,头也不回地走了,走出屋门时,咣哐一声,使劲儿地关上了门。

我愣愣地看着那扇门,阳光从窗外照进来,空气中浮满了灰尘,我的心情一下子变得很恶劣,也说不清这是怎么回事,反正心里很难受,懊悔得要死。我把那个光盘从电脑中取了出来,找来一把老虎钳,狠狠地把它钳碎,然后从窗口扔了出去。

那一刻,我感觉到自己的青春也被扔掉了,它掉在地上,四分五裂。它散落在马路上,很快就会成为一堆垃圾,被人打扫清洁掉。我心里空荡荡的,觉得自己孤立无援,十分可怜,情绪低得一塌糊涂,我都有点儿想哭了。

我烦躁不安地坐在电脑前,胡思乱想了一个多小时,也没理出来个什么头绪。我至今也想不明白,那天上午我的心情为什么会变得那么糟糕,可能我在潜意识里还是觉得这种事情的发生意味着一种责任,实际上我们都还负担不起这种责任。它应该和爱情有关，但我们那时对爱情会有什么理解呢。我仔细地回忆了一下，我和宋高丽在这之前，甚至连"爱"这个字都不曾说过。

现在回想起来，那段时间我一直处于一种恍惚状态，心情莫名其妙地很不好，干什么都总是走神。有一次走到一个十字路口，明明是红灯，我却还是闷着头像只鸭子不紧不慢地向前走着，差点儿被一辆汽车撞死。后来在校园里看到了宋高丽，我这才恍然大悟，我闷闷不乐是和她有关系。自从和她发生了那种事后，我都有点儿不好意思再见到她了，也不知道见到她了说什么好。她好像也在故意躲着我，有一次我明明看到她从对面走来了，却突然折了个九十度的弯子，拐上另一条小道走了。我看着她的背影，心里怅然若失，我还是喜欢我们从前的样子。我们现在看到对方，都有点儿别扭，很不自然。我觉得这很难受，晚自习放学时，我也不想去送她们了。我觉得我们在一起会很尴尬的，我不喜欢这样。

这样过了四五天，我突然在学校门口遇到了米小阳，我脸红了红，觉得自己没脸见他，刚要低着头过去，她却一下子叫住了我，我只好停了下来。她很认真地看着我，低低地问："你这段时间怎么不送我们回家了？"

我刚要找个理由搪塞过去，她又飞快地说："你是不是得罪宋高丽了？她总是骂你。"

我吓了一跳，还以为是她把我们那档子见不得光的事告诉了米小阳，忙抬起头问她："没有啊，我没得罪她啊，她怎么骂我了？"

米小阳说："她骂你是个小流氓、小痞子。"

我一听，松了口气，靠在路边的一棵树上，抖着二郎腿，很愉快地说："这就叫骂我了？我们班的同学都说我是小流氓、小痞子，就连我们班主任李建国也这么说我。"

我没好意思说李建国还骂过我是畜生，虽然我也认为自己是小流氓、小痞子，但我还是想给米小阳留下一个好印象。我听宋高丽说，米小阳成绩还不错,她想考大学,不像她,整个一个混混儿,就想赶快混毕业了去当无业青年。从这一点上来说,我和宋高丽臭味相投,但这并不妨碍我佩服米小阳这样的女孩子。我不想上大学,但我赞成女孩子去上大学,有一份安稳的工作,免得像宋高丽一样将来只能到社会上去当小混混儿。

我想了想,一本正经地告诉米小阳说:"让她随便骂吧,没什么,反正我已经习惯了。"

米小阳也笑了,她笑起来很好看,鼻子微微皱起,眼睛里水波荡漾,她说:"你很大度嘛。"

我挠了挠头,冲着她不好意思地笑了笑。我很喜欢米小阳和我这样说话,我觉得我们的距离一下子拉近了许多,这让我心里感到暖洋洋的。我其实更喜欢米小阳这样的女孩子。我很想和她继续不停地说下去,可我一时又不知道说什么好。

她顿了一下,看了看我,很关心地问我:"你不准备考大学了?"

我脸红了红,我不喜欢别人问我这个问题,这会让我觉得很难堪,但现在是米小阳问我,我不能不好好地回答她,但我也不想给她撒谎。我看了看远处阴森森的教学楼,低低地说:"高中一毕业,我就不上学了。我已经上了将近十二年学了,再待下去,我非发疯不可。我最受不了的就是学校,把人都教成白痴了。"

说完以后,我看了看米小阳,很担心她会因此把我看扁了,谁知她似乎也有同感,很认真地对我说:"你说得也对,学校很没意思,我上大学,也只是想有一份安稳的工作而已。"

我忙一个劲儿地点头表示我很理解,这个社会很坏,女孩子就该有个安稳工作,以免一不小心误入歧途。她若有所思地看着我,又问我:"你不上大学,那你将来准备干什么?"

我想了想说:"我正在学习制作网页,也许将来可以去网络公司当个网管什么的。"说完以后,我又觉得这样说形象还不够光辉伟大,忙又告诉她:"也许我会去当兵。"实际上这句话也是画蛇添足,我根本就没想去当什么兵。报纸上总是说"部队是所大学校",在我看来,学校就是监狱,就是整天研究如何把人教育成白痴的,这样置换一下,部队也是所大监狱而已,我才不想从一个监狱里出来再跑到另一个监狱里去呢。我之所以这样对米小阳说,是因为我发现少女们对军人还是有点儿崇拜的。我这样说,米小阳可能会更加高看我一眼。

米小阳笑了:"你还是挺有志气的嘛。"

我有点儿不好意思,说:"我其实还算是一个好人吧。"

我们说了一会儿话,快要上课了,她就骑上单车走了。我看着她美丽的背影,我心里有点儿忧伤,我其实挺喜欢她的。

我很快就把宋高丽忘记了,因为在接下来的几天里,我发现我过得越来越舒服了,逃课了没有人管,上课睡觉了也没有人理。看来,老师们这次是真的把我当作一泡臭狗屎放弃了。对我而言,这是一件值得高兴的事。有一次,我甚至坐在课桌下面的地板上,抽了一支烟,边抽边用课本扇着驱散烟雾,居然也没有人管。这让坐在我前面的刘坚强都眼红,缠着我和他换座位,我当然不能答应他了,我的座位是在最后一排,山高皇帝远,是块"风水宝地",我可不愿意让给别人。这地方都是"学生渣子"的专座,我在前一段时间还特地跑去向宋高丽打听了一下,陈小刚没有被开除时,在他们班也是坐在这一个位置上的。

这都是我们班长李志伟带来的,老师们都有点儿怕我们了。李志伟是我们班里学习成绩最好的,他一直都很优秀,但在最近的一次摸底考试中,考得不好,被班主任批评了一顿,这个在温室里长大的孩子就突然得了精神病,被送到了医院。

现在想想,我依旧清楚地记得李志伟事件出现以后,弥漫在校园里那种诡秘的气氛,老师们个个都变得神经兮兮的,打量我们的目光都有点儿鬼头鬼脑的样子了,就连上课时声音也温柔了很多。他们不敢轻易地批评我们了,就连对待我们这些差生,在校园里碰到了,甚至还会主动地朝我们笑一笑。这都是从前没有过的。按理说,我应该高兴才是,但我还是难受了好多天。虽然我不爱学习,但整天待在学校,坐在教室里,我还是觉得很痛苦。我闷闷不乐了好长一段时间,很想找个人说说话。我当然不会去找刘坚强,我们天天在一起,谁也不稀罕谁那张脸;再说,他生活得没心没肺的,根本不知道什么是沉重,什么叫痛苦,和他没办法交流。

真的,有时我觉得自己还是很深沉的。

我也不会去找米小阳,她正在刻苦努力地学习,准备考大学,再说,我和她不是很熟。她冰清玉洁,是那种很好的女孩子,我们一个在天上,一个在地上,我也不愿意她和我这样的人混在一起。我只好又去找了宋高丽。说实话,好久不见了,我还真有点儿想她了。

我和宋高丽跑到学校操场的小树林里。天气有些冷了,她穿了一件红色马甲,下身穿着发白的牛仔裤,这让她看上去更加楚楚动人。我们找了块干净的地方坐了下来。她抱着膝盖,头趴在那里,不知道在想什么。刚开始我还有点儿不好意思,不知道说什么好,她却比我大方,很快就抬起头,主动先开口问我们班长李志伟的事情。这件事在学校引起的轰动,仅次于前几年美国人抓住了萨达姆这条爆炸性新闻。那时我们都以为美国人肯定没戏,萨达姆让全世界人民失望了。

我把我所知道的都告诉了她。她听了以后,看上去很难受,她抬起头,很忧伤地看着我,喃喃地说:"我们班也有一个女生,学习成绩本来挺好的,但现在突然有些不对劲儿,做作业时,总是狠命地抓扯自己的头发,龇牙咧嘴的。她八成也不正常了,老师们都对她小心翼翼的,谁也不敢去碰她。"

我们两个都有点儿沉默。我抬头看了看天空,天空飘着几朵有气无力的云彩,明净而辽阔,我的心情很不好。我觉得在人生的道路上到处都是沟沟坎坎,青春一不小心就会掉进去,摔得头破血流缺胳膊少腿。过了一会儿,还是她先开口,她故作轻松笑嘻嘻地说:"还是咱们好,用不着去为上一个大学玩命学习,把什么都赔进去了,那太不值得了。"

我冲她笑了一下,算是同意她的意见。我觉得我们总是坐在这里很沉闷,就站起来伸了个懒腰,捡了一颗石子远远地抛了出去,说:"咱们还是不要去想这些事了,还是混一天算一天比较好。学校不好玩,家里也没什么意思,我爸妈他们也像精神病一样。"

她露出雪白的牙齿,咯咯地笑了起来,很兴奋地说:"我爸妈也有点儿精神不正常,明知我不是那块料子,还一个劲儿地给我买复习资料,给我请家教。那些复习资料我都扔了,那些家教老师也被我吓跑了!"

我有点儿不相信,以为她是在吹牛,歪着脑袋看了看她:"你那么厉害,能把家教老师吓跑?"

她仰着头,有点儿洋洋自得地说:"那些家教老师都是男的,我装作什么都不懂,故意问他们一些那方面的问题,没几个回合,他们都招架不住了。有个大学生,以为我是个年幼无知少女,想揩我油,我一耳光把他打跑了!"

我不禁笑了,真心实意地表扬了她一下:"你真是个女流氓。"

她也很得意,笑嘻嘻地看着我。阳光穿过树林,照在她光洁的额头上,她的身上散发着少女的清香,样子十分迷人。我不禁把她揽了过来,她低下头,用小拳头打了我胸口两下,低低地说:"你坏,你坏!"我们之间的隔阂一下子消失了,我们又开始了热烈的亲吻。那天上午,我们就坐在草地上,她躺在我怀中,我们说一会儿话,亲吻一阵,再说一会儿话,一直到中午放学的时候。我们约定,晚上继续逃课到这里约会。

那天晚上,我和宋高丽到了操场,刚手拉着手,几把手电筒光就照过来了,几个人冲着我们跑了过来。我用胳膊挡着手电筒光,仔细一看,原来是政教处的几个家伙,他们很阴险地早就在这里埋伏好了。好在我因为打架、抽烟、喝酒经常和政教处打交道,我们熟得不能再熟了,现在他们看见我抽烟什么的,都懒得再管我了。看得出来,宋高丽也是见过这场面的人,经验还算丰富,面不改色气不发喘临危不惧,除了迅速地和我松开手跳到一边外,还没有什么让我失望的举动。在这一点上,我对她很佩服。

政教处的家伙们以为捉到了两条大鱼,兴奋地用手电筒朝我们脸上晃了晃,认出来是我们两个死鱼烂虾,不是很有前途的"祖国的花朵",好像有点儿失望,没有把我们带回政教处严格盘问就把我们送到了各自的班级办公室。送我的那个家伙,也只是对我们班主任李建国说了一句"这小子和一个女生在操场谈恋爱"后就走了。李建国好像也懒得管我,可能是因为我这是在和其他班的一个女生谈恋爱,兔子不吃窝边草,没有糟蹋自己班的女生,让他心里好受了点儿,所以格外开恩,没有斥责我,也没有批评教育,甚至还莫名其妙地朝我嘿嘿地笑了一下,然后丢下了一句:"你待在这里反思一下,顺便把办公室卫生清洁一下",然后挟着教科书就走了。

办公室里只剩下了教我们地理的张凯老师,我对他印象不错。我就叫他"亲爱的张"吧。他正在聚精会神地趴在电脑前,不知道在鼓捣什么,自从我来了以后,就没见他抬起过头来。我清洁卫生经过他身边时,他也只是条件反射地把脚高高抬起,让我把下面的纸屑扫走,眼睛依旧死死地盯着电脑屏幕。我还以为他是在研究什么,就伸头看了一下,差点儿笑出声来,原来他正在玩《红色警戒》。这个游戏我早就玩过N遍了,闭着眼睛就能打个通关。我飞快地清洁完卫生,便站在他身后,准备在关键时刻出手指点他一二。

他玩《红色警戒》玩得太笨了,只有处处挨打的份儿,没有招架之力。我看着都替他着急了,就跃跃欲试地对他说:"张老师,我把游戏给你修改一下吧,保证你很快就可以把美国鬼子干掉,一统天下。"他这才发现我了,回过头来,上上下下地打量了我一番,惊讶地问我:"是你啊,你怎么在这儿?"

我装作不好意思的样子,挠了挠头,笑了笑说:"我违犯学校纪律了。"

他很关切地问我:"是不是又打架了?"

我忙说:"不是,是和二班的宋高丽谈恋爱。"

他很认真地看了我一下,摇了摇头,但又嘿嘿地笑了:"你厉害,你厉害,我到现在还没谈过恋爱呢。"

他这么和我说话,让我有点儿受宠若惊,忙安慰他说:"谈恋爱也没什么好玩的,就是想找个人说说话。咱们班里没人理我,我才去谈恋爱的。你和我不一样,不用去谈恋爱。"

他好像很赞同我的话,说:"你说得有道理。来来来,坐坐坐。"说着,就把一张椅子扯了过来。

我忙坐了下来。《红色警戒》对我来说,早已经是玩臭的老古董了。我三下五去二地就统一了世界,最后把美国也干掉了。

亲爱的张目光闪闪地看着我,兴奋地说:"你真行啊,是个电脑天才,像莫尼柯利。"我有点儿不好意思。莫尼柯利是美国的一个黑客高手,他十五岁时就用网络成功地侵入了"北美防空指挥中心",惊动了美国联邦调查局。他在与联邦调查局特工周旋的过程中,甚至侵入了联邦调查局的电脑系统,不但详细浏览了特工们对他的调查报告,还顺手篡改调查他的特工们的档案,将他们变成了十恶不赦的流氓、罪行累累的惯犯、屡教不改的窃贼。这真是一个"英雄"。这个"英雄"才只有十六岁,而我已经快十八岁了。

我又领着亲爱的张玩了半天游戏,这才意犹未尽地关掉了电脑。亲爱的张把我送到楼下,天色已经很晚了,他很认真地问我:"要不要我陪你回去,给你爸妈解释一下?我没什么事,正好到街上走一走,活动活动身子。"

我很感动,眼睛一热,都想流泪了,忙摆了摆手,对他笑了笑:"张老师,你放心,我真的没事。"

告别了亲爱的张,我蹦蹦跳跳地走出了校园,心情很好。我把衣领竖起来,双手插在口袋里,走在县城的街头上。已经是秋天了,高大的法国梧桐树叶子一片一片地落下来,犹如死亡的金色蝴蝶。这个意象虽然不好，但我的心情很好，是的，亲爱的张，他是个好老师，是我这么多年来遇到的第一个可以称作朋友的老师，他是我尊敬的老师。我抽了抽鼻子，鼻子有点儿发酸：如果我要是早点儿遇上他，也许我就不是目前这个样子了。我擤了一把鼻涕，把它甩向了天空：都这么大了，怎么像个娘儿们一样，动什么不行，非要动感情！

下流动物

班主任李建国终于开始逼着让我退学或转学了。

我不喜欢学校还有这个原因：从初中开始，老师们就经常找我和家长谈话，要我转学或者退学。他们还推心置腹地启发我说，就是回家帮助我爸妈收购废品也行，那还能赚些钱。在学校读书，我简直是个木头桩子多了两个耳朵，是死鱼不张嘴，那是根本没什么前途的，只会拉班级的后腿。特别是到了初三和高三，因为和升学率有关，升学率又和他们的年终奖什么的挂钩，他们更加积极地游说我爸，次数也更多了。对我来说，这是一件求之不得的事情，我早就想离开学校了，他们还自作多情地以为我赖着不走，留恋学校呢，实际上根本不是这么回事。我之所以半死不活地待在这里，主要是因为我爸妈还执迷不悟，他们说，就是考不上大学，至少也要拿个高中毕业文凭，将来找个体面的活儿干干，别像他们一样整天和废品打交道。

我虽然和学校已经没有什么感情了，但我一听到有老师劝我转学或退学就烦，还是感觉自己被轻视了。我实际上一直都觉得自己并不是真的像他们认为的那样是泡臭狗屎。我喜欢读书，也关心时事，电脑玩得比他们还好。我觉得这是我的优点，但他们视而不见，还把我喜欢看书当成了一条罪状，在他们看来，那都是乱七八糟的书。我爸妈都很反对我看，偷偷地把我用零花钱买来的那些书当作废品卖了。那是我积攒了好多年才弄来的书，我真的绝望了，连杀人的心都有了。关键时刻，还是我读的书起了作用,我对自己说,这是上天对我的考验,是成长过程必须要付出的代价。

再有一年就要毕业了,我还在继续为我的成长付出代价。

李建国这次是动真格的了,因为我又一次把他结结实实地得罪了。本来我不打算得罪他了,因为我觉得这种人不值得我去得罪,我根本就看不起他。他是我们的历史老师,却什么都不懂,只知道照本宣科。让我上这样的课,我觉得还不如和宋高丽谈恋爱去。

自从他说我是"流氓、痞子、畜生"后,我就打算一直到高中毕业都不理他,因为我并不想当"流氓、痞子、畜生"。但在他宣布学校要搞民意调查,要学生给老师提意见时,我又有点儿蠢蠢欲动了,因为他一脸真诚地看着我们,希望大家踊跃给他提意见,要实话实说,不打埋伏,他一定会借着这个珍贵的机会,好好地倾听一下学生的意见,改进教学和工作作风。他说得这么严肃认真,连我都信以为真了。但以我对他的了解,心里还是有所顾忌的,我很狡猾地用左手在稿纸上歪歪扭扭地写下了这样一行字:"明明什么都不懂,却要装成高手;为人极差,报复心极强!"

但我没有想到,尽管我已经够小心谨慎了,但这事最后还是闹大了。李建国这家伙不但虚伪,并且还是个骗子,他嘴上像抹了蜜一样让我们给他提意见,实际上心眼比针眼还要小。他看到我写的"实话实说"后,当场把我那张写有意见的稿纸一扯两半,扔到了垃圾桶里。他想了想,又弯腰把那张稿纸捡了起来,仔细地拼好,然后又把我们的作业本拿过来,一个一个地核对笔迹。他当然核对不出来,因为我是用左手写的。这个老狐狸很快就想到了这一点,他又开始使用"排除法"来核查笔迹。他花费了一个上午的时间,该他上的历史课也不上了,让生物老师杨爱华代了一下课,这才终于把我揪了出来。亲爱的张后来告诉我,李建国知道是我写的后,简直要气疯了,当场摔了一个墨水瓶,并且立马给我爸打了一个电话:"你们的宝贝儿子胡建军在学校出了点儿事,有点儿严重，你们下午快来一趟。"

我爸还以为我是被车撞了或者是被小流氓们捅了，放下电话就失魂落魄地赶到了学校。他先跑到教室里看了看我，看看我还没有缺胳膊少腿，方才松了口气。他把我叫出去，问我怎么回事。我看了他一眼，皱了皱眉头，真是莫名其妙，我不是一直在教室里好好坐着吗？我能有什么事啊？我爸还不相信，以为我不老实，巴掌都举起来了，但看看这是学校，不是动粗的地方，就只好拉着我去了李建国那里。李建国气冲冲地让我爸看了我写的意见后，我这才知道原来是这么回事。

我斜着眼睛看着他们两个，心里很不以为然，我这又不是故意调皮捣蛋，是他让我们提意见的，要怪只能怪他自己，谁让他装得那么真诚。他要是稍微暗示一下他是说着玩玩的，打死我我也不会那么写的。

既然他搞得像真的一样，按道理讲，我这完全是按他说的来办，实话实说，不打埋伏，没有来虚的糊弄他。我就是这么想的，他要是有这个气度的话，相反应该表扬我才是。

我还是想错了，李建国不是这样一个大度的人。他显然气坏了，也不嫌疼，用手指使劲儿地笃笃地敲着桌子，虎着脸，朝我爸吼道："你是咋教育孩子的？简直是小流氓一个，无法无天了！谁教他谁倒霉！你看怎么办吧。你们自己想办法转学或者退学吧，我们教不了他了！"

我爸忙弯着腰，一个劲儿地作揖道歉，好话说尽，就差给他跪下了。

李建国狠狠地瞪了我一眼，一脸厌憎地扭过脸，对我爸说："你自己看看，他哪里像个学生？学习成绩那么差，根本考不上大学，还死皮赖脸地待在学校，这有什么意思？我要是他，我早就不活了！"

我冷冷地瞄了他一眼，他气得面部扭曲，脸红脖子粗地冲着我爸一个劲儿地喘着粗气。我低下头，盯着自己的脚尖，在心里冷笑了一下，他明明什么都不懂，却要装成高手；为人极差，报复心极强。我说错了吗？就他这德行，说实话，我要是他，我也早就不活了。

我爸忙低声下气地说："知道，知道，我知道，让李老师操心了。

我们也知道他不是那块料,从来没想过他能考上大学,只是想让他上完高中,好让他拿个高中毕业文凭……"

李建国打断了他的话,又使劲儿地敲了敲桌子:"你看看他,什么都不会,什么都不懂,就会打架、抽烟、喝酒,比街上的混混儿还混账,要个高中毕业文凭有什么用!"

说了半天,李建国这家伙非让我爸当场把我带走,想法子转学或干脆退学。我爸咬紧牙关坚决不干,我爸认为我再有几个月就可以混到高中毕业了,现在退学,实在很不划算。

为了平息李建国的怒火,我爸自作主张地让我立刻给他写检查。我抬头看了看他们,他们都很愤怒地看着我,目光很毒,恨不得把我吃了,还有那种让我心寒的憎恶的表情。这没什么,我已经习惯了。我不想再和他们纠缠下去了,最好立马就离开这个鬼地方。所以,我没吭声,我爸让我写检查,我立马趴到桌子上,很快就把检查写好了。在检查里,我把自己贬得一钱不值,连我自己看了,都觉得把自己拉出去枪毙十次都不冤枉。只要能快点离开这个鬼地方,把我枪毙二十次也没什么。我心里很难受,甚至有了冲到窗前一下子跳下去的念头了。

我爸瞪了我一眼,狠狠地把我的检查夺了过去,然后带着一脸尴尬的笑容双手捧着低头哈腰恭恭敬敬地递给了李建国。李建国看来被我气得不轻,看也不看,冷笑一声:"我不要!"把我爸的手推到了一边……

我只好被我爸领回家了。到了晚上,我爸又喝了一瓶酒,拿着一根皮鞭,把我狠狠地揍了一顿,然后趁着酒兴给李建国打电话:"李老师,我刚把这个不争气的东西揍了一顿,我都恨不得宰了他。您宰相肚里能撑船,大人不记小人过,您就放他一马吧。"我妈也在旁边拧着我的脸说:"快哭,快哭!"我觉得这很滑稽,我都想笑了,哪里哭得出来?结果我妈只好替我哭了,她在那里一个劲儿地干嚎。我爸立马领会了她的意思,忙对李建国说:"李老师您听,我把那个龟孙揍得不轻,他妈现在还心疼得在哭呢。我不心疼,就是揍死他也是活该!"李建国那边没有吭声，可能是在仔细地听听，到底我妈哭了没哭。我爸想了想，还打算明天再买几瓶好酒几条好烟给他送去，就又说："李老师，明天晚上我再到你们家，专门给你道个歉。"

李建国冷冷地说："不用了，过几天再说吧。"说完就挂了电话。

第二天我只好在我爸的威逼下，又到学校去了。头两节是其他老师的课，也没什么事，第三节是李建国的历史课，他组织考试，在发试卷轮到我时，他站在我身边不动了，严肃地看着我，也不说话，就像是在研究我到底是个人还是条狗。我有点儿不解地看了看他，他这才开口了，郑重其事地对我说："胡建军同学，今天的试卷是我私人印的，不在你学费之内，就不发给你了。"我感到有点儿好笑，我说他"为人极差，报复心极强"，他还不服气，这不就是在报复我吗？不过，他失算了，他还以为我稀罕那些试卷，实际上我根本就看不起那些试卷，巴不得他不发试卷给我。

全班同学都在看着我，他们的眼神和李建国的一样，都是很蔑视的样子。实际上我也知道，李建国明白我对这些试卷无所谓，他故意不发给我，目的也不在这里，他主要是让别的学生看看，他根本就不把我当回事。他这是变着法子在羞辱我。但即使这样，他还是失算了，我真的无所谓，我从来都没打算让别的学生高看我。

后来我干脆趴在课桌上睡觉，反正没我什么事。

李建国见我没什么表示，他更加生气了，走到我跟前，指着教室门口，厉声喝道："既然你不用考试了，你给我出去！"

我立马站起来，看都不看他，昂首走出了教室。

我慢慢地向学校外走去，天空很阴，看上去很脏，风不是很大，但刮在身上很凉，冬天已经来了。我低着头，缩着脑袋，回头看了看教室，心里充满了恨意。我爸还想让我混到高中毕业，李建国却咬定让我转学或退学，我他妈的干吗还赖在这个学校里？我扭头看了看校园，还没下课，校园里很静，只有几只麻雀在地上蹦蹦跳跳，叽叽喳喳地叫个不停。

我只好走了回来，闷闷地坐在操场边。周围没一个人影，偶尔飞过一只小鸟，也是行色匆匆，我突然觉得很他妈的孤独，就像一个迷路的孩子，四周是高楼大厦，道路四通八达，我却不知道往哪里走。我甚至连个迷路的小孩都不如，迷路的小孩还可以站在马路边哭一哭，说不定警察叔叔就来了。我他妈的连个哭的地方都没有。

我甩了甩头，想把这些恼人的想法甩掉，但它们还是像条狗一样追着我。我只好围着操场跑了两圈，出了一身臭汗，我把外衣脱下，扔到草地上，跑到单双杠那里，跳起来抓住单杠，翻身爬了上去，身子绕着单杠转了三圈，跳了下来，好久没做过运动了，胳膊有点儿疼。我躺在草地上，仰头看着灰蒙蒙的天空，有鸟飞过，它们啼叫着，像箭一样地向更高的天空中飞去。我突然想起了在QQ上和一个叫浅安安的女孩聊天，那时我告诉她，我们要是像蓝天里的鸟就好了。在蓝天飞翔的小鸟，已经不是小鸟了，它们是自由的符号。但她告诉我，你知道飞鸟穿过天空为何会尖锐地啼叫吗？那是因为澄清无比的天空是由无数碎片漂移而成的，你不是飞鸟，怎知它们的痛楚和身不由己？这些话有点儿像郭敬明文章的风格，我一看到这个家伙的文字就头大，但我现在确实被在这些阴森森的天空中飞翔的小鸟感动了。是的，浅安安说得不错，它们向上飞翔，但它们的翅膀也是沉重的，它们因为痛楚而尖锐啼叫。我闭上了眼睛，两颗眼泪滑出了眼眶。就是做一只鸟，你又能飞到哪里去？

我垂头丧气地坐在操场边发愣，双手捧着脑袋，盯着地面，心里难受得像蚂蚁咬了一样。亲爱的张从我跟前路过，等他喊了我一声，我才看到他。他很奇怪地问我："你怎么不去上课了？坐在这里发什么愣？"

虽说我心情很不好，但我还是朝他笑了一下，老老实实地对亲爱的张说："是李建国让我出来的，我在民意调查中说他两句不好听的，他对我有意见。"

亲爱的张眯着眼睛看了看我，很惋惜地摇了摇头，认真地对我说："你怎么还那么傻啊？你看看你们班的其他人，大家都说好话，不是工作负责,就是教学严谨,除了你,没一个人说人家有什么缺点,就你当真了!"

我皱了皱眉头,很不服气地问他:"张老师,你也觉得我错了吗?李建国让大家实话实说,他虚伪,欺骗大家。大家没上这个当,都不说真话,我觉得他们同样也是虚伪,小小年纪就学会了欺骗。学校就教会了我们这个?"

亲爱的张愣了愣,看了看我,笑了笑说:"我还真说不过你。按道理讲,你说得对,但社会上还有一种潜规则存在,比如说,李老师让你们实话实说,你们就要从相反的角度考虑,并且采取相反的措施,这样就符合了潜规则,皆大欢喜。社会上既然存在着这个潜规则,学校把它们教给你们,也不见得是件坏事。"

我摇了摇头,连亲爱的张都这么说,这可真让人绝望。不过,我还是挺感谢他给我说了实话,这是一种互相尊重的表现。我朝他感激地笑了笑:"张老师,虽然我不同意你的观点,但我还是要谢谢你肯这样和我说话。"

亲爱的张笑了笑,然后就走了。他显然不想和我深入讨论下去。我也不想。这样的讨论貌似深刻,实际上没什么用,因为我们都是小人物,是些没有话语权的蚂蚁,谁都可以把我们玩于股掌之中,想得太明白了,反而活得太累,就像读书读得太多的人,因为看得明白,反而活得越痛苦。

那天晚上我回去得很晚,钻进厨房,刚拿了一个冷馒头要啃,我爸过来问我:"李建国那个杂种有没有再让你转学?"我警惕地用鼻子闻了闻,他没有喝酒,我忙说:"没有。不过,他也没让我上课。"我爸说:"那不管他,只要没让你转学就行。老子今天中午又给他送了两瓶酒、两条烟。"

我没理他,啃了一口冷馒头,喝了一口白开水,心里却在想:你真是没事找事干,有那俩钱还不如给我,让我买几条好烟抽抽,再上几次网吧,说不定,我一动感情,还会感激你一辈子呢。我当然没敢这么说他,我懒得理他。

我又开始上学了。

圣诞节很快就来了。圣诞节是年轻人的节日，同学们早早地在教室里布置好了五花八门的圣诞树，晚上又举行了圣诞晚会。我本来挺喜欢晚会的，但没坐一会儿，我的屁股就像被针扎了一样坐卧不安。节目太假模假式了，小品是帮助后进学生端正学习态度的，歌曲是《今儿个真高兴》，一点儿创意都没有，看得我胃都疼了。于是，我趁人不备，偷偷地溜了出来，教室外面的空气新鲜多了。

我想去找宋高丽一起到操场上聊天。一天没见她，心里真有点儿像猫抓了一样难受，看来我是真的爱上她了。我刚到他们班，就看见她和米小阳正趴在教室外面的栏杆上聊天。教室里正有个女孩子在热火朝天地唱着《快乐指南》。

宋高丽一看到我，就咯咯地笑了："你听你听，我们的圣诞晚会在唱什么歌，逗死人了。刚才我们班团支部宣传委员他们还演了一个小品，是给孤寡老大爷送温暖的，差点儿恶心死我。"

米小阳说："这时如果搞个合唱，唱些'弥撒曲'什么的，还是挺有意思的。"

我也很赞成，但我也知道这是不可能的。大家都是无神论下的蛋，却对圣诞节这么热衷，真是怪了。热衷圣诞节也没啥，但搞的东西不伦不类就说不过去了。我还敢打赌，那些热衷于过圣诞节的家伙中，有不少人根本就不知道圣诞节是怎么回事。

我滔滔不绝地讲完，觉得自己很有思想，扭头洋洋得意地看着她俩，很想让她俩表扬我两句。谁知宋高丽却翻了我一个白眼："你叽叽歪歪地说些什么呀？本来嘛，大家也是好不容易才逮住个机会闹一闹而已，没有那么多微言大义。"

她当着米小阳的面这么抢白我，很不给我面子，但我不和她计较，扭过头去看满天清冷的星星。米小阳见气氛有些沉闷，就提议我们到操场上聊天。我们站在操场边，有一搭没一搭地说着话，不知怎么，我们又扯到了将来干什么的问题上了。米小阳当然还是要刻苦学习,争取考上大学,并且最好是个师范学院。我很羡慕她,她的目标很明确,这是一种有理想的表现。宋高丽说她随便啦,随便找个工作干干就行,实在不行,当个酒店服务员也行。我很不赞成她当个酒店服务员,因为我觉得进进出出酒店的人员太复杂了,一不小心就会把她拉下水做了人家的小蜜,那些肥头大耳的家伙没几个好东西。但当着米小阳的面,我也不好意思批评教育她。我不想让米小阳看出来,我们的关系很不一般。实际上我早就对米小阳没什么想法了,但鬼使神差,我就是不想让她看出我和宋高丽有一腿,并且也不想让她小看了我。

所以,当宋高丽她们问我毕业后要干什么时,我就很牛气地扬了扬头说:"我想当兵去。"

宋高丽奇怪地看了看我,眨了眨眼睛,一脸疑惑地问我:"你不是在学习制作网页,将来准备当个网络技术人员什么的吗?怎么又想起去当兵了?"

我忙告诉她,当个网络技术人员只是想有个吃饭的家伙,而当兵则说明我有精神追求,这会使我精神更加充实,就像《为人民服务》中号召的那样,做一个高尚的人,一个纯粹的人,一个有道德的人,一个脱离了低级趣味的人,一个有益于人民的人。

我觉得我这样说,完全像个有志气的人,所以说完以后就眼巴巴地看了看米小阳,本来想让她表扬我两句。谁知米小阳没有理我,她把头扭向一边,低低地说:"当兵有什么好?当两年兵不还是得回来?"

我愣了一下,脸有点儿红,心里还感到酸酸的,很委屈,当兵的理想不是很伟大很崇高吗?我其实也不一定要当兵,还不是为了在你面前显得正经一点儿才这么说吗?我看了看宋高丽,她朝我吐了吐舌头,耸了耸肩膀。我皱着眉头,有点儿闷闷不乐。米小阳也很快就看出来了,她可能觉得再待下去也没意思,就先走了。她一走,我也觉得没什么意思了,就对宋高丽说:"那你现在也先回教室去吧,我这就再抓紧时间学习学习制作主页。"

宋高丽皱着眉头问我:"你到哪里去学?是不是到网吧?你要是钱不够,我给你钱。"

我忙告诉她,我可以到教师办公室去学习。她还不相信,她说:"你开什么国际玩笑,你不是说你们班主任李建国一看到你,就恨不得一脚把你踢出学校吗?"

我抬起头,看了看头顶上清冷的月亮,很得意地笑了:"不错,李建国是恨不得我立马滚蛋,但张凯老师对我却是很好的,我们现在就像是铁哥们儿一样,他很支持我多学点有用的东西。这样的老师真少见。"

宋高丽显然很羡慕,她一边推着我,一边催我说:"那你快去吧,你到了那里,要学得乖一点儿,人家对你好,你可不能再给人家惹麻烦。"

我忙一个劲儿地说:"那是那是,你放心,我会永远都听这家伙的话的,将来我还会好好地报答他。"

那天晚上,我跑到教师办公室,给亲爱的张讲了一下,他果然像铁哥们儿一样,主动搬到另一张办公桌办公,把电脑腾出来让我用。有好几次,遇到我不明白的地方,他还很热心地跑来给我指点一二。他一直陪我学习到了十点半钟,我们才离开。

这真是一位真正的好老师、好哥们儿。我暗下决心,以后一定要好好地学习地理课,认真听讲,按时交作业,谁要是敢在课堂上捣乱,下课后我一定帮他摆平,好好地修理他!总而言之,谁也不许和亲爱的张捣乱!

元旦时学校放了三天假。第一天,宋高丽缠着我要逛步行街。我看看天气还不错,天空瓦蓝,阳光很好,连空气中都弥漫着恋爱的味道,看在上天的份上,也就答应她了。

上午,我们手拉手地在步行街逛了各种各样的商场,总的来讲,虽然我们穷得什么东西都买不起,但心情还不错。从商场出来时,遇到了一个十来岁卖玫瑰花的小姑娘，非缠着我给宋高丽买朵玫瑰花。我只好花了三块钱，给她买了一朵，那个小姑娘还祝福我们以后幸福美满，白头到老，她的嘴巴特别甜，要不是口袋里人民币不多，我都想再买一朵了。但我对宋高丽还是有点儿意见，我有点儿烦她像个小女人一样漫无目的地逛商场逛得我头晕，我真佩服她的精力那么旺盛。想想这和爱情有关，我最后还是咬牙坚持住了，没有给她脸色看。

中午我们跑到"西部火锅城"小吃了一顿，我很大方地花了四十块钱，还咬了咬牙点了她最喜欢吃的羊肉串。因为我中午喝了点啤酒，下午再逛街时，我就有了点小脾气，她说要逛一家电器商场时，我就很有志气地当场表态不愿意去逛，因为里面卖的都是电器，逛那个地方有个屁用。她噘着小嘴巴，拉着我的手撒娇地晃个不停，说是想去看看手机。我还是不愿意去逛，我们又买不起手机，去看看有什么意思？但她说就是看一看，过过眼瘾也行。我说不动她，只好很不耐烦地表示她可以随便去逛，逛多长时间都行，我可以站在外面等她，就是等成了一个老头也行。她很不高兴地甩掉我的手，气冲冲地进去了。看着她的背影消失在了商场里，我长长地松了一口气，站在外面抽了一支香烟。我觉得今天我够有耐性了，我其实很讨厌逛街，一点儿意思都没有。

谁知我那一支香烟还没有抽完，宋高丽就从里面冲了出来，激动得脸蛋红扑扑的，扑到我跟前，叽叽喳喳地说是看中了一款漂亮的手机，让我也去看看，说着就拉着我往里面跑。我一听，头就大了，没有银子，你看中了有个屁用，这有什么意思？我还看中了好几款笔记本电脑呢。就因为我很喜欢它们，再经过那几台笔记本电脑时，我就不去看它们了。人贵有自知之明，小丫头怎么连这个都不懂？

我很不情愿地被她拉到手机柜台前，她指着一款小巧玲珑的粉红色手机让我看，然后脸蛋红红地问我："你说好看不好看？"我皱着眉头说好看。她更来劲儿了，让营业员把它拿了过来，爱不释手地看个不停。那个漂亮的女营业员还在旁边一个劲儿地挑逗她买下来，她的气质、打扮最适合这款手机,这会让她显得更加高贵迷人什么的。我抄着口袋把头扭向了一边,她说的都是屁话,什么高贵迷人,和我一样,都是个小混混。宋高丽却信以为真了,更加恋恋不舍地把那款手机拿在手里研究个不停,一个劲儿地说好看,我都快被她烦死了。营业员看看火候差不多了,又很不识相地过来挑逗我:"你把它买下来吧,送给你女朋友做新年礼物,她一定很高兴。"我还真被她挑逗起来了,不过那不是购买欲,而是火气,我不耐烦地斜了她一眼,气冲冲地说:"去去去,什么破手机,都被你吹到天上去了。"然后让宋高丽放下手机,反正买不起,再待下去也没什么意思了。宋高丽很不情愿地红着脸放下了手机,闷闷不乐地出来了。我们两个心情都不好,赌着气谁也不说话,又逛了一会儿街,我趁机找了一个借口,赶紧溜走了。我很讨厌逛街,有空我还不如到大街上学驴叫去,弄不好还能整出一个很牛的行为艺术来。

  我本来以为宋高丽会因此生我两天的气,谁知第二天她又跑来找我来了。这次她是想和我一起到麦城的"恐龙大世界"去玩,她听别的同学说,那里很好玩,从我们麦县到那里的"一日游"才九十多块钱,很划算。我犹豫了一下,没有答应她,那些人工制造的景点太假,用不着为它浪费时间和金钱。我还想利用这剩下来的两天时间再钻研一下Photoshop。这让宋高丽很不高兴,她甩了甩那些并不长的头发,又瞪了我一眼,说,算了,我一个人去。我不放心她,好心好意地劝她说:"你要去的话,多找几个同学,一起去。"她一昂头,气呼呼地说:"死了也不要你管。"说完就走了。她就是这样一个人,火气说来就来,但也很容易过去。我也懒得理她,她爱怎么玩就怎么玩去吧,反正她也不是小孩子了,能自己管好自己了。

  在这一整天里,我一直钻在网吧里,试着制作了一个主页,基本上已经有个雏形了。我自己看了看,还蛮像那么回事的。

  第三天上午,我正在网吧里继续钻研时,刘坚强气喘吁吁地跑来了,一看见我就大呼小叫起来:"你原来躲在这里啊!我到学校,又到你们家里找了好半天,都没找到你!"

我以为他是来找我玩的,所以兴致很高地要拉他过来,让他看看我制作的主页。他急吼吼地叫了起来:"你还有心思坐在这里玩儿?快走吧,出事了!"

我皱了皱眉头看了看他,他总是这么大惊小怪,咋咋呼呼的。我不耐烦地问他:"能有什么事啊?本·拉登又去撞美国哪个地方了?"

他火烧眉毛一样,擦了一把汗,上前一把扯住了我胳膊,说:"你快出来吧,宋高丽出事了,这里说话不方便。"

我吓了一跳,忙跳起来,跌跌撞撞地跟着他跑到网吧外面。我心里乱糟糟的,忐忑不安,刚开始我还以为是宋高丽一个人跑到麦城"恐龙大世界"去玩,半路上出了车祸。前几天电视上还说,一辆坐满河南民工的大巴在宁杭高速公路上失火了,那些烧焦的尸体的镜头挺吓人的。我惶恐不安地想,她要是真的遇到了车祸,不管她伤势有多重,我都会很负责地和她永远在一起,养她一辈子都行。我着急地问刘坚强:"宋高丽她怎么了?她在哪里?"

刘坚强喘着气,着急地说:"她在派出所里,她打了我手机,哭哭啼啼地让我找你。我问她怎么了,她就是不肯说,一个劲儿地哭着让我找你。你快去看看吧。"

我长长地松了口气,看来不是车祸。我笑着打了刘坚强一拳:"你刚才吓死我了,我还以为她出了车祸什么的。"

刘坚强见我这样,脸上的表情放松了许多,不再那么大惊小怪了,但还是很严肃认真地说:"你还是快点去看看她吧,她给我打电话时,哭得挺伤心的。看来这事还挺难缠的,她不敢给她家里打电话,就只让我来找你。你赶紧去吧。我得先回家了,我爸这段时间把我看得很紧。"

他走了两步,又回来把他的手机塞给了我:"来,你拿着我手机,看看是怎么回事,如果需要我帮忙什么的,你给我打电话。"我鼻子一阵发酸,这个邋遢的家伙是我真正的朋友啊。我决定以后要彻底原谅他软蛋了。我重重地拍了拍他肩膀,真心实意地说:"哥们儿,谢谢你了!"

他嘿嘿地笑了,打了我一拳:"你斯文个什么啊,快去吧。"

我赶到派出所时,已经是中午了。我一眼就看到了宋高丽,她本来红着眼睛坐在一位漂亮的女警察的对面,低着头一声不吭,一看到我,就像见到了亲人,立刻扑了过来,咧开漂亮的小嘴巴,哇哇地哭了。她好像很委屈,哭得双肩抽搐着。我忙拍了拍她肩膀,安慰她说:"乖,别哭,听话,别哭,乖。"我越过她的肩膀,看了一眼那个女警察,她正皱着眉头打量着我。我想不明白,一个小女孩,是贩毒了,还是拐卖人口了,用得着关到派出所里吗?

女警察用圆珠笔笃笃地敲着桌子,绷着脸问我:"你是她男朋友吗?"

虽然这个警察长得挺漂亮,但看她严肃的样子,就像我们班主任李建国一样呆板,我就有点儿不大喜欢她了,懒得和她啰唆。我把脖子梗了梗,很英雄地说:"是。"这没什么,虽然我们是中学生,但过了元旦,我们就是十八岁了,我们已经是成人了,只要我们想,我们就是同居了,你警察上管天下管地中间管空气你也管不着我们,我们又没犯法,还是自由恋爱,我不怕你!

我扭头看了看宋高丽,她站在那里,揉着眼睛,还在伤心地呜呜地哭着。她的眼睛红肿,看来已经哭了很长时间。我很心疼,忙低下头,很温柔地问她:"你怎么到这里来了?"

她愣愣地看我一眼,又急急地低下了头,小声地哽咽着,像个哑巴一样,就是不说话。我看了看那个女警察,她问我叫什么名字,我告诉了她。她又要过我的身份证看了看,然后在面前的本子上记了下来,又还给了我。她自始至终都紧绷着脸,搞得我都有点儿紧张了,腿都有点儿软了,我声音颤抖着问她:"警官,她不会是真的贩毒了吧?"

女警察白了我一眼,没好气地说:"她要是贩毒了,还能待在这里吗?"

这我就不懂了,我困惑地看了看她:"那你们为啥把她关在这里?"

她看了看我们两个,宋高丽这会儿好像也哭累了,她不再哭了,不过仍然在低着头,默不作声。女警察的目光最后落到了我身上,充满讥讽地说:"这么小就谈恋爱,你们懂个啥啊?谈就谈吧,你看你们都干了些啥,连自己的女朋友都管不住,让人家卖了都不知道。"

我看了看她,又看了看宋高丽,不明白这个女警察叽叽歪歪地在说些什么。宋高丽被人家卖了?打死我我都不信,她那么坏,不卖人家,人家都谢天谢地了,还敢卖她?

我心急火燎,但还得装作很有耐心的样子问:"警官,这到底是怎么回事?"

她把面前的本子啪地合上了,站起来伸了个懒腰,说:"你问她吧。你们可以走了,我午饭还没吃呢,问了她半天,死活也不说自己家在哪里,叫来个男朋友,原来也是个小毛孩,我可真服了你们。"

我懒得理她,拉了宋高丽就走。宋高丽这会儿好像也有点儿脾气了,磨磨蹭蹭地不肯走了。我费了半天劲儿,才把她拉出了派出所。我们站在大街上,她好像又活了过来,低着头急急地往前面冲。我拉住她,问她这到底是怎么回事。她又开始呜呜地哭了,泪水像关不上的水龙头一样滴滴答答地流个不停。我拉住她,很恼怒地瞪着她,吼了一嗓子:"你哭什么哭,你是不是哑巴了,这到底是怎么回事?"

她抹了一把泪,抬头胆怯地看了我一眼,又低下了头,呜呜地哭着说:"他们刚才罚了我五千块钱。"

我眼前一黑,差点儿晕倒。五千块钱啊,我就是把全身的血都卖了,也凑不到这么多钱。我回头愤怒地看了看派出所的大门,有了冲上去把它的牌子砸个稀巴烂的冲动了。我急得团团转,围着她烦躁地走来走去,连撞墙的心都有了。我觉得自己真他妈的倒霉透了,还没有踏到社会,难道就逼着我去抢银行?我到哪里去弄这五千块钱?我急得头上都冒汗了。

她又看了我一眼,喃喃地说:"我已经把钱给他们了。"

这更让我吃惊了，我愣愣地看着她，简直不敢相信自己的耳朵了，她已经把钱给派出所了？五千块钱啊，这可不是个小数目，要想让我弄这么多钱出来，我非得抢银行去了。她难道真的去贩毒了？我立马拽住她领子问她："你从哪里弄了那么多钱？"

她又开始低着头呜呜地哭了。我看了看四周，不少行人都充满疑惑地看着我们，我有点儿紧张，觉得这不是说话的地方。她不会是瞒着我偷偷地去贩卖摇头丸什么的吧？我们这个县城虽然小，但像酒吧这样的地方都有，听说那里就有人嗑这些玩意儿。我最痛恨这些玩意儿了，贩卖摇头丸的都是人渣。

我把她连拖带拉地拽到一个小巷里，双手抚着她瘦弱的肩膀，耐心地说："小丽，你告诉我，你从哪里弄的这五千块钱？你对我说了，我决不会告诉别人，如果是你借的，咱们想办法赚钱还他们。总之，一切都会有办法的，你别哭了。"

她看了看我，目光躲躲闪闪，怯怯地说："我告诉你了，你不会打我吧？"

我忙说："我不会打你的。咱们慢慢想，总会有办法的。你快告诉我吧，我都快被你急死了。"

她又开始哭了，她呜呜地说："都是陈小刚害我的……"

我反应不过来，愣愣地看着她，我是有点儿恨她了，有一会儿我甚至都有点儿憎恶她了，觉得她哭哭啼啼的样子十分丑陋，我都不想再看她一眼了。这真够可恶的，什么人找不了，她偏要去找那个小混混？我很烦躁地说："算了算了，将来想办法弄钱还他狗日的。他妈的派出所把你抓起来罚你这么多钱干什么？你怎么惹他们了？"

她低低地说："不是，不是陈小刚的钱，是一个老板的……不用还他了……"

我的脑袋都快炸了，怎么这么复杂？又冒出来个老板！我再也受不了了，抓住她的肩膀，使劲儿地摇着："这到底是怎么回事？你快点把所有的事情都告诉我,一点儿都不许隐瞒!我都快被你急死了,这到底是怎么回事?"

她又开始捂着脸呜呜地哭了,我只得松开了手,从口袋里摸出一支烟,刚吸了两口,烟雾呛得我都要流泪了。我看了看她,她还在哭。我都不知道该怎么办了,只得围着她团团乱转。女人真是麻烦,我都有点儿后悔和她谈什么狗屁恋爱了。

我不耐烦地瞪着她,她蹲在地上,哭了好半天,抬头怯怯地看了看我,这才呜呜地哭着说,她昨天在街上又遇到了陈小刚,她本来不想理他,他却死皮赖脸地拦住她,问她想不想赚大钱。她被他纠缠得没法子,又没地方玩,就跟着他去了一家麦当劳。陈小刚告诉她说,有个老板,手里开了好几个公司,想找个女中学生陪他一次,给五千块钱。刚开始她还不愿意,但陈小刚说,反正就一次,也没什么损失,白赚五千块钱。连哄带骗,她就迷迷糊糊地答应了,和他一起去了一家酒店。谁知到了半夜,警察突然来查房,她就被带到派出所里来了……

她说着说着,就蹲在马路边,哭得更伤心了,说这都是那个陈小刚害我的,我只是想把那个手机买了……

我愣愣地站在那里。她见我没什么反应,就又站了起来,慌慌地看我一眼,又把脸扭向了一边,喃喃地说,我本来不想去的,都是陈小刚害我的!

香烟屁股烧着了指头,很疼,我这才醒悟过来,她原来是因为这事被关到派出所的,这比他妈的抢银行还要下流。我把香烟屁股甩掉,回过头来恨恨地盯着她,真想上去掐死她!妈的,她居然去……我红着眼睛,愤怒地问她:"那个老板叫什么名字?他公司在哪里?"

我最恨这种家伙,妈的,泡妞泡腻了,居然打女中学生的主意,真他妈的人渣,我非要找到他狗日的,把他捅死再说。

谁知宋高丽却呜呜地哭着说,她也不知道他叫什么名字,也不知道他的公司在哪里,只知道他是开着一辆白色的高级轿车来的,她还听陈小刚说，他至少有上千万元的财产。

我感到身上很冷，好像掉进了一个冰窟窿里，手都发抖了。妈的，又是陈小刚这个杂种，我非要把他的腿打断不可！我咬着牙，狠狠地盯着她，吼了一声："那陈小刚现在在哪里？"

她看着脚下，低低地说："我也不知道，我只知道他经常在李青路那一带网吧上网。"

我立马撒腿就往李青路跑，宋高丽却拉住了我胳膊，呜呜地哭着喊："你要干什么？你别去啊，他是社会上的小混混，他什么事都干得出来。再说，再说，我也没损失什么……"

我忍无可忍，挥圆胳膊，扭头甩她一个响亮耳光。她捂着脸，蹲在地上，呆呆地仰头看着我，喃喃地说："你打我，你居然打我……"

我愤怒地叫了起来："我就是要打你，你这个破鞋！你去死吧！"我刚要走，忽然想起自己口袋里没什么钱了，把她从地上拉起来，搜了搜她的口袋，她口袋里还有百十块钱，我从里面抽出二十元钱，剩下的又塞到了她口袋里，恶狠狠地说："你这个婊子，我看到你都恶心，你给我滚走吧！"

她站在那里，咬着嘴唇瞪着我，充满怨恨地说："好，我会永远记着你打我的这一耳光，你以后是死是活我都不管！以后你也别想找我了，我再也不理你了！"说完，她捂着脸呜呜地哭着跑走了。

我看着她的背影，飞起一脚，踢在路边的一棵高大的法国梧桐树上，钻心的疼痛使我的脑袋更加清醒。我摇摇晃晃地走在马路上，眼睛酸疼，脑袋嗡嗡地响，心里充满了愤怒、悲伤和失望，真想抱着一棵树放声大哭一场。这是什么世道啊，我那么爱她，将来还准备和她结婚，她却为了买个破手机瞒着我干这种事。我真是倒霉，好不容易恋爱了，谁知却遇到了这么一个人，我真是倒霉死了。

但无论如何，我必须得先找到陈小刚这个王八蛋，捅他两刀再说。我飞快地跑到车站，挤上公交车，在步行街下来，又跑到一家商场里，用从宋高丽身上拿来的二十元钱,买了一把半尺来长的锋利的水果刀,揣在怀里,然后顺着李青路,一家网吧接一家网吧地寻找陈小刚。

我终于在一家破破烂烂的网吧里找到了这个王八蛋,他穿着一件羽绒衣,抽着一支烟,趴在电脑前,正在聚精会神地玩游戏。我不想在网吧里立即给他两刀,这里人太多,碍手碍脚,捅得不痛快。再说了,我也不想伤到别人,别人又没有得罪我,我不恨别人,我只恨陈小刚这个杂种。

我捏了捏怀里揣的水果刀,咬了咬牙,走了过去,拍了拍他肩膀:"陈小刚,你给我出来一下。"

他正沉浸在网络游戏中,头也不回地说:"别闹,我正玩得过瘾呢。"他还以为我是他的一个狐朋狗友。

我用手使劲儿地打了他脑袋一下,吼了一声:"你个混蛋,你看看老子是谁!"

他这才把脑袋从电脑前抬起来,歪着头看了一下,看出来是我,目光里有些慌张,但他很快就镇静下来,也朝我吼了一嗓子:"你叫个屌毛,我咋着你了?"

我恨恨地瞪着他,他的样子让我恶心,我今天要不捅你两刀,我就不是胡建军了!我因为激动,脸上的肌肉都开始抽搐了,我恶狠狠地用手指了指门外,厉声叫道:"你他妈的少给我装蒜,你给我滚出来,我有话要问你!"

周围的人们都抬起头来看我们,我愤怒的样子有些骇人,坐在陈小刚旁边的人忙站了起来,躲在一边满脸困惑地看着我们。网吧老板是个秃顶的中年男人,他见势头不对,也忙跑过来了。他披着一件肮脏的军大衣,咋咋呼呼地问我:"咋回事,咋回事?有啥出去说去,别在这里捣乱。"

我看了这个男人一眼,我得承认,他说得有道理,这里是他的地盘,再说,我也不想打扰他的生意,我只想把陈小刚这个杂种叫出去捅他两刀。我压低声音,尽量装作很平静的样子对网吧老板说:"你放心,我不是来闹事的,我就是想把这个家伙叫出去说两句话。"

谁知陈小刚这个孬种说什么也不愿意出去,他的屁股像粘在了凳子上一样,就是不肯起来,他有些心虚地看着我,但说出来的话却还很强硬:"我干吗要出去?我在这里玩得好好的,你让我出去了我就出去了?我不出去!你爱到哪里玩,你到哪里玩去!"

网吧老板看了看他,又看了看我,可能是他看出来我和陈小刚不是朋友,而是冤家对头。这个网吧我从来没有来过,和他没交情,相反,陈小刚是他的"财神爷",他就来动手拉我的胳膊,凶巴巴地说:"你又不上网,你给我出去!你和他有什么事,我不管,但你不能在我这里闹事,你在外面等着,他出去了,你把他砍死都行,但你现在得给我出去!"

我瞪了这个男人一眼,很不客气地打掉了他的手,然后伸手去拉陈小刚:"你他妈的装什么蒜?你今天非得跟我出去一趟不可!"

陈小刚可能知道出去了没什么好果子吃,他赖在座位上,使劲儿地甩着胳膊,挣扎着不肯出去。网吧老板见他不肯出去,就要过来拉我了。我急了,头脑一热,也顾不得是在网吧里了,伸手从怀里掏出了水果刀,朝着陈小刚这个王八蛋捅了过去。我本来在进来时就已经看好了,准备捅到他胸口上。他看到我掏出了水果刀,下意识地抬起胳膊来挡,刀子扎在了他的手臂上,鲜血立刻流了出来。他跳起来,哇哇地叫着就要往外跑。我赶忙又捅了两刀,但都捅到了他的胳膊上。我正要继续追他时,网吧老板和其他人扑了过来,他们把我按在了桌子上,夺下了我手中的水果刀。我听到有人在慌慌地喊:"快打110,快打110!"

我的脸贴在桌子上,一点儿也动弹不了。这帮王八蛋!我根本就没怎么伤着陈小刚这个杂种,他们却打了110,真他妈的不划算。我使劲儿地挣扎着,他们死死地按着我不放,我真他妈的倒霉透了。我只好痛苦地闭上了眼睛,没过一会儿,我就听到了大街上传来了刺耳的警报声,一颗泪珠终于涌出了眼眶，滴在了脸颊上，我感到这颗泪珠冰冷……

我就这样在公安局待了半个月。陈小刚被我刺了三刀，但因为他穿着厚厚的羽绒衣，虽然流了血，但并不是很严重，甚至连医院都没有去过。我却被拘留十五天。在这半个月里，宋高丽来看过我三次。头两次时我都没理她，吼着让她快滚，滚得越远越好。第三次她来时，给我买了不少零食，但我看到她就觉得恶心，恨不得把这些零食拿过来摔在她脸上，让她那张白痴脸蛋开花。我扭过头不理她。她把东西放在桌子上，低低地说："我给你带来些吃的，还有两包烟。"顿了一下，她又说："我还到书店给你买了本关于制作Photoshop的教材。"说着，她把书递了过来。

我犹豫了一下，不知道是不是应该接过来，按照我从前的脾气，我会把她当作一泡臭狗屎，再也不理她了。但我想了想还是接了过来，反正在拘留所里闲着也是闲着，不如看看书，提高一下网页制作技术。我在这里整天面对雪白的墙壁发呆，我看墙，墙也看我，我他妈的闲得都要发疯了。

她见我接了过去，怯怯地看我一眼，喃喃地说："对不起，是我害了你。"

我忍了忍，本来我打算这一辈子都决不再看她一眼了，但我还是他妈的没忍住，抬起头来看了看她，她脸色憔悴了许多，眼睛红红的。我鼻子很不争气地一阵发酸。自从我被公安局拘留以后，除了我爸来签了个字，没有人来看过我。我爸那次来的时候，铁青着个脸，签过字扭头就走了，我就站在旁边，他甚至连看都没有看我一眼。学校里也没来人，李建国没有来，甚至连亲爱的张也没来。同学们也没人来看我，倒是刘坚强，给我打了几次手机，安慰了我几句。我像一条被扔到大街上无家可归的狗一样，没人管我。只有宋高丽来看我来了，每次来时，我都让她滚走，但她还是厚着脸皮来了第三次。我是很恨她，但我多少还是有点儿感动的。我又不是一块石头。我冲着她勉强地笑了笑，装作很平静的样子说："我没事，这不关你的事。我早就想收拾那个杂种了。"

宋高丽低低地说："我以后再也不理他了。"

我没作声。我正在考虑，要不要原谅她。我刚进来时，本来不想原谅她，我们已经开始恋爱了，她还干出了这种事，我虽然并不在乎贞节之类的屁话，但还是觉得这太伤人自尊了。我想了一会儿，最后决定还是原谅她了，没什么原因，她又不是希特勒，也不是东条英机，更不是本·拉登，有什么不能原谅的？她不是个好鸟，我也不是个什么好东西，用不着那么矫情。

我既然准备原谅她了，那我就应该安慰她一下，看得出来，她还是很在乎我的，我被拘留的这段时间里她肯定也不好过。我抬起头，低声对她说："你放心吧，我真没事的，过几天我就可以出去了。"

她见我态度好多了，眼睛闪闪地有了神采，脸上露出了讨好的笑容，小心翼翼地问我："你还恨不恨我？"

我咬着牙，觉得她说的完全是废话。要我完全不恨她，那是不可能的，我对她干的那件蠢事还是觉得有点儿恶心。我皱了皱眉头，阴沉着脸说："你也太不自重了，不管怎么说，你还是个学生，怎么能干那种事？"

她脸腾地红了，忙向我保证："我以后决不会那样了！"

我摆了摆手，不耐烦地说："算了算了，别提那档糗事了。你也回去吧，我没什么事。"

她怯怯地看我一眼，问我："你没给警察讲你们为什么打架的吧？"

我看了她一下，知道她在担心我给警察说了她干的那件丢人事，她可是咬紧牙关一直没给警察说自己的学校，她这是怕我把这事捅出去了，警察通报给了学校，她就没脸见人了。这个我理解，流氓也有流氓的自尊。

我告诉她，我没讲，我只是说我和陈小刚是在网吧发生矛盾的，吵了两句就动起手来了。最后我还安慰了她一下："你那事警察已经罚过你款了，他们不会再多管了，你不用怕的。"

她这才放心了，走时还让我多多保重。

我终于从公安局出来了。我走出拘留所,揉了揉眼睛,抬头看了看灿烂的天空,自由真他娘的好啊,我再也不用整天对着雪白的墙壁思过了。我本来准备回到家里,先挨我爸一顿打再说,这事闹得够大了,他怎么收拾我都不冤枉。但我没想到,我无精打采地走回家时,我爸看到我,就像没看到一样,继续在那里收拾废纸箱什么的,一个劲儿地挥着手指挥我妈用水龙头往废品上浇水,样子牛气得就像一个指挥千军万马的将军一样。他一向都很夸张。我走过他身边时,特地抽了抽鼻子,仔细地闻了闻,他身上也没有酒味。看来他并没有要逮住我打一顿的计划。这可是一件奇怪的事情,我可真想不通,出了这么大的事情,他会轻易放我一马?

吃晚饭时,我爸看了看饭桌,皱了皱眉头,让我妈去给他拿一瓶酒来。我一看,忙低下了头,装作认真吃饭的样子,心里却是彻底地凉了,看来这顿打还是跑不掉,像往常一样,他这次还是要先喝完酒再动手。我一边往嘴里扒拉着米饭,一边在紧张地盘算着,他要是再打我了,我要不要把他的皮鞭夺下来,然后折断扔到垃圾堆去?因为元旦一过,我就十八岁了,已经是成人了,他要是再打我,那也太不像话了,我有权捍卫自己的成人尊严。我正在盘算着,我妈把酒拿来了,给他倒了一杯酒,他端起来刚要喝,突然扭头看了看我,好像想起了什么,很认真地问我:"你要不要也喝一杯?"

我愣了一下,满脸狐疑地看了看他,不知道他这是什么意思。我本能地摇了摇头,低低地说:"你喝你喝,我不会喝。"

但他还是站了起来,从碗橱里又拿出了一个茶杯,给我倒了满满一杯,然后放在了我跟前,很平静地说:"你喝吧,我知道你会喝酒。你已经长大了,喝些酒也没什么大不了的。"

我吓了一跳,差点跳起来,我充满疑惑地看了看他,他埋着头,很平静地吃着饭,听他的口气,不像是给我开玩笑,也不像是在讽刺我,相反,相当真诚。他这是真的把我当作一个成人来看待了。我的鼻子有些发酸，我声音颤抖着说："爸，你放心，从明天开始，我就好好上学，再也不给你添麻烦了！"

我爸从饭桌上抬起头，伤心地看着我，苦笑地摇了摇头，说："学校已经把你开除了，你再也不用上那个学校了。"

我愣了愣，脑袋因为有点儿反应不过来。我早就盼着学校能把我开除了，但真的开除我了，我反而有点儿不知所措了。我呆呆地看着我爸，心里茫然地想：这么说，我从此就不再是个学生了？

我爸端起了酒，仰起脖子，很牛气地把一杯子酒一口气地喝干了，然后把杯子亮给我看了看："我喝干了，你也喝了吧。"

我端起那杯酒，也一口气喝完了，对我来说，这没什么，我在很早以前就学会了喝酒。但我的脸还是有些发烧，感觉酒很苦很辣，烧得喉咙发痒。我心里有点儿难过，我爸从来没喝过什么好酒。将来我有了钱，一定给他买瓶茅台酒喝喝。他虽然从小打我骂我，但他毕竟是我爸爸，是我最亲的人。

我放下酒杯，心里觉得很闷，我现在终于不是个学生了，终于自由了，但不知道为什么，心里空荡荡的，觉得很难受，我还是想哭。

我爸又给我倒了杯酒，叹了口气，说："这次我去给你们那个杂种班主任李建国下了一跪，他们也不愿意再要你了。我也想通了，反正你在学校也学不到什么东西，不上学了也好。从明天开始，混好混坏，就是你自己的事了，我也管不了你了，也不想管了，随你的便。"

我妈看了看我，关切地说："孩子，你可不要学坏了，看看外面有什么培训班，你也去学个手艺吧。"

我点了点头，看了看我爸，又看了看我妈，他们脸上皱纹纵横，脸色灰暗，精神疲惫不堪。他们岁数不大，但生活已经让他们过早地衰老了。我第一次深深感到，他们都是好人，活得很不容易。我低声说："我正在自学网络技术，将来在网络公司找份工作，应该还不难。"

我爸叹了口气，说："你干什么是你自己的事，只要不卖废品就行。"

我妈说:"干啥都比我们卖废品强,你将来可不能像我们一样卖废品。"

我看了看他们,低下头扒拉着米饭,心里很不是滋味,觉得他们有点儿可怜,我真想和他们推心置腹地谈谈心,告诉他们:卖废品没什么丢人的,你们是在靠自己的劳动自食其力,只要不往里面掺水,就比那些狗娘养的贪官们高尚多了,这没什么不好意思的。但我最后还是没吭声,我还没有完全转过弯来,在此之前,我一直懒得理他们,甚至很少喊他们"爸""妈",现在猛地和他们这么亲密地聊天,我还真有点儿不习惯。我草草地扒了两口饭,就上床睡觉去了。

那天晚上,我一直躺在床上睡不着。我已经从最初的难受中解脱出来了,平静地接受了我已经被学校开除了的这个事实。这让我有点儿迷茫,又有点儿激动,更多的是兴奋。有一会儿,我甚至想跳下床,赤脚跑出来,站在污浊不堪的青山湖面前,吼一嗓子:×你妈中学,老子终于可以不上你了!

后来我就迷迷糊糊地睡着了,那天晚上我睡得很香。

阳光与花朵

我得承认,虽然我很讨厌学校,但毕竟上了十几年学了,刚开始还真有点儿不习惯。早上六点多醒了,慌慌张张地穿衣下床,拿起书包就要往学校跑,刚跑到门口时,这才想起我已经被学校开除了。我呆呆地看了看清冷的小巷,小巷里除了起来准备卖早点的,没什么人,天色还早,我就又跑回来,脱衣睡觉。

邻居"小五哥"自从听说我被学校开除后,还真的以为我和他一样都是坏种,没事就往我家跑。他现在染了一头黄头发,还买了个"艇王"摩托车,耳朵上挂了几个铁环,看上去很前卫,但我心里清楚,他就是个草包,连自己要干什么都不知道。他刚来时,我还和他客气一下,说他混得不错，连"艇王"都骑上了，谁知他却以为我这是在羡慕他，再来时就劝我和他一起到街上去当小混混，摸人家钱包或者到中华门内那一带向那些民工找碴，讹俩钱花花，还可以泡姑娘。他甚至表示，我泡马子时，他可以把他的"艇王"借给我骑骑，晚上到街上飙车，现在的姑娘就迷这个。这和我的想法相差太大，我想都没想，一口回绝了，我告诉他说，我在学习网络技术，没时间。我根本就看不起他们。他还很不高兴，撇着嘴说我是块糊不墙的烂泥巴，自己拿自己当宝贝了。我一下子火了，指着门外让他立马滚蛋。他还不服气，凶巴巴地朝我叫，还建议我尿泡尿照照自己的人样儿，猪鼻子上插根葱，就以为自己是头大象了。

　　这话说得就很难听了，我都想和他动手了。我狠狠地瞪着他，很不客气地对他说："你他妈的立马给我滚蛋，老子就是饿死在街头，也不会跟在你屁股后瞎混。"他一听就跳了起来，冲着我瞪眼："你狗日的刚才说什么？你让我滚蛋？好，小子你有种，你再说一遍！"他边说边用他那鸡爪子一样的手指指指戳戳，还差点戳到我鼻子上。我不想再和他多费口舌了，恶人自有恶人磨，我扭头就往厨房走。他还以为我怕他了，跟在我后面，继续在那里叫个不停："你狗日的连我都敢骂，你还想不想混了？"我一声不吭地拿起菜刀，他要是再不滚蛋，我真的要劈他。他气势汹汹地跟在我后面，我还以为他真的很牛，谁知他一看到我拿起了菜刀，就立马尿了，还没等我赶他，就怪叫一声，扭头就跑。我充满鄙视地看着他像癞皮狗一样的身影，嘿嘿地冷笑了，真是狗眼看人低，老子混得再惨，也不会像他那样成为街头小混混。那没意思。

　　我其实也没什么事干，天天在家看电视也不是个办法，这样下去，像我意志这么坚强的人，说不定哪天也会像"小五哥"那样成为一个街头上的小混混儿了。我想继续自学网络技术。我爸妈不相信我，他们总认为我到网吧是去泡马子或者玩游戏的，在他们眼里，我总是小混蛋一个。我告诉他们很多次了，我已经是超级网虫了，早已修炼成精，聊天和玩游戏这两种玩意儿我都已经厌倦了,除了偶尔泡泡坛子,就是自学网页制作什么的,干的都是正经事儿。但因为我从前经常给他们撒谎,所以他们根本就不相信我,每次我给他们要钱时,他们总是不想给我。我只好又给他们撒了个谎,说是报名参加了一个网络工程师认证的培训班,他们这才给了我几百块大洋。我赶紧把钱塞进口袋里,溜出了家门。我虽然刚踏进社会,实际上我已经很有社会经验了。我当然不会去参加那些培训班,他们都是昧着良心赚钱的,才不管你到底能不能学到东西呢,我一向都很鄙视他们。现在网上什么都有,我可以直接从网上下载教程自己学习,实在不行,我到步行街买几张这方面的光盘,照样玩得转。

这段时间,我已经学会了FrontPage、Dreamweaver、Fireworks、Flash、Photoshop这几个软件了,制作网页已经够用了。为了实战演习一下,我特地花了两天时间,给自己制作了一个个人主页。我把这个主页叫作"告别青春",我想有一个新的开始。

我又去了一趟学校。我这次去主要是找刘坚强,把他的手机还给他。我把他叫到操场上,他刚开始还不想要,非要把手机送给我。我也不知道他说的是真的还是假的,但我没有要。我不想再欠他这个人情。

我没有去找宋高丽,因为我觉得自己既然已经被学校开除了,就说明我现在是个社会青年了,再去找她,万一被同学们看到了,说她和社会上的小青年混在一起,对她影响不好。我是很爱她了,所以我能替她着想了,我觉得这是一种进步的表现。现在需要我做的事情很多,最重要的是先找份工作,赚些钱,把宋高丽最喜欢的那款手机买了。以后我要是再有钱了,自己再买个手机,如果米小阳考上了大学,我也可以买个手机送给她。当然,这事我要和宋高丽商量一下,女人是最喜欢吃醋的。但我相信她会赞成的。

我觉得自己现在有一大堆理想要去实现,这种感觉很舒服,它让我觉得自己不再是个废物,相反是个有用的人。

我本来打算再去看看亲爱的张。虽然我不再是他的学生了,但我们还是可以成为朋友的，要是有人在他的课堂上捣乱了，只要他给我说一下，我还是可以帮他摆平的。我远远地看了看办公楼，想想还是算了，我现在还没有什么事干，整天叼着支烟游手好闲，见到他也没什么可说的，还是等我有了工作再说吧。这样，我再回到学校时，不说是衣锦还乡，至少感觉可能会比现在更好些。我实在不愿看到像李建国那样的老师，他们要是知道我到现在还没有正经事干，仍然是社会上的一个小混混儿，不把我笑话死才怪，说不定还会把我作为一个反面教材教育其他学生好好学习天天向上，免得像我那样，说不定哪一天就会被一帮小流氓们乱刀砍死了。他们完全会这么干的。

　　那天从学校回来，我咬了咬牙，在步行街买了一个优盘，在网吧里把我制作的个人主页拷贝进去。然后，我又制作了一份图文并茂的个人简介，拷进优盘，顺着步行街，一家一家网络公司跑着推销自己。跑了两天，我还真的找到了一家，他们愿意让我来试试看。虽然这家公司规模不大，但总算有了个吃饭的地方了，一个月能拿八九百块钱工资，任务就是当个网站的技术编辑。如果表现得好，他们就正式录用，工资再逐步往上面加。我听了以后，高兴得差点晕死过去，觉得自己还有点儿用处，至少不像李建国说的那样狗屁不是。我真是走了狗屎运了，"小五哥"中学毕业好多年了，到现在还没事干，整天在街上晃荡，只能当个无所事事的小混混儿。走在回家的路上，我不停地在心里对自己说：胡建军，你一定要珍惜这个机会，努力工作啊，虚心请教，多学点东西。我只顾一个劲儿地鼓励自己，公交车到了家门口也忘了下了，一直坐到了终点站，别人都下车了，我还眯着眼睛一脸傻笑地坐在那里不动，司机不耐烦地冲我吆喝起来："喂，你这人是神经病咋的，怎么还不下车？"我这才知道自己早就坐过头了，司机很不礼貌，但我今天心情很好，不和他计较，不但没有以牙还牙地回骂他，相反还说了好几声"谢谢"。

　　我回去给我爸妈说了这事。我给他们说时，尽量抑制住自己快乐的心情，但还是兴奋得嘿嘿地傻笑几声。我爸妈也挺高兴的，他们围住我一个劲儿地问我:"是真的吗,是真的吗?"问得我都想给他们跪在地上发誓赌咒了。晚饭时我妈多炒了两个菜,我和我爸又干掉了一瓶酒。我妈看着我们喝酒,好像也有点儿醉了,脸上露出了十几年来我几乎没有见到过的笑容。她总是情不自禁地把目光落在我身上,慈祥地打量着我,我都有点儿受不了了。难得啊,死气沉沉的家里终于有了点温暖的气息。那晚,我喝得不多,但已经明显地有点儿醉了。这才像一个家。

我很激动,一仰脖子,干掉了一杯酒,借着酒劲儿,对我爸说:"爸,你以后不要再往废品里加水了,咱凭良心赚钱吃饭。"我觉得那很龌龊,早就想给他说了,但一直都没找到机会。

我妈也敢不看我爸的脸色主动要求发言了:"这可不行,人家都是这么干的,咱不这么干要吃亏的。"

我爸也不赞成:"小军啊,你不知道啊,现在卖废品的竞争得也很厉害,要是不加水,就赚不到钱,弄不好还要赔啊。反正咱做的是废品生意,不像那些卖臭干的、卖香肠的,往里面乱加色素,还用死猪肉坑人,那才是昧着良心赚钱。咱们不赚那些黑心钱,咱这不伤人。"

我妈也一个劲儿地点头:"就是,就是,咱这不伤人。"

我鼻子发酸,感动得都有点儿想哭了。他们虽然没有同意我的话,但是给我解释了一大堆,说话声音还那么温柔,不像从前,一看到我就横鼻子竖眼,根本就没有我说话的份。还是家里温暖啊。他们这是真的把我当作了自己的儿子看了。我从前甚至怀疑我不是他们亲生的。我忙喝了一口酒,对他们说:"我只是随便说说,我只是随便说说,没事的,没事的。"

那天晚上,我躺在床上,听着我爸妈传来的呼噜声,悠长响亮,第一次觉得很亲切悦耳,越想越激动,我甚至还很不好意思地流了几滴眼泪,这让我又觉得很好笑,我本来不是那种多愁善感的主儿。

那段时间里,我心情一直都很好,觉得自己身上充满了力量,浑身有劲儿,新的一页掀开了,一种全新的生活正在我眼前展开。我已经十八岁了，我已经是成人了，不再是一名中学生了，我自己能做自己的主人了。我不能再像中学那样一切都按着惯性向前飞奔了，我要把握住自己的方向，走好自己的路。我对此充满了信心。

还有一件让我高兴的事，我认识了一个叫"巴黎公社"的家伙。

我在那家网络公司勤奋工作，虚心求教，逢人就喊"大哥""大姐"，乖得很。在他们的帮助下，不但会熟练制作网页，还学会了网络高级管理员的相关技术。我对这些东西很感兴趣，有时我都有点儿佩服我自己了，真是个网络天才！我甚至还做了一个小小的木马程序，居然也安全地通过了防火墙和"木马克星"的双重拦截，植入了故乡网"出版公社"论坛版主"巴黎公社"的电脑，我知道他也是我们麦县人。当然，我只是逗他玩的，我们虽然没见过面，但我常去"出版公社"玩，经过几番交换帖子，也算是认识了。这家伙大学毕业没几年，已经出版了两部长篇小说，是属于让我很佩服的那种人，所以，我不害他。我登录上他的电脑以后，立马就告诉他了，让他删掉这个木马程序。

谁知他知道后，非要让我教教他如何当一名黑客。当他得知我也在县城住时，就更加来劲儿了，主动约我到步行街的"西部火锅城"见面，请我吃火锅。我本来不想再在网络上交朋友了，在这个到处都是伪君子的时代，没几个真诚的家伙了，大多数是虚伪自私得要命的主儿，网络也不例外。说实话，他的邀请还是让我有点儿受宠若惊，因为他老兄也算是个玩电脑的高手，连他都有点儿崇拜我了，我要是有尾巴，说不定立马就翘起来了。我当然不想教他编写黑客程序，他是论坛版主，为维护论坛秩序，说不定要经常去参加网络肉搏，他老兄要是发起狠来，用黑客程序攻击人家，这可不好。我觉得当个黑客还是挺不容易的，既要把自己的技术发挥得淋漓尽致，又要保持起码的道德底线，这很考验人。特别是对那些初级黑客来说，更喜欢到处找人证明一下自己的实力，就更容易捅娄子了。我觉得还是那些超级黑客比较牛气，他们根本看不上个人电脑，他们的对手是比尔·盖茨的微软帝国或者是美国五角大楼的网站。那才是英雄本色。我当然没有这么牛气的本领，也不打算再深入研究了，只要能应付一般黑客，保卫我所供职的网络公司的安全就行了。我觉得"巴黎公社"更没必要学习这些东西了，他只要搞好他们那个因为经常发生肉搏而伤痕累累的"出版公社"论坛，平常写写他的小说就行了，这比较有前途。他不应该和我比，我只是个社会上的小混混儿，混口饭吃而已，在网上出没，也是装神弄鬼，没什么远大抱负。

但我们交交朋友还是可以的，我也想学习写写小说。我从前很擅长写点小文章，骗俩稿费花花，但这终久是小敲小闹，这样玩一辈子，也是没出息的。如果有可能的话，我想写个比驴尾巴还长的小说《青春祭》，就讲我中学时代的这些糗事。这不是没有可能。说不定将来还得让他多多批评指导呢。我喜欢和有才华的人在一起。

我立马答应和他在"西部火锅城"见面。我们各自拿了一份当天的晚报，站在火锅城的外面东张西望。我们接上头后，我打量了他一下，小伙子长得还挺帅，穿着一身休闲服，浓眉大眼，白脸书生，样子儒雅，一副很有文化的模样，我一看就喜欢上他了。我们很快就混熟了。他原来还是驻我们麦县部队的一名中尉军官，这可是一件稀奇的事情，我原本以为部队里都是一大帮头脑简单、四肢发达的家伙，谁知部队里卧虎藏龙，还真有能人。

可能就是从那时开始，我对部队已经有了些好印象吧。当然，那时我根本没想到会有那么一天，我也会穿上军装，成为这支光荣伟大的军队中的一员了。

我不想教这位年轻有为的军官如何成为一名黑客，所以吃饭时，我就一个劲儿地用啤酒灌他。他经常在网上给我说他喝酒如何如何厉害，我还真以为他喝酒很牛，谁知我喝完三瓶啤酒依旧清醒时，他喝了两瓶舌头就大了，但就是这样他还不服气，一个劲儿地往外掏钱，非要再买瓶白酒喝喝不行。我觉得这很好玩儿，他这时已经忘了是让我来教他黑客技术的，还以为我是专门来陪他喝酒的。我当然不能再陪他喝了，我这主要是为他着想,我是个小混混儿,要是喝多了,躺在大街上睡觉也没啥了不起的。他老兄写小说那么牛气,还是光荣的人民子弟兵,亲人解放军的形象一直就非常高大,可不能像我一样当众出丑。我好说歹说,才把他从火锅城拉了出来。我们分手时,他还不服气,指着我的鼻子,叫着我的网名"胡不乖",在那里瞎嚷嚷:"胡不乖,你……你是个孬蛋,喝……喝了两瓶啤酒就软蛋了,我……我喝了三瓶还没事,我……我还能喝,你不敢陪我喝,你……你不够意思,你软蛋!"我哭笑不得,忙一个劲儿地给他作揖赔不是:"哥哥你说得是,我软蛋,我软蛋。"他更来劲儿了,拉着我的胳膊不让我走,非要让我再定个日子,好好地喝一场。我只好胡乱地说个日子,他这才心满意足地放开了我。我走了好远,他还站在那里向我挥手。

寒假过完,已经开学十多天了,我突然想起好久没见到宋高丽了,也不知道她过得怎么样了,我还挺想她的。我手上已经有了两个来月的工资,近两千块钱,我想和她一起到步行街一趟,把她喜欢的那款手机买给她。我赶到学校,把刘坚强叫到操场上,和他吹了一会儿牛,看看离上课时间还早,我让他把宋高丽叫来。他看了看我,惊讶地说:"哥们儿,你怎么还没和她吹啊?她把你害得还不够吗?"

我打了他一拳,说:"你知道个啥?我们这可是爱情!"说到"爱情"时,我感到很自豪,因为老子现在不是中学生了,可以正大光明地宣布这就是"爱情"了!

刘坚强却露出了一脸怀疑的表情,他伸手摸了摸我的额头,说:"你没有发高烧嘛,怎么说起胡话来了?你们之间还有爱情?逗死人了!"

我有点儿哭笑不得,装作生气的样子打了他一拳:"你个小屁孩,当然不懂爱情了。去去去,快去把她给我叫过来!"

刘坚强还站在那里,他看了看我,挠了挠头,有点儿为难地说:"哥们儿,我本来不想告诉你,你非要逼我说。宋高丽有什么好,你干吗还要理她？她现在天天和陈小刚他们那帮混混儿混在一起，你是真不知道还是假不知道？"

我愣在了那里，宋高丽又和陈小刚混到了一起？我觉得这有点儿不大可能，上次陈小刚不是差点儿把她给卖了？我是很烦陈小刚，宋高丽和别人混在一起，哪怕是我们家门口的"小五哥"，我都不会觉得有什么，和谁交往，是个人的自由，我就算不乐意也不能去干涉。但宋高丽要是和陈小刚混到一起，我就接受不了了，我就是烦这个家伙。我觉得他做人一点儿底线都没有。我看了看刘坚强，他不再是嬉皮笑脸，他站在一旁，悄悄地打量着我。我上去揪住了他的领子，冲着他叫了起来："你狗日的是在骗我的，敢再胡说，我给你一嘴巴！"

刘坚强使劲儿地掰我的手，我抓得很紧，他只得摇着我的手，急急地说："哥们儿，你不要冲动嘛！反正天天晚自习放学时，我总要看见陈小刚来接她，她坐在陈小刚自行车后面就走了。"

我眼前金星直冒，脑袋嗡嗡的，有点儿头晕。我松开了手，抱着头蹲在操场边，一声不吭。其实一开始我就知道这都是真的，作为我学校里唯一的一个哥们儿，刘坚强是不会骗我的。我只是不愿意相信而已。

我很难过，我知道宋高丽和我一样不是什么好鸟，但我没想到她居然无可救药到了这种地步，陈小刚把她介绍给那个大款的事，打死我我也不会原谅他，她居然就这么原谅他了？

我把手握成拳头，使劲儿砸在沙坑里，手很疼，我的心更疼。我真想不通，我对她那么好，还为她蹲了十五天拘留所，最后被学校开除了，她怎么还和陈小刚那个杂种混在一起？陈小刚是个什么玩意儿？完全是个他妈的人渣！我真想立刻抓住宋高丽的头发，狠狠地扇她几个大嘴巴。我是个大傻瓜，我还一直以为我们之间存在着爱情，有时甚至觉得我们的爱情像马克思和燕妮那样伟大呢。

我咬牙切齿地站了起来，狠狠地对刘坚强说："你去把她叫来！"

刘坚强迟疑了一下，我瞪了他一眼，他忙说："好好好，我去把她叫来。哥们儿,你千万不要冲动,这可是在学校,你要是再弄出来个什么事,那可是扰乱教学秩序,你要吃不了兜着走的。"

我做了一个深呼吸,让自己稍微镇静了一下,然后我向他保证,我只是想把宋高丽叫来问问她,我不会弄什么事出来的。他这才去叫宋高丽了。

刘坚强很快就把宋高丽叫来了,他远远地站在操场边,说了一声:"哥们儿,可没我什么事啊!"说完,像个兔子一样撒腿就跑了。

宋高丽亭亭玉立地站在我面前,她更漂亮了,还涂了淡淡的口红,描了细长的眉,像个妖精一样。她看见我,像什么事都没有发生过一样,跑过来拉住了我的手,噘着小嘴巴,瞪着妩媚的大眼睛,很开心地说:"你终于找我来了,我还以为你死到哪里去了!"

我很不高兴地甩掉了她的手,摸出一支烟,深深地吸了一口,皱着眉头,阴沉着脸望着灰蒙蒙的天空。我拿不定主意,是踢她几脚好呢,还是拽着她的头发扇她几个嘴巴好?这很难让我做出决定,虽然我打过无数次的架,但我还真的没有打过女人。我一直觉得,男人的拳头是用来对付男人的,要是用它来对付女人,这很没出息。我一向都看不起这种男人,比如我爸。

我把她的手甩掉了,这让她很不高兴,瞪着眼睛问我:"你怎么回事,神经病啊?"

我斜了她一眼,那一刻,我心里对她充满了厌恶,觉得她真是个可恶的庸俗女人。还是人家米小阳好啊,有理想,有志气,要考大学,很可惜我和她不是一路人,我只能远远地看着她,默默地为她祝福。这样一想,我心里更难受了。我瞪了她一眼,她还有点儿莫名其妙,仰着脸,不解地问我:"你瞪我干吗?"

我深深地吸了口烟,把烟雾吐在了她脸上,她一边挥着手驱散烟雾,一边皱着眉头,跺着脚冲我叫:"讨厌,讨厌,真讨厌!"

我气呼呼地问她:"宋高丽,你他妈的怎么那么不要脸,还和陈小刚那个杂种混在一起?"

她怯生生地看我一眼,迅速地低下了头,踢着脚下的小石子,没有吭声。这让我更加愤怒,攥紧了拳头,真想上去打她一顿。我把她拖到操场边的小树林里,气急败坏地捣着她的鼻子问她:"你说,这到底是怎么回事?"

她看我一眼,低低地说:"谁知道你这一两个月死到哪里去了,找你都找不到。"

我直直地看着她,生气地说:"这一两个月我没来,是因为我找到了一份工作,正忙得很。我不来找你,你就去找陈小刚那个杂种了?"

她抬起头,很生气地反驳我一句:"不是我找他的,是他来找我的,我没理他!"

我气得眼前都要发黑了,她居然还想骗我!我真想上前拽住她的头发,狠狠地揍她一顿,把她的脸扇肿,让她再也没脸见人。我眯着眼睛,盯着她:"你没理他,干吗每天晚上还要坐着他的自行车回去?"

她反而更加理直气壮了:"你又不在,他缠得我没办法,学校门口那么多人看着,我能怎么办?我只好让他带我回去了。也就是这几天的事。我可从来没有跟他去过别的地方,干过别的事。"

我眯着眼睛打量着她,她倔强地看着我,睫毛长长的,嘴唇饱满而湿润,下巴秀丽而迷人。她真是个美丽诱人的小妖精。我哼了一声:"陈小刚害你害得还不轻吗?你根本就不应该再和他交往!"

她眨了眨眼睛,认真地说:"我没和他交往。如果你每天来接我,我就再也不理他了!"

我想了想,抬头看了看灰蒙蒙的天空,突然充满了忧伤。是的,我他妈的爱上这个小妖精了,我想我已经离不开她了。我咬了咬牙,做出了一个大胆的决定:"宋高丽,我们干脆租个屋子同居吧。"

她吓了一跳,往后退了两步,咬着嘴唇看了看我,摇了摇头,急急地说:"那怎么行,我还是个学生。"

我皱着眉头,很不以为然地说:"有什么不行的?反正我们都已经十八岁了。再说,仙林大学城那边有不少学生都在租房子同居了,这没什么了不起的。"

她低头想了一会儿,还是摇了摇头:"我爸妈要是知道了,他们会打死我的。再说,人家那是大学生,我还是个中学生。"

我不以为然地说:"这没什么区别。他们有的才是大一、大二学生,你也是高三了,没什么区别。"

她用脚踢着地上的草皮,突然抬起头,很懊恼地说:"早知道这样,咱们还不如好好学习,考上了大学,咱们也可以在一起了,用不着像现在偷偷摸摸的,好像见不得人似的。"

她一提"考大学"我就烦,我很不高兴地说:"干吗要累死累活地学那些没用的狗屁东西考大学?你现在如果不上学了,不也像我一样是个社会青年了,咱们不也可以正大光明地在一起了?你就当自己提前几个月成了一名社会青年,这样就没什么心理负担了。"

她双手背在身后,歪着脑袋,咬着嘴唇看着旁边,慢慢地笑了。我紧张地看着她,不知道这个小妖精又在想什么。她终于扭过了头,笑嘻嘻地对我说:"你这个想法挺好玩的,咱们可以试一试。"

我长长地松了一口气,想想我们很快就可以租房同居了,这真是件激动人心的事情。这意味着什么?意味着我们长大了,我们可以自己做主了。我对她的气全消了,刚才的不快像条狗一样跑走了,我搂着她,充满激情地亲吻着她。她依在我怀中,仰着小脸蛋,说她这一两个月如何如何想我,她发疯般地到处找我,她找到了刘坚强,但他也不知道我在哪里。她又给我家里打电话,我家里人也说不清我上班的公司在哪里。她甚至犹豫了很久,最后还是厚着脸皮去找了张凯老师,但他也不知道我在哪里……我的双臂紧紧地拥着她,听着她絮絮叨叨地说个不停,我激动得差点儿流泪了,是的,我爱她,爱这个妖精一样的女孩儿。

我激动地望着身边那些生机勃勃的常青树,有风吹过,树叶哗哗地响着。是的,我很激动,我在心里对身边那些常青树说,看吧,你们看看吧,这就是爱情。

我抬起头看了看麦县上空温暖的阳光,深深地吸了一口气,我看见阳光像花朵一样在空中绽放,散发着一阵阵的清香。在我的流氓生涯里,我第一次觉得生活真他娘的美好啊。

我和宋高丽真的同居了。这像梦一样。

我本来还担心她父母会找她麻烦,他们要是知道的话,不把我们打死才怪。但宋高丽告诉我,她已经把她父母摆平了。她撒了个谎,说离高考只有半年时间了,学校抓得很紧,她现在得在学校食宿。她的父母一看女儿知道用功学习了,立马答应了。我们的父母都是大傻瓜。

就是在那段时间里,我开始写作那个叫《青春祭》小说。现在你看到的这个小说的第一季,就是那时写的。原来的小说名字叫作《噢,乖!》。这是一个叫汪峰的音乐人的歌曲名字,我很喜欢他的歌。那时我就一边写着一边用"胡不乖"的网名往网上贴着。先是贴了"萌芽"网站"原创文学"版,虽然那个坛子很热闹,上帖子的速度很快,一些小说还没人点就被翻过去了,但我的这个小说看的人还不少,有不少人还留下帖子表扬了一下。特别是一个叫紫飞翔的网友留的言很让我受用,他告诉我说:"你的文学能力很好,如果还想更好,按照我的经验,看一些西方现代文学,如《第二十二条军规》《麦田守望者》《寒冬夜行人》等等,还不错。当你觉得你的写作能力达到一定水平时,国内一些作者的东西真的不要看了,因为太假而让人恶心。"他的说法和我的想法差不多,同时,这让我对自己的写作更加有信心,在稿纸上日夜兼程,写得越来越顺手。后来我又把它贴在了故乡社区的"回望中原",里面有一个叫"一苇居士"的版主,我和她交换过帖子,还聊过几次天,知道她本来叫贾思苇,还是一个警察,曾经读过西北大学中文系的研究生。她给这个小说写了一篇评论《花样飞翔》,评价不低。我还有点儿不敢相信,当时激动得都想哭了,人家是中文系研究生了,能给我的小说写评论,我看来还真是块写小说的料子。还有一个叫王夔的朋友,也写了一篇《伤痛也可以如此哀美》的长长的帖子。我上网搜索了一下,知道这家伙也是个不错的写作者,很多小说发表在了《钟山》《短篇小说》等文学杂志上。还有一个叫"巴黎公社"的版主也对我说,只要这个小说出版,他立即给我写篇书评。他们都是大家,能来关照我这个小说,一来是因为他们热心,毫不利己,专门利人,二来也说明我这个小说写得并不是很差。

  那天晚上我写了一会儿小说,跑到外面舒胳膊展腿时,发现外面空气还不错,天空中挂满了一闪一闪的小星星,这很难得,很多时候县城因为空气污染而看不到它们。那天晚上天气很好,好得我都有一种想当诗人的冲动了,很想模仿他们写一首诗歌了。我心情很好,一溜小跑赶到学校,倚在学校外边的小卖部边等待宋高丽放学回来。我刚把一支烟点上,突然看见了刘坚强,他正骑着自行车,一个劲儿地往前冲。我忙挥手叫住了他。他看见我,很高兴地跑了过来。我给他掏了支烟,又从口袋里掏出一个电话号码本,撕了张纸,把我的手机号写在上面,递给了他。他又大惊小怪地叫了起来:"哥们儿,你真牛啊,连手机也武装上了!嘿嘿,早知道我也早点让他们把我开除好了!"我也很高兴,我用自己工作挣的工资,不但给自己买了一个手机,还把宋高丽最喜欢的那款手机也买了,了却了她的一桩心愿。我把手机送给她时,她在商场里当场一连亲了我好几下,我的脸皮这么厚,都被她亲得通红了。

  我和刘坚强站在那里聊了一会儿,说了不少学校里的事。他说李建国还是那个死样子,整天凶巴巴的,还在学校的黑板上搞了个"高考时间倒计时",每天都很认真地在上面写上"距离高考还有××天"。我也觉得这很好玩儿,就和刘坚强一起嘿嘿地笑他狗日的神经病。我们正说着,宋高丽来了,她和刘坚强打过招呼,拉着我就要走,刘坚强拽住了我的另一只胳膊,神秘兮兮地凑到我耳边说:"我还有话要给你说呢,张凯老师栽了!"

宋高丽也听到了,她扭过头,立刻大惊小怪地叫了起来:"真想不到张老师原来是个流氓老师!"

我吃了一惊,瞪了宋高丽一眼:"你不要瞎说。"然后扭头看着刘坚强,急急地问他:"张老师怎么了?"我是很关心他,因为我一直都觉得自己的中学时代过得很狼狈,所有的老师都把我当成了仇人,他们恨不得让我早早地滚出学校,只有亲爱的张例外,感觉他像个兄长。我可能一辈子都忘不了他了,他是个真正的好老师。很多次站在学校门口时,一想起他,我就想起了一首古诗中说的:"前不见古人,后不见来者,独怆然而泪下。"张老师就是这样一位老师。

刘坚强把我拉到小卖部旁边的一个肮脏的小巷里,低声说:"张老师现在被公安局抓走了,学校都不让我们往外讲。"

我有点儿吃惊,也有点儿紧张,学校要封锁消息,看来这事还挺严重。我心急火燎地伸手拍了他脑袋一下:"有屁快放,不要拐弯抹角。"

听了刘坚强详细的叙述,我目瞪口呆地站在那里,这怎么可能呢?别说是亲爱的张,就是换了我,打死我也不会干这种事的,这太他妈的龌龊了。亲爱的张,年轻有为,和蔼可亲,受人尊敬,怎么会这样呢?我觉得眼前苍蝇乱飞,嗡嗡乱叫,我站在那里,痛苦地摇了摇头。亲爱的张是我最为信任最为服气的一位老师,他怎么会这样呢?要是李建国这个家伙干出了这种事,我觉得把他枪毙十次都不冤枉,但这事却发生在了亲爱的张的身上,把我打得半死我也不相信。小巷里的墙很潮湿,我有气无力地靠在上面,感觉阴冷阴冷的,我浑身一激灵,打了一个哆嗦,这肯定是他妈的弄错了!我气急败坏地抓住了刘坚强的领子,恶狠狠地说:"小子,你他妈的肯定是在骗我!"我的脸色很难看,我的手指颤抖,眼睛里充满了血丝。

刘坚强吓了一跳,他一边躲闪着,一边慌慌地说:"哥们儿,你怎么了?我可不是骗你!"

宋高丽也过来拉住了我的胳膊,说:"阿军,你别激动,他说的可都是真的。今天下午我们还看到警车来学校把他带走了呢。张凯再说也是个老师嘛,老师们都是王八蛋,抓走就抓走了,巴不得呢!"

我回头狠狠地瞪她一眼:"你胡说个啥!"

我放开了刘坚强,呆呆地站在那里,慢慢地抱着了脑袋。我感到胸口很闷,甚至有点儿喘不过来气的感觉。我感到有点儿头晕,只好扶着墙,慢慢地蹲了下来,垂头丧气地看着脚下肮脏的地面,心里充满了悲伤。这一切看来都是真的了,刘坚强没有骗我,宋高丽也没有骗我,亲爱的张原来也是个王八蛋!我很难过,我觉得这比李建国骂我"畜生"还要让我伤心、悲痛。

刘坚强也蹲了下来,他小心翼翼地看了看我,不解地说:"哥们儿,你也真是的,你干吗还要护着那个流氓?"

我抬起头,充满痛苦地看着他,他根本就不懂我对亲爱的张的感情。刘坚强看了看我,眨了眨眼睛,扭过头低声问宋高丽:"建军今天是怎么了?他就算和张老师感情好,也不至于这样吧?"

宋高丽很担心地看了看我,然后皱着眉头,对着刘坚强轻轻地摇了摇头:"我也不知道,谁知道他是怎么想的。"

刘坚强站了起来,他拉着了我胳膊,把我从地上扯了起来,拍了拍我的肩膀,安慰我说:"哥们儿,这不关咱的事,你和宋高丽早点回去吧。"

我用力甩掉了他的胳膊,朝他吼了一嗓子:"你给我滚!"我吼过以后就有点儿后悔了,我知道他这也是为了我好。但这事对我的打击太大了,我实在是有点儿控制不住自己了。刘坚强看了看我,我那时极度伤心,所以脸色很难看,他恐怕我再揪住他揍他一顿,赶紧就蹬着自行车跑走了。我的确有一种想打人的冲动,我做了一个深呼吸,慢慢地松开了攥紧的拳头。我很担心它会冷不防地向墙上击去。

我闷闷不乐地走在大街上,宋高丽刚刚被我抢白了一顿,噘着小嘴跟在后面,一声不吭。我的心里空荡荡的,灵魂在坚硬的水泥马路上飘荡,晃晃荡荡,无家可归。我在过一个十字路口时,差点被一辆出租车撞到。

司机伸出脑袋骂了一句："你个呆子，找死啊！"要是从前，他狗日的敢这么骂我，我早就冲上去揍他一顿了。但我现在懒得理他。我很难过，亲爱的张怎么是这样一个人呢？这实在太让人伤心了，对我来说，如果说学校还有点儿温暖的话，全是因为有亲爱的张啊，如今，亲爱的张也完了，连一点儿美好的回忆也没有了……

宋高丽看出势头有点儿不对，过来扶住了我，关切地问我："阿军，你怎么了？你到底是怎么回事啊？"我伤心地摇了摇头，我现在才知道，我这个流氓是多么容易多愁善感啊。实际上，只有亲爱的张知道，我根本不是一个流氓，甚至连个小混混都不是。我有理想，有热情，还有干劲儿。我除了学习不好，我在学校真的没干过什么坏事。真的，我一件都没干过。但这一切我不想对她说，她不会明白的，她只是一个没心没肺头脑简单的小姑娘而已。我跌跌撞撞地朝前走着，喃喃地说："你不懂，你永远都不会懂得的……"

回到了我们的出租屋，她把我拉到卫生间，指着墙上的镜子，几乎要哭了："阿军，你自己看看，你的脸色多难看，你到底怎么了？"

我推开了她，扶住墙壁，看了看镜子，镜子里是张苍白的少年的脸。我头很疼，心里充满了巨大的悲伤，忍不住呜呜地哭了：亲爱的张，你是我的老师，我一直把你当作一个值得信赖的朋友，一位尊敬的兄长啊。在一定意义上说，你是我的一根拐杖，我靠着这根拐杖跌跌撞撞地走着，至今没有离开大路，我甚至走得更好了。因为我一直在想，你在后面看着我。

如今，这一切都没有了。

宋高丽打了一盆水，拿过来一个毛巾，拧干了，递给我。我依旧沉浸在巨大的悲痛之中，双手撑着墙壁，低着沉重的脑袋，没接毛巾。她很温柔地给我擦脸，小心翼翼地问我："阿军，你给我说说，这到底是怎么回事？"

我再也忍不住了，转过身，抱住了她娇小的身子，终于放声大哭：

"我最尊敬的师长死了……"

是的,亲爱的张在我心中已经死亡了,他的尸体面目可憎,肮脏不堪,是他自己亲手杀死了他自己。这真是个虚伪而又冷酷的世界,我刚找到了一丝光明,而它又消失了,我又陷入了一片虚无的黑暗中。我跌跌撞撞地走着,没有尽头,也找不到北。世界就是一泡臭狗屎!我绝望得都想骂娘了,我们怎么都这么肮脏?

那天晚上,我破例喝了很多酒。我和宋高丽同居后,本来打算以后不喝酒了,做一个有志青年。当我刚喝下第一口酒时,就开始呕吐了。宋高丽吓坏了,连忙搀着我,摇摇晃晃地走进了卫生间。我趴在马桶上,大口大口地呕吐着,我一边哭着一边呕吐着。宋高丽手足无措地站在我旁边,着急地看着我,不知说什么好。我很感激她,是的,她是我剩下的唯一一个可以寄托情感的人了,其他的人都经不起实践的检验,都是王八蛋!李建国是王八蛋,陈小刚是王八蛋,亲爱的张也是王八蛋……

呕吐了一阵,我又跌跌撞撞地拿起了酒瓶。宋高丽不想让我喝,她把酒瓶紧紧地抱在了怀里。我搂住她,伸手去拿酒瓶,可怜巴巴地对她说:"小丽,你让我再喝点,我没事的。"我很想好好地大醉一场,第二天醒来就把这件事忘掉,把亲爱的张当作一页书翻过去。我总不能被这件事绊住脚跟。在我再三保证"没事"的情况下,宋高丽这才把酒瓶给我了。是的,我就是想喝醉得一塌糊涂,然后把这件龌龊的事忘掉。我想起这事,就觉得恶心,这让我受不了。我喝一会儿酒,又去呕吐一阵,有时又抱着宋高丽像个孩子一样呜呜地哭。亲爱的张,你让我恶心了,你让我感觉自己像个迷失在旷野的无助的孩子。四周漆黑一片,我抬起了脚,却不知道该把脚落在哪里。有一会儿,我甚至开始恶心我自己了,我已经十八岁了,我怎么还像一个女人一样哭哭啼啼地留恋着昔日的亲爱的张?

那天晚上,当我喝光一瓶酒时,还是很他妈的清醒,亲爱的张那张虚伪的脸还在我眼前晃个不停。我低下头时,酒杯里是他,我抬起头,天花板上是他,我把头甩到一边,墙上也是他。这真妈的讨厌人。我准备再打开一瓶酒时,宋高丽夺下了我手中的酒瓶,藏在了身后,大声地说:"我不给你,你看你都喝成什么样子了!"

现在回想起来,那天晚上我真的很混账,她这是爱护我,是为我的身体着想,但我却突然火了,瞪着血红的眼睛朝她吼道:"你给我!"

她依旧紧紧地护着酒瓶,倔强地说:"我就是不给你,你喝得太多了!"

那一刻,我真是鬼使神差了,我竟高高地扬起了手臂,"啪"地给了她一个响亮的耳光。她捂着脸,张着嘴巴,呆呆地看着我。我夺下酒瓶,使劲儿地瞪着她,我也不知道我是怎么回事了,很混账地冲着她恶狠狠地说:"你这个贱货,你给我滚!"

她惊愕地看着我,愣愣地问我:"你骂我什么?你再骂我一句!"

我有点儿清醒了,但酒精刺激得我脑袋很疼,我看着她,她瞪着眼睛,一脸悲伤地看着我。我无论如何提醒自己是个有志青年,有理想有道德,但实际上还是个混账的小流氓。我把脖子硬了硬,把刚才的话重复了一遍:"你这个贱货,你给我滚!"我他妈的装得再像个有志青年,还是狗改不了吃屎,还是个王八蛋!我干吗要这样骂她呢?

她霍地一声站了起来,恨恨地瞪着我,咬牙切齿地说:"胡建军,你敢这样骂我!我妈都没有这么骂过我!好,你有种,我会叫你后悔的!"

我怔怔地看着她,嘴唇动了动,其实我想抱着她,好好地哭一场,告诉她,这个城市很脏,道路四通八达,却没有路标,我们是一群无家可归的孩子。我并不想打她,也不想骂她,但我还是打她骂她了,这不是我的本意,我是爱她的。但我的脑袋嗡嗡地响,我没把它们说出来,可能是我喝得太多了,舌头已经僵硬了,我怔怔地看着她。

她突然哭了,飞快地转过了身。我伸出手,想拉住她别走,但她根本没有看到我的手,拉开门跑走了。我呆呆地坐了一会儿,风从门外吹来,刮得我头很晕,但我还是捂着头,慢慢地站了起来,摇摇晃晃地走了出来。我站在坚硬而又冰凉的马路边,马路上人来人往,到处都是汽车尖叫的喇叭声和随风飘舞的垃圾,没有她美丽而又悲伤的身影。

我很懊悔,双腿一软,顺着电线杆坐了下来,我仰头望着明晃晃的路灯,扯着嗓子,吼了一声:我×你妈,亲爱的张!

第二天我没有上班,头昏脑涨地在屋里躺了一上午。中午时煮了两袋方便面。吃完后,又给宋高丽打了一次手机。我已经给她打了很多次手机了,但每次她都是关机。我想到学校找她一下,给她道个歉。是的,我错了,我不应该打她,更不应该那样骂她,我真他妈的是个人渣。如果她不满意的话,她也可以打我,也可以骂我,只要她能原谅我就行。我在学校门口等了一个中午,没有看到她。我甚至又去找了米小阳,米小阳这段时间学习更刻苦了,可能是熬夜了,有一层淡淡的青灰色眼圈。米小阳说,她也没有看到宋高丽,上午她就没来了,一直以为她在我那里呢。

我像一条无家可归的狗一样,在操场上急得团团乱转。她怎么了?会不会出了什么事?她昨晚那么伤心,会不会在马路上神思恍惚,遇到了车祸?想到这里时,我出了一身冷汗,慌慌地跑到外面,买了一份《麦城晚报》。这上面什么新闻都有,时效还快,我就亲眼看到,它曾经报道过一位老汉拉屎,狗舔肛门时把屁股咬烂的新闻。如果发生了车祸这样重大事件,肯定会抢着绘声绘色地渲染报道一番的。我飞快地翻了一遍,没见到昨晚麦县发生过什么车祸。我松了一口气,决定就是工作不要了,也要在学校门口守着她,一直等到她出现。我对不起她。

我倚在学校门口小卖部旁边的一棵老得已是满身皱纹的法国梧桐树旁,我记得当初我就是在这里认识她的,还和那个叫陈小刚的杂种在这里打了一架。那天晚上的情景历历在目,就像昨天发生的一样。也可以说,我们的故事就是从这里开始的,我盼望着这棵老得不能再老的法国梧桐树能给我带来好运，让我在这里等到她，和她重归于好。我抽着一支烟，目不转睛地盯着在学校门口进进出出的每一个人。我看到了班主任李建国，我已经丝毫也不生他的气了，更不想再故意找他的碴儿了。我像看着一个陌生人一样看着他，他已经和我没有任何关系了，我的疯疯癫癫跌跌撞撞的学生生涯，已经被我远远地抛到了身后。他和我没有关系，亲爱的张和我也没有关系。我的生活现在才真正地重新开始了。他向这边看了一眼，我甚至还冲他笑了一下，他也许没有看到我，也许看到了并不想理我，匆匆忙忙地走进了校园，他是那里的国王。

我静静地站在那里，一直等到上晚自习时，还没见到宋高丽的影子。我有些烦躁了，焦急地走来走去，一连打了几次她的手机，还是关机。我站在昏暗的路灯下，橘黄色的身影拖得很长，很孤独，也很脆弱。

我没等到宋高丽，却等到了刘坚强，我把衣领竖起来，低下了头，我这会儿不想理他。但他还是看见我了，立刻从自行车上跳了下来，高兴地说："嘿，哥们儿，是不是在等宋高丽啊？"

我苦笑地点了点头。他显然已经把昨晚的事忘记了，但我没忘，我没有再鄙视他的软蛋，相反还有点儿羡慕这个没心没肺的家伙了，他总是过得很快乐。他凑了过来，很神秘地问我："你们是不是已经开始同居了？"

我笑了笑，老老实实地说："同居是同居了，可她昨晚突然走了。"

刘坚强立刻露出一脸羡慕的神情，咂了咂嘴，说我牛气。他还非让我讲讲我和宋高丽的事。我心情很不好，他就是想听些"荤段子"。我当然不会告诉他，因为我们这是爱情，所以它是隐私。我看了看学校里的灯光，很认真地问他："你不去学校了？晚自习已经开始上课了。"

他朝那些灯光撇了撇嘴，大大咧咧地表示没事，反正现在没人管他了。老师们也想明白了，很快就要高考了，想考上大学的，你不用管，自己就很用功。不想考上大学的，再管，也是烂泥巴糊不上墙。刘坚强嘿嘿地笑了："李建国就说我是一块烂泥巴。"

我们正在有一搭没一搭地说着话，我的手机突然响了。我忙掏出来一看，是宋高丽打来的。我很激动地颤抖着说："小丽，我错了，你赶紧回来吧。"

她沉默了一会儿，很生硬地说："我不回去。"

我有点儿急了："你在哪里？我去接你！"

她淡淡地说："我在陈小刚这里，不用你接！"

我脑袋嗡的一声，好像一颗尖叫而来的子弹从脑袋里穿了过去，我忙扶住身边那棵法国梧桐树。我几乎不敢相信自己的耳朵，喃喃地问她："你说什么？你在陈小刚那里，你在那里干什么？"

我刚说完，陈小刚抢过了她手机，恶狠狠地说："胡建军你这个杂种给我听着，宋高丽是属于我的，她更爱我。我们早就谈恋爱了，你他妈的是第三者……"

我浑身颤抖，手都快握不住手机了，宋高丽居然真的在他身边！我从来都不曾高看过他一眼，他偷学生的钱，拦路向学生要钱，介绍女中学生卖淫，他什么坏事都干，连做人的底线都没有。这只丑陋的小毛虫，他算老几？我感觉到自尊心一下子被子弹击穿了，我的脸涨得通红，愤怒地冲着手机叫道："你他妈的是不是还没挨够？你滚到一边去，让宋高丽接电话！"

他没让宋高丽接电话，而是咬牙切齿地说："胡建军你这个杂种给我听着，宋高丽以后就是我的了。明天上午十点钟，咱们在大青山上观景台见面，做个了断。你小子要是有种，就放马过来！"说完，就挂了电话。

我愣愣地看了一下手机，冷笑了一声：什么玩意儿，还以为老子怕了你？明天老子一定会去的。我最受不了的是宋高丽，她要把我搞得神经错乱了。我一直知道她是个小混混，但我没想到她居然又跑到陈小刚那里去了，给我来这么一手。她真有种。我居然还在发疯般地找她，还准备给她道歉呢。我真他妈的神经病。我站在那里，感觉自己很可怜我咬着嘴唇，嘴唇上咸咸的，我知道，那是我的血。我立马决定：明天到了观景台，我先把陈小刚这个杂种打个半死，然后告诉他，宋高丽和我没什么关系了，以后别再烦我了，你们爱怎么玩就怎么玩去！老子不想再和你们玩这种无聊的游戏了，老子以后要做个有志青年了！

但我还是很想哭。我爱宋高丽，甚至连和她结婚的心都有了，但她还这样对我，她什么人找不了，偏偏去找陈小刚那个杂种！我决定这次再也不原谅她了。她是一个女流氓，我是一个男流氓，我们只是在一起鬼混过一段时间，除此之外，我们以后不会再有任何关系了。我们之间的爱情已经死亡了。我要是再理她，我胡建军就不是人！但我还是很难过，很想抱着一棵大树好好地哭上一阵子：所谓的爱情，原来竟是如此不堪一击，就这么说没有就没有了。

刘坚强关切地看了看我，慌张地问我："哥们儿，咋回事？"我没吭声。我感到身上很冷，心里很凉，宋高丽这次是彻底地伤了我的心，这也太伤人自尊了，我都没法子给刘坚强讲了。是的，我从前一度爱上过她，我还幻想着给她找份工作，哪怕是做清洁工也行，我们就像地里辛苦劳作的农民一样，老老实实地种我们的豆子，好好地平平安安地过一辈子算了，甚至她不要工作也行，我再刻苦学习编程，成为一名薪水较高的程序设计人员，也可以养活她。但我现在彻底死心了，是的，我是个畜生，是个人渣，是一条被扔到大街上无家可归的狗，但我依旧看不起陈小刚，看不起她宋高丽。我咬了咬牙，扭身就往回走，她宋高丽以后是死是活和我没关系了，陈小刚就是把她卖了，和我也没什么事了，我很快就会把她忘掉的，就像亲爱的张一样，说死就死了。作为一个流氓，心肠一定要够狠，不能婆婆妈妈。

我默默地往回走，刘坚强追在我屁股后面一个劲儿地问我："哥们儿，到底是咋回事？说说嘛，说说嘛。"

我看了看他，他没心没肺无忧无虑，这很让我羡慕，我原本也是应该像他一样啊。爱情原来这么痛苦。我都有点儿后悔和宋高丽恋爱了。

想想宋高丽和我以后没什么关系了，和刘坚强说说也没什么丢人的，我就装作很平静的样子给他讲了我们刚才通电话的情况，然后很真诚地对他说："兄弟，听哥一句话，以后你看上了哪个女孩子，该上就上，别谈什么狗屁爱情。"说完这话，我很想流泪，我本来并不是这样一个龌龊的人。

刘坚强立马表示愤愤不平，他挥舞着细长的胳膊，激动地说："宋高丽这娘儿们不行，我早就看出来她太水性杨花了！"

我突然心里很烦躁，恨恨地瞪他一眼："你给我闭嘴！"

他看了看我，挠了挠头，小心翼翼地问我："那你明天还去不去？"

我告诉他，本来去不去都无所谓，因为从现在开始，宋高丽是死是活和我已经没什么关系了，但我决定还是去一趟，把这事给陈小刚说清，做个了断，以后就随他们的便，他们走他们的康庄大道，我走我的独木桥，谁也不欠谁。说完这些以后，感觉好受了一点儿，我心里还想，其实这样也挺好。是的，我还有许多事情要做，我越来越像个电脑天才了，如果我努力，我可能还会很快就学会编程，制作软件，说不定还能混到哪个软件公司去。我还想跟着"巴黎公社"他们学学写小说，甚至还有可能成为一个作家。这都是很有意思的事情。我仰望天空，长长地叹了口气，让狗日的青春滚走吧，从现在开始，我真正长大成人了！

刘坚强看看我，突然把书包从脖子上取了下来，把课本夹在了自行车后座，眉飞色舞地挥着书包对我说："哥们儿，书包你拿着，装上几块砖头，万一动起手来，胆子也大些。"

我想了想，他说得也有道理，虽然我并不怕陈小刚那个杂种，但有了这家伙，就更有把握了，他就是带有刀子，我也没什么好怕的了。

我刚要去接，刘坚强又把手缩了回去，嘿嘿地笑着说："我不给你了，明天我也去。自从你走了以后，我都快被闷死了，明天咱去扁他狗日的！"

我看了看他，他说得很认真，很够哥们儿。我觉得这家伙挺好玩，他明明知道我能打过陈小刚，所以也想去凑个热闹。如果陈小刚比我高出一头，而不是我比他高出一头，说不定他立马软蛋，我再叫他去他也不会去了。我装作心情很好的样子对他说："好好好，到时你多带一个哨子去，站在一边当个裁判就行。"

说完以后，我还试着给他笑了笑，居然还真的笑出来了。这让我很高兴，是的，我已经想好了，我再也不会理宋高丽了，她很美丽，但她的美丽是带毒的，浑身上下都流着死不要脸的毒液。我们的爱情已经彻底死亡，爱情像一只死掉的干巴巴的蝴蝶，被扔在马路上，面目可憎，浑身尘土，惨不忍睹。我没有什么留恋的。这就是生活。我这么一想，觉得自己是真的长大了，一点儿也不多愁善感，像一个成熟的男人一样。

第二天上午，我和刘坚强早早地就赶到了大青山观景台。观景台只建了一半就废弃了，杂草丛生。它建在大青山顶，茂密的树林里。说实话，陈小刚这个杂种选的这个地方还不错，整个县城在脚下一览无遗，登高远望，钢筋水泥楼房，就像一个个鸡笼，麦水河那么牛，也就像一条死蛇躺在那里，说有多渺小就有多渺小，这会让站在这里的人感觉非常良好，许多沉在心底的雄心壮志就会骨碌碌地往上冒，很适合打架，也适合抒发少年壮志不言愁的情感。此地甚好。

我没带什么东西，我觉得什么东西都不用也可以把陈小刚摆平。我其实并不想和他打什么架，为宋高丽这种人打得头破血流，我觉得很不值。但他如果想和我打架，我一定会奉陪到底的。这没什么了不起的。

我和刘坚强赶到观景台时，看见宋高丽正坐在一块石头了，头发在风中飘扬着，样子非常诗意。即使到了现在，我也不能不承认，她是很漂亮。但她现在和我没什么关系了。我已经被她深深地伤害了。我斜了她一眼，她好像在跟谁赌气一样，绷着脸一声不吭。我本来想故作潇洒地给她打个招呼，但想了想，那样太装腔作势假模假式了，就没再和她打招呼了。我向四周看了看，没有陈小刚的影子。这可真出乎意料。我又看了看她，她看了我一眼，怒气冲冲地把脸扭向了一边不理我。我觉得有点儿好笑,她这是在自作多情。但我还是有点儿生气,紧紧地咬住了嘴唇,你以为我稀罕你啊?我才懒得理你呢。我倚在一棵大树旁,掏出一盒烟,扔给刘坚强一支,自己抽了一支,耐心地打发无聊时光,等待着陈小刚的到来。

刘坚强没我有耐心,他提着沉甸甸的书包,里面至少装了三四块砖头,屁颠屁颠地跑到宋高丽的面前,问她:"陈小刚那个杂种呢?他怎么没有和你一起来?"

宋高丽白了他一眼,没好气地说:"他在哪里我怎么知道?我自己想来就来,关他什么事!"

刘坚强很惊讶地说:"你们两个不是在一起吗?"

她哼了一声,声音很大地说:"我就是和他在一起了,他还说他很喜欢我,怎么了?"

我咬着嘴唇,斜了她一眼,仍旧没有吭声。我发誓,不管她再说什么,我都决不会再去理她了,因为她已经和我没有任何关系了。因为我是畜生,所以我心很硬。

陈小刚终于来了。他是带着一辆面包车上来的,司机是个满脸横肉的家伙,一看也不是个什么好东西。我冷笑了一声,坐个面包车来就很牛了?带个帮手我就怕你了?

陈小刚从车上跳下来,靠在车门边,叼着支烟,戴了个墨镜,抱着膀子,死死地看着我。他可能觉得自己摆的造型很酷,像个黑社会老大。但我怎么看,都觉得他像个黑社会老二而已。他抽了一口烟,把香烟从嘴巴上拿开时,我一看就乐了:"你很牛嘛,居然镶上金牙了!"

他被我打掉的门牙现在已经换上了两颗金光闪闪的金牙,这的确让他看上去很牛,怪不得宋高丽要回头找他,他现在连面包车能指挥得动了。这让我心里越来越凉,女人都他妈的嫌贫爱富,虚荣得要死。

陈小刚这个杂种好像已经忘了上次被我打过一顿的事实了,一上来就斜着眼睛看着我,张口就冲着我骂了起来:"胡建军你这个杂种,你打掉老子两颗门牙,又泡了老子的马子,你有什么牛的?老子今天要好好地修理你一顿!"

我皱了皱眉头,虽然他戴了一个墨镜,但墨镜有个屁用,它又不能当枪使。我看着他像猴子一样干瘦的身子,还挺替他担心的,再加上司机,就想和我打架?口气也太大了些吧。因为胜券在握,所以我并不怎么生他的气,我很认真地对他说:"陈小刚,你别在这里咋呼,这里没人怕你。我就是想来和你说一句,宋高丽想和你待在一起,那就让她和你待在一起就是了,以后没我什么事了……"本来我还想说"祝你们以后幸福"之类的屁话,但想想这很虚伪,我就没说了。宋高丽跟着他,会有屁的幸福!

宋高丽直直地看着我们,我刚说完,她突然呼地冲了过来,好像很生气,脸蛋通红,眼睛使劲儿地瞪着我,胸部剧烈地起伏着,她站在我面前,声音尖利地质问我:"胡建军,你说,你说你到底爱不爱我?"

我看了看她,觉得这个女人的声音很难听,想不通她到底是怎么搞的,到现在怎么还在问这么蠢的问题。是的,我曾经爱过你,但你却深深地伤害了我们的爱情,是你自己太不自重了,我现在已经不爱你了,一点儿也不爱了。爱情已经死了,粉身碎骨,尸骨无存,你就是带着高级警犬来,它也不会在这里嗅到一丁点儿的爱情气息。但我看到她快要哭了的样子,我的心又他妈的有点儿软了,我闭了一下眼睛,不去看她,也不去理她,就当她是风中的一片小草叶子,爱飘到哪里就飘到哪里,我不稀罕。但我听到我的心在很不争气地低低地哭泣,是的,爱情死了,我他妈的也很难过。但我还是咬咬牙,这不能怪我,要怪只能怪你自己。

宋高丽依旧死皮赖脸地站在我面前,她直直地看着我,眼圈红红的,继续在执拗地问我:"胡建军,你说啊,你说你到底爱不爱我?"

我忍住不让自己的眼泪流出来,扭头看了看陈小刚,如果他爱她,并且是个热血青年,他这时就应该过来把她拉走,别让她在这里丢人现眼的,她这时也就应该跟着他走,别来烦我。

陈小刚的脸色果然变得很难看，他的脸上不再是那种趾高气扬的表情，而是愤怒，我甚至还看到了他的面部因为愤怒而有些抽搐了。他果然冲着宋高丽叫了起来："你问他个杂种干什么，你给我过来！"

宋高丽没有理她，依旧站在我面前，她的眼睛里蕴满了水珠，她快要哭了，一遍一遍地在问我："胡建军，你说啊，你说你到底爱不爱我？"她的嗓子嘶哑，声音也不是那么高了，甚至还有些可怜、无助的样子。

我心又软了，我甚至都有了原谅她的念头了，我的眼睛有些酸，我不敢看她，我怕我会控制不住，把她抱在怀里痛哭一场。我不知道该说什么才好，我只好抬起头去看陈小刚。陈小刚显然气坏了，他把墨镜摘了下来，扔在了地上，瞪着满是血丝的眼睛，像条疯狗一样冲着我叫道："我操你妈胡建军，你狗日的今天别想活着下大青山！"

我冷冷地看着他，我本来已经快熄灭的斗志一下子被他挑逗起来了，不管我爱不爱宋高丽，我今天一定要把他打个半死，让他记住我一辈子，一想起我就浑身疼痛，一看到我就屁滚尿流。我已经烦死他了，我再也不愿看到这个杂种了。我知道他在车里肯定放有东西，你以为你车里放了刀子什么的我就怕你了？我朝他哼了一声，说："想打架，咱就打一架吧，你准备好把你所有的牙齿都要再镶一遍。"我不是说着玩的，我是真准备把他所有的牙齿都打掉了。

刘坚强也很牛地挥着书包站在了我面前，冲着他吆喝："嘿嘿，咱们就看看今天是谁下不了大青山。"

陈小刚瞪着刘坚强，恶狠狠地威胁他说："刘坚强，你狗日的别凑这个热闹，不然，有你后悔的！"他说着就去拉车门，他这是准备抄家伙了。

我知道这场架是避免不了了，刚要弯下腰去找块石头，准备一上来就把他打倒在地，把他牙齿全敲下来，他已经飞快地拉开了车门，怪叫了一声："我砍死你狗日的！"说着，就拽出了一把一尺多长的西瓜刀。左右的车门大开，从里面跳出了三四个头发染得黄黄的小痞子，手里拿着杀猪刀、西瓜刀,杀气腾腾地冲了过来。我还没反应过来,宋高丽尖利地叫了一声,推了我一把:"阿军,快跑,你快跑!"

她力气很大,我被推得后退了两步,看见刘坚强扑通一声跪了下来,像个鸵鸟一样把头扎在地上,一个劲儿地叫:"爷,饶了我吧,饶了我吧!"接着我看到一道寒光冲了过来,我下意识地抬起右手挡了一下,嗖的一声,感到手臂很凉,我低头看了一下,胳膊上都是血。左边的肩膀被重重地撞击了一下,我看到像梅花一样的鲜血立刻喷了出来。我想抬起胳膊,但它软软地耷拉着。我皱了皱眉头,肚子上突然感到一阵冰凉,我低下头,看见陈小刚那个杂种的脸扭曲着,他嗷嗷地叫着把刀子从我肚子里拔了出来,鲜血咕咕地涌出来,在阳光的照耀下,闪闪发光,色彩绚烂,非常美丽。

我的脑袋一阵眩晕,重重地仰天倒在地上,迷迷糊糊中,听到有人在喊:"出人命了,出人命了……"我听到一阵杂乱的脚步声,接着是一阵汽车引擎声,但它突然又消失了,然后我就闻到了一股很好闻的血腥味。我努力地想睁开眼睛,眼前好像隔了一层红色的玻璃窗,我看到她了,那个美丽得让我心疼的少女,她跪在我面前,把手按在了我的肚子上,她想堵住那个破烂的洞,但她堵不住,鲜血不停地往外涌,她举起了手,浑身战栗,尖利地叫了起来:"血,血,都是血……"她的脸色苍白,没有一丝血丝,比一张白纸更白。我感到很累,怎么也想不通,她的脸怎么那么白呢?我看见她扭头向四周张望着,大声地哭喊着:"120,120,快打120……"

我还听到一阵奇怪的像蚊子一样的声音,在我脚下呜呜地哭:"爷,饶了我吧,饶了我吧!"这个声音似乎很熟,但又很陌生,这是谁在哭?

我感到很累,很想把眼睛闭上,好好地睡一觉。宋高丽趴在我身边,她在叫喊着什么,但我听不见了,她的苍白的脸越来越模糊,她的泪水滴在我的脸上,很凉,我似乎伸出手来了,给她擦去了脸上的泪水,但好像我又没有伸出手。我好像张开了咕咕地往外冒血的嘴巴,好像在喃喃地对她说:"阿丽,是的,我爱你,我一直都很爱你。"但我又好像没有说……

我望着洁净的蓝天,我的十八岁,我的肮脏的、愤怒的、悲伤的青春正慢慢地远去。一颗泪珠涌出了我的冰冷僵硬的脸颊,我很奇怪我会在这时又想起了班主任李建国,他的那张严肃认真的脸在我眼前晃动着,他在冲着我一个劲儿地吼着"畜生、畜生",这个声音让我很不舒服,我痛苦地闭上了眼睛……是的,狗日的你们又赢了,我最后还是被一群小流氓乱刀砍死了!

我死了。我的青春像一只巨大的鸟,慢慢地向洁净的天空中飞去,我知道我要的那种幸福,就在那片更高的天空……

我长长地松了口气,终于解放了……

我以为我死了,但实际上我没有死,我只是被陈小刚他们用刀子捅成了重伤。陈小刚被公安局抓起来了,据说还被判了劳教,但我已经不关心这些了,他和我没关系了。我在医院里躺了三个月,花光了父母的积蓄,还让他们欠了一屁股的债。我很对不起他们,别无选择,我只能按照他们的标准,成为一个踏踏实实的好人来报答他们。我准备去当兵了。我用这个方式和我的青春决裂。

那年,我们像灰尘一样向四面八方散去,落在了社会的各个角落。

刘坚强托他父亲的关系,进了电业局,这在我们那个小县城里,是一个让人眼红的单位,工资蛮高的,他很满意。人一旦得志,整个精神状态就不一样了,刘坚强就是这样,他的腰更直了,脸上那种见人就讨好的笑容也少了,多了一些矜持,看到一些混得不是很好的同学,他甚至对人家爱理不理的。他虽然见了我还很热情,但我也能看得出来,美好的优越感已经渗进他的血液里了,说不定他在内心里已经看不起我了。人都会变的,地位就是男人的春药。我也有自知之明,一般没事时就不去找他了。

我当兵走的那天晚上，刘坚强请我吃饭，说是送行。我们在一个小饭馆里，要了一点儿卤菜，喝了四五瓶啤酒后，都有点儿醉了。我们心里的滋味都有点儿怪怪的，现在真的长大成人了，中学时真的像梦一样，没有人能帮你，以后我们真的都要各自走好自己的路了。我正在胡思乱想，他抬起头，指着我结结巴巴地说："胡……胡建军，你……你还喜欢宋高丽吗？"

我摇了摇头。

宋高丽高中毕业当然落榜了。不过，现在的大学很好上了，只要有钱，都可以如愿以偿，她现在在郑州一个民办大学读计算机专业。这是一个很有前途的专业，我祝福她能有一个美好的明天。我现在已经知道，大学是个很迷人的地方，那里有更多的有志气的年轻人，她也许已经把我忘记了。

该过去的总会过去。

我至今都不后悔和陈小刚打的那一架，通过那一架，我认识到了两件事。第一，你的朋友并一定可靠，比如刘坚强，这我当然不能告诉他，他其实心眼并不坏，只是性格有点儿懦弱；第二，爱情就是一种缘分，不可强求。我这一辈子都忘记不了我在被陈小刚他们打倒后，宋高丽抱着我时的苍白的脸，还有滴在我脸上的泪水，我相信她是爱我的，我可能也爱她，但我们永远都不可能走到一起了。有些事情发生了，它就不会像写在沙子上的字一样，风一吹就消失了，它已经像刀子一样刻在了心里，无论你无论努力，它都不会离开了。我和宋高丽已经没有什么缘分了，我们都很清楚这一点，所以我在住院时，她就没再去看过我。我们甚至连告别的话都没说，就从对方的生活中消失了。这样也好。

那年冬天到来时，我应征入伍，被一列火车拉到了千里之外的军营，成了一名光荣的人民子弟兵。这是父母给我选择的道路，也是我自己愿意的，我想离开这里，开始一种新的生活。父母为这事下了很大的功夫。作为一个不安定因素，居委会的领导也很高兴我能到军队里服役，这有可能使他们少了很多麻烦。事实上，我也没有什么罪大恶极的事情成为他们阻挠我参军入伍保家卫国的把柄。一切都很顺利。

我在部队是一名非常优秀的士兵。

这和老师们对我前途的预测完全背道而驰，这不能怪他们，就是在四五年前，我也想不到我会成为这样一个人。一切都很美好。只是在空闲的时候，我坐在连队大楼楼顶时，远远地望着家乡麦县的方向，回忆起我的青春时光，心里还是有点儿淡淡的惆怅。

我想米小阳。

第二季 步兵战

最新的士兵

班长虎着一张脸坐在那里,瞪着我们每个新兵惶惑的面孔,问我们:"你们为什么当兵?"

这是我们到部队后开的第一个班务会。

托尔斯泰说,幸福的家庭是相似的,不幸的家庭各有各的不幸。我说,军队都是一样的,士兵是不同的,当兵的理由更是五花八门。但班长真的问我们了,理由又非常相似了,有的说,我当兵是为了保家卫国;有的说,我当兵是为了依法服兵役。我说,我当兵是为了更好锻炼自己。这也许是真的,但还有一个原因我没告诉他,我当兵更多的是为了米小阳。

我其实最喜欢的还是米小阳。

我本来一点儿也不关心高考的事。我出院以后,有半年左右的时间,没有和中学时的同学有任何交往,我不想再看到他们。我以为米小阳已经上大学走了。那年十月份,有一天我正低着头匆匆地在县城肮脏的大街上走着,我现在已经忘了我要去干什么,突然听到有人叫我的名字。我抬起头,这时就看到了米小阳,那个我其实一直装在心里的女孩子。她正站在马路边,穿着一件白色的连衣裙,踮着脚朝我挥手。我愣了一下,忙走了过去,她看到我好像很高兴,笑眯眯地看着我。我有点儿反应不过来,惊愕地问她:"你怎么没去上大学?"

她脸微微地有点儿红了,说:"我也不知道怎么回事,平常成绩还可以，这次却考砸了，差了几十分呢。"

我呆了一下，心里突然很难受，像我和宋高丽这样的差生，没有考上大学，我觉得这完全合情合理，谁也不怪，只能怪我们自己，但像米小阳这样的好学生也没考上大学，这就有点儿过分了。从这一点来说，高考的确是个没有人性的东西。我知道她一直想考上大学，一直想离开这个破烂的小县城，但这一切都破灭了，这比我自己落榜了还让我难受。我的眼圈可能有点儿红了，伤心地说："这太不应该了，这太不应该了，没想到，真没想到……"

米小阳眨了眨眼睛，她也不笑了，声音也低了下去："你不要替我难过了，这没什么，就当我是走路摔了一跤，爬起来再走就是了。"她说得很轻松，但我能听出来，她的声音里有点儿颤音，她在竭力地控制着自己。

我不知道该如何安慰她。我真想把她揽在怀里，让她靠在我的胸前，好好地哭一场，然后擦干眼泪，继续上路。我当然不能这么干，我像一个懂事的正人君子严肃地问她："那你还准备复读吗？"

她摇了摇头，忧伤地看了看人来人往的大街，说："我不想复读了，我上学也上够了……我爸让我当个代课老师，我今天就是来教育局办一下手续的。"

我长长地松了口气，觉得这挺好，她的理想本来就是当一个老师。我们那里就是这样，地方太穷，考出去的大学生没人愿意回来，老师很缺，即使这样，一般人也很难当上代课老师的，好在她父亲是个镇长。

我很替她高兴："这个工作也很适合你，将来有机会了，说不定能转成正式教师呢。"

米小阳点了点头，然后看着我，很关切地问我："你将来有什么打算？"

我就告诉她，我想当兵去，离开这个地方，到一个完全陌生的地方，一切从头开始。我看着她，又加上了一句："我会干好的。"说完，我的脸就有点儿红了，我这好像是在向她保证什么似的，实际上她根本就没和我怎么交往过，我和宋高丽的那些事情说不定她都知道，还有可能她还看不起我呢。

她微笑地看着我，好像是在鼓励我："你到部队好好干。"

说实话，那时我说我想当兵，只是一个朦朦胧胧的感觉，可有可无，一切都不确定，但就是米小阳的这句话，一下子让我坚定起来：我就当兵去！

那天我们分手时，互相留了手机号。过了两天，我试着给她发了一个短信。我本来以为她不会回我短信的，她那样好的一个女孩子，心里肯定会看不起像我这样一个坏蛋的。但事实上并没有，我发给她一个短信，她就回我一个。我们那段时间经常发短信，有时一天会发三四十个，什么都讲。我报名当兵那天，她还特地从那个小镇赶来了，说是为我送行。我笑着说："还有一个月才走呢。"

她也笑了："到那时我再来送你，不行吗？"

我忙说行行行。后来我们就转着去了大青山，坐在一棵松树下，有一搭没一搭地说着话。我很喜欢她，但我不知道她是不是喜欢我。我们聊着中学时的事情，但我的心思不在那些事情上，全在她身上，我该做些什么呢？我要不要告诉她，我一直都很喜欢她？或许我应该握着她的手？我刚这么想着，她的手好像有了感应，本来在腿上放着，这会儿抬了起来去捋头发。我脸有点儿红，忙抬起头去看天上很没意思的云彩。过了一会儿，我又侧着脸看了她一下，她正好在看我，我们都有点儿慌了，忙慌慌地把头扭向了一边。一直到下午三四点时，我们都没有任何动作，该说的话都说完了，气氛有点儿诡秘。我们只好站起来，准备回去了。

我有点儿失望，喃喃地说："再过一个月我就要当兵走了。"

米小阳的目光躲躲闪闪的，她有点儿不安地看了看我，说："是啊，那时再见面就难了。"

我皱着眉头看着她，有些话现在不说，可能以后就没机会说了，我咬了咬牙，红着脸说："你一定要等我。"说完，忙把脸扭到了一边。

我听到了她的呼吸，细微的像花一样香的呼吸，我知道她正静静地站在我身边，她的目光比月亮还要美丽，但我就是不敢看她，心里既慌张又痛苦。我这话说得太露骨了，谁知道她对我有什么看法呢，要是她根本就对我没有那个意思，我不但是自讨没趣，而且还有可能失去这个朋友了。但我要是不对她说，我就可能永远失去她，她就是拒绝了，这对一个男人来说，又有什么呢？你总不能让人家先开口，把被拒绝的危险留给一个女孩子吧。她要是不高兴了，想骂我就骂我吧，谁让我是这样一个烂人呢？

时间就像河水停止了流动，风儿也停了，周围静得都像让人想哭了。她一直都没动静，我有点儿不安地回过头，一下子愣在那里。她站在那里静静地看着我，脸上的泪水却慢慢地流了下来。我有点儿慌了，忙问她："你怎么了？对不起对不起，我不应该那么说……"

她冲过来，用小拳头捶打着我的胸脯，叫了起来："你太坏了，你太坏了！"

我把她抱在怀里，她肩膀颤抖着，空气里飘满了花开的香味，浓浓地包围着我，我有点儿头晕。她抬起头，喃喃地对我说，其实从那天晚上我帮她们把陈小刚赶走开始，她就喜欢上我了，她觉得一个真正男人就应该像我那样敢作敢为。她还说，就是没想到我原来还抽烟喝酒什么的，后来还和宋高丽谈恋爱，她挺失望的，心里很难受。尽管这样，但她还是爱我。

我的泪水缓缓地流了下来，把她抱得更紧了："我爱你，我一直都在爱着你。"

她眼睛眨都不眨地看着我，睫毛微微颤动，像一个梦。她喃喃地说："你不会骗我吧？"

我的眼睛红了，我向她发誓，我决不会骗她。我抚摸着她的长发，泪水再也抑制不住地哗哗地流了出来。我做梦都没想到，我居然会和米小阳谈起恋爱来了，我一直都很喜欢她。我甚至都有点儿迷信了，属于你的看来真的就是你的。我是应该感谢她，还是感谢上天？就是冲着她，我也应该当兵去，去当一个好人，去做一个男人应该做的事情！

我当兵走的前一天晚上，和刘坚强在一起喝啤酒，我给她讲了我和米小阳恋爱的事。

刘坚强有点儿吃惊："不会吧，米小阳那么好的一个女孩子，会和你恋爱？"说完这话，他可能觉得也有点儿不大合适，忙朝我嘿嘿地笑了笑："当然，你也很好。"

我摇了摇头，对刘坚强说："其实你也不了解我，我虽然不是坏人，但也好不到哪里。但从现在开始，我是决不会再让米小阳失望的，我会在部队好好干的。"

他沉默了一会儿，再抬起头来时，一脸真诚："你要去当兵了，至少得在部队待两年，你就放心她吗？"

我朝他笑了笑，如果是宋高丽，我还真的有点儿不放心，但米小阳那么单纯的女孩子，她决不会做出对不起我的事情的，经历过这么多的风风雨雨，我相信我们之间爱情是纯洁的，别说是两年，就是十年、二十年，她也会一直等着我的。笑容在我脸上荡漾开来，我朝刘坚强摇了摇头："你还是不了解她，你也不知道什么是爱情，那是一种信任。"

他眨了眨眼睛，坐过来搂着我的肩膀，很真诚地说："建军，你好好当兵去吧，咱们是铁哥们儿，你把她交给我吧，我会在这边好好照应她的，有什么事，你尽管给我说。你放心，朋友妻，不可欺……"

我心头一热，举起酒瓶："兄弟，什么也别说了，喝酒！"

我和米小阳的爱情坎坷又很曲折，打个形象的比喻吧，就像我们红军老前辈们的长征一样，有湘江之战，也有四渡赤水。要是现在继续往下说，两天两夜都说不完了。我不想再说了，这毕竟是个军事题材的小说，儿女情长多了，兵味就少了。这和前些年那些很红的军事题材的影视剧一个道理，没当兵时很喜欢看这类影视剧，看一次激动一次，觉得他们拍得真好,当了兵就知道了那很假,就不喜欢看了。打仗都是男人们的事,很多部队里都是清一色的大老爷们,哪里有那么多儿女情长啊。我们部队有许多军官、士官的爱人,就是相亲来的,见了几次面,然后就结婚了。哪里有那么多花前月下爱恨情仇啊,扯淡呢,部队整天都在训练,一年三百六十五天都有干不完的活,哪里有时间让你浪漫啊。我就听说,我们营长一年回家一次,刚和三四岁的儿子混熟,就得回部队了,下次回去了,小家伙又不认他了,说什么都不喊爸了,营长屁颠儿屁颠儿地追着讨好他,好不容易肯认了,肯喊爸了,又得走了。

当军人的老婆不是一件容易事啊。那些共和国的军嫂们,我永远都会对你们充满尊敬!

我以后会对米小阳很好的,决不会惹她生气,她要是生气了想打我,打我左脸,我会把右脸也伸给她。但我现在不想说我和米小阳的爱情了,还是说说我当兵以后的事吧。

一到新兵连我就蒙了。

和所有的新兵一样,我穿着宽大的新军装,坐在驰向远方的火车上,内心充满惶惑与兴奋。离家乡越来越远,我反而越来越兴奋,中学时的那些痛苦的日子在身后慢慢地消失了,一个崭新的未来正在等着我,就像书上说的,是张白纸,等着我去画最美的图画。我会成为一个好兵的。我唾沫飞溅地和周围的新兵交流着道听途说来的关于部队的各种事情。我们最为一致的看法是,吃苦是必然的,班长和老兵甚至会打你。我觉得这很刺激,我相信自己比别人更能经受这些考验。我在中学时就经常和别人打架,就是被班长、老兵打了,我也要咬牙忍受,像个真正的男人那样。看着其他新兵有些忐忑不安的样子,我反而在心里笑了。后来我才知道吃苦是必然的,但班长和老兵打人却未必。很多传说实际上并不是那么回事。

刚开始的感觉还挺好,我们这批新兵刚到宿舍,比我们先到一天的新兵就过来帮着我们整理床铺,班长打来了洗脚水,炊事班送来热腾腾的面条。这一切都和我对部队的想象吻合,战友是爱护你的,班长是关心你的,这是一个温暖的大家庭。

但从第二天开始,我就觉得有点儿不像那么回事了。新兵上厕所时,要由班长带着,戴着帽子,整整齐齐地排好队,一起去。想去部队超市买点儿东西,也是这样。干什么都要向班长请假。我想去网吧给米小阳发个邮件,告诉她,我已经平安到达部队。我给班长请假时,他瞪大眼睛看着我,好像在打量一个外星人一样。我有点儿奇怪,天啊,不会是他连什么是网吧都不知道吧!我只好给他解释说:"班长,就是有个大房间,里面有几十台电脑,可以上网的地方,我想去给我同学发封电子邮件。"

班长突然站了起来,冲着我们这些新兵大声吆喝道:"你们谁在家上过网?"

全班的新兵"唰"地把手都举了起来!

班长夸张地瞪大了眼睛:"乖乖,厉害啊。"

我还没想通这是怎么回事,他突然绷起了脸,很严肃地说:"你们要记住,部队不准上网!今后谁也不能再提上网的事。你们以后如果有机会外出,也不能偷偷地上网,发现一个就处理一个!"

我吃惊地看着他,问:"班长,部队为什么不能上网?"

他很有耐心:"这是为了保密。"

我有点儿哭笑不得:"有没有搞错啊,我们都是新兵,知道什么秘密啊。人家特务知道的说不定比我们还多。"

班长不高兴了,瞪了我一眼:"你懂什么?我们这个新兵连有多少人,我们部队在哪里,我们团长叫什么名字,这就是秘密。"

我还是有点儿不理解:"报纸上不是说我们要打信息化战争嘛,不让官兵上网,这信息化战争怎么打?"

班长有点儿不耐烦了,他皱了皱眉头,说:"你个新兵蛋子,怎么有那么多问题?部队说不让上网就是不让上网,你以后想都不要想!"

我只好闷闷地退到了一边，心里很难受。我真没想到，部队居然不让上网，理由居然是保密！连新兵连多少人都要保密，这秘密也未免太多了点儿吧。再说，人家的间谍卫星天天从你头上过，你部队在哪里，人家会不知道吗？谷狗地图都能干这事。这算哪门子秘密啊！就因为这个原因，一棍子打死，不让官兵上网，简直是与世隔绝了。部队的工作作风未免太简单了些。我不喜欢。

这还不算，最要命的是还要汇报思想。班长动不动就要把你叫出来，直截了当地上来就问你有什么想法没有。虽然他的笑容很亲切，态度也很和善，但我还是觉得这是件最痛苦的事，每个人的思想都应该是自由的，这是一块属于自己的最隐秘的地方。我不喜欢撒谎，每次班长让我汇报思想时，我都有一种被折磨的感觉，虽然坐得直直的，脸上也没什么表情，但内心里却像压着一块重重的石头，机械地说些"安心军营"之类无关痛痒的废话。

时间一长，我发现了更多自己不理解的地方。比如在训练时，我第一次听到班长骂我们怎么笨得像猪时，心里很不好受，怎么解放军还骂人？军姿训练时，班长有时会用脚踢踢我们新兵的腿窝，看看是不是在偷懒，我挨了一脚后，痛苦得泪水都快出来了，解放军怎么还踢人？

如果说这些我都可以忍受的话，让我最难过的是每天要用大量的时间来打扫卫生、叠被子。有时被子叠好了，班长过来看看，觉得你叠得不好，抓起抖开，让你重新趴在床上，用腿压、用手挤，再哼哼唧唧地搞上半天。我觉得这和我想象中的军人生活完全是两码事。我觉得军人就要像个真正的男人那样，承受自己所要承受的。我渴望的军营生活是天天进行军事训练，摸爬滚打，训练成像《第一滴血》里的兰博一样有着发达肌肉的士兵，而不是婆婆妈妈地打扫卫生、叠被子，那是女人干的活儿。

我做梦也没想到，部队原来是这个样子！

更为离奇的是部队居然还养猪！

有天早上我们吃过饭，班长突然把我们几个新兵叫了过去，让我们帮炊事班把剩菜剩饭拉走喂猪去。我们那几个新兵兴奋地跑到了炊事班。我们都以为是做好人好事，送到老百姓那里去，终于可以出去透口气了。谁知养猪的地方还是在营区里，两个身上系着一块脏兮兮的白布的战士出来，指挥我们把那几桶剩菜剩饭拉进去。猪圈里有一股很难闻的味道，那些猪挤在墙边，饿得嗷嗷地叫着，就像要把我们吃了一样。我愣愣地看着那两个战士很熟练地提起桶，舀着一瓢瓢剩菜剩饭喂着猪。我有点儿不安地问他们："你们是专门在这里喂猪的？"那个大个子战士瞪了我一眼，没好气地说："你问这个干什么？"我不敢再问了。出来后，我忍了又忍，最后还是忍不住，跑到带我们一起来的那个炊事班老兵跟前，低低地说："班长，部队里还喂猪？"那个老兵态度很好，他嘿嘿地笑了："是不是觉得很奇怪啊？我刚当兵时也觉得蛮怪的。部队干啥的都有，不但有喂猪的，还有专门种菜的。"我吃惊地瞪大了眼睛，觉得有点儿不可思议，这哪里是在当兵，简直和农民伯伯一样嘛。我回头看了看那一排排猪圈，心里忽然觉得有点儿失落。

后来我果然看到了部队种的菜地，大片大片的菜地整整齐齐，无论从哪个角度看，都是一行行的。我还看到了那些从连队专门抽出来种菜的士兵，他们像个农民一样在菜地里浇水、施肥。他们很平静地干着这一切，但我觉得这是一件很痛苦的事，当兵的手里拿的不是枪，而是锄头，这算是当兵的吗？如果让我干这事，我说什么也不会干的！

好在新兵连很快就过完了，没有把我分到养猪种菜那里，而是到了战斗班排。

新兵连没什么好说的了，都是男人，训练再苦再累，咬咬牙就过去了。新兵班长只是临时从各个连队抽上来的，新兵连一结束，他就回到了自己的连队，我对他印象不是很深，面目也有点儿模糊不清，那时只知道天天喊他"班长"，我现在几乎都记不起他的名字了。那时就是这么傻乎乎的,就像第一次进大观园的刘姥姥一样,贪婪地瞪着双眼,什么都想看明白,什么都想知道,但什么都不懂,班长让干什么就干什么,甚至连点儿值得回味的东西都没怎么留下来。除了偶尔有点儿想家,讨厌班务会,我也没觉得部队有什么不好,很快就适应了这种很紧张的军旅生活。我现在想了想,我在骨子里还是喜欢当兵的,这是每个男人的梦,年轻时谁没做过金戈铁马、战死沙场的英雄梦呢?何况我的情况和别人的还不一样,我必须得在部队好好干。

后来,我到了我们这个红军团的步兵第四连,大家都习惯叫它"红四连"。它在井冈山时期就已经有了,参加过长征、抗日战争、解放战争和抗美援朝战争。可以说,共和国经历的大小战争它都经历过,就连二十多年前的那场边境战争也没落下。我们到连队的第一天,连长就组织我们去参观连"荣誉室",我一进去就傻眼了,整整一面墙上挂满了各个时期的锦旗和奖状。有的虽然已经很旧了,颜色灰暗,几乎看不出是红色的了,字也写得不是很漂亮,甚至还有些歪歪扭扭的,质朴得就像是刚学会写字的人写的一样,但闪烁着的历史的光芒足以让你心生崇拜,那都是革命前辈们拿着命换来的。没有人敢大声喧哗,都静静地看着。每个锦旗上面说不定都有一段惊心动魄的往事。我很仔细地看了看,红军时期有"坚守阵地模范连",抗日战争时有"夜老虎连",解放战争时期的就更多了,就在五年前,还被军区授予了一个"军事训练模范连"的荣誉称号。我看着这些大大小小的锦旗和奖状,手心里竟慢慢地有了汗,心里翻江倒海,感觉很复杂,一会儿豪气万丈,决心好好干,决不给连队抹黑,一会儿又有点儿心虚,觉得自己的军政素质还很弱,恐怕要落后。我们这些新兵心中充满敬畏,就像面前站着一排排挂满勋章的英雄,让我们呼吸急促,腿脚发软。但有一点我很清楚,我不会成为一名孬兵的!我在中学时是个混混儿,但我到了部队,没有人知道这一点,这是一个新的开始,我一定要做个真正的士兵!我一直觉得自己的脑袋瓜子很活络,理解能力强,接受新事物快,我有我的优势,但我的弱项也很明显,除了五公里越野是我的强项,我在体能方面还是比较差的,特别是俯卧撑,班长在新兵连时要求我们做五十个,我一般只能做到三十个就不行了。但班长并没怎么说我,可能是怕我们新兵跑吧。在新兵连里,班长和干部们对我们其实都蛮好的,甚至都有点儿把我们捧到手心里的感觉了。我甚至还有点儿失望,我觉得新兵连有点儿请客吃饭、温文尔雅了。毛主席说过,这不是革命。

我后来才知道,真正开始革命是到老兵连时。

一到老兵连,我就明显地感觉到了一种有别于新兵连的气氛,尽管我们一进宿舍,班长和老兵们就很亲切地拥上来,脸上挂满笑容,替我们取下身上的背囊,和蔼可亲地交代我们把衣服放在哪里,洗脸盆放在哪里。排长甚至还招呼我们先坐下休息休息,但我们谁也不敢真的坐下来休息,都手慌脚乱地整理着内务,就是没事干也要找点事干,坐在那里不停地捏着被角。我们并不是想把被子整得比那些老兵还好,而是怕这帮家伙说我们偷懒。没有任何人提示,我们每个新兵都已经感觉到了那种紧张的气氛在空气中弥漫开来。我在捏着被角时,突然就想明白了,很明显,我们在新兵连时虽然也是一名军人,但班长和干部们从骨子里还是把我们当作刚出家门的毛头小伙子看待的,处处让着我们,就像我做俯卧撑,班长见我做不到五十个,最后也就没勉强我。但老兵连就不一样了,在这里,你必须得清醒地认识到,你现在是名真正的军人了,你要按照一名军人的标准做你应该做的事情。

我虽然有这个思想准备,但还是一到老兵连就拉稀了,被我班长盯上了。我班长就是老李,当然那时我还不敢喊他老李,乖乖地喊他"班长",喊他老李是后来的事了。在我们没有成为朋友以前,我把他恨得牙痒,揍他一顿的想法都有。我后来给他说这事时,他还有点儿不信,说我是吹牛,你一个新兵蛋子,居然都有了揍班长一顿的想法?我很认真地告诉他,我是真有这个想法了,他那时真的把我逼急了。

我们刚到老兵连的那天晚上,刚洗漱完,正要把被子打开,老李突然走了进来,嘴里噙着哨子,尖利地吹了两下,恶狠狠地吆喝起来:"新兵们都出来搞体能训练!"我们忙慌慌地跑了出来,他让我们趴在地上做俯卧撑。我一听,心里就七上八下,底气不足,看着老李皱着眉头很严厉的样子,就更加慌张,手心里都有点儿汗了。我有种很不好的预感,觉得自己要倒霉了,如果是跑五公里越野,说不定我还可以露露脸,给我们班长留下一个好印象。谁知哪壶不开提哪壶,一来就做俯卧撑。我都有点儿后悔在新兵连为啥不好好练练了。果然我咬着牙做到四十个时,胳膊已经没有力气了。我歪着头看了老李一下,他正在我们面前走来走去,他还没注意到我,我松了一口气,身上就忽然没了劲儿,像新兵连时那样往地上一趴,就不想起来了。接着我就听到了脚步声,我歪着头看了一下,看到了老李正站在我面前眯着眼睛瞪着我,我刚要像新兵连那样朝他讨好地傻笑一下,他抓着武装带往我身上抡了一下,吼了起来:"你他妈的怎么回事?给我做!"我忙使劲儿地撑起来,又咬着牙做了两个。但我做第三个时,无论怎么用力,身子扭得像条蚯蚓一样,但还是做不起来。我正在龇牙咧嘴地努力时,老李啪的一脚踏在了我身上,我一下子趴在了地上,他吼了起来:"你怎么才做了这么一点点就不行了?你新兵连是怎么混过来的?"我的脸腾地红了,他现在把一只脚踏在我身上,还说我新兵连是混过来的,我觉得很委屈:我队列走得很好,我五公里越野跑得也很好啊,你怎么不让我跑五公里越野去?但我臂力不行这也是事实。我无可奈何地趴在地上,地上冰凉,还有一种不好闻的土腥味。我抽了抽鼻子,虽然有点儿难过,但我并不恨老李,步兵作战,有时是要短兵相接的,臂力不行肯定要玩完。我只恨自己的这两条胳膊不争气。

　　按照我的想法,这事不能急,得慢慢来。但老李显然等不及了,熄灯号响了以后,全班解散准备上床睡觉。我松了一口气,正要和大家一起往宿舍走,他突然叫住了我:"你别急着睡觉,跟我过来!"我只好回头,站在那里。周围的老兵们微笑地看着我,新兵们都长长地松了口气,眨着眼睛看着我,眼神里充满了同情。我脸腾地红了,我知道班长是要单独操练我了。他把我带到连队宿舍前的一块空地上,眯着眼睛看着我,很严厉地说:"你再给我做五十个俯卧撑。"我看了他一眼,他歪着头很认真地打量着我,我没听错。我脑袋嗡嗡地响了,再做五十个啊,这是什么概念?我想都不敢想啊。我为难地看了看他,喃喃地说:"班长,我做不了……"他眯着眼睛看着我,目光越来越冷了,眉头慢慢地皱起来,他那样子有点儿看不起我的样子了。他果然很不耐烦地说:"你怎么这么软蛋?每个人至少要一口气做一百个俯卧撑才行,你现在不做,你什么时间能做到一百个?要不要我给你示范一下?"还没等我说话,他扔掉武装带,趴在地上,呼呼地做了起来。我一下子就看傻眼了,他轻轻松松地就做完了一百个,站起来,轻轻地喘了两口气,脸不红心不跳,这家伙是很厉害,你不服还真不行。

我只好趴在地上,由于刚才做过,这一次做到二十个时,我就不行了,像根面条一样粘在了地上,扯都扯不起来。老李狠狠地瞪着我,吼着:"起来给我做!"我挣扎着做了几个,无论我如何咬牙切齿地努力,把身子扭得再厉害,也没有一点儿俯卧撑的样子了,只剩下脑袋一上一下地在那里撑着。老李生气了,他猛地拽着我的武装带帮我做。我只好机械地跟着他扭着身子。哨兵站在门口,是个老兵,有点儿幸灾乐祸地看着我,可能是觉得我那样子太滑稽了,竟捂着嘴巴在那里哧哧地笑。我觉得有点儿屈辱,这太他娘地丢人,也有点儿恨老李,我是新兵,这是下老兵连的第一天,你就是给我一个下马威,也用不着这样吧?我都觉得这有点儿虐待新兵的意思了。但连长查哨回来,用手电筒朝我们这边漫不经心地晃了晃,也没觉得有什么不正常,只是给老李说了一声:"不要搞那么长时间,早点休息。"老李抬头看了看连长,竟然笑嘻嘻地说:"是,连长,新兵就得操练操练!"连长居然也没什么反应,连头也不扭地回连部去了。老李继续操练我,丝毫没有停下来的意思。后来我就真的不行了,他拽着我的武装带再使劲儿地往上提着,我也没力气像蚯蚓那样扭着身子配合他了，身子一松，干脆像堆泥巴贴在了地上。老李又使劲儿地试了试，最后只得松开了我的武装带，绕着我转了两圈，站在那里狠狠地瞪着我："你他妈的怎么回事？就你这熊样，还当什么兵呢？"

我生气地瞄了他一眼，很不喜欢他这样说我，这太伤人自尊了。我甚至没等他让我站起来，就自作主张地爬了起来，皱着眉头站在他对面，他甚至比我还稍微矮了一点儿，我也狠狠地瞪着他："你说话文明点好不好？我是个新兵，我军事素质是不好，但也不能一口吃个胖子，你这样整我，一点儿也不科学！"老李正绷着脸，他的表情一下子僵在那里，愣愣地看着我，好像有点儿反应不过来。我也有点儿后悔了，觉得自己是有点儿过分了，作为新兵，我是不应该顶撞班长的。我抬起头怯怯地看他一眼，他抿着嘴唇，皱着很难看的眉头，眯着眼睛，死死地盯着我。我不知道那种眼神是不是看不起我的意思，反正不是很好看，但他的语气绝对是在讽刺我："你小子还有脾气嘛！"我以为他接下来肯定要加码整我，但奇怪的是他没再说什么，眉头松弛下来了，面无表情地挥了一下手，好像在打发一个叫花子："好了，你回去睡觉吧。"

我有点儿丧气地走回宿舍，心里闷闷不乐。老兵连的这个开头并不是很好。我的想法是，我一来就能露一手，跑个五公里越野或者进行一场文化摸底考试，这我都不怕。我虽然在学校没怎么学习，但毕竟是个高中生，平常还喜欢看些书，文演讲也行，不说镇镇那些老兵，起码也能让他们高看我一眼。实际上我全搞砸了。

我变得有点儿沉默了。

我们新兵都有点儿不大习惯老兵连的生活。刚开始那几天，我们都有点儿像刚进门的小媳妇一样缩手缩脚的，不敢跟那些老兵们说话，他们好像也没兴趣和我们说话。我们新兵只能在一起互相说说话，说话时还要看看老兵们的脸色，他们要是心情不好，脸色不好看，我们就赶紧乖乖地闭上嘴巴不吭声。这让我有点儿难受，但也没什么，军人嘛，就是要坚强一些。我有点儿不大喜欢那些老兵。老兵们不是班长，但有着和班长一样的权威,班长不在时,我们请假上厕所什么的,就得给他们讲。实际上我们喊他们时喊的也是"班长"。我还知道部队里很流行的一句话"新兵下连,老兵过年"。他们本来也是新兵,我们一来,他们就成老兵了。我知道自己要积极一些,要抢着干,这样才能得到老兵们认可,要是得罪了他们,那就玩完了。所以,我们都是小心翼翼的,总怕做错了什么。这比被哄着被捧着的新兵连更难受。我觉得很压抑,很多次都想和那些老兵们干上一仗。

我很喜欢那个黑黑瘦瘦的老兵张富贵,他也是农村的,也只有农村的孩子才会有这样没文化的名字。张富贵的名字土,人也土。我注意到了一个细节,他走路时总是把脚抬得高高的,山里人都是这样,走惯了山路,怕石头磕脚,到平原上也改不过来了。张富贵是山里人。他的军事素质在我们团却是呱呱叫的,五公里越野时,在我们连队也是数得着的。让新兵一看到就哆嗦的五百米障碍,他轻轻松松地能跑四五趟,而我第一次跑时差点吐了血。

我看得出来,张富贵文化不高。他的档案里也是高中毕业,但我怀疑他连初中都没上,除了军事素质好,其他方面就不行了,反应特别慢,有时甚至像根木头一样。这么多年过去了,我还记得很清楚,有一次我们整修训练场,那天天气很热,肥大的军装都被汗水浸透了,我们个个都像从水里捞出来的一样,但我们还不能休息,因为军里有首长在这里检查工作。团里干部说了,不能稀稀拉拉,要注意影响。连长把神经绷得紧紧的,和我们一样在阳光下苦熬着。张富贵就在那天出了个洋相。军里首长来时,在我们连队前停了下来,看了看我们,扭过头对团长说:"要注意防暑,可以熬一大锅绿豆汤放在这里,大家渴了就喝点。"团长立刻给我们连长下指示,让炊事班立即熬绿豆汤。连长忙回过头招呼炊事班长立即回去。炊事班长刚跑出不远,张富贵叫了起来:"连长,咱们连队早就没绿豆了!"军里那个首长皱了皱眉头,看了看团长:"怎么搞的,这么大热天,怎么不多准备一些?"团长可怜巴巴地站在那里,不知道说什么好。走时，团长扭过头，狠狠地瞪了一眼张富贵，我们都看到了，他也看到了，他困惑地眨着眼睛一愣一愣的。连长恨铁不成钢地连连摇头："你呀你呀张大侠，真是榆木疙瘩脑袋，首长只是说说，他又不会一直站在这里看着我们把绿豆汤弄来，你插什么嘴啊？你让我怎么说你呢，上次营长上军事理论课，不就是正步走的步速少说了五六步，大伙儿谁不知道，就你站起来纠正。参谋长在咱们连队蹲点，找人下棋，连我都让他八九分，偏偏你让人家一口气输了三盘，就你那臭棋，啧啧，富贵啊，就你那臭棋……"我们都嘿嘿地笑了，张富贵的脸涨得通红，嘴巴张了张，却一句话也说不出来。

在别人眼里很简单的事情，张富贵就转不过来弯儿，但也就是因为这个原因，在这些老兵中，我打心眼里喜欢张富贵。他实在，不像其他老兵那样动不动就用老资格压人，也不管自己军事素质如何，能不能服人，张口就教训我们这些新兵说："老子过的星期天比你当兵的日子还长。"有劳动任务时，他也不像有些老兵那样袖手旁观，而是和我们新兵一样埋头苦干。我从没见过他使唤过我们新兵，不像有些老兵，一当老兵就忘了本，不时地冲着我们新兵吆喝。现在回忆起来，他可能是我心里第一个认定做兄弟的人。而我们老李，我那时怎么也不喜欢他，相反，我还和他干上了。当然，老李并不是一无是处，老实说，我还是很佩服他的，他是团里的训练标兵，军事素质没得说，但我总觉得他有点儿小肚鸡肠，总想找我别扭。我因为俯卧撑不好，可能那天晚上又顶撞了他，给他留下了很不好的第一印象，他之后天天操练我，对我很不客气，总是把我当作反面典型敲打。他看见我就觉得不顺眼，有时说我军容不整松松垮垮，有时说我洗了脸才刷牙是不讲卫生，应该是刷了牙再洗脸。有次训练戴防毒面具，我的动作慢了一点儿，他便瞪了我一眼，让我戴着那副猪八戒嘴脸的面具到外面"潇洒走一回"，惹得其他连队的士兵指指点点地笑话我。我觉得我这段时间进步还是蛮大的，俯卧撑我已经一口气能做到四十来个了，照这样算算，一两个月的时间，我是能做到一百个的。但老李还是在晚上单独把我拎出来操练，一直把我整得筋疲力尽，像堆软泥一样瘫在地上才会放过我。有时急了，甚至还要用武装带在我屁股上抽两下，虽然他下手不重，基本上是在吓唬我，但他这个举动是很伤人自尊的，让我心里不舒服。如果是在中学时代，我早就和他干上一架了，但我知道我现在是一名士兵了，必须得学会服从。这是军人的本分。

我在试着理解老李，我站在他的角度替他考虑，他每天折腾我，实际上是想让我早点把军事训练成绩大踏步地提高上来，他是没恶意的，谁也不想让自己的手下是孬蛋。这个我能理解。但他的方法有点儿粗糙了，一点儿科学含量都没有，态度也不好，这就让人受不了了。这样想下去，觉得自己很憋屈，在家时，父母都是听我的，在学校里，老师也拿我没办法，我还从来没受过这个气。在我学会服从之前，我决定给老李整点情况出来。

我决定逃跑。我要是逃跑了，老李肯定要被连队好好地训一顿了。我当然不会真跑，那可是逃兵，放在战场上是要挨枪子的。和平时期也不行，我们到部队的第一天，新兵连连长就讲了擅离部队的严重性。这是军纪，一个合格军人必须要对军纪有起码的敬畏。我当然不会去当逃兵了，那是一个男人的耻辱。同时，我也没办法向那个爱着我的女孩子交代，我必须得在部队混出名堂，至少能干上士官，这样才会让我们的爱情更顺利一些。

我只是给老李班长整个情况出来，让他难堪一下。

那天夜里三四点钟时，我趁大家都睡着了，就一个人悄悄地从床上溜下来，拿了一本军人作家裘山山写的小说《我在天堂等你》跑了出去。我决定躲到菜地的塑料大棚里去看书。我留心观察了好几天，那里白天基本上没有人去，算是一个天堂。他们找不到我，肯定以为我当逃兵了。这是我们班长管理有问题的表现。近年来，"红四连"似乎还没出过这样的事，呵呵，够老李喝一壶了。我躲在大棚里，一边看书，一边想着连队一旦发现跑了一个兵时，老李那种灰头土脸的样子，心里就想笑。后来我看书看进去了，就忘了这事，一直到下午，那个连队来整菜地时，这才发现了我，把我揪了出来。

结果可想而知。我本来想等到中午时偷偷地溜回来，就说没买到回家的车票，再做一个检查了事。这下子全完了，完全成了一个闹剧了。连长和指导员本来很生气，他们把我叫到办公室，把我批得里外不是人，说是早上一看到我不见了，就以为我逃跑了，一边给团里报告，一边让排长带着老李到车站找我，看看，到现在他们还没回来，你他妈的却躲在人家菜地的大棚里看小说去了，你这玩的是什么把戏啊？我当兵十来年了，还真没见过你这样的鸟兵。指导员说着说着就扑哧地笑了，最后在我屁股上来了一脚："你小子先滚回班里去写检查吧。"

我就这样出了一个洋相。事情都捅到团里了，这洋相真的出大了。但连队又没办法处理，我告诉他们，我是夜里躲在那里看小说看入迷了，本来早上要回来，但最后忘记了时间。事实上，他们把我揪出来时，我的确是在看小说。我这又不是逃兵，最后只好让我写了个检查，在连队的军人大会上念了一遍，这事就算过去了。老李这次也没说我什么，班务会上为这事批评我时，就说我是个"二五"。我刚开始不知道"二五"是什么意思，偷偷地问了一下张富贵，才知道这是"二百五"的意思。

张富贵还安慰我说，你别放在心上，他这不是骂你，我们老兵说新兵时，都说他们有点儿"二五"，就是傻乎乎的意思，很平常的一句话。我有点儿丧气，闷闷不乐地坐在旁边，皱着眉头盯着自己的脚趾发呆。我本来是想整老李一下，谁知最后搬了石头砸了自己的脚。新兵蛋子毕竟是新兵蛋子，想搞人家班长，根本递不上招。

我很快就发现，我和老李班长的关系变得很微妙，他也不怎么整我了，可能是真怕我哪天跑掉了。实际上他是多虑了，我是一名军人，这点觉悟我还是有的。但他看我时，目光里总有一种冷冷的东西让我心里很不舒服。我很清楚，我已经把老李得罪了，他有可能真的把我当作一个鸟兵了。要命的是,这都是我自找的。

我觉得自己是有点儿"二五"。

我的班长

突然想起还没详细介绍过老李呢。老李叫李保根,是个第八年的二级士官。个子不是很高,但长得很壮实。我对他的名字印象最深。我现在还清楚地记得,我们新兵下连第一天,互相介绍时,我一听到他这个名字就想笑,他肯定是农村兵,上面还有姐姐,父母是躲计划生育把他超生出来的,让他保住李家的香火。我后来偷偷地打听了一下,果然是这样。但我那时丝毫没有嘲笑他的意思,虽然我是个高中生,中学时还是个小混混,但我从来没有看不起农村兵的念头。据我所知,在我们部队中,农村籍的士兵还是占绝大多数的,他们文化水平可能不高,但他们是我们这支伟大军队的基石,过去的战争是他们打下来的,将来的战争还得靠他们,只要一声令下,这些朴实的战士会毫不犹豫地冲上去的。他们来自各省不知名的小镇或者农村,贫穷并且不受欢迎,但他们却在为我们的祖国和人民而战,他们很平凡,也正是因为平凡,他们什么都很承受。他们很朴实,很爱我们的军队,因为在社会上穷人总被有钱人所欺负,但在军队里却不会有这种现象,军队是靠实力说话的地方,它和金钱、权势无关。我很喜欢他们,他们是我的兄弟。所以,我不会去嘲笑我们中的任何一个战友,我们是一家人。我在新兵那一年,有很多次被老李搞毛了,想给他整个情况时,我也没有看不起他的意思。

尽管我一直小心翼翼的,只要老李要求做到的,我都会加倍努力,就像每天晚上老李不再单独操练我了,我还是像从前那样,一个人跑出来再做一会儿俯卧撑。我已经能做到六十来个了,我觉得这是个了不起的进步。但让我苦恼的是,班长老李对此视而不见,他看我时,还是那种冷冷的样子。我其实不想和他对着干,我想和他成为兄弟。但我这是一厢情愿，老李显然不是这么想的，他可能觉得我这个新兵比其他的战士要鸟，所以要杀杀我的脾气，还是时不时地给我整点儿事出来。

现在想想，老李那时的看法其实也没错，我毕竟在县城上过三年高中，见过世面，没有那些农民兄弟士兵听话、老实，但我人不坏，我一直在努力地成为一名优秀的士兵。

我到现在还是这样认为的，有些事并不全怪我。我后来才知道，老兵整新兵的土办法多得是，随便弄点事就能上来收拾你。我后来也当了班长，我从来不用这些办法。但老李和我不一样，他文化不高，从前的班长是如何收拾他的，他照单全收地用在了我们身上。换了我，我是决不会这么干的。

那天训练了一上午五百米障碍，我们都挺累的。我正要爬上床午休一下，老李突然过来了，他拿着武装带指了指我："胡建军，你替我站岗去。"按照我对军人职业的理解，班长这句话就是命令，我必须无条件服从执行。但我那天实在太累了，冲着他脱口而出："没轮到我站岗，这是你的岗，你自己站去。"我现在想想，我那时可能在想，站岗是每个军人的职责，是自己的分内事，我没必要替你站岗，官兵一致，我们是平等的，我也用不着讨好你。老李愣了一下，铁青着脸狠狠地盯着我，我也愣了一下，其他人也有点儿惊讶，就连那些老兵们也都不解地看着我，他们都没想到我会当场顶撞他。老李皱起了眉头，往前又走了一步，有一种想揍我的冲动："你个新兵蛋子，你说什么？"老同志们的火气一般都很大。我想再顶一句，但想想我还是没敢顶，还没有新兵敢和老兵对着干，我甚至看到有几个老兵把拳头都攥起来了，只要班长朝他们努一下嘴，我相信他们会立刻扑过来修理我的。我不能出这个头。我忙乖乖地去替他站岗去了。站岗时我有点儿伤心，我知道老李并不是怕苦怕累非得让我替他站岗，他当了七八年的兵，什么苦没吃过？他这是故意整我。但问题是，我不是一个鸟兵，也根本没想去要当一个鸟兵，他这是何苦来着？

晚上跑完五公里越野回来，我趁热打铁地又做了五六十个俯卧撑，然后去了一趟厕所。刚出了厕所，看见班里的老兵张富贵站在那里，我忙立正给他敬了个礼，他有点儿受宠若惊地给我回了个礼，很诚恳地看着我，说："小胡，咱们到菜地那边走走吧。"

我知道他肯定是有要紧的话对我说，我忙跟着他往菜地那边走。

我们站在菜地边，那些绿色的蔬菜在月光下散发着清香，它们长势喜人，菜地整得就像我们阅兵时站的方队一样，无论从哪个角度看，都是整整齐齐的。这不是我们连队的菜地，我们连队菜地整得没有这么好。连长好像不喜欢整菜地，别的连队整菜地时，他就让班长带着我们去跑五公里越野。连长说，我们是当兵打仗的，整天整菜地，能整出个屁来。菜种好就行，不用像服侍孩子一样服侍它。我们就在星期天里去整整菜地。一来二去，我们都不喜欢搞菜地，一到菜地就浑身不自在，真还不如去跑五公里越野舒服。在这一点上，我觉得我们连长很英明，当兵的就应该是这样。

张富贵搓了搓手，他看着我，很认真地说："小胡，你比我聪明，又有文化，本来轮不到我来说你，但我想我是个老兵，在连队待的时间长，有些事还是想提醒你一下。"

我心头一热，赶紧问他："张班长，有什么事你直接给我说，我会注意的。"

他朝连队方向看了看，拍了拍我的肩，像个大哥一样真诚地说："你在连队表现得都很不错，但今天中午你不该为站岗的事顶撞班长。我们老兵都很注意这事，你一个新兵，上来就让他难堪，他肯定以后要收拾你。你最好能找他道歉，如果你能在班务会上主动做个检讨可能会更好。"

他这么一说，我也有点儿紧张了，觉得中午时自己做得是有点儿过分了，我一下连就准备当逃兵搞老李难堪，他要是觉得我是个鸟兵也不是没有道理。他要在士兵中树立威信，不把我这个鸟兵好好收拾收拾是不行的。换了我，我也会这么干的。部队就是这样，谁也不想自己手下有个刺头兵，不听招呼，一旦发现，绝对要整得服服帖帖。

但我还是觉得有点儿冤枉。我觉得这事老李弄错了。我其实对他还是很服气的，他是个第八年的老兵，二级士官快到顶了，年底要么退伍，要么转成三级士官。我听别人说，他好像想转成三级士官。我觉得他有这个资格。我已经知道，如果没有过硬的军事素质和能力，要想在"红四连"当班长，那是一件相当困难的事，甚至可以说是不可能的。我们一班还是连队的尖子班。在抗日战争中，我们班坚守阵地，与日寇浴血奋战，最后十二名勇士全部壮烈牺牲，保证了大部队及时转移，被八路军总部授予"守如泰山十二勇士"的光荣称号。所以，连队在配备班长时，我们班配的都是能力最强的班长。老李的确也无可挑剔，为人很实在、真诚。但要我为这事向他道歉，我恐怕开不了这个口，我顶撞他是不对，但他让我替他站岗就对了吗？要道歉可以，他得先向我道歉。我们都是军人，非常平等，谁错就是谁错，他不向我道歉，我也绝不会向他道歉的。我就是这么想的。

但我还是很感激张富贵。我没办法向他解释，他很老实，也很听班长的话，他不会理解我的想法的。

我对张富贵说："我想想再说吧。"

结果我还是没向班长道歉，我觉得这不全是我的错，我犯不着为这事委曲求全。

我和老李的关系还是这样不冷不热的。我知道他在克制着，但他迟早会爆发的。我一定要做得更好，让他抓不到把柄。每天早上起来，我都抢着打扫卫生，有个公差勤务，比谁跑得都快。训练更是全身心地投入，这没得说的，就是老李不整我，我也不能在这上面偷懒。当兵不练武，不算尽义务。这是军人的天然职责。我要让他明白，我不是一个鸟兵，相反，我是个好兵。

还真像那句俗话说的，越怕鬼，鬼越来找你。我够小心翼翼的了，训练也抓得很紧，但最后还是在这上面栽了跟头，被老李狠狠地修理了一顿。

　　我的军事训练其他方面都蛮好的。别的兵最怕的五公里越野和五百米障碍是我的强项，队列训练什么的更不在话下，我不是在吹牛，我在中学搞过好多次军训了，那时主要就是弄队列这一套。新兵连时，我就被班长单独拎出来给大家做过示范。我最怕的是体能训练，具体地说，就是臂力不行，虽然在老李修理下，俯卧撑能做到六十来个了，但还是差得很远，拿惯笔的手和拿惯锄头的手是没法比的。我很羡慕那些农村来的士兵兄弟，训练一段时间，他们呼呼啦啦地就能做一百来个俯卧撑，而我做完这五六十个后，胳膊就好像没有了一样，最后几个还得咬牙切齿地使出吃奶的劲儿，身子扭得像条很难看的麻花一样，这才能勉强做完。老李在这方面整我，我真没话可说。

　　体能训练中，我最怕搞单杠。搞单杠时，我就经常被班长老李吊杠。他见我三练习只做了两个就做不动时，瞪了我一眼，吼了一声："吊杠！"我一听，眼前差点发黑。吊杠就是双手抓住单杠，吊在上面不动。这很要命，全身的重量都压在胳膊上，一会儿就把胳膊拉得很疼。但你又不能说这是体罚，老兵油子油就油在这里，明明是整你，但又无懈可击。我开始还不想吊杠，想继续做几个，可把吃奶的劲儿用上，胳膊还是拉不上去，双脚在下面扑腾也没用，样子也不雅观。后来我就不瞎扑腾了，静静地吊在单杠上。我本来想争口气，不下来就不下来，看你能怎么着我。虽然有志气，但胳膊却不争气，没坚持几分钟，胳膊像被要扯断了一样，疼得受不了，我龇牙咧嘴地看了看老李，他正在指挥别人训练，根本就不看我。我只好自己跳下来了，准备缓口气再上去吊杠。谁知他一看我下来了，就扭过头指着我的鼻子骂了我一声："你他妈的怎么下来了？"我只好又跳上去抓住单杠吊了起来。新兵连时，我第一次听到班长骂人时，心里还很不好受，但我现在已经习惯了。革命不是请客吃饭，军人要的就是一种野劲儿。我看过那么多老美的战争片，他们的士官长更加粗野，《合金属外壳》中，那个士官长简直就是魔鬼了。但你不得不承认，优秀军人就是这么摔打出来的。所以,那些老兵或班长修理我们新兵时,我一般都没什么想法了,我要是成了老兵,我肯定也会这么干的。你要是把新兵捧在手心里,舍不得摔打,那你基本上就把这个新兵弄废了。老李整我,我真的一点儿也不恨他,他这人并不坏,班里要是有个兵训练跟不上,他做班长的,肯定很着急。换了我,说不定会比他更急。我很理解老李,所以这次想尽量吊的时间更长些,但事实上比上次吊的时间还要短,没过一会儿,胳膊疼得又受不了了,我只好跳了下来。这样反复了三四次,老李终于火了,他冲过来,朝着我的屁股踹了一脚:"你怎么这么狗熊,连这一会儿都坚持不住?你有什么牛的?"我本来已经做好了被班长摔打的准备了,知道这是成为一名优秀军人必须要承受的,但老李真动手了,我又有点儿反应不过来了。我愣愣地看着他,你是班长,还是党员,怎么说打人就打人了?虽然这不是很疼,但它伤害的是我的自尊。我气得手都发抖了,我带着哭腔说:"你是班长,怎么能动手打人?"老李把脖子硬了硬,指着我鼻子吼道:"你不好好训练,老子就是打你了,你能怎么着?"

我承认,我那时还不算一名合格的军人。这时我应该立正站好,承受军人必须要承受的这一切。但我没有,相反我气得身子都哆嗦了,甚至还瞪了他一眼:"你别老子长老子短的,我体能训练不好,就不一定军事素质不好。你不要认为我就不如你,现在是现代化战争,你连电脑都不懂,真要打起来了,你只能靠边站!"我就是这么想的,我觉得我说得有道理,海湾战争不就是这么打的?哪里会让你面对面地厮杀啊?我一下子就把老李惹火了,班长是"军中之母",连长都让他们三分,我一个新兵蛋子,当面顶撞他,这当然很严重了。我有点儿后悔了,按照军人标准来说,军人以服从命令为天职,我不应该这么干的。老李果然很生气,他的脸都涨成紫色了,他唰地解下了武装带,扔在了地上,朝我吼了起来:"你不服气咋了?我不如你?现在咱们就单挑!"说着就真的冲上来了。几个老兵忙拥上来,抱住了他,他还在那里使劲儿地挣扎着："放开我，老子今天就要和他单挑，你有什么牛的？放开我！"我也有点儿生气，不时地斜着眼睛看他，我顶撞了你，我是有错，但我现在是个士兵，和你一样，我们是平等的，单挑我也未必怕你。

张富贵过来劝我："小胡，你给班长道个歉，认个错吧。"我看了看他，他是真心为我好的。这时我已经缓过来劲儿了，自己毕竟是个新兵，作为一名军人，要学会尊重，尊重上级、尊重领导，尊重部队的一切，更重要的是尊重你的敌人，他们永远都要比你想象的强悍。老李因为军事训练整我并没有错，我就是给他一个台阶下，也不能硬撑着，不然这对我们都没好处。虽然我没有道歉，但我还是乖乖地抓过单杠，卖力地做三练习。老李斜着眼睛看着我，可能是我主动上了单杠，也算是一种认错的表现，他这才慢慢地消气了，不再冲过来单挑我了，但他也不理我了，带着其他的兵继续训练，就好像我不存在一样，我吊累了，自己从单杠上跳下来，他也不管我了，有点儿像要跟我搞冷战一样。我心里很难受。我是想成为一名优秀军人的。自从我们授了军衔，戴上了帽徽、领花以后，我的许多想法都变了，不再是从前那种为找条出路什么的而当兵了。我是一名士兵，就要有一种士兵的样子，如果仅仅是为了找条出路而留在部队，我觉得这不是一种光荣，而是一名军人的耻辱。我没想其他的，我就是想成为一名优秀的军人。但老李并不知道我的这些想法。我也没办法给他说，他整天动不动就瞪我，我不知道怎么给他讲才好。

不管我愿意不愿意，我在老李那里已经挂上号了，他简直是把我看死了，又开始折腾我起来了。无论是中午还是晚饭后的自由活动时间，甚至是周末休息时，他都要把我带到器械训练场，狠狠地整我。先让我做俯卧撑，然后再做单双杠。最后筋疲力尽了就是吊杠，我实在抓不住单杠了，他也不让我下来，就用肩膀顶着我屁股让我吊在上面。我都快被他整疯了。我作为农民儿子的犟劲儿被他挑逗起来了，偏不信这个邪，我就从来没有哀求过他，无论是作为男人，还是作为军人，我觉得这个念头都不应该有，这比吊杠更丢人。整了两个来月，他还真的把我整出来了，单双杠我也不怕了，俯卧撑也能一口气做一百来个了，我甚至把有些新兵都甩在了后面。有天我在洗脸时，无意间把胳膊弯了起来，胳膊上面竟然有了鼓得硬邦邦的疙瘩肉了。这真他娘的是个奇迹，我本来还是个一身虚肉的家伙呢。我忙找到那个城市兵周志军，他有个数码相机，我们一起到训练场上，我把上衣脱掉，摆好姿势，胳膊一使劲儿弯了起来，让他给这些鼓得硬邦邦的疙瘩肉来了个特写，然后寄给了老家的女朋友米小阳。米小阳回信时说我像个小老虎。

我真正地喜欢上了部队。

武装越野

班长老李已经没法再整我了，我这时玩单双杠已经玩得呼呼啦啦的，他要是再让我吊杠，那就有点儿明摆着是整人的味道了，他当然不干了。但我这时被他整出瘾来了，一坐下来不活动活动筋骨，还真难受。我一有空就往训练场跑，玩玩单双杠，跑跑五百米障碍什么的，非要整出一身汗，气喘吁吁的才好受些。我们连里干部碰到了几次后，都有点儿感动，连长夸完指导员夸，排长开排务会时，也要把我拎出来重点表扬一下，都有点儿连队标兵的味道了。

我至今对老李充满了感激。我那时是有点儿很牛了，军事素质提高了一大截儿，他平常还要组织训练，还有连务会、支委会、组织生活会等一大堆乱七八糟的事要参加，不像我那样一有空就往训练场跑，我那时都有点儿青出于蓝胜于蓝的意思了。特别是我的五公里越野，我和别的老兵试过，他们没几个能跑过我。我没和老李试过，他是我们连队的训练尖子，我很想和他比试一下，见个高低。这就是部队，谁都不甘落后，不但是个人，就是连队之间也是争强好胜，就连看电影前的拉歌也要盖过对方的声音，也不管唱得怎么样，只要声音、气势能把对方压倒就行，有时就真的像狼嚎一样了。但就是这种声音，会让你浑身亢奋、激动、冒汗，甚至身上像燃烧了一样，整个人都是红彤彤的，那种热气扑面而来，裹挟着你不由得也要大吼大叫。其他再动听的歌声，都不会有这种效果的。具体到个人也是这样，谁也不肯服输。我那时也是这样，一闲下来就想找人掰手腕什么的。我那时的目标就是老李，我想打败他。我本来以为我军事训练上来了，老李应该对我好一点儿了，但他仍旧对我很冷淡。这让我很苦恼。我这时和老兵们相处得不错，有几个还是我的河南老乡，他们私下里告诉我说，老李这人没什么坏心眼，但就是小肚鸡肠，有点儿像农民。他们说这话时，口气里有种看不起农民的味道。其实他们也是农民子弟，但你还真不能说他们现在还是农民了。就像我一样，我当了兵，虽然我也说不清哪里变了，但我知道，有许多事情和以前不一样了。

　　我能感觉出来，老李对我的敌意一点儿都没有减弱。这也不能怪他，我一到老兵连就想逃跑给他弄点情况出来，接着又公开顶撞了他，他可能还真没遇到像我这样不听话的新兵。第一印象很重要。但这不是我的本意，我想做个好兵，成为一名优秀的军人。我天天没事就往训练场跑，也是想把训练搞上来，让他看看，我这人并不是那么鸟。我很清楚，你想被别人尊重，你得自己争取。所以，我很想找个机会和老李比试比试，我只有证明我比他更强，他才会高看我一眼。部队就是这样，只有强者才会赢得别人的尊重，没有人会同情一个动不动就要哭鼻子甩泪的军人，相反会更加看不起他的。

　　机会终于来了。在共同科目训练结束考核时，团长专门来到了我们"红四连"，要看看我们的考核。这让连里的干部都很紧张，赶紧给我们动员，让我们每个人都要发挥出自己最好的成绩。连长甚至放出狠话，像五公里越野这样硬碰硬的项目，要拼命地给我跑，死也要死在五公里外的那一头。搞得气氛很紧张，一时都有点儿实战动员的味道了。我偷偷地看了看老李，他面无表情地直直地戳在那里，我不知道他在想什么，但我很清楚我要做什么。队列什么的，说实话，虽然也很重要，但别说团长,就连我们连长也没把它当回事,我们是步兵,队列走得再漂亮,你就是考个全团第一,人家也不会怎么高看你的。大家在乎的还是那些五公里越野、五百米障碍、投弹、射击这些硬碰硬的科目,这才能反映出一个连队、一个士兵的军事训练水平到底如何。五百米障碍、投弹、射击这几项,我虽然比其他新兵要好,甚至还把一些老兵也甩在了后面,但还是比不过老李和另外一些老兵,人家那几年兵也不是白当的。我就只能靠我最拿手的五公里越野来证明我自己了。我很想超出老李,这个想法多少还有点儿赌气的意思,也许是他把我整毛了,我就是想超过他,让他看看。

后来想想我是非常后悔的,那次考核五公里越野时,我耍了点小聪明。我们活动完身体后,我有意挤到老李的身边,发令枪一响,我立马全力蹿了出去,一下子跑到了最前面。如果你有经验的话,你不会这么干的。刚开始是要稳住呼吸,匀速慢跑,跑到一半时,突破那个极限以后,再拼尽力气加速。五公里越野拼的就是最后的两三公里。我故意先蹿出去,是给老李看的,诱他上钩,让他一上来就使出所有的力气。老李是老兵,按说他是不会这样干的,我本来也没抱多大的希望,但那天不知道他是怎么想的,我刚一蹿出,一下子冲到连队最前面时,他愣了一下,突然加速冲到了我的前面。他是班长,是我们连队的训练尖子,也是团里数一数二的训练标兵,这样的榜样是有号召力的,班长一加速,我们班的其他的新兵和老兵也不由自主地加速,只有几个稳重的班长还沉得住气,招呼自己班的战士不要加速。但就是这样,还是有不少新兵和老兵跟了上去。我一见老李加速就忙减缓了速度,这个过程也就几秒钟的时间,老李一冲到我前面,我就知道他这次五公里越野肯定要玩完了。他即使不想跑了,那些被他带动起来的新兵们都是愣头青,是不会停下来的。他不能不继续跟上去。我后来才知道,老李那时太想跑到最前面了,团长在那里看着,他这个团里挂了号的训练标兵要是被一帮新兵压下去了,他脸上当然无光,还有可能影响他转第三期士官。就是刚开始也不行,他要一直跑到最前面。老李实在是想转第三期士官，他是农村兵，只有转了第三期士官，他才有可能像城镇兵那样回去安排工作。我至今对这项规定还痛恨得咬牙切齿，这算是他妈的什么规定啊，我的那些农民士兵兄弟，他们不比任何人差，他们朴实，能吃苦，敢于摔打自己，他们是共和国军队的坚强基石，凭什么他们要比那些退伍的城镇兵待遇低人一等呢？我那时要是知道老李的想法，那天就是打死我，我也不会耍那个小聪明的，我觉得自己很卑鄙。所以，后来我和老李一起到了特种兵部队后，老李刚一表示出跟我和好的意思，我就立马黏上去了。我和老李实际上根本就没什么矛盾。

那天五公里越野，老李考砸了，不但是他考砸了，我们整个连队都考得不是很理想。那些跟着老李跑的战士，一到最后两三公里时，这时本来应该加速的，但他们反而慢下来了，个个像老牛一样呼呼喘气。我闷着头开始加速冲刺，甩掉了老李，也甩掉了和我一起加速跑的其他几个班长。等我跑到终点时，计分员掐着秒表，高声地报我的成绩：18分零5秒！老李最好的成绩是18分零6秒，我比他多出了一秒。我很兴奋，扭过头去寻找老李的身影时，不由得呆住了：那几个和我一起跑的老兵班长并没有跟上来，他们招呼着自己班的战士，让他们两个人拖一个人跑，他们拖的全是我们班的战士！他们全部跟着老李跑废掉了，只能被人拖着跑了！老李也不行了，他的枪被另一个班长背着，两个战士在拖着他跑。我的脸腾地红了，跑个全连第一的兴奋心情一下子消失了。我这时才明白：我一个人远远地跑到最前面，并不是一种光荣，而是一种耻辱！我们是军人，军人就是一个集体，在战场上，我们要彼此依赖，并肩战斗。老兵毕竟是老兵啊，在我加速闷头往前冲时，那些和我一起跑的老兵班长们已经开始帮助那些跑废了的战士了。我脸很烫，我觉得自己已经是个合格军人了，实际上还差得很远啊。我第一次真心觉得，那些老兵们动不动就说我们新兵"傻乎乎"的，还是有道理的。

他们终于跑到了终点，我呆呆地看着老李。他累得不行，脸上淌满了汗珠，整个军装几乎湿透了，紧紧地贴在身上，他把帽子抓在手里，弯着腰，双手撑在膝盖上，呼呼地喘着粗气。我很想去扶他一把，但又不敢，就那么呆呆地看着他。他艰难地抬起头，狠狠地瞪了我一眼。我忙把脸扭向了一边，我不敢看他。

连长赶来了，他显然很生气。我们连这次考核，集体成绩是22分零6秒，八连是第一名，他们跑了21分46秒。"军事训练模范连"落在了其他连队的后面，这是近十多年来还没有过的事。除了老李，其他人并没有看到我耍的小聪明，百十号人一齐向前冲，我冲出去时也就那么几秒钟的工夫，连长肯定也没看到，他就看到老李一开始就带着一帮人往前死冲。连长站在老李跟前，朝老李吼了起来："李保根，你他妈的是怎么搞的？当了七八年兵，怎么还像个新兵蛋子一样，你脑袋长到哪里去了？"老李努力地直起了腰，想立正站好，但他还是呼呼地喘着粗气，身子有点儿摇晃，他几乎都站不住了。连长有点儿心软了，目光里的杀气也慢慢地淡了，他摇了摇头："李保根啊李保根，你急什么呢？你想转三级士官，我们不是不知道，我都给团长说过好多次了，你为啥还急着要在团长面前露脸呢？你呀你呀！"老李咬着嘴唇，慢慢地低下了头，没有吭声。我知道，连长这话也没说错，老李是急着在团长面前出风头，所以他这次才会出现这么个低级错误。

我心里很不好受，我知道我做错了。我是很聪明，鬼点子很多，但这也不能用在战友身上啊。我们是摸爬滚打在一起的兄弟啊。队伍集合好要回去时，我看老李走路还有点儿不稳，我忙跑过去，想扶他一下，但他使劲儿地把我推开了，狠狠地瞪着我，低低地吼了一声："你给我滚到一边去！"我只好默默地退下去了，别人都以为是老李没跑好，而我跑得太好，老李因此看我不顺眼，所以才对我发脾气，只有我知道，老李恨我是因为这一切原本都是我造成的。我心里也很难受，我这完全是自作自受。

我有点儿伤心，觉得很对不起老李。

那一段时间我心情很不好。那次五公里越野，我确实把老李搞毛了。我那样做，是有点儿下作，老李心里最清楚，但他根本就没办法说出来。我没想那么多，就是想超过班长，证明一下自己不是个鸟兵。就这么简单。老李显然想复杂了，他觉得我是有意算计他。我试着想跟他和解，有天晚上，我甚至鼓足勇气，走到他跟前，带着哀求的口气说："班长，我们出去走走谈谈心吧。"我做好了向他道歉的准备。但他冷冷地看了我一眼，又低下头了，在面前的稿纸上划拉着什么，淡淡地说："你是个高中生，你牛！我是个大老粗，咱们有什么可谈的？"我看了看四周，其他的士兵不时抬头偷偷地看看我们，我顾不得那么多了，低声下气地说："班长，跑五公里越野的事，我不是故意的……"他立马直起身子，做了一个"打住"的手势："你不要讲了，你没做错，是我错了。这没什么好讲的。"我的脸一红，牛脾气又上来了，拒人于千里之外，你这是摆的什么谱啊。我气呼呼地走了，心里后悔得不行，我这简直是自取其辱。

老李以后对我总是不理不睬，他这种态度很能影响人，班里没人敢和我接近了，别说那些新兵，就连张富贵这样的老兵，也不敢当着老李的面和我说话了。就是这么怪，我敢发誓，老李还不至于阴损到暗地里发动大家孤立我，但他的行动确实能影响人。我不得不承认，即使在军事训练方面超过了他，我也不可能拥有像他那么高的威信。

我仍然抱着一线希望，从没放弃和老李和解的想法。他不肯原谅我，其他的士兵就不敢和我接近。我很难过，我不想被孤立，我想和班里的兄弟打成一片。我有点儿不甘心，偷偷地找到张富贵，他是个老兵，班长多少还会给他点儿面子的，我想让他帮我在班长那里说说情。张富贵为难地看了看我，挠了挠头皮，吞吞吐吐地说："小胡，我看你还是不要和班长说什么了吧。这事就这样扔在这里吧。"我有点儿不高兴地说："张班长，我让你给班长解释一下，这又不是多么难的事，我是新兵，没法子把话说得那么透，你帮我一下，这有什么为难的？"他皱着眉头看了看我，又向连队那边看了看，好像下了很大决心，低声说："我给你说了，你千万不要给别人讲。有一次班长和我们几个老兵喝酒，班长说起你了，他挺生气的，说你是高中生，军事素质也不错，人也聪明，但就有一点，做事有点儿阴，他说的是那次跑五公里越野的事。他一个七八年的老兵就被你一个新兵弄个圈套钻进去了，他对你的看法很大。"我有点儿急了："张班长，事情是这个事情，但我绝对没有阴他的想法……"我说到这里，没办法再说下去了，因为主观上我并不是想阴他，可实际上我就是在做了一个圈套让他跳进来了。我抱着头蹲在地上，眼泪几乎要出来了，事情怎么会这样啊。

  我彻底死了和班长老李和解的心了。老李这次也彻底地把我搞毛了。我甚至有点儿恨他了，你爱咋整就咋整，反正我已经知道错了，是你拒人于千里之外，你不原谅我也没什么，只要我干好我自己应当干好的事情，不出差错，你能咋着我？我觉得老李的举动很可笑，他是搞不过我的，知识就是力量，我是个高中生士兵，只要我的军事素质赶上来了，立马就会超出他们老兵一大截子。我们共同科目训练结束以后，连队开始训练班进攻、排进攻、连进攻，如何利用地形地物，对敌地堡的打法等等，这东西主要是靠自己的理解、消化了，我当然理解得很快。我能感觉到，连长对我印象就挺好，有时我甚至还能帮他搞连队的训练计划或者起草讲话稿子了。他从来就没有大声训斥过我，相反，他训那些老兵们就像训孙子一样，再难听的话他都能骂出来。部队就是这样，但你也不能说这就不对，部队有自己的个性，百十个血气方刚狼一样嗷嗷叫着长身体的小伙子堆在一起，你没点儿狠劲儿还真收拾不住。这里不是大学课堂，用不着那么斯文，所以说部队是个"大学校"，但同时也是一座"大熔炉"。"熔炉"是干什么的？不就是把这帮儿狼们当铁来炼吗？

  那段时间里，连队虽然没有明确宣布，但事实上我已经是连队里的训练标兵了。有一天中午，我正坐在凳子上看一本步兵训练教材，连长在门口探着头叫我："胡建军，你来一下。"我忙跑到他跟前，立正站好。连长说："二班长感冒了，下午你带二班训练。"我愣了一下，喃喃地说："二班副班长还在啊。"连长把脸绷了起来："你啰唆什么？我让你去带着他们训练你就去，管那么多干什么？"我忙说了声是。我很感动，连长放着那些老兵不用，却让我带着他们训练，这是把我当成骨干用了。老李坐在一边，一直看着我们，脸上有些不大高兴。连长走了以后，我看了看他，想去跟他说一下，他却把脸扭向了一边。但我还是硬着头皮到了他跟前，说连长让我下午带二班训练，他连头都没抬，面无表情地"嗯"了一声。

连队干部对我越好，老李的脸色就越难看。我能看出来，他这是怕我把他压下去，影响了他转第三期士官。其实，这算哪门子事啊，我一个新兵蛋子，根本就没法影响他的，但他就是喜欢钻牛角尖。老李是有点儿小家子气。如果说，我从前是无条件地尊重他是个老兵的话，现在这尊重里面就不是那么纯粹了，我很清楚，我有点儿不大喜欢他了，他一开始就把我看成了一个鸟兵，自己钻进了牛角尖里了，还死倔死倔的。

连里其他老兵和班长已经不拿我当新兵看了，他们对我客气多了。部队就是这样，你军事素质一上来，他们都会高看你的。但老李不服气，他还想整我。

星期天中午，我到训练场上玩了一会儿单双杠，这已经养成习惯了，不去摸摸，手就发痒，攥起拳头就想往墙上砸。回来冲了个凉水澡后，我就坐在床边抱着《三国演义》看诸葛孔明在我们家乡南阳火烧博望屯，正看得很投入时，老李理直气壮地扔过来一堆衣服。我抬头看了看他，他抱着膀子，冷冷地看着我："你反正闲着没事，去给我洗洗。"我有点儿发愣，我知道他并不在乎谁给他洗衣服，他这是故意搞我，可能还想借此提醒我一下，连队虽然把你当骨干用了，但我还是你班长，你不要把尾巴翘得那么高。实际上老李想复杂了，我不会翘尾巴的，但我内心里也不愿意给他洗衣服。我知道有些新兵们想讨班长喜欢，很愿意干这种事,但我心里有一万个不愿意,"尊干爱兵"也不是这么回事,我是一个军人,不是一个丫鬟。

老李见我没动,眼睛眯了起来:"你听到没有?"我忙抱着衣服站了起来:"是,班长!"还别说,这还真能磨练我,你越整我,我越要表现得像个男人一样。但我还是趁他转身时,在他脖子后面做了个掐死他的动作。和我一起扛着列兵军衔的新兵们看着我,都没敢吱声,这里除了张富贵,没有其他老兵。张富贵也善意地憨憨地笑笑。老李可能听到了动静,很警觉地扭过头看我,我立刻笑容满面讨好地说:"班长,我没有洗衣粉了。"他瞪我一眼,很不高兴地说:"你不会去买?"我忙说:"我会,我会。"那天揉搓着班长老李那堆臭烘烘的衣服,一种自尊被撕碎的感觉弥漫全身。这真够窝囊的,还不如战争年代里冒着子弹呐喊冲锋过瘾,死了也要往前倒,这才像个军人。人家董存瑞手托炸药包,喊着:"为了新中国,前进!"那才叫当兵!这事要是让我们高中那一帮同学知道了,不把我笑话死才怪。真正的军人是驰骋沙场杀敌报国,不是干这样婆婆妈妈的事。我就是在那时真正地把老李恨上了,时间都这么长了,他还是把我当作一个刺头兵。我越想越伤心,把他那臭烘烘的衣服摔在地上,狠狠地踩了两脚。过了一会儿,还是乖乖地把它捡起来,洗得更加卖力。两行泪水掉下来,砸在手背上,感到一阵疼痛,忙用袖子擦擦,告诉自己是名军人,军人都是好男儿,有泪不轻弹。

我突然觉得老李有点儿厚颜无耻了。他居然为此事专门把我们在晚上集合起来开了个短会。我刚开始还不知道是为这事开会,老老实实地把手放在膝盖上,身子挺得直直的,绷着脸,面无表情。唱完了《我是一个兵》,老李清了清嗓子,讲了互相帮助共同成长的重要性,最后话锋一转,很认真地说:"你们今年这批兵素质太差了,干工作要积极主动。对老同志要尊敬一些,要有眼色,我们当新兵时也就是这样过来的。今天中午我让一个同志帮我洗点衣服,他还给我要洗衣粉,这算什么积极主动?是不是觉得委屈了?觉得委屈就不要来当兵!"我当时还沉浸在董存瑞进攻隆化城的战火硝烟中，没能反应过来，看着老李直直地看着我。我愣了愣，我给他洗了衣服，他连声谢谢都没有说，现在还这样不点名地训我，还说得理直气壮的，我很不服气。但我还是把头低下来，做出羞愧的样子。我懒得和他理论。人的想法一变，从前的许多看法就跟着变了。从前我一直觉得老李是个老兵，素质很高，现在我突然觉得他像个小孩子一样蛮不讲理。老李终于让我看到了他很不可爱的一面，张富贵他们说得不错，他是有点儿小肚鸡肠了。都这么长时间了，他还是不肯原谅我。我做了那么多，他难道还没看出来，我真的不是个鸟兵啊。

我想告他。连长、指导员多次讲过，严禁老兵让新兵干洗衣服、打饭刷碗之类的活，这在部队是不允许的。实际上我知道，这是一个世界性的难题，我曾经在网上看过一段老兵虐待新兵的视频，是英军或者美军，他们把新兵当作沙包练拳击。前不久《参考消息》还报道，俄罗斯爆出虐待新兵丑闻，一个新兵被老兵打成了植物人。和他们相比，我们这些新兵够幸福了，简直是生活在天堂中。但我们军队的性质和他们不一样，我们应该做得更好。我决定给指导员写封匿名信，说老李就常让新兵刷碗，我不说洗衣服，不然老李会猜到是我写的，他要是知道了，谁能肯定这个大老粗会不会再干出其他傻事呢。

果然过了两天，指导员在晚点名时，把老李叫了出来，声色俱厉地批评了他，说得老李耷拉着脑袋一声不吭。我们新兵都觉得痛快，互相用眼神传递着兴奋的心情。然后指导员又表扬匿名信的作者，说再有类似情况，可以找他谈谈，实在不行，写信也可以，但最好署名，这不是什么见不得人的事，不但没事，而且还应该受到表扬，说得我们心里热乎乎的。那个城市兵周志军的眼睛也一亮一亮的，小声地对我说："指导员真够哥们儿。"我忙说："那是那是。"说实话，这封匿名信的效果这么好，我做梦也想不到，不禁有点儿小小的得意，毕竟是人民军队，那些西方军队再牛，这一点也是比不上我们的。老李当晚遵照指导员的指示，在班务会上做了检讨，并且信誓旦旦地向我们保证，以后决不会再使唤新同志了。最后他嘟嘟哝哝地说:"不过话说回来,指导员说我不像个军人,我就有点儿不服气。咱虽然有缺点,可军人的样子还是有的。"然后看了看我们,很激动地说:"以后咱有啥事当面锣当面敲,我要是给你使绊子、穿小鞋,我就不是娘养的!"老李说得很诚恳,我又感到心虚得不得了,把头扭向窗外,装作看风景的样子。

我自以为自己做得很聪明,但事实证明,新兵毕竟是傻乎乎的新兵。我们开完班务会,我正要出去跑个五公里越野时,听见通信员在楼下叫我:"胡建军,指导员喊你!"我忙慌慌地跑了下来,喊了一声报告,进去后给指导员敬了个礼。指导员回了个礼,然后推过来了一把椅子:"你坐在这里吧,我们随便聊聊。"我还不敢坐,有点儿拘谨地站在那里。指导员笑了笑:"你紧张什么呢,没什么事,我们就是随便聊聊。"我这才坐下,但还是条件反射似的把腰杆挺得直直的。我说过,我是个好兵,平常很注意礼节礼貌的。指导员说:"你放松一下,随便坐着就行。"话虽这么说,但我养成习惯了,还是放松不了。指导员也就不再强求了,他从桌子上拽过一张纸递给了我,我一看脸就发烫,这是我写的那个告老李的匿名信。指导员问我:"这是你写的吧。"他好像是在问我,实际上已经不需要我回答了,但我还是点了点头。我心里有点儿发毛,不知道指导员要干什么,他要是像老李一样,因为这事就把我看成一个刺头兵,那我还不如不整这个事了。但我很感激他,他明明知道是我写的,但他在晚点名讲这事时并没有捅出来,相反还整得还真的一样,连我都以为他不知道是我写的。

指导员认真地看着我:"你是不是和你们班长有些矛盾?"

我心里很乱,我不知道说什么才好。我很难受,也很委屈,我努力地想和班长和解,但他并不给我这个机会。我不知道我该怎么做。我咬着嘴唇,努力地不让自己的眼泪流下来。我并不怕吃苦,当兵就是吃苦的,但老李的做法确实让我难受。就是作为一个军人,我也不应该向上级领导隐瞒什么,何况老李的做法,的确让我头疼。我不想在他的班里待了。

我把我到老兵连后的情况都给指导员讲了，我什么都没瞒他，该我承担的错误，我都做了自我批评，不该我承担的，我也决不大包大揽。我也给指导员讲明，班长并不坏，这事也怪我，一开始就给他整情况、顶撞他，他对我因此抱有成见。

我真诚地看着指导员，终于鼓足勇气对他说："指导员，你把我换个班吧，哪怕让我去种菜、喂猪，我都会干好的……"

指导员看了看我，又低下头想了一会儿，说："我再和连长商量商量。你先回去吧。"

第二天，我被调到二班了。二班副班长考上了军校，再过一个月就要上军校走了。连长提前任命我为二班副班长。张富贵他们说，第一年的新兵就当副班长，这在"红四连"的历史上还没有过。

我把自己的东西收拾完，抬头看了看老李，他正坐在桌子边，面前摊着一本步兵专业训练教材，他很认真地看着，还在上面勾勾画画。我想了想，还是走到他跟前，低低地说："班长，我要走了。"他没抬头，只是低低地"嗯"了一声。我不知道他是怎么想的，但我心里多少还是有点儿不好受的，我熟悉这里的一切，这里的气味，这里的每一张面孔，他们都是我的兄弟，这里曾是我的家啊。说实话，我现在一点儿也不恨老李了，他虽然整我，但都是明里整我，从来没有暗地里使坏。他是班长，如果暗地里整我，还是有很多办法的，他甚至不用自己出面，只要使一个眼色，那些老兵也会替他修理我的，但他一直都没有……

我很难过，我和班长到底还是没能和解。

怀念一位老兵

日子如流水般地过去了。快到年底的时候，连队的训练基本结束了，每天都是学习或者总结、评功评奖这样杂七杂八的事，这时老兵也准备退伍了。老李如愿以偿地转了第三期士官，那几天他心情很好，口令喊得格外认真，声音十分洪亮。我想趁这个机会和他走得更近一点儿，但他一看到我，还是那么冷冷的、一副没有什么话可说的样子。我很惆怅，也就没再去找他了。

星期天，士兵常常无事可干。和我一起当兵的都快成老兵了，口气也渐渐地大了，慢慢地也有了火气，有时还敢和老兵们顶撞一两句。连队慢慢地对他们也放开了，他们也能出去逛逛街了。但我懒得和他们出去，就坐到连队的图书室翻那本《三国演义》。我很喜欢这部书。

懒得出去的还有一个老兵张富贵。张富贵是个好兵，他这些日子正在指导员的暗示下写着入党申请书。他看了看我又挠挠脑袋，最后好像下定了决心，向我走过来，问我"无产阶级"的"阶"字怎么写。我写在他手心里，他握了拳头却没走，问我看的是什么书。我说是《三国演义》。他又说胡建军你真行你真行，这么厚的书都能看下去，接着又摇了摇头说："现在的兵素质太差了，他们都要像你这样喜欢看书就好了。"我仰了仰头，忙谦虚了一阵。我来当兵时带了一提包书，有《百年孤独》《静静的顿河》《追忆似水年华》，等等。中学时我虽然是个不爱学习的混混，但我很喜欢看书。而且我文章写得很好，还发表过一些。我本来也想当个好学生的，当我在中学发表第一篇文章时，曾经兴冲冲地拿着去给我们的语文老师看，当时他面无表情地让我放到一边，一点儿也不像我那样大惊小怪的。后来我听说我走了以后，他对其他老师说："这个学生从小就不是个好东西，调皮捣蛋，他能写出什么玩意儿来？"说完以后，还嘴巴一撇，把那张报纸扔在了一边："狗屁文章！烂泥巴糊不上墙。"我听说这事以后，就死了当名好学生的心。

张富贵后来向我借了几本书看，每天也读得很认真的样子，还给我时常说不错不错，至于到底哪里不错，他就说不上来了。我很喜欢这个老兵，有空了我就指点他学学文化，练练书法，读读《三国演义》。他就要了我写过字的废纸当字帖。我说为啥不买庞中华字帖，他说你的字就不错，再说能省就省点嘛。有时他也看《三国演义》，还看得津津有味，不认识的字必来问我，害得我也开始翻字典，不过我乐意。他也经常给我说起他家乡，说他家乡现在还很穷。他要入党，回去熬几年说不定就能搞个村支书干干。村支书在他们那里最有钱，狗日的都是从乡亲们那里榨来的，是个贪官。他看不惯。说完就长长地叹口气，愣愣地看了看墙壁。

富贵说起家乡时，说得最多的是他的妹妹，这时他就心事重重，说她学习很努力，成绩也好。但她现在没再上学了，她本来该上初中了，可去年他爹上山砍柴把腿摔断了，她为了给爹治病供弟弟上学，自己说啥也不上了，跟着家乡的人出来打工了。"我吃尽了没文化的苦头，没文化连转个士官都没希望。我想早点儿退伍，回去好好干，供妹妹读书上大学。"谈话总是以这样的话为结尾，说这话时他眼睛泪光闪闪。当然我有烦恼了也对他讲，我们几乎成了无话不谈的好朋友了。他还问过我和中学时的女朋友米小阳的事，我就给他讲了。这事我没给别人说过，说过以后，想起这个我爱着的美丽的少女，心里突然有点儿惆怅。

我现在还记得很清楚，我当兵走的前一天，穿着绿军装，跑到镇里那所中学去找米小阳，她在那里当老师。我刚把头伸到他们办公室门口，她急急忙忙地从里面跑出来，朝着学校门口使了使眼色。我有点儿不高兴，她这是怕别人知道我俩在谈恋爱。按照我从前的脾气，真该掉头就走，但我想想，觉得她也不容易——她是镇长大人的女儿，现在还是人民教师，虽然不是正式的，但过了几年肯定能转正；她长得又不丑，什么对象找不来，却找个父母都是收废品的小伙子，传出去是有点儿丢人。这个时代和过去不一样了，过去天上的仙女都还会爱上放牛娃呢。可能米小阳也没这么想，是我自己太敏感了。我被学校开除后一回到家里，头脑就清醒了，甚至有点儿后悔自己没好好学习了，我要是考上了大学，应该是她倒过来追我了，不像现在这样，我来找她，她还装着我们不是很熟的样子，让我先在前面走，她在后面磨磨蹭蹭地好半天才跟上来。

我俩站在学校旁边的一个小河边，她靠在一棵杨树上，东张西望，好像生怕什么人看到似的。我给她说，我要当兵去了。她一下子愣住了，惊讶地看着我，问我："你真的要去当兵啊，我还以为你是说着玩的呢。为什么要当兵去，你疯了吗？"

我低着头坐在那里，从地上扯了一根干枯的小草，扯成两半，再扯成两半，最后扯成了碎末子。我是有点儿生气，我就是为了让自己更好地爱她才去当的兵，她从前一直也没反对，原来是当我开玩笑的，好像当兵是件见不得人的事。这事要是放在解放战争那会儿，他们应该给我戴上大红花，让我骑在马上在村子里转上几圈，村里的姐妹们还会送我几双绣有她们名字的鞋垫的。要是放在六七十年代，当兵也是一件很光荣的事，那时流行一句顺口溜："解放军叔叔好，穿皮鞋，戴手表，阿姨跟在后面跑。"可惜那时我还没出生，没有赶上那个当兵无上光荣的时代。听她这口气，好像我这不是去保家卫国，而是要去跳火坑。

我说，我想到部队锻炼一下。实际上我想当兵都是为了她。我还想在部队找个机会，哪怕转成个士官，就是待了四五年退伍了，手上也能攒下三四万元钱，再干些其他事也有本钱了。我要是一个农民，就是她的父母不反对，她肯定也不会嫁给我的。我们都不是小孩子了，早就过了相信童话那个年龄了，神话我们就更不信了。她是一个很现实的人。

米小阳冲着地上的小草撇了撇嘴，说："当兵有什么意思？现在去当兵的，都是被社会淘汰好几轮的小年轻们。"她掰着指头给我算了算，先是被高考淘汰，接着被社会就业淘汰，实在无路可走了，这才去当兵。

我说："是啊，我这不就是刚被高考淘汰吗？"

她咬着嘴唇看了看我，脸红红地说："你不一样，将来我让我爸爸想办法给你弄个工作。"

她说得很认真，但我觉得很可笑，我们这个穷地方，工作机会比被污染的城市上空的星星还要少，我父母在县城干了一辈子还只是个收废品的，她父亲只是一个小小的镇长，能给我弄个什么工作啊？他能不能看上我还是个问题呢。

我抬头看了看她，她很漂亮，阳光照着她，她的下巴曲线秀美流畅，她的睫毛长长的，她很漂亮，我甚至看到了她洁白的皮肤下面青色的血管。她的身上散发着一种好闻的味道，这种味道让我心猿意马、魂不守舍、坐立不安，让我终于决定给她说实话了："小阳，你别想那么多，我当兵其实还是为了咱俩将来在一起。我到部队不会像中学时那样了，我一定会好好干的，如果能留在部队转个士官，咱们就可以结婚了。"

她朝我妩媚地笑了一下，仰着小脑袋看着我，发嗲地说："你说的是真的吗？"

她发嗲的声音很好听，清脆柔和，她嘟着小嘴唇的样子也很可爱，漂亮清纯，我向她发誓是真的。她很感动，我们就抱在一起，一声不吭地发疯接吻。这都是拜部队所赐。我还没当兵，就已经尝到了部队带给我的甜头，那时我就对自己说：胡建军，你到了部队，一定要好好干！

但她现在给我的信和电话都越来越少了，我不知道她怎么想的。我们的爱情就像用一根蜘蛛丝吊着一块豆粒，稍微有个风吹草动，就有可能掉在草地上，再也找不到了。我毕竟是个来自穷人家的大兵。这样想时，我心里有点儿不大舒服，脸上很忧伤。

张富贵当然不知道，他突然说了一句很雅的话安慰我："两情若是久长时，又岂在朝朝暮暮？"

我看看这个憨厚耿直的老兵，嘿嘿地笑了笑："你可以嘛，这么雅的话也能说出来了。"他不好意思地摸了摸头，也朝我笑了笑。老兵张富贵是笑着走的，他顺利地入了党。他以后会做个很好的村支书的，他妹妹将来也能顺利地考上大学。我那时是真的这么想的。然而，世事难料，许多事情你根本就想不到。当我再次听到张富贵的消息时，竟然是我最不愿意听到的。

我很快就成了班长。二班长要退伍了，由于我表现好，军事素质过硬，连长让我临时代理二班班长。我想我和李保根都是班长了，算是平起平坐了，谁知他还是不理我，我们一起到连部开会，他见了我，就当我是空气，理都不理。有几次我主动找他搭话，他也是公事公办，说完就紧闭嘴巴。

我想，慢慢来吧，他总会发现我这个人其实并不坏的。

老兵们很快要走了。那天宣布完退伍名单后，他们开始上交军衔、帽徽、领花。老兵们静静地站在那里，没有人动。指导员咬了咬嘴唇，他不好再劝他们上交了，哪个老兵不想留下一套做个纪念啊。但这是规定，必须上交。指导员只好一个一个地过来收了。他走到张富贵跟前时，张富贵没有交出来，相反紧紧地抓住军衔、帽徽和领花不肯放手。我们静静看着他，他的眼睛红通通的。指导员把手伸向了下一个，他这才把手中的军衔、帽徽和领花递了过去。他的眼中流出了一行泪水。我们都不敢看那些老兵们，我们怕他们会控制不住，突然放声大哭。我们也怕自己哭起来。我们都是兄弟，我们曾在一个锅里吃饭，一起参加演习，一起摸爬滚打过啊。

张富贵他们走的那天，我们抱在一起放声大哭。我们每个人都哭得很真诚，没有做作，发自内心，就是想好好地哭一场。我们是独生子，从小都是一个人长大，没有姐姐妹妹，没有哥哥弟弟，但我们在这里知道了什么是兄弟，什么是兄弟感情。我们都哭了，我们哭得很凶，一大堆男人就那么挤在一起，大声地嚎哭着。没有当过兵的人，没有在部队里待过的人，是根本没办法体验这种感情的。我们是兄弟，是一家人，我们现在面临着生死离别，谁都知道，这一别，可能是再也不会见面了。

我从来都没有像那天一样流过那么多的泪。我的兄弟，祝福你们有一个灿烂的前途、幸福的明天，也祝你们找到一个真正爱你们的姑娘！

送走了老兵，我的第一年新兵生活就这样结束了，我也成了一个老兵。

老兵退伍没几天，旅里宣传科不知道怎么了解到我在中学时发表过文章，想把我借调过去，说是搞新闻报道。我没有去，我喜欢上了连队，连队里有这么多兄弟，就像我的家一样，我不想离开这里。人都会变的，想法也一样。我现在是个老兵了,新兵时的想法当然会变的。

宣传科的那个干事有点儿不理解了,他扶了扶眼镜,很奇怪地说:"这么好的一个机会,你怎么不去呢?在连队混,你会有什么前途呢?"

老兵退伍一个多月后,我忽然收到了张富贵写来的一封信。信上说他在建筑队里干小工,一个月能挣五六百块钱。现在妹妹又能上学了,我还继续学着文化,不认识的字妹妹教我……信还没看完,我的泪水就掉下来了。我知道他家在革命老区,至今还住着茅草房,下雨时还漏,比我家还要穷。张富贵当兵这两年没有私自照过一次相。他在信里还说,姑姑给他说了个对象,一见面他才知道是被人贩子拐卖来的,他让他们送她回家,家里人都不答应,他偷偷地借钱买了车票,把那个姑娘送走了,家里人和村里人都笑话他当兵当傻了……

那天我到部队附近的一个小镇,用这个月的津贴给张富贵的妹妹买了复习资料、作业本、钢笔,又给他买了几本世界文学名著和农村致富的科技书,连同我那本皱巴巴的《三国演义》,寄给了他。我在心底里默默地祝福他,愿他如他自己的名字一样,早日发家致富。

但没过多久就出事了。那天我和一名老兵正坐在连队门口,眯着眼睛看着刚来的新兵蛋子在操场上走着歪歪扭扭的队列时,有两个人到了我们连队,说是记者,要找我们连首长。我俩忙把他们带到连长那里,他们说来了解张富贵的事。我的胸口像被人擂了一拳,紧张得连气都呼吸得不均匀了,心脏怦怦地跳个不停,张富贵能出什么事?开始我们连长也吓得不得了,脸色都变了,一个劲儿地摆手:"退伍了,退伍了,早就退伍了,是老百姓了,我们部队管不着了。"那两个记者见发生了误会,忙给我们连长讲了事情经过。原来张富贵后来到南方一个城市打工,他坐在列车上,一路上一直在打瞌睡。快到那个城市时,和他坐在一起的一个年轻人捅醒了他,低低地说:"别睡了,有小偷,他刚偷了这位老大娘的钱,你要小心点。"张富贵立马不瞌睡了,他抬起头慌慌地说:"谁,是谁?"这时他已经看到了一位六七十岁的老大娘正焦急万分地在座位上到处找她的钱包。那个年轻人偷偷地指了指旁边一个戴着墨镜的家伙。据说张富贵当时连犹豫一下都没有,立马蹿过去,抓住了这个家伙的领子,用手指捣着他的鼻子说:"狗日的,把偷来的东西交出来!"那个家伙刚想反抗,张富贵抓着他胳膊把他拧得哇哇叫,张富贵的军事素质绝对过硬。那个家伙乖乖地交出了钱包。张富贵也就松了手,整了整衣服,坐到了座位上。但张富贵很快发现事情有些不妙,那个戴墨镜的家伙身边一会儿就聚了七八个人,都虎视眈眈地瞪着他。张富贵刚站起来准备去找乘警,几个歹徒一拥而上,张富贵虽然奋力反抗,但寡不敌众,身上被捅了十三刀……

我们连长一把抓住了记者,焦急地问:"后来呢,后来呢?"记者黯然地说:"他牺牲了……"他俩是张富贵家乡的报社记者,要把他当作典型宣传,他们是来部队了解张富贵生前事迹的。我们连长一根接一根地抽烟,久久没有说话。这时,有许多兵们挤在连长门口,他们都流泪了……

我默默地站在那里,太阳明晃晃地照耀着我,我的头有点儿晕。我使劲儿地咬着嘴唇不让自己的眼泪流出来,觉得好像做梦一样,张富贵,我亲爱的兄弟,就这样……去了?

胡建军,不要流泪,像个真正的士兵,给我顶住!

第三季　特种突击

锅盖头

第二年年底，我被选为了士官。我刚把这个好消息写信告诉了米小阳，还没收到她的回信，我们所在的红军团就发生了一件大事：全军整编，我们团被裁掉了！

各个连队命运都不一样，有的被编入兄弟部队，有的干脆被解散了，我们"红四连"的命运还好些，但也好不到哪里，我们被编入了另外一个集团军的特种大队了。

唯一让我高兴的是，一到特种大队，我和老李就和解了。也许是他主动，也许是我主动，我已经记不清了，我们自然而然地就像亲兄弟一样了。在一个完全陌生的环境里，我们这些红军团来的兄弟只能紧紧地抱在一起，是整个团队的荣誉感把我们捆在了一起，虽然它已经远离了我们，但我们不能给它丢脸。时间真的可以解决一切。后来我就叫他老李了。他已经是个三级士官，而且都当爸了，叫他老李应该没错。

我们这些特种兵并不像一些影视作品中呈现的那样是从战士中选拔出来的。我们被一锅端被从步兵第四连改编到了这个特种大队。那个红军团只有我们一个连队成建制地编入了这个特种大队，首长说，我们是军事训练模范连，编到其他部队有些可惜了。首长这话误导了我们，我们误以为那个特种大队也就那么回事，我们"红四连"的兵照样可以很牛。实际上我们都错了。

现在回忆往事，我得承认，我真正的士兵生涯应该是从特种大队开始的。我并不是说步兵第四连时我当的不是兵,但我们那时都是步兵,没有参照物,只有到了这里,和特种大队对比以后才觉得什么才叫兵,是那种可以让人热血沸腾的兵,也是自己梦想中的军人。

我和你们一样,刚开始并不知道特种兵是什么玩意儿。这几年有了几部关于特种兵的电影,小说也出版了不少,但我都不大喜欢。我觉得都很假。当兵的兄弟们其实都不大喜欢看那些玩意儿。

我来介绍一下我们特种兵吧。

先从潘连说起。潘连就是我们连长潘铁军的简称,说是绰号也行,特战营一连的兄弟们都是这么喊的。刚开始我对他很不服气,偏不这样喊,人多时我说"我们连长",人少时我说"潘铁军那个鸟人"。对不起,我说脏话了。特种兵就是这个熊样,一句话如果没有个脏字,那就不叫特种兵了。潘连的爱人,我们喊潘嫂,她第一次来我们部队待了不到半天,回去就给潘连讲:"你手下的兵都挺可爱,就是脏话多得不得了。"潘连不好意思地嘿嘿地笑了:"他们是有点儿操蛋!"

我现在在写小说,会尽量注意点,说话一定文明,能不带脏字就不带脏字。我知道这很难,我们特种兵就喜欢直来直去,有啥说啥,我们喜欢的巴顿将军不也是满嘴脏话?他写个回忆录,书名就叫《狗娘养的战争》。老外咱就不说它了,国内有部很火的电视连续剧《亮剑》,那里面的主人公李云龙就喜欢说脏话,我们特种大队的李大队长就特别喜欢他。有个军队作家来采访他,回去后写了篇关于李大队长的报告文学,说他是现代"李云龙",他看到后,高兴得一个劲儿地夸人家写得好。有这样的大队长,如果下面的兵们像秀才一样温文尔雅,那就怪了。

我扯得有点儿远了,没办法呀,我干过许多事情,特种兵的传奇故事几天几夜都说不完,但我还真没写过小说。我想,写小说也和我们特种兵的训练一样吧,玩花架子都是没出息的表现,扎扎实实才行。如果谁敢耍个小聪明,大家看不起不说,弟兄们要是脾气一上来,说不定拳头就跟着出来了。特种兵就是这么野。

去年我们在驻地附近参加一次重大军事演习，明明说好了，演习区域全面警戒，老百姓不能进来，就是军人也要在胸口上挂个演习证的小牌牌才能通过。本来负责警戒的是集团军里一个炮兵团的兄弟。这帮兄弟蛮好的，文明执勤，很有礼貌，来个老百姓，他就以标准的"起步走"的姿势来到人家跟前，啪地立正站好，唰地敬个军礼，然后"请""谢谢"就来了。遇到懂事理的老百姓还好说，遇到操蛋的，他才不管你，反正知道解放军好欺负，打不还手，骂不还口，你敢拦他，他抓住你的手就甩一边了。有个兄弟就因为拦一个骑摩托车的，那个家伙一踩油门，把他带倒在地上，胳膊当场就脱臼了。演习场上真枪真炮在动真格的，老百姓想进来就想进来，那还了得？军里首长很生气，把脸一沉："把特种大队抽出一个连去搞警戒！"

于是我们就来了。刚开始那些家伙还不知道已经换了个部队，还要往里面跑。你拉他胳膊时，他就用充满蔑视的眼神斜着你："你想干吗？我从这里走惯了，我干吗要绕路？"弟兄们很恼火。不知道从什么时间起，社会上有些家伙总是看不起当兵的，不拿兄弟们当回事。可能就是搞活市场经济以后，他们口袋里有钱了，而当兵的依旧拿着那点几十块津贴费开始的吧。他们对人民军队的那种蔑视的表情很快激怒了我的特种兵兄弟，横劲儿也上来了，过来就吼了一嗓子："知道不知道里面在打仗，你他妈的想找死啊？请你滚出去！"那边就比我们更凶了，从摩托车上跳下来，把袖子捋起来，手指戳在了弟兄们的鼻子上了："我天天从这里走，今天我还要从这里走！你们能把我怎么着，你们有本事打我啊！"弟兄们哭笑不得，真还没听说过有人敢当场向特种兵叫板，让我们打他的，现在有人叫打了，当然废话少说了，揪住他领子，一把把他摔到了警戒线外面。出手的是我们连的文书赵志刚，他就因为训练成绩不是那么好才当的文书，要是换了从小练过硬气功的陈卫星班长，一把揪住他领子能把他举过头顶再扔出去。这招很管用，那个家伙从地上爬起来，很识相地扭头就跑。要是不识相，弟兄们把眼睛一瞪，他们也就识相了。

最刺头的是旁边一个村子里一个小年轻,这家伙因为打群架进过监狱,出来后更坏了,浑身都是纹身,胸前背后都刺满了张牙舞爪的龙。据说,连村支书都得让着他。他觉得我们解放军也应该让着他。他本来不从这条路走,但他非要从这条路走。还没接近我们的警戒线,他就把摩托车开到最大油门,直直地冲了过来。那天正好是我在站岗,我当然不会心软的。当摩托车从我身边蹿过去的一刹那,我飞身上去抱着他,把他从摩托车上弄了下来。我不会把这事说得再详细了,对我们特种兵来说,就这么简单,这是我们训练的一个基本科目而已。那辆摩托车往前又冲了两三丈,一头栽倒在路边。那个家伙脸上被擦掉了一块皮,鲜血把脸弄得花花绿绿的,裤子也被磨破了一大块,里面的皮肤也渗血了。他躺在地上,有点儿反应不过来的样子,愣愣地看着我。我把他拉了起来,笑嘻嘻地问他:"小子,你服不服?"他这时反应过来了,叫了起来:"你把我打残了,你们得赔偿!"他还不服气,我刚想再给他一拳,潘连听到动静出来了,他一看就明白是咋回事了,他站在旁边,把手放在了挎在腰上的手枪套上,满脸杀气地对那个小流氓说:"你还有理?这里是在打仗,你擅闯警戒区,你是不是不想活了?五分钟之内,你从我眼前消失。如果你不消失的话,你信不信,我敢一枪把你撂倒在这里!"这次真把这个小流氓镇住了,他迟疑了一下,眨了眨眼睛看了看潘连,知道潘连是下最后通牒,如果再不走,那就有他好看的了。他很识相,屁也不敢再放一个了,慌慌张张地跑去推着摩托车溜掉了。

潘连看了我一眼,没有表扬,但也没批评,我这是在值勤,做什么都是应当的。潘连平常就没什么废话。

特种兵就是这样敢说敢干,但我们不会无事生非主动找碴的,我们经常讲"一招制敌",身上的本领是用来对付敌人的,不是用来对付老百姓的。部队把我们训练成一群狼一样凶猛的士兵,也教会了我们如何成为一个顽强正直的男人。我听说,特战四连连长田建设去年带着特种大队的十多个兄弟到军部所在的城市考军校时,在火车上遇到了一起斗殴事件，不是什么大不了的事情，就是一个民工兄弟上厕所时，踩到了一个家伙伸在过道的臭脚，那个家伙一下子跳起来，揪住了这个民工兄弟的领子叫了起来："你他妈的没长眼啊，给我道歉！"那个民工兄弟也是条汉子，他当然不会在这种情况下道歉了，口气也很横："你叫什么叫？叫了我也不会给你道歉，你想干什么？"那个家伙拳头就出来了，民工兄弟也回击了一下，这下好了，突然有一二十个人站了起来，但他们还没冲到民工兄弟身边，又有二十多人冲了过来，他们是和民工兄弟一起出来打工的。于是就开始打在一起了。四十多个人的混战，四五个乘警根本就没办法控制，车厢里乱成一团，小孩哭喊，女人尖叫。特种大队的兄弟们本来在另一个车厢，听到动静，田连长第一个跳了起来，带着兄弟们跑了过去，他站在那里，吼了一嗓子："不要打了！"那吼声真是地动车摇，估计车厢外面的人都能听到了。两拨人都愣了一下，停下手打量着田连长他们，有些打红眼的家伙甚至跃跃欲试地想向他们动手。田连长带着这十多个特种兵挤进去，把他们拨到一边，然后田连长一声不吭，拿起他们桌子上放的啤酒瓶，往自己三面剃得光光的"锅盖头"上抡去，啤酒瓶哗哗啦啦地全碎了。弟兄们按田连长那样，一个个地把啤酒瓶在脑袋上开了花后，拍了拍手，没一点儿事。田连长瞪着那些斗殴的家伙，狠狠地说："你们还打吗？谁想打就跟我们打！"结果，两拨人都不敢打了。

　　潘连的故事也不少。有次我们在武装奔袭时，惊动路边的一只野兔嗖地蹿了出去。潘连背着六七十斤重的背囊，撒腿就追，硬是把那只野兔追上了。我后来把这事给我几个高中的同学说了，他们说什么都不信，他们说，野兔跑得那么快，连狗都追不上，你们潘连是神仙啊。但这的确是真的，那天，还是我用匕首把这只野兔剥的皮，弟兄们好好地美餐了一顿。

　　每个特种兵都有这样的故事。

　　城市兵周志军，他在"红四连"时一点儿都不显山露水，在特种大队待了一年,就成了大队最好的狙击手。他是我们同年兵中年龄最小的一个,也就十八岁。我们特种兵狙击手训练时用的都是人头靶,周志军能在480米的距离内指哪儿打哪儿,说打鼻子,绝不会打到眉毛上,说打左眼,他就不会打右眼。他打得最准的就是人中。这一招很狠。如果遇到一个拿着引爆器的恐怖分子,你要击毙他时,无论打到哪里,他的手都有可能猛地一攥,把引爆器引爆了,但如果你打的是人中,一枪毙命,手是什么姿势还是什么姿势,就是倒下去了,他还会紧紧地抓住引爆器,不会松手,也不会摁下去。有次军区首长来视察我们特种大队,看了周志军同志的射击表演后,当场竖起大拇指说他是"枪王"。可惜没有哪个记者来写他,所以,他的"枪王"名声没有打出去,只在我们大队里才有人这么叫他。

我永远为自己是一名特种兵而自豪。

我们都喜欢狗娘养的战争,梦想着有一天能够从天而降或者从水中渗透,出现在敌人的后方。如果能遇上一场战争,就是死了也是值得的。没有特种兵会害怕战争的。

所有的特种兵都是为战争而生的。我们是真正为战争而存在着,你永远都不会知道下一场战争在什么地方,什么时间爆发,而特种兵在战争中将执行最为艰难也是最危险的任务,所以他得天天训练,天天把自己的神经绷得紧紧的,一旦战争爆发,他可以像箭一样射出去。所以我们只有像狗一样地去训练,才能像狼一样地去战斗。

没有哪个部队比特种兵部队战斗气氛更浓的了。我们训练场上的标语就是我们的李大队长讲的话:"不讲人情,不讲感情,不讲条件,不降标准,没有尊严。"我们宿舍墙上的标语是我们自己写的——在这里最舒服的日子永远是昨天。

李大队长最常说的一句话是:"端枪就要准备打仗!"

我这又扯得远了,并且还严重跑题了,啰唆了这么多乱七八糟的事。没办法,没有经过写作训练的和经过写作训练的毕竟不一样。我其实很怕写东西的，写点短文章还可以凑合，但要写一个大家伙，我心里就没数了。我如果写得不好，弟兄们不要笑话我。我这是写着玩的。其实严格地说，我这也不算跑题，我要讲的是特种兵的事，而许多人根本就不知道特种兵是咋回事，我这样把它作为背景交代一下，也算是有必要的吧。

去年我回家探亲时，遇到了中学时的班主任李建国。我现在一点儿都不恨他了，真的，虽然只有短短的两年时间，但我觉得好像已经好几个世纪了。当年的胡建军和我没有一点儿关系了，我甚至还会产生错觉，觉得那不是我，我现在是名真正的军人了。他那天看到我后，有点儿迟疑，好像有点儿不想和我打招呼，但不管他愿意不愿意，我都抢先一步给他打招呼了，我现在很懂得礼节礼貌了，他不得不停下来应付我一下。他看了看我一身军装，问我，当兵了啊？我说是啊，本来还想告诉他，我现在是个士官了，拿了工资，入了党，还曾当过班长。但想想忍住没说。我留给他的印象不好，我要是这样给他说了，他要是以为我在故意炫耀，把我看成是小人得志，那就没意思了。他问我当的是什么兵，我劲头上来了，很兴奋地对他说是特种兵。他居然问我是通信兵还是防化兵。在他印象里，特种兵就是这些玩意儿。我告诉他，我是一个全能士兵，通信专业、防化专业、步兵专业等等，我们都懂一点儿。他还说我吹牛，再看我时，眼神里就有一种暧昧的东西了，他笑着说，那你不如干脆就说自己是超人吧。我知道他骨子里还是不相信我是一名真正的军人，还总觉得我是中学时的那个总给他找麻烦的"小流氓"。后来我就懒得和他说了，超人就超人吧。

看看，连中学教师都不知道特种兵是咋回事，所以我还是有必要交代一下的，就算是引子吧。

我刚开始并不喜欢潘连，但还得先从潘连说起，他是我们的头儿，是绕不过去的。人有时是很怪的，像我现在想写潘连了，但却突然一下子想不起来我和潘连第一次是如何见面的。

能想起来的是，没到特种大队时我心里就有气。部队整编，把我们这个红军团弄掉了，一部分机关干部去了一个五十年代才组建的炮兵团，却把我们的红军团的历史也带过去了。我对这事是有点儿意见，那种红军传统是经过几十年的血与火打拼出来的，是经过革命前辈前赴后继英勇牺牲杀出来的。它不是纸上的历史，而是经过一代又一代军人的血液流传下来的。红军团就是红军团，我们拉出来了就和其他部队不一样，士气好得嗷嗷叫。这不是说过去几个人，把军史馆一搞，随便找个部队就成红军团了。但这事咱做不了主，打住不说。

我们"红四连"更惨，不但离开了这个部队，而且还被编到了另一个集团军的一个特种兵部队了。我当时对特种兵真的没什么概念，觉得应该和我们步兵团的侦察连的性质差不多吧，都是一个样，没什么新鲜的。所以心里很难受，好像没了娘的孩子一样。这不是我一个人的感受，全连的人都是，甚至全团的官兵都是这样。那天特地举行了一个整编仪式，阅兵以后，团长站起来拿着麦克风，好像想说几句鼓舞人心的话，但还没来得及讲话就流泪了，接着政委、副团长也流泪了，我们所有的军官和士兵挺直胸脯站在那里，个个泪流满面。我们都深深地爱着这个部队，爱着我们的红军团。

我们就是在这种情况下，坐了一天一夜的火车，来到了这个特种兵大队。驻地位置很不好，那个叫江城的城市是个县级市，刚开始还有点儿高楼，门前还有霓虹灯什么的，饭店门口也像模像样地站着穿着旗袍的服务员小姐，但车还没开过去，就出现了破破烂烂的灰色瓦房和拥挤的小楼了，路边还乱倒着垃圾。即便是这样，也比我们原来的那个红军团好多了——它在一个山沟沟里，附近就只有一个破破烂烂的小镇，周围没有一个像样的城市——但就是这样，我们也不高兴，没几个人会喜欢后娘的。

我看了看坐在我对面的老李，他也看了看我，眼睛里有一种很温柔的东西。我的心颤抖了一下，我知道，他再倔也不可能不理我了，我们来到了一个陌生的地方，谁也不认识，一切都得从头开始。不管我过去如何讨厌老李，我都不得不承认，他现在算是我们这些红军团来的兵中兵龄最长的一个，是我们的主心骨了。我心里涌上一阵暖流，觉得他像一个亲人一样。"红四连"所有的兄弟都是我的亲人，我们在这里仍将是一个集体，任何时候都不能给我们的老部队丢脸。我们是一个整体。这个叫李保根的老兵，我爱过他，也恨过他，但我们从此就是相依为命的兄弟了。他看见我在看他，犹豫了一下，嘴角咧开，朝我笑了一下。我也忙朝他笑了笑，我们的笑容都很真诚，所有的不快都像窗外的树木一样被飞快地抛在了身后。

我们安静地坐在军用卡车上，内心却有点儿不安，每个部队都有自己的性格，我们即将开始的特种兵生活会是什么模样呢？我们的班长怎么样？我们连长怎么样？我们的新战友会不会接纳我们？每个人心里都有一大堆的问题。

进了营区，我们对特种大队的印象更不好了。卫生当然是没法挑剔的，只要是部队，都会打扫得干干净净的，所以这不能说明问题。

我对这个部队营区印象不好，主要是他们路两边栽的那些枝叶乱蓬蓬的小树丛很多很杂，高低不平，一看就知道他们根本就没修剪过，显得很不整齐。还有他们的营房，有很崭新的楼房，也有显得很破旧的，还有一些是瓦房，一看就知道是很久以前留下来的旧房子，很不整齐。当兵的都习惯了"步调一致"，它们显然不符合这个标准。营房后面有一座不大不小的山，这山也不好好长，你要么一毛不拔地像个秃顶男人一样，要么树木葱茏像少女也可以啊，它偏偏长得不男不女的，有些地方是秃子，露着一大片灰不拉叽的岩石，有些地方偏偏长满了密密麻麻的绿色灌木。营区的大路两边立着大幅牌子，就是雷锋、张思德、邱少云这样的英雄画像，和别的部队没什么两样，上面的英雄事迹我都会背了。

我不喜欢这样的地方，一点儿自己的个性都没有。我们原来那个红军团的大门口就有一个粗壮的手臂举着一支步枪的雕塑,那支步枪是红军当年用的那种很老式的步枪,让人一看就知道这是个有着红军血统的部队,还没进到部队大院,那种敬意就油然而生了。这个部队大门口的上面就挂着一个锅盖大的特种兵的徽章,主体就是一把宝剑。用宝剑来代表军人的形象,是在遥远的古代就有的,就像许多部队的徽章总是用长城来装饰一样,一点儿创意都没有,我看第一眼就觉得它很土。它还真不如直接弄个狼头或凶猛的虎头来得痛快。

让我们稍微感到有点儿精神的是,门口的哨兵不一样。我们站岗时都是很规矩地立正站着,他是跨立的,手背在后面,双目炯炯有神地盯着我们,样子真酷。我们立刻有劲儿了,伸着脖子往车外面看着,几十双眼睛盯着他,声音很大地评论着他的造型。这哨兵的心理素质还真过硬,一点儿都不犯怵,依旧炯炯有神地瞪着我们,眼睛一下子都不眨,面部表情就像用石头刻出来的一样。坚毅、果断、勇敢这些词一下子就从我的脑海里蹦出来了,甚至都有点儿不够用了。我不知道应该如何形容他,但他就是和我们原来那个红军团的士兵不一样,我们那里的兄弟容易害羞,见到一个肩上扛着两杠两星的军官说话声音就发颤了,要是被这么多人盯着看,早就扛不住了。

这个哨兵一下子让我们好奇起来。

这和我们那个红军团有点儿不一样。我们站岗时都是很规矩地立正站着,虽然军姿端正,但总是觉得少了那么点味道。军人似乎不应该规规矩矩的,像这个哨兵,身上就有那么一种野味。这种野味只有军人才有。我们觉得很新鲜,车厢里骚动起来,大伙儿都伸着脖子往车外面看着,只有老李,还是规规矩矩地把手放在膝盖上,一动不动地坐在那里。我不像老李那样时刻严格要求自己,也伸着脖子好奇地打量着外面。

我们趴在军用卡车的挡板上,都感到两只眼睛不够用了,到处寻找着那些在营区里走动的士兵们看。部队房子什么的没什么可看的,都是差不多,但士兵们就不一样了,一个部队有一个部队的性格,你从一个士兵的脸上绝对能看出这个部队的性格。我最先注意到的是他们的发型，他们的发型一下子把我的目光吸引住了，粘在上面，再也扯不掉了。尽管他们的发型我很熟悉，但从来没有在现实生活中见到过。他们的脑袋左右后面都剃光了，露出乌青的头皮，好像倒扣的锅盖一样。我知道它叫"锅盖头"。老美的"海豹突击队"就是这种发型。我当兵前看过许多老美的战争大片，很迷这种发型，有一种粗糙和狂野的味道。当然也可以说得好听些，让你感觉很有力量——这种力量嚣张、霸道，让你感觉自己像个真正的男人。我本来以为我们部队也是这样的发型，但到了部队以后，才知道大家的发型都是板寸。板寸也很有精神，但我就是迷上了"锅盖头"，自己私下里理了这么一个发型，结果搞得班长很生气。大家都是板寸，就你理个很怪异的"锅盖头"，这不是想和大家对着干吗？班长那时根本就不知道什么叫"锅盖头"，他让我在半小时内重新理成一个板寸，不行就理个秃瓢。我一气之下就理成个秃瓢——那段时间我那些不着调的老乡总是喜欢跑到我们连队来找我，找我就没别的事，就是趁我不注意时，摸一下我那个亮闪闪的秃瓢。

我看着那些在营区里晃动的"锅盖头"们，激动得手心里都出汗了，我终于可以正大光明地把自己的脑袋也弄成一个很男人的"锅盖头"了！

我们的车开到了操场上，那里有不少"锅盖头"，他们整齐地站成两排，静静地看着我们。他们背着手，古铜色的脸庞紧紧地绷着，阳光照着他们，脑袋上被剃光头发的青皮一闪一闪的，散发出来的沉稳、雄壮的气息让你一下子神经都绷紧了。他们沉默地站在那里，一动不动，但那种雄性荷尔蒙气息从他们身上散发出来，像一排排海浪压迫着你。我虽然是个当过五六年兵的士官了，他们甚至还是列兵或者上等兵，但我在他们面前居然还有些紧张了，心脏怦怦地跳个不停。我很清楚这是什么原因。我在电视上看到过西安兵马俑，那个沉默的庞大的兵阵，它所透露出来的雄性力量，一下子就把我征服了。我看到这些"锅盖头"们时突然想起了电视上的这个画面。我瞪大眼睛，眨都不眨地看着他们。

他们面无表情，就像一个模子里铸出来的一样，我突然感到一阵亲切，这才是真正的军人！

后来我才知道，当时潘连也在那里，但我根本就没注意到他，我的注意力全部集中在他们的"锅盖头"上了。那天的阳光并不是很强烈，但我还是被晒得昏头涨脑，像喝醉了酒一样，身上有点儿发飘的感觉。我感到有点儿发愣：这个部队的制式发型原来就是"锅盖头"！这真是太好了。我本来对这次红军团被整编掉有一肚子气，情绪很大，但因为看到了这些"锅盖头"们，气就消了不少，我甚至已经冲着"锅盖头"喜欢上这支部队了，但我还不好意思立即就露出笑脸来，我得有志气些。

现在想想，我那时喜欢"锅盖头"并不是觉得它酷，比它酷的发型多了，我主要觉得板寸太平常了，而"锅盖头"很有男人味，野性十足，让我们看上去更像一个军人。和平年代，没有战争，整天拿着枪往靶子打，打得多了也就觉得没意思了。生活里一点儿悬念都没有，有时甚至觉得自己不像个军人了，而充满雄性气味的"锅盖头"会让我们找回一点儿属于军人的自尊。我敢打赌，将来要是有战争爆发，一声令下，绝大多数军人会毫不含糊地往上冲。当兵不想打仗，那是扯淡。

我们"红四连"在操场上再次被拆开分到了各个连队，那些"锅盖头"们按照名单，把我们像古罗马奴隶市场上的奴隶一样领走了。这个决定真是英明伟大啊，我们每个人身上都流淌着原来那个部队的血液，我们要是还聚在一起，肯定就没办法融进这个部队了。每个部队都有自己的性格。

我、老李、周志军和其他八个战友被分到了特战营一连。

我们用恋恋不舍的眼神把连队其他兄弟送走了，虽然很理解人家的做法，但心里还是有点儿不好受，毕竟是朝夕相处几年的战友了。周志军的眼睛都红了，有点儿舍不得他的老班长。我忙过去拉着了他："没事，兄弟，还有我和李班长呢，你放心，我们会照应着你。"老李看了看我，很认真地点了点头。他的眼睛里有一种很柔顺的东西，我一看他眼神就明白了，我们从前的那种隔阂一下子就消失得无影无踪了。我当然很高兴，甚至都有上去拥抱他一把的想法了。周志军又看看我俩，我俩像真正的老兵那样很沉着地给他点了点头，他有点儿不好意思地揉了一下眼睛，红着脸点了点头。

我本来以为他们会在连队门口列好队欢迎我们的到来，敲锣打鼓我就不抱希望了，至少应该鼓掌欢迎我们吧，让我们一来心里就暖烘烘的，觉得这像是一个大家庭。如果能给我们打来热乎乎的洗脚水我也不反对，毕竟我们的老部队刚被整编掉，我们坐了几千里的火车到了一个人生地不熟的地方，有些委屈是人之常情，需要安慰也是人之常情。我们刚当新兵到部队时，老兵们从大门口一直站到了连队门口敲锣打鼓地欢迎我们，哪怕我们是深夜来的，也照样如此。

但这一切都没有，连队门口除了一个值班员，没一个人。那些"锅盖头"把我们领到连队，拿着花名册，叫着名字，又把我们打乱分到了各个班里。我和老李被分到了一班，周志军到了另一个班里。他一听眼泪就要出来了，可怜巴巴地看着我们。我刚要去安慰他一下，那个"锅盖头"班长催着他快走。我和老李是被特战一连的那个姓潘的连长带到一班的。我们一进宿舍，就知道了自己要长期待下去的连队是个什么样的连队了。整个房间干干净净的，床单雪白，上面连一点儿皱纹都没有。连长的脸膛很黑，个子很高，但说话声音很大，瓮声瓮气地说："你们没在我们这个部队待过，我先给你说一下，以后要靠你自己摸索。这里的床单要用图钉从里面钉上，这样才会平整，过一会儿我让文书把图钉拿来。被子和床单都要整好，要是有一丝皱纹，就要罚你整十遍。军官也一样。每天早上起来，你们不但要把床铺整好，还要把地面也整好，宿舍的地上要求就是戴上白手套去摸，也绝对摸不出一点儿灰来。"我愣了一下，这怎么可能呢？我下意识地弯腰在地上摸了一下，然后看看手指头，上面果然没有一点儿灰。连长愣了一下，眯着眼睛看了我一眼，眼神里有了点看不起我的意思了，可能觉得我这个举动太幼稚了吧。他的口气果然有点儿不大好了:"按说,你们不应该分到我们连队来,我们是特战连,一般人是受不了的。我真不知道大队是怎么把你们分来了。你们既然来了,那我们也只能按一连的标准来要求你了,你们自己也要有心理准备。"

我有点儿不大高兴,连长显然是把我们看扁了,好像我们是他的一个沉重包袱一样。我不动声色地整理着我的床铺,他根本就不知道,把我们分到这个部队,我们心里还委屈呢。按照我本来的想法,我是想到西藏高原哨所那样的部队去,大雪封山,见不到一点儿绿色,北风呼啸,石头冰冷,在那样的地方当兵那才叫磨炼。我也不会感到寂寞孤独,当兵就要吃苦,就连我看的那些老美的战争大片里的军人都有这样的觉悟,我一个当了两年多兵的士官,难道连这点儿觉悟都没有?事实上我还不愿意到这个部队来呢,不就是和我们步兵差不多吗,我甚至还有那么点失望,这怎么能磨炼我呢?连长居然还会把我们当作包袱,这真可笑。看着他的背影,我苦笑着摇了摇头。

连长站在房子中间,看着我们在那里忙着,不体谅我们不说,还很威严地在那里叫个不停:"你们动作要快些,部队训练很快就要回来了,在他们回来之前,我一定要看到整理得干干净净的床铺!"我看了一下表,已经十一点了。按照惯例,十一点三十分吃饭,部队要提前十分钟回来。我们还有二十分钟时间做完这些婆婆妈妈的事情。

我们马上就像新兵一样急急忙忙地拎着脸盆往盥洗间跑,胡乱地抹了一把脸,急急忙忙地爬到床上整理东西。我们憋着一股劲儿,不能给我们的红军团丢脸,要让他们看看,我们不是吃素的。我们手脚麻利地行动起来,终于在他们回来之前把房间收拾得干干净净的,被子叠得甚至比他们的还整齐。我站在房间打量着,都有点儿骄傲了,红军团出来的,"军事训练模范连"出身,就是不一样啊。

如果那时我知道特种兵是什么玩意儿的话,我就不会这么骄傲了。和特种兵相比,我们这算是什么啊。人家那兵才真叫兵。半夜里空爆弹一响，五分钟内全部集合好，这包括穿衣服，打好三十来公斤重的野战背囊，然后就是八公里武装奔袭。这样还不算完，然后又给你出个敌情，比如某某地方有敌特空降，我们要去进行山地巡逻，抓到敌特并进行审讯。别以为这是闹着玩的，这是动真格的，敌特当然不是空降来的，而是另外一个特战营的战士扮演的，但这绝不是演戏，他自己也被赋予了野战生存的训练科目，要在这个陌生的地域，靠着一张地图走出来，并且躲过我们的搜捕。如果被我们搜捕到的话，对不起，我们要审讯，那可是真审，你如果在规定的时间内不说出你担负的作战任务的话，你就胜了，反之就败了。对我们来说，也是这样。我们为了让他开口，可以在冬天往他脸上倒冷水，反正战时要用的手段我们一般都会用。这样一比，我们那个步兵团的军事训练真不算什么了。我们半夜里的紧急拉练都是吹哨子，然后集合起来跑个五公里越野也就完了，有时背上背囊，有时就不背了。我们"红四连"的训练强度比其他连队要大得多，但和特种兵比，那就没办法比了。

所以，特种兵都很牛，他们一般都看不起其他部队的兵。我们当时并不知道，总觉得红军团出来的兵很牛。我还认为集合起来吃饭时，连长会把我们十多名新战友介绍一下，让我们中推荐出一个代表，说两句互相学习的话。我有这方面的特长，我写文章很臭，但我讲话很有水平。呵呵，说讲话有点儿夸张了，实际上就是吹牛聊天。谁知这一切都没有。吃饭的哨子响时，我们忙跑出来，那些"锅盖头"们三三两两地站在连队门口，很好奇地看着我。他们的目光肆无忌惮地在我们身上爬来爬去，甚至还有那么点挑衅的味道。反正我有点儿不大高兴。有个列兵甚至还笑嘻嘻地扭过头去，一点儿都不掩饰地对旁边的一个士官说："这家伙长得还蛮帅的嘛。"虽然他这是夸我，但我听着一点儿都不舒服，他毕竟是个列兵，而我是个士官。一个小小的列兵，他没有任何资格评论我的长相，并且还称我是"这家伙"。我那天好像还瞪了他一眼，也许没有瞪。如果放在我们红军团，我早就一脚踹过去了。他旁边的那个士官也扭头看我，我不甘示弱看着他，他没理我，回头对那个列兵嘿嘿地笑了笑："嘿嘿，是他娘的帅！"我很生气，是的，我最不喜欢有人说我帅了，现在说谁帅了，你看吧，准保是些奶油小生。那些很帅的歌星都是。我是军人，不是他妈的帅哥！

我有一肚子火，心里想，你们等着瞧，到了训练场，跑五公里越野或者五百米障碍时，你们就知道老子的厉害了。

潘连来了，这是个大个子，我目测了一下，大概有一米八〇的样子，肩膀很宽，脸庞很黑，说话嗓门很大，一看就知道是侦察兵出身。侦察连的主官大部分都是这样。他面无表情地看了我们一下，说话很简单："今天连队来了十一名兄弟部队的同志，以后就是我们战友了，你们要多关心。各班班长注意了，训练要抓紧，不行的话，你们要单独给他们上小灶！"我一听这话，抬头瞄了他一眼，这也太看不起人了吧，什么是"上小灶"？那是专门对付那些训练差的家伙的，他要是体能不行，就在中午或晚上大家休息时，把他单独拎出来搞体能，他要是五公里越野不行，那就拎出来专门搞五公里越野。就像我刚到老兵连时，老李单独操练我一样。我们中不少人还是班长，从来都是给别人"上小灶"，现在反过来要给我们"上小灶"？这个连长也太操蛋了，分明是看不起我们嘛！

我立马决定不喜欢他了，即便他也理着个"锅盖头"，我也不喜欢他。

这应该是潘连给我留下的第一印象。我对他的第一印象糟糕透了，他也看不起我们，这注定我们以后不会安宁。这样也好，我还真怕沉闷得一塌糊涂的军旅生活。

我站在队列中，越过人头盯着潘连上下一动一动的嘴巴，紧紧地咬着嘴唇，这个操蛋的连长还真把我的斗志挑起来了，我决定和他对着干，你看不起我，我就要争口气，让你知道知道我们"红四连"出来的兵也不是吃素的，特种兵有什么牛的？步兵还是你们的老祖宗呢。我们团在一九二七年秋收起义时就成立了，你们那时还没个影子呢。

我们"红四连"来的兄弟们没一个能当上班长。当天下午潘连没有安排我们参加训练,而是让连队文书赵志刚先把我们剃成"锅盖头"。这个我喜欢,剃完以后,我跑到盥洗间照着镜子看了看,青色的头皮闪闪发亮,像坚硬的石头。我摸了摸,有些冰凉,青色的头皮上的发茬扎手。这种发型让你的面孔棱角分明,刀刻出来的一样,有那么点杀气腾腾的样子了。如果在脸上再涂上五颜六色的油彩,那就更像一个真正的军人了。我做梦也想不到,终于有一天,我可以正大光明地理成这样一种发型了。那种当了后娘孩子的伤感暂时没有了,我兴奋地对着镜子瞪眼、皱眉、绷嘴,做出各种自以为很有铁血军人味道的表情,但仍感到不过瘾,狠狠地一拳击在墙上:我他妈的也是一个特种兵了,走着瞧吧,潘连,说不定将来模拟训练时,我连你也能打倒在地上!老李当年当我的班长时,不也是看我不顺眼吗?这没什么,我还真喜欢和人较劲!我都有点儿热血往头上涌的感觉了,特种大队,我会让你知道知道什么是真正的军人!

我们红军团来的其他兄弟也都很喜欢这种发型。我们全部剃成"锅盖头"后,你看看我,我看看你,都很兴奋,当兵真的是男人们干的事,哪像女孩子,头发剪短时,个个要掉泪。我看过许多女兵写的文章,都是这样说的。我还真不喜欢那些女兵。在我看来,这就像当兵就要打仗那样,理所当然。弟兄们都很喜欢这种发型,你摸我一下,我摸你一下,正在嘻嘻哈哈地闹着玩时,文书赵志刚过来叫我们:"潘连让你们立即跑步过去!"

我们忙赶了过去。潘连坐在桌子旁,他让我们坐到床上。我们都是老兵了,也不和他客气,一屁股就坐了上去。坐上去才想起,我们穿着迷彩服坐了一天一夜的火车,又坐了半天的车用卡车,还没来得及换洗衣服,上面已经很脏了。忙欠起屁股看了看,潘连洁白的床单上果然脏了很多。我们忙跳了起来,有那么点不好意思。潘连看了看我们,仍然是一副面无表情的样子:"坐下。"我们只得又坐下。

潘连要给我们谈的话很简单,连一句客套都没有:"你们步兵和我们特种兵还是不一样的,所以你们原先是班长的也不能再当班长了,全部都是士兵,你们能不能想通?"

我们立即一起高声回答:"能想通。"这个我们都有思想准备,你现在是后娘养的,你就别指望能被人家高看一眼了,还是乖乖地当个士兵吧。

但潘连似乎还不满意,他瞪着眼睛,在我们每一个人的面孔上一一扫视着,目光里有一种杀气,许多兄弟都受不了这种目光,把头低了下去。但我没有什么可怕的,我直视着他,心里甚至有点儿想用目光和他较量的意思了。他果然注意上我了,问我:"你叫什么名字?"我报了自己的名字,如果他看过我档案的话,他应该知道我在我们原来那个集团军里参加过步兵比武,曾经获过射击、五公里越野第一名的好成绩,但让我失望的是,他没什么表示,冷冷地问我:"不让你当班长了,你能不能想通?"

我刚才已经和别人一起回答过了,真没想到他还要这么问,觉得这家伙真啰唆,但我只能再次响亮地说:"能想通。"组织定下来的事,想不通也得通,不通你还能怎么着?

潘连把目光移开了,然后还用那句废话点名问我们每一个人:"不让你当班长了,你能不能想通?"真他娘神了,他居然不看花名册,能把我们的名字都叫出来。但他显然还不大认识我们,有时他看着李保根,叫的却是周志军的名字,有时叫着周志军,看的却是李保根。

潘连在"对号入座",想借这个机会认认我们,这家伙是个有头脑的人。但我对他的印象还是有点儿不好,觉得这人太婆婆妈妈,总是问我们不当班长了能不能想通,这也太小看我们了,就这一句废话翻来覆去地问,还以为我们真的在意这个班长名分,烦都快把人烦死了,真还不如立马拉出去搞训练了。他最后又看了我两眼,好像看出来我在想什么了,就站了起来:"我想看看你们的体能怎么样,现在你们就给我做做俯卧撑看看。"

这没什么可怕的，我们在"红四连"时，每天都要做一百个。我们立马跑出来，面对潘连，排成一列横队，伸胳膊踢腿地活动了一下，趴在地上呼哧呼哧地做了起来。我们做完了一百个，潘连没什么表示，继续面无表情地看着我们。我们只得再做。但做到一百二十来个时，有人就开始顶不住了，趴在了地上。老李最厉害，但也只做到了一百八十个。

我们满头大汗地从地上爬起来，忐忑不安地看着潘连，潘连显然很不满意，他的脸上有了点儿寒意，他一声不吭地围着我们绕了两圈，歪着脑袋看了看我们的迷彩服，摇了摇头："你们都出汗了，但出的还不够多，连迷彩服都没湿透。你们知道我们的特种兵能一口气做多少个俯卧撑吗？说出来吓死你们，他们一口气能做三百个！"

我们的脸都有些发烧，心里很难受，如果说刚才我们还不能肯定潘连的表情是不是有点儿轻视我们的意思，那我们现在就很肯定了，因为他的口气里明显带有这种意思了。我心里有一种深深的失落，在我们团里，我们"红四连"可是响当当的，我们连队的士兵无论走到哪里，都把胸脯抬得高高的，感觉自己高人一等，部队就是这样，要拿实力说话。

潘连眯着眼睛看着我们，脸上还有那么点儿嘲讽的意思："你们是不是不相信？那我找个人来让你们看看。我就不找那些战斗班里的战士了，我就让我们文书给你们表演一下。"

他回头冲着连部吼了一嗓子："赵志刚，你小子过来做个俯卧撑让他们看看！"

那个瘦瘦的文书应声跑了出来，嬉皮笑脸地给潘连敬了个礼："是，连长。"然后扭过头，笑眯眯地看了看我们，把我们气得牙痒痒的，他还没开始做，就已经带着炫耀的意思了。他把迷彩服的袖子一捋，趴在地上呼呼地做了起来。你还别说，潘连还真不是吹牛，这家伙的确有两下子，做到一百个时，他脸红了，头皮上冒出了白色的水蒸气，但他气不发喘，仍旧呼呼地做着。做到两百多个，他的迷彩服全湿了，脸上、脖子上全是汗水。做到两百五十个左右时,他的迷彩服湿透了,开始滴滴答答地往下滴着汗珠。做完三百个时,他像从水里捞出来的一样,身下的汗水已经渗在地上形成了一个人形。

我们都不说话了,有点儿心虚,甚至有点儿觉得自己很渺小了,这是一种让人觉得很屈辱的感觉。我们低着头,愣愣地看着地上那个人形的汗水痕迹,目光里也有点儿佩服人家的样子了。事实就摆在面前,你不服气不行。我们心里一下子空荡荡的,失落、屈辱,还有一种茫然与惶恐。每个人心里都沉甸甸的,不得不去问自己:如果这个部队的训练强度真的比我们"红四连"大上好几倍,我们能不能赶上?没有人敢想象自己如果赶不上会是什么后果,在一个清一色的男人群体里,如果你比别人差上一截子,你就完蛋了。

我们盯着这个叫赵志刚的家伙正在发愣,他用手撑着地面,笑嘻嘻地看了看我们,又歪着头去看潘连:"连长,要不要我再做一百个?"我愣了一下,这家伙呼呼地喘着粗气,胳膊也有点儿微微颤动,他显然不可能再做一百个了,他这是故意在气我们。这个部队真他娘的邪乎了,连一个文书都这么嚣张地欺负我们,这太过分了。我们这些红军团来的兄弟显然都听出了他话里的挑衅意味,队伍里有些骚动,甚至有人在恨恨地瞪着这个叫赵志刚的家伙。潘连显然很得意,他看着我们,嘴角边露出了一丝笑容,他竭力地想忍着,但那些笑容还是像一颗石子投进了平静的池塘,慢慢地从他嘴角边荡漾开来,连他的眼睛里也有了光彩,但他又装着若无其事的样子,挥了一下手,对赵志刚说:"你去吧。"

虽然潘连和这个文书把我们气得够呛,比当场骂我们一顿还难受,但我们还不能有脾气。我们的确没什么可说的,人家还真不是吹的,事实胜于雄辩,一个文书都这么厉害,其他人肯定更牛。你不服不行。我们身上的那种傲气全被打掉了。潘连再看我们时,都忙把头勾了下去,我也有点儿不好意思地低着头盯着自己的脚尖看。不要怪人家爱理不理地看不起你,这个特种兵部队还真是有资本傲气。有风吹来,身上刚出了汗，被冷风一吹，有点儿凉，我不由自主地打了一个冷战。说实话，我那一会儿，心里各种滋味都有，甚至还感到很不舒服，这个潘连是够狠，来了这么一手。我们知道，这叫下马威，带着点整你一下的意思，让你明白马王爷到底有几只眼。这家伙够厉害的，他不动声色地就把我们搞定了，以后有我们的好果子吃了。

接下来的训练果然不是人受的。

所有的一切训练都是来真的，就像耐寒训练，气温只有十五六度时，把身上的衣服剥光，四五个小伙子扔到海里，一泡就是两三个小时，冻得脸都发青了。在这种情况下，为了取暖，我们只能紧紧地抱在一起，这不但是在搞耐寒训练，同时也在培养我们的团体协作精神。特种兵将来作战时，一般就是四五个人是一个战斗小组，互相依赖，共同作战。其他训练也是在真枪实弹的环境下进行的，如果磕磕碰碰被弄伤了，你也不能吭声，继续操练。这都不是闹着玩的。

这些我们咬着牙也就挺过来了，都是老兵了，也知道部队是怎么回事，要想赢得别人的尊重，就得把自己弄得像他们一样，甚至比他们更牛，这样你的腰杆才能硬起来，别人才会把你当回事。军队是靠实力说话的，士兵也是这样。你要是整天哭鼻子甩泪，那你就完蛋了。你就是去喂猪，特战营的猪们都会看不起你。这话不是我说的，是潘连说的。这倒是真的，特战营搞后勤的兵都是经过专业训练的，像那个叫赵志刚的文书一样，你搞不好训练，根本就不会让你去喂猪。再说，我们还代表着我们的红军团，我们不能给它丢脸。

我、周志军和老李都发誓要好好地训练，争取把自己尽快成为一名合格的特种兵，镇镇这帮不知道天高地厚的家伙。想象是美好的，但现实是残酷的，我们一开始搞武装泅渡就拉稀了。

我和周志军都是北方人，本来都不会游泳。我们那个红军团在一个山沟沟里，附近只有一条小河沟，连膝盖都淹不着，所以武装泅渡一直没怎么搞。去年夏天本来要到外地一个湖里搞的，但突然又奉命参加抗洪抢险，这事又给耽搁了。老李是南方人，他安慰我们："你们两个放心好了，游泳很好学的，我学会走路时就会游泳了，到时我可以帮你们！"

特战一连一拉到海边，老李就傻眼了。武装泅渡要穿着衣服，枪支和手榴弹袋要全部实装，并且还要游出一万米才算合格。就算是在陆地跑个五公里越野也够受了，何况这还是在到处是大风大浪的海里！但那些"锅盖头"们很牛，他们一到大海边，嗷嗷叫着把裤腿挽到大腿根，打了一个结，袖子捋上去也打了个结，这样到水里，可以让里面灌上空气膨胀起来，增加浮力。"锅盖头"们大呼小叫着扑通扑通地跳进了海里，飞快地向远处游去。我、老李、周志军和其他七八个战友呆呆地站在那里。潘连本来也是要下水的，他看见我们站在那里愣了一下，很奇怪地问我们："你们怎么不下去？"

我们都有点儿不好意思，就老李岁数大，当兵时间长，我们一齐看他，他只好哭丧着脸对潘连说："连长，我们在原来的部队还没有这么搞过……"

潘连一下子瞪大了眼睛，他显得很吃惊："你们没搞过？你们是步兵啊！没搞过五千米武装泅渡，那三千米的总该搞过吧？"

老李红着脸低低地说："三千米也没搞过，我们那里没有水……"

潘连扭头看了看那帮"锅盖头"们，他们已经游出很远了，又回过头来看了我们几秒钟，突然生气了，脸涨得通红，冲着我们吼了一声："你们那个红军团是怎么训练的？你们是怎么当的兵？"

我们都很羞愧地低着头。我们武装泅渡的确不行，潘连再怎么说也不能算过分。怎么说呢？我们红军团本来在一个内陆省份，那里一年有多半时间都是大旱，每年夏天，我们都要帮着附近几个村庄的农民兄弟抗旱。部队旁边那条连膝盖都淹不着的小河还常常干涸，大海对我们来说遥不可及。我敢打赌，全团真正看到过大海的说不定连十个人都不会超过。我们就是想训练，也没地方啊。

潘连一一扫视着我们，他摇了摇头，声音柔和了一点儿，但说得更难听了:"你们这个连队就是因为军事训练不错才分到我们这个特种大队的,谁知道却是这个鸟样。还红军团呢,我看连预备役都不如!"我们脸都红了,心里还有那么股怨气,你说我们可以,但你不能说我们红军团,我们红军团当年打过百团大战,参加过上甘岭战役,你特种大队那时在哪里呢?

我们头更低了,心里更难受了。如果说刚才还有点儿委屈的话,这会儿我们都有点儿恨潘连了。潘连说得太难听了。我们武装泅渡是不行,但请你不要羞辱我们整个红军团!我们武装泅渡不行,并不代表我们其他方面也不行!

那天上午潘连安排老李带着我们在浅水区扑腾,还给我们这帮人起个很难听的名字叫"秤砣组",说是一到水里就会沉下去,然后他撇下我们追那帮"锅盖头"们去了。

看着潘连游得很远了,我们就站在海水里开始吹牛了,不是我们偷懒,而是我们到了这个特种大队以后一直都被弄得紧张兮兮的,还没捞到说话的空儿。老李、周志军我们挤在一起,刚开始心里都很难受,谁都没吭声。我故作轻松地笑了笑:"怎么不说话了?说点什么吧。"老李看了我一眼,呸地吐了一口唾沫,愤愤不平地说:"这个潘铁军,说话也太难听了,他太看不起人了!"

我抬头看了看大海深处,他们游得越来越远了,远得只能看到一个个小黑点了,我尽可能地让自己客观一点儿,我说:"咱们武装泅渡不行是事实,不想让人家说也是不可能的,关键是这个连长太操蛋,说话一点儿水平都没有,哪里像个连长,多说像个班长!"

周志军看了看我们,低声说:"李班长、胡班长,这是不是报刊上常讲的那种魔鬼式训练?我们要是真受不了怎么办?"

老李很生气,使劲儿瞪了周志军一眼:"你小子怎么回事?他们这算什么魔鬼式训练?咱们不就是武装泅渡不行吗?搞上去不就行了,怕个鸟!"

我看了看周志军,他很紧张,茫然无助地望着大海深处。他才只有十八岁,中学还没毕业就来参军了,身子骨还很单薄。我拍了拍他的肩,安慰他说:"周志军,你不用担心,咱们都是在一个起点上,再说,我和李班长也会照应着你。"

我又看了看老李,很严肃地对他俩说:"咱们三个以后就是一个整体了,要抱成一团,不能让这帮人看咱红军团的笑话!潘铁军不是看不起咱们吗?咱们就争口气,一定要比他们那帮人做得更好,让他们看看咱们红军团出来的士兵是什么模样!"

老李和周志军都一个劲儿地点头,都很赞同。但这还真应了那句老话"站着说话不腰疼",说着容易做着难,我们天天泡在水里,最后潘连带着两个老兵亲自跟着我们训练,但我们还是不行,好像能游了,但一到深水区,身上的衣服灌满了水,带着我们直直地要往下坠,使劲儿地扑腾着要把脑袋伸出水面,刚露出脑袋,嘴巴一张开,海水就涌了过来,鼻子嘴巴里都呛进水了。那种感觉就像被人猛地在鼻子上击了一拳,又好像是被人从鼻子里灌进了辣椒水,眼泪唰唰地就流下来了。刚呼吸了一下,身子又重重地坠下去了,脚踩不到东西,四周都是漆黑的海水,头晕胸闷,双手紧张地扑腾着,想要抓住什么,但抓到的都是海水。这是一种濒死的体验,感觉被抛入了一个无边无际的黑暗空间,浑身充满恐惧,甚至觉得自己已经死了。很多时候,要不是潘连他们拽着腰带把我们提起来,非要沉下去不可。老李还好些,但他也不能游出多远,几个浪子一打,他也要呛水,也要晕头转向地扑腾起来。

我们在平静的大海中训练了十几天,觉得可以了,但一游出去那个葫芦状的海湾,外面的风浪很大,一个浪子打过来,就把我们又掀了回来,海水呛进了嘴巴和鼻子里,心里又慌了,又开始脚乱蹬手乱扑腾了,潘连不得不带着我们赶紧游回来。游到浅水区,我们刚站了起来,潘连的眼睛就瞪起来了,眼睛几乎要冒出火来了,他一只手揪住我的领子,一只手揪住周志军吼了起来:"你们怎么这么笨?都十来天了,还是这个熊样？"他把手猛地一松，我和周志军一下子跌坐在水中，但都忙爬起来，低着头立正站在那里。潘连转过身子，朝着另外两个老兵吼了起来："你们带着他们继续练，再过十天，如果你们还是这个熊样，那我不要你们了，给你们调到其他部队去！"说完，气呼呼地走了。

那两个特种大队的"锅盖头"很同情地看着我们。

周志军一下子哇哇地哭了起来："李班长，胡班长，我不行了，我受不了……"

我愣愣地站在那里，眼睛酸酸的，除了在老兵连挨过老李那几脚，我还真没受过这样的屈辱。但我不能哭，我是个第四年的老兵了，还曾经当过班长，我冲着周志军吼了一嗓子："你哭什么？还像个男人吗？"

周志军愣愣地看着我，他揉了揉眼睛，强忍着不让泪水再流出来。

老李看了看我们俩，又朝四周瞄了瞄，那两个"锅盖头"可能是想让我们休息一下，走到了一边，在大海边捡着贝壳，往海里扔着玩。老李凑到我们跟前，低低地说："哥们儿，你们想过没有？潘连他们根本就是看不起咱们，不让咱们当班长不说，还这样整咱们，咱们死皮赖脸地在这里待着又有什么意思？咱们跑走吧。"

我吃了一惊，皱着眉头看着老李，他是个十多年的老兵了，居然会有这么个想法，我觉得有点儿不可思议。但周志军眼睛立刻闪闪发亮，他很兴奋地说："你们只要同意，我立刻跟着你们走。"

我看了看老李，他一本正经地看着我，不像是开玩笑，我闷闷地说："老李，你别出馊主意了，你能跑哪里啊？这要是在打仗时，要枪毙你的。就是现在，也会判你几年刑的。"

老李不以为然地说："中国这么大，随便跑个地方，就是神仙也找不出来。到处都是卖假证的，咱们弄个假身份证，改名换姓找个地方，就是打工也不用再受这个气了。我长这么大了，还没人像这个姓潘的家伙一样对待过我！"

周志军也有点儿动心，他凑了过来，跃跃欲试地说："胡班长，咱们可以试试。我懂电脑,还会一些简单的编程,咱们可以找个电脑公司去打工。"

这两个家伙越说越不靠谱了,老李是个老班长,我不能对他发脾气,我使劲儿地瞪了周志军一眼,狠狠地说:"你小子给我闭嘴!这算什么话?咱们都是军人,别他妈的自己看不起自己!你要是敢跑,我第一个去报告!"

周志军愣了一下,他看了看老李,老李有点儿尴尬地冲我笑笑:"小胡,你别说他了,我这也是逗逗他。"

我黑着脸,一声不吭地走进海水里扑腾起来,我就不信我学不会游泳!老李和周志军也发狠了,我们天天泡在海水里,就是休息时也不往岸上爬。太阳毒辣辣地照着,背上全部晒黑了,接着开始脱皮,整个后背都是白一块、黑一块,太阳一晒,白的地方就变红了,一碰到海水,就像撒了一把辣椒粉一样刺疼。这算不了什么,咬着牙忍着就过去了,最受不了的是那些"锅盖头"们,他们游个一万米武装泅渡回来,就乱七八糟地躺在沙滩上,喝着矿泉水,看着我们姿势很难看地练着游泳,不时指着我们,哈哈大笑地评论着,一点儿同情心都没有。潘连就坐在那里瞪着我们,根本就不制止他们。他的意思很明显,我们活该被别人嘲笑。

我咬着牙忍住了,都是男人,军队就是一个争强好胜的集体,自己没本事,就不要怪人家看不起你,谁也救不了你,只有靠你自己才能赢得别人的尊重。我一到部队就明白这个道理了。我是一个军人,我就要承受军人必须要承受的这一切。

潘连带着"锅盖头"们游走后,就剩下我们这些"秤砣"时,周志军终于受不了了,说什么也不下水了,哭着对老李说:"李班长,我不行了,你打死我也不行了。"

老李很生气,他那次说想跑走,被我说了一顿后,一直很少说话,心里有一股火,他瞪了周志军一眼,我还以为他要发火,谁知他突然扭身就走了。我们惊讶地看着他走到我们宿营的军用帐篷里,出来时手里拿着一根背包绳。他把背包绳拴在了自己腰上,另一端扔给了周志军,恶狠狠地说:"把它拴在你腰上,我带着你游,要死咱们一块死!"说完,真的就往深水区游去。我吓了一跳,忙去拦他,他把胳膊一抢:"你到一边凉快去吧,别管我们!"

他带着周志军在深水区里折腾,周志军被吓坏了,使劲儿地扑腾着,他知道自己要是挺不住了,不是一个人的问题了,而是两条命了。他把吃奶的劲儿都使出来了。我很害怕,但潘连他们游远了,周围没一个人,我提心吊胆地看着他们,真怕他们中会有一个人突然沉下去。老李在前面游着,使劲儿地划着水,每次都要用上更多的力气,当他的头抬出水面时,我甚至能看清他脖子上暴露出来的青筋。那的确很累人。

那天也真怪了,他们两个在海水里折腾了一个多小时,居然没事。他们上岸时,老李已经是一脸汗水,像个老牛一样呼呼地喘着气。周志军有点儿过意不去,声音里有点儿哽咽,说,老李,谢谢你。老李朝他笑了笑,说,谢什么谢,都是兄弟,你感觉怎么样?周志军说,你带着我游,我感到轻松多了。老李拍了拍他的肩,说,你能学会的,你会游了,我就轻松了。周志军握了握拳头,说,老李,你放心,我一定能学会游泳的!

我看着老李,心里很感动,老兵毕竟是老兵啊。

周志军这下子也来劲儿了,每天都主动要求老李把他绑上,一起到深水区游。我当然也不能落后,也卖力地在海水中扑腾着。

那天李大队长突然来到了我们连。李大队长和潘连完全是两种人,潘连是五大三粗,他是短小精干,多说有一米六七左右的样子,这在个个都是一米七〇以上个子的特种大队是有点儿扎眼,但我能看出来,特种大队的人都很服他。他从前也是侦察兵出身的,军事素质很好,就是现在,四十来岁了,照样跟我们一起跳伞、乘着飞行器上天,你不服不行。他眼睛很小,但他皱着眉头一瞪,你就会打个哆嗦。就这么怪,特种大队的官兵都很喜欢他,但也都怕他。

那天我、老李和周志军刚找到武装泅渡的感觉,在大海里卖力地游着,都很投入,完全没注意到他,一直到上岸时才看到他,忙立正给他敬了个礼。他回了礼,笑呵呵地看着老李和周志军身上绑着的背包带,脸上露出了赞许的神情:"你们三个不简单,不愧是红军团来的!"

我们三个一听,心里暖烘烘的,我们到这个特种大队以后,终于有人说了句赞许的话了。我们再也忍不住了,泪水哗地就流下来了,有了李大队长的这句话,死也值得了!

李大队长看着我们,愣了一下,说:"你们哭什么?你们都是好样的。但也不要急,不光是你们,特种大队许多人开始都不会游泳,现在不照样游得很好嘛。"

我们看了看他,有点儿不敢相信:"真的是那样?"

李大队长肯定地点了点头:"我也是北方人,也是在部队学会游泳的,那时我连你们还不如。"

李大队长走了以后,我们还沉浸在激动之中。老李很感慨:"什么叫领导?这就叫领导!几句话就把你身上弄热乎了,浑身都有劲儿!看看咱们潘连,他那叫什么领导啊?"

我和周志军都忙一个劲儿地随声附和,我们都不喜欢潘连。

我们终于也可以在深水区里游了。潘连这时对我们也好多了,始终带着几个人在我们前后左右游着,照应着我们。尽管我们对他还有意见,但内心里还是感激他的,有他这样的游泳高手在身边,我们放松了不少。

李大队长坐在指挥船上,始终关注着我们这些红军团来的士兵,只要看到我们动作不规范,或者我们很累了,速度放慢下来了,他就一个猛子从船上扎下来,游到我们身边,给我们纠正姿势,鼓励我们:"小伙子,不要紧张,全身放松,慢慢来!"

慢慢地,我们可以在大风大浪中游泳了。但刚开始时还晕浪,几个海浪打来,搅翻了五脏六腑,就像坐在一个大卡车上,在崎岖不平的山路上使劲儿地颠着，那种滋味真不是人受的。我有次甚至在海水里大口大口地呕吐起来了。那些发臭的呕吐物就飘在我的周围，浪子再一过来，连着海水一起灌进了嘴巴里。我一阵恶心，结果又是一番呕吐。潘连游了过来，冲我招着手，大声地喊着："小子，能不能坚持，要不要上船来休息一下？"我看了看他，我能看出来，他的关切是真诚的，不是装出来的，我很感动，但我还是咬着牙说："不，我要拼！"

我知道，如果能突破这个极限，那我就真正学会武装泅渡了。

慢慢地，我们能够轻松地在水中搏击了，一个小山一样的浪涛过来，我们憋了一口气，一头扎进海水里，哗地浪涛掀过去了，我们从水里钻了出来，那种喜悦真是妙不可言。

我们终于能和那些"锅盖头"们一起游个一万米武装泅渡了。

海训结束时，潘连难得地表扬了我们一下："我们连的十一名新同志这次表现不错，在当英雄还是当狗熊的问题上，他们保持了一个军人的本色！他们终于完成了从狗熊到英雄的转变！"

这话说得有点儿不伦不类的，连队的士兵们哗地笑了，我也有点儿哭笑不得，潘连说得也不错，我们还真是差点儿做了狗熊。

虽然这么说，但我们还是不喜欢潘连。

海训回来没几天，潘连就把老李给收拾了。那段时间潘连脾气很不好，老李这是撞到枪口上去了。不光是潘连，特种大队人人都有气，就连我们李大队长火气也很大，莫名其妙地就处理了一个排长。这事和一个叫莫小洛的姑娘有关。

我们部队门口有家小卖部，卖东西的是个二十来岁的小姑娘，她就是莫小洛。她名字很好听，人长得也很漂亮，但她的漂亮和米小阳的漂亮不一样，米小阳总是素面朝天，她喜欢化妆，看上去更漂亮，眉毛很细，还有淡淡的眼影，嘴唇红红的，脸也很白。我后来仔细地看了一下，这不光是扑了一点儿粉底的原因，她脖子上就没抹粉，但也很白。皮肤白的女孩子总是很讨人喜欢的。如果我没有米小阳的话,我就可能会喜欢上她。

那个小店在我们部队门口,绝对像是一颗定时炸弹一样让人不安。

特种大队的士兵们都是二十来岁的小伙子,个个精力充沛得像狼一样。我就听说,有次部队在一座大山里封闭训练了五个月,出来时,坐着军用卡车,上了公路看到第一个女孩子时,就是擦身而过的那一会儿工夫,兄弟们个个把眼瞪得像牛蛋一样地盯着人家看,嗷嗷地叫了起来,不是一辆卡车,是上百辆卡车上的兄弟们都冲着人家大呼小叫起来,把人家吓得掉头就往回跑。李大队长气坏了,让卡车停下来,把那些士兵们叫下来,狠狠地骂了一顿,让他们只能看,不能叫,那太丢人了。弟兄们这才老实多了。

当过兵的弟兄们都知道,部队有条铁打的军规:严禁和驻地女孩谈恋爱。违犯这条军规的弟兄,基本都会被处分,没有哪个部队会在这种事上手软的。咱是老兵了,知道这是一种很严重的违纪行为。一个真正的士兵必须要对军队纪律有所敬畏。这个觉悟我有。但我也知道,那些条令条例是管不住这种事的,都是二十来岁的年轻小伙子,你管住他的人,也管不住他的心。实际上这和部队的战斗力没有多大关系,只要有女兵在,兄弟们的训练劲头更足,谁都不想在女同胞面前丢人现眼。这条铁打的军规主要还是照顾地方老百姓的,如果那些女孩子都跟着当兵的走了,他们中有许多人要打光棍的。我们新兵时发下来的教育材料上真的是这么说的。看看,人民军队爱人民绝不是一句空话,它就体现在这种细节之中。

莫小洛家的这个小店就在我们部队大门对面,中间隔了一条马路,我们出去训练总要经过她家的小店,每次都看到她趴在柜台上,笑眯眯地看着我们,弟兄们这时正在唱着革命歌曲,经过她身边时,我们个个把腰杆挺得直直的,脸上放着红光,歌声更响亮了,直冲云霄,几乎要把天空捅个洞。潘连这时就会扭过头,不怀好意地看着我们,嘿嘿地笑:

"你们这帮鸟兵，个个都像狼一样。"

她家这个小店显然是做我们部队官兵的生意，但我观察了几次，她这个小店的生意并不好，几乎没见有哪个当兵的去买过东西。刚开始我还不明白是怎么回事，以为是她态度不好。有天中午跑去买了一盒烟，她笑眯眯地看着我，还问我："你是刚来的吧，我从前没见过你。"她声音也很好听，带着当地特有的软绵绵的口音。我忙说："不错，我们刚从别的部队调来。"她又问我老家是哪里，我都对她说了。她一直都在笑眯眯地看着我，当我在口袋里翻不到打火机时，她还递过来了一只。我倚在柜台边，闻到了她身上散发出来的香味，心情突然变得更加好了，觉得这个女孩子其实挺好的。我正想问她，怎么大家都不到她这个小店买东西时，她突然问我："你有没有对象？"我看了看她，她趴在柜台上，支着下巴，甜甜地看着我，我鬼使神差地说："没有啊。"我本来以为我脸皮很厚，但说完以后，我脸还是腾地红了，我不是那种能撒谎的料。好在她没注意，笑嘻嘻地说："要不要我给你介绍一个？"我刚要接话，我们连的文书赵志刚在外面喊我："胡建军，你出来，连长找你有事！"

我忙慌慌地跑出来，问他连长找我干什么。赵志刚绷着脸，很严肃地看着我，低声说："连长没找你，是我找你的。你胆子可不小，居然敢到这个小店买东西？"我愣了一下："我就是买盒香烟，怎么了？"赵志刚说："咱们大队有规定，谁也不能到那里买东西，见到一个要处理一个！"我眨了眨眼睛，有点儿想不通，我们原来的那个红军团管理算是很严格的，新兵第一年甚至连营门都出不去，但也没有这样不近人情的规定啊。我闷闷地问他："搞错没有？买个东西都不让？"他回头看了看那个小店，我也回头看了看，那个叫莫小洛的姑娘还趴在柜台上笑眯眯地看着我们。我脸红了一下，我觉得她很漂亮，也很善良。赵志刚低声说："你别看她长得不错，她很危险呢。前年咱们大队有个班长，人很不错，军事素质在全大队都是数一数二的，本来要提干的，后来就因为和她谈恋爱把这事弄砸了，最后还被开除军籍了。"我吃惊地瞪着他，使劲儿地摇了摇头："我不相信，因为谈个恋爱就要被开除军籍，这也太离谱了吧？"他见我不信，有点儿急了，脸红红的，激动地说："骗你是狗娘养的！他们发生了关系！"我点了点头，心里有点儿惆怅："这倒有可能。"说完了，我又觉得有些不对劲儿："那她怎么还在这里啊？她没找他去？"我想得很简单，我不反对婚前性关系，爱情到了那一步，自然而然地也就发生了，这很正常，但既然发生了关系，那就说明两人的感情已经到了那一步了，既然到了那一步，条件允许，两人结婚也是理所当然的。赵志刚说："她去他那里了啊，那个班长是南京的，父母都是官，级别还不低，他们不想让他娶个农村的姑娘，那个班长最后也顶不住了，她只好又跑回来了。"

我回头看了看那个小店，离得很远了，看不清莫小洛的样子了。我只记得她的笑容很甜，我们每次从她门前走过时，她总是笑眯眯地看着我们。我心里有点儿惆怅，叹了一口气，对赵志刚说："那个班长也太操蛋了，这么好的一个姑娘，父母反对算什么呢？都什么年代了，还听父母的？"

赵志刚奇怪地看我一眼："她又有什么好啊？这么小就和人家发生关系，太不自重了。咱们大队长就很讨厌她，怕他再把哪个兵勾引坏了，还去村里找了村支书，让他们家不要在部队门口开店了，可那是人家的房子，村支书也没办法。大队长就下了个死命令，全大队官兵谁也不许到这个小店买东西！"

我感到有点儿好笑，这样的"土政策"哪个部队都有，有的合理，有的不合理，这个规定就不合理。我就打算有空还会去偷偷地买东西的，我觉得这没什么，反正我又不是去和莫小洛谈恋爱。我甚至觉得大队长很好玩，爱情这东西说来就来了，父母都管不住，你还能管住？据我观察，偷偷摸摸到那个小店买东西的官兵还是有的，他们这个店东西便宜，不像我们大队自己办的超市，东西都贵得离谱。这事平常也就睁一只闭一眼，没有人认真追究的，有时李大队长自己看到了，也只是瞪一眼那个买东西的士兵，然后就走了。我们谁也没想到李大队长这次动真格的了，真的为这事处理了一名排长。这个排长实际上也就是买了一节电池，他晚上用手电筒查哨查岗时要用。这时部队的超市已经关门了，他就让排里一个兵去莫小洛的那个小店里买了一节电池。事情就是这么巧，那个兵刚从那个小店出来，就被李大队长看到了，那个兵也慌了，一看没地方躲，就回头又钻进了那个小店。李大队长站在路边，瞪着眼睛，大声吼道："你给我出来！"那个士兵忙慌慌地跑出来，给李大队长敬了个礼。李大队长立即还了个礼。我喜欢李大队长也有这个原因，无论你官职大小，哪怕是刚当了几天兵，只要给他敬礼，他都会很标准地回你个礼，不像有些领导，你给他敬个礼，他就像恩赐你一样，偷工减料地把手往脸前比画一下，就算是回礼了，有的甚至连礼都不回，就像没看到你一样。

　　李大队长狠狠地瞪着那个士兵，问他："你小子怎么回事？再三重申不许到这里来，你怎么还来？"那个士兵支支吾吾地不吭声。特种兵的训练都是以战斗小组为主的，培养的就是一种团结协作的精神，忠诚的信念都深入了每个士兵的骨髓。他当然不肯出卖自己的排长。李大队长很生气，他让纠察班把这名士兵送到连队去，立即进行处理。

　　那个排长知道后，立即赶到了李大队长那里，他老老实实地告诉李大队长，那节电池是他让那个士兵买的。他其实不必要这样做的，反正李大队长不知道，那个士兵已经回到连队了，连队遮盖一下就过去了。但特种兵兄弟是不会这样干的，他们敢作敢当，自己做的就要自己承担，让别人替自己背黑锅的做不来，也没人敢这么做的，谁要是这么做了，弟兄们都会看不起他的。李大队长这下更生气了，据说还拍了桌子，骂了那个排长一顿："你做的那就更要严厉处理你，你是一个军官，还带头这么干，你是怎么带兵的？"结果，第二天就召开了全大队军人大会，那个排长被叫到主席台上做了检查，严重警告一次。

　　我能看出来，李大队长很生气。那几天里，全大队的军官和士兵心情都不太好，脸色都很难看，碰到个什么小事都想发火。我们大队在集团军军事训练考核中考砸了。这事有点儿冤。我们大队的军事训练抓得最紧,连我这个刚来没多长时间的也能看出来,它的强度要比我们那个有着红军血统的步兵团大多了,全团官兵的军事素质也很厉害,一个普通连队的射击成绩也比我们那个红军团的尖子连队成绩要好。但就是这样一个部队,在全集团军的军事训练考核中,居然是倒数第二名,后勤生产倒数第一!据说李大队长去集团军开会时,一位首长当着他的面就说,特种大队是驴屎蛋外面光,中看不中用,平常吹得厉害,一考核狐狸尾巴就露出来了。这样的话太难听了,别说李大队长,就连我们也受不住了!

其实他们根本就不懂,他们考核时用的是步兵训练大纲,比如队列、五公里越野、五百米障碍什么的。特种大队的队列也搞过,但没搞多长时间,李大队长不大喜欢搞队列,他说我们又不是到天安门升国旗去,有那个意思就行了,时间不能花得太多。步兵搞五公里越野,我们搞的是八公里或者十公里越野,拼的是耐性和身体极限,而不仅仅是速度。我们也不怎么搞五百米障碍,我们搞的是真枪实弹的"意志障碍""火力障碍"。但我们训练的他们都不考,就考步兵的那一套,甚至连"班进攻""排进攻"都整出来了。我们当然弄不过那些正儿八经的步兵兄弟了。还有菜地生产,我们特种兵部队是有伙食补助的,完全够吃了,不像其他兄弟部队,必须得种些菜地养些猪才行,但我们也没把这一块扔了,每个星期还会抽出个把小时地弄一下,当然没有人家弄得好了。我们以前在红军团时,每次搞菜地,都是专门找两个人拿着绳子一行一行地量着,一块块菜地都是整整齐齐。有些部队甚至还专门有种植员,负责菜地生产。特种大队就不这样搞,李大队长本来是不想种菜地的,他给上级汇报过,但领导没答应,全军都种有菜地,凭什么你特种大队不种?还教训他说,特种大队不是"特殊大队"。我们精力从来都没放在菜地生产上,那些菜地就是为了应付上级检查用的。

后勤生产被评为倒数第一,李大队长根本不会放到心上去,这东西打仗又用不上,兄弟单位菜地生产的典型材料来了,李大队长随手就扔在了一边,还哼了一声:"菜地种得好有个屁用!"但我们军事训练被评为倒数第二,还被上级通报批评了,这事放在李大队长身上,他就受不了,那几天看什么都不舒服。那个排长这是撞到枪口上了。

那时我和老李都是刚来,集团军来考核时,我们这些从红军团来的士兵都考得不错,毕竟都是步兵团出来的。连队其他人考得都不是很好,那个主考的上校看了看我们这几个红军团来的,又看了看潘连,还说了一句:"你们这是怎么回事?不也有人考得挺好的嘛。"那时我们还没听出他的弦外之意,都很高兴,觉得终于扬眉吐气了一回,心想连长晚点名时肯定会表扬我们一下,谁知他不但没提,还黑着脸发了一通牢骚,说这算什么考核组啊,我们又不是步兵,将来也不是集团冲锋用的,怎么把我们当步兵来考了?我当时就觉得这事复杂了,我们考得好并不是一种光荣,反而显得和特种大队格格不入了。

老李是个大老粗,他心没这么细,还是那么大大咧咧的,结果就撞在潘连的枪口上了。

我们接着搞狙击手集训。狙击手是干什么的?就是在战场上专门打敌重要目标的,比如敌指挥官,或者渗透敌后打敌重要政治人物。它对心理要求极为严格,你想想吧,有时为了等待一个目标,说不定要潜伏几天几夜都有可能,还要一枪毙命,最后还要安全撤退。狙击手训练可以说是很残酷的,比如说吧,为解决狙击手射击定型问题,每天都要在各种掩体内潜伏训练,要求三小时不能动。再比如,为了培养抗外界干扰的能力,保证枪不抖动,训练中就把圆石子、弹壳放在枪管上,两小时不能掉,掉一次加十分钟。还比如,为了提高识别目标的能力,还要进行盯秒针训练,要求至少半个钟头不眨眼。刚开始训练时,百分之八十的士兵会出现头晕、呕吐等症状。这还不算完,狙击手还必须具有现地场景记忆能力,要求在陌生环境里,一分钟内能准确判定风向、风速、目测距离和高低角,判断现场景物。每次端枪定型训练后,百分之九十的官兵都要在别人的搀扶下才能从地上站起来。由于长时间潜伏，许多狙击手不同程度的有关节炎、风湿痛或腰肌劳损。

我一直都很佩服周志军，他和我们一样原本是步兵，但他后来成了一名优秀的狙击手，我本来也想当一名狙击手的，但最后还是被淘汰了，只好参加了"狼人"集训队。

参加狙击手集训以前，每个连队的士兵都要进行端枪定型训练，这也带着一种选拔的意思，表现好的，才有可能被选中参加集训。哪个连队要是选上的队员比较多，那是一件很光荣的事情。潘连对这事很重视，每天都要到训练场上看看。

刚开始我们也没在意。我得承认，我们那个红军团算是很牛的一个部队了，但的确没有办法和这个特种大队相比。比如说，我们老兵训练时就有点儿稀拉，反正各个科目都很熟了，玩了好几年了，闭着眼睛打靶也能八九不离十，所以射击训练时，有些老兵能抱着枪眯着眼睛盯着靶子，盯着盯着就睡着了，你要是不注意，还真看不出来。但要是实弹射击，没人会稀拉，都比新兵打得好。所以，训练时，老兵有些稀拉，只要不太过分，军官一般也不会怎么说的。

老李是个三级士官，在红军团时，连队领导换了三四个，他还是班长，算得上是三朝元老了，连长都让他三分，所以他在训练时的小毛病很多。这次狙击手定型训练时，他的毛病又犯了，刚趴下来没多久，他脸上落了个苍蝇，他条件反射地上去就在自己脸上打了一巴掌。我们的班长是个一级士官，有个不咋样的名字叫陈卫星，他听到动静，扭头瞪了老李一下。老李也瞪了他一下，一脸不在乎的样子。陈卫星火了，从地上站起来，走过来给了他一脚："你他妈的在干什么？"

我们都愣了一下，有点儿不敢相信自己的眼睛，这完全是对待新兵才这样的，老李人家可是十多年的老兵了，怎么能受得了这个呢？老李果然不干了，他呼地站了起来："你再碰我一下试试？"我们那时真不知道特种兵是什么玩意儿，不知道他们这里不是以资格论英雄的，班长就是班长，士兵再老，你还是士兵，不能顶嘴的。我们那十多个从红军团来的看见老班长被一个一级士官踢了一脚，都不干了，呼呼啦啦地从地上爬起来，围了过去，狠狠地盯着那个叫陈卫星的小班长。陈卫星愣了一下，他可能没想到我们会这样，我心里甚至还有点儿悲壮，觉得我们很英雄，怎么着，我们现在虽然成了后娘养的了，但我们很团结，你就不能欺负我们！

但我很快发现情况有些不对，陈卫星也只是愣了一下，脸上很快露出了很蔑视我们的表情，撇了撇嘴，有点儿嘲讽地看着我们："是不是手痒了，想打架？"

我扭头看了看，那些"锅盖头"们都趴在地上，歪着头意味深长地看着我们。我有点儿紧张了，他们虽然没动，但你再看仔细点，就会发现，他们笑得坏坏的，有些家伙甚至把拳头都握好了。我突然清醒过来了，只要我们一动手，他们立即会从地上一跃而起，然后一拥而上，狠狠地揍我们一顿。这些家伙们正是嗷嗷叫着长身子的年龄，浑身是劲儿，正没地方发泄，我们要是没事找事，他们正好上来练练手。

我忙拉住了老李的胳膊："老班长，消消气，我们是刚过来的，得向人家学习。"然后真心实意地对陈卫星说："班长，我们错了，我们也是什么都不懂，在原来的那个部队也是稀拉惯了，你也不要太急，我们一定会努力赶上来的。"

老李毕竟不是新兵蛋子了，他看出苗头有些不对，也有点儿心虚了，老老实实地又趴了下来。那个上午，苍蝇在他眼前乱飞，他都没敢再动一下。训练结束时，我们果然都站不起来了，最后还是那帮"锅盖头"把我们搀起来的。我是被班长陈卫星搀起来的。他把我架起来走了两步，慢慢地松开了手，说："你走走看看。"我瘸着腿跳着走了两步，一个趔趄，差点儿摔倒，他赶紧上来扶住了我。我感激地冲他笑了笑。虽然这只是一个小动作，但对我来说，也是很感动的，我甚至觉得这家伙其实也是蛮好的。

老李显然不是这样认为的,他觉得陈班长是故意找他难堪的,让他在兄弟面前丢脸。老李显然和陈卫星较上了劲,时刻准备找碴闹点事,他像一只虎视眈眈的狼一样,随时准备找个机会奋力出击。机会还真给他找到了,但他的时机掌握得很不好,我们刚军事考核完,潘连心里正有火没处发,他就自己一头撞上去了。

这事还和种菜有关。我们这时候已经知道特种大队不拿种菜当回事了,所以谁也没在意。陈卫星带着几个新兵在翻地种白菜,其实也要不了那么多人,只要几个就够了。我、老李和周志军站在一边吹牛,其他的士兵们三三两两地待在一起东扯葫芦西扯瓢地说说笑笑。陈卫星忽然抬起头看了看,然后目光落在了我们三个人身上,说:"你们三个过来,一起来种菜。"周志军第一个跑了过去,我推了一把老李:"走吧。"老李有些不高兴,小声地嘟哝了一句:"这狗日的,为啥不叫别人?"陈卫星可能听到了,也可能没听到,他只是看了老李一眼,继续埋头翻着地。

我们的任务是在翻好的地里撒上白菜籽。这活儿其实也不累,但老李心里还对陈卫星有气,一副懒洋洋的样子,漫不经心地撒着种子,有些种子都撒在了翻好的土坑外面了。我知道他这是放不下自己的老兵架子,毕竟当过十多年兵了,现在被一个一级士官管着,心里是别扭。我有点儿担心他,这里毕竟是特种大队,我们毕竟是军人,服从命令是军人天职;再说,我们的军事素质还差人家一大截子,不能不听人家的话。我轻轻地碰了碰他,低低地说:"老李,你别赌气,反正就这么点活儿,一会儿就干完了!"我不提醒他还好,一提醒他反而更坏事了,他看了我一眼,有点儿满不在乎的样子,一大把种子忽地就全撒在了菜地外面。陈卫星扭过头,皱着眉头看了看他,生气地说:"老李,你是怎么回事?兵也当了十几年了,怎么还不如一个新兵?"

老李立马有机会找碴了,他瞪了陈卫星一眼,气呼呼地说:"我不如新兵?不如新兵我还在这里干活呢,你的那些新兵在干什么?"连里的确也有不少新兵站在旁边无所事事，这也不能怪他们，真的不需要那么多人，他们要是也来干，菜地都站不下了。

陈卫星的犟脾气也上来了，他放下了铁锹，走到了老李的跟前，瞪着他说："我在这里是班长，你就是一个兵，我让你干你就得干，这里不是你们那个红军团，你不服咋的？"

老李也使劲儿地瞪着他，脖子一梗，脑袋凑了上去，带着挑衅的语气叫了起来："我就是不服，你想咋办？"

我一看要坏事，这样顶下去，两人非要动手不可。我搞不清那些站在旁边的"锅盖头"们的想法，但真要是打起来了，他们是不会帮我们的，老李是不是陈卫星的对手也说不一定，这家伙长得五大三粗的，军事训练成绩在连里也是排在前几名的。说句实话，要是单兵格斗，我们这些步兵出来的还真没把握能收拾住他们特种兵。我忙上去用手拨开他俩，说："陈班长，老李，咱们都是一个班里，不就是种种菜嘛。来来来，老李，我来撒种子。"

我本来是想把老李的那个装着种子的破瓷碗拿走，让他到一边去，谁知老李瞪了陈卫星一眼，猛地抡起胳膊，把那个破瓷碗摔在了地上："老子不干了，想怎么着就怎么着吧！"

陈卫星脸红了，他呼的一声，猛地冲了过来，揪住了老李的衣领："你别以为你是个老兵，我告诉你，特种大队没有新兵和老兵，只有班长和士兵，你给我把种子捡起来！"

老李可能还没经历过被一个比他嫩多的士兵揪住衣领这样的事，脸腾地红了，连耳朵根子都烧起来了。他和陈卫星较上了劲，抓住了陈卫星的手，吼了一声："我就是不捡，你想咋的？"

眼看就要打起来了，我和周志军正急得团团转，拉着劝他们两个，潘连这时来了，他站在菜地边，眯着眼睛，黑着脸问陈卫星："怎么回事？"

陈卫星头也不回地说："没来几天，他都不知道自己是谁了，连班长的话都不听了，还是老兵呢！我在教教他应该怎么当兵！"

潘连冲着他吼了一声:"陈卫星,你狗娘养的把手放下!"

陈卫星瞪了瞪老李,把手松开了。老李整了整衣领,示威一般往地上呸地吐了一口痰。潘连的脸色更难看了,他的那口痰把潘连惹火了。潘连皱着眉头,指着老李说:"你跟我来一下!"

老李跟着潘连走了,那些"锅盖头"们幸灾乐祸地议论着,说老李这下估计要被潘连好好地收拾一顿了,甚至还有人很不屑地说:"真他娘的日怪了,什么本事都没有,脾气还不小,还敢跟咱们特种兵叫板,也不看看自己有几斤几两。"这话就有点儿不好听了,有种看不起我们红军团来的这些人的意思了。其实我也知道,他们这些"锅盖头"在内心里一直都看不起我们,我们的确不如他们。我本来打算闷着头好好训练,迎头赶上他们,那时再让他们看看。我甚至有点儿埋怨老李了,他怎么这么沉不住气,总要整出点事来呢?我觉得老李弄的这些事都很低级,人家不会因此高看你一眼,相反会更加看不起你的。老李就是一个容易冲动的人。

我不知道潘连是怎么收拾老李的。根据我在红军团当兵时的经验,他也就是把老李叫到办公室,拉张凳子让他坐下,甚至还会给他倒上一杯水,然后摆开架势,长篇大论地做他的思想工作。军官们一般就是这样收拾不听话的士兵的,最厉害的也就是在连队军人大会上点名批评,或者开个班务会让大家批评教育。

老李本来也是这么想的,所以当潘连带着他进了办公室,回头咣的一声把门关上时,老李还感到有点儿奇怪,他事后告诉我说,那时他就觉得事情可能不像红军团时那样简单,但他也万万没想到,潘连接着把袖子一卷,瞪着眼睛朝他吼道:"小子,你不服是吧?今天咱俩'单挑',谁有本事谁站着出去!"

老李一下子愣住了,他呆呆地看着潘连,他本来在路上准备了许多话要给潘连讲,就说这里的特种兵看不起我们红军团来的士兵,自己心里有气,甚至还可以向他示弱,就讲我们红军团解散了,自己心里不好受,一时不习惯特种大队的作风,以后会注意等等。该软时就软,该来硬的就来硬的,老兵们都知道如何拿捏好这个度。谁知潘连根本就不和他说话,上来就要和他单挑!

老李后来推心置腹地给我说,潘连这招毒啊,他是一个军官,我是一个士兵,我能和他单挑吗?他把我打倒了还好说,我要是把他打倒了,事后处理起来,我会更惨。所以我就站在那里不和他动手。

潘连用手推了他肩膀一下,狠狠地说:"小子,你怎么不动手了?你不是不服吗?你们红军团牛,那你就代表你们红军团,我代表特种大队,看看到底谁更牛!"

老李有些慌张了,他看得出来,潘连是动真格的了。他后来告诉我说,就在那时,我突然大彻大悟了,什么老兵,再老的资格也没用,在这个特种大队,就是拿军事实力说话,你军事素质搞上去了,就是有些毛病,大家也会高看你一眼,你没本事,就是老老实实乖得不得了,也没人会高看你一眼的。搞别的动作都不行,你得靠实力说话!

老李大彻大悟以后就老实多了,他立即低下了头,低低地说:"连长,我错了,我以后一定好好干。"

这下轮到潘连愣了,他奇怪地看了看老李,目光也不是那么凶了,但他一时还转不过来弯,不知道说什么好了。我们连长本来就是个直接提干的,他不擅长大篇大论地做思想工作。他就那么看着老李,好像在研究老李说的是真话还是在糊弄他。

老李说的是实话,他这人有一大优点,就是一旦认识到自己错了,立马就会承认,并且以后不会再犯类似错误。他能升到三级士官,说明他的确是有能力的,人也不错。他抬起头,看着潘连,很真诚地说:"连长,我知道我做错了,但我以后会改的,我会成为一名真正的特种兵的!"

就连傻子也能看出老李这不是装的,这样一来,搞得潘连也不好意思了,他脸有点儿红了,低声说:"我也不对……我脾气不好,都怪前几天那个狗娘养的军事训练考核……你是十几年的老兵了,还当过班长,应该不用我多说了,你得听那些班长的话,你们步兵专业毕竟和我们特种兵还是有区别的……那些考核组就不懂特种兵。"

潘连说得很实在,老李知道自己错了,人家不是看不起自己,而是自己在给自己找难受了。他想了想,看着潘连,很坚定地说:"连长,我不会给我们红军团丢脸,也不会给我们特战一连丢脸,你看我以后的行动吧!"

潘连看了看他,脸上有了点笑意,他拍了拍老李的肩膀,真心实意地说:"老兵毕竟是老兵呵!"

老李从此像变了一个人,他每天早上主动起来打扫营房卫生,这本来是新兵干的活儿。老李一带头,我们这些从那个红军团来的兄弟都当然不能落后了,都积极得很。我们真的有点儿特种大队士兵的样子了,那些"锅盖头"们也肯主动过来和我们吹牛了。陈卫星喜欢下象棋,没事时还总找我下两盘。我很高兴,我们其实都是兄弟啊。

特种爱情

连队的狙击手训练结束,我们红军团来的十一个人,只有周志军一个人和连里其他几个"锅盖头"被抽调到大队里参加狙击手集训队,这在整个大队,还是算人数较多的连队。潘连很高兴,特地把周志军好好地表扬了一番。我们在下面听着,也感到很光荣,我们毕竟是一个部队来的。周志军是个好兵,他有耐性和韧劲儿,成了我们大队数一数二的狙击手,他在射击中从来不用第二颗子弹,都是一枪击中要害,我们李大队长很喜欢他,多次在全大队的军人大会上表扬他。

我和老李都留在了连队。特种兵的训练真是超强度的,每天早上五点半起床,出完操以后,就是做三百个仰卧起坐、三百个俯卧撑。吃过早饭就开始搞特种障碍训练,得不到一刻的休息,渴了也不能去找水喝,说是磨炼意志。那些障碍,大多数我们还是第一次见到,什么蚂蚁窝、云梯、懒人梯等大小十六七个障碍，从前连听说都没有听说过。除了这些，还要训练攀登绳索、楼房攀登、飞车捕俘、擒拿格斗，等等，一天下来，兄弟们躺在地上都不想起来了。很多人身上都是伤痕累累，像手掌磨破、脸上划伤都是小事，衣服被挂破了这样的事情你提都不要提。

李大队长最常说的一句话就是"要像狗一样去训练，像狼一样去战斗"，从这句话里你就能看出来我们是怎么训练的了。

新兵可能会受不住了，但这是一个男人的群体，谁也不愿服输，死了也要撑下来。对我们这些老兵来说，咬咬牙也就过去了，累是累了点儿，训练一结束，四肢放松，往地上一躺，虽然浑身又酸又疼，却有一种说不出的舒服。真的没什么可说的了，我们天天都是这样训练的了，越来越熟，也就越来越轻松了。

我们甚至都喜欢上了这种生活，真正的军人就应该是这样的。

我们每天去训练场时，总要经过门口的那个小店。莫小洛还总是趴在柜台上笑眯眯地看着我们。我这时已经和特战一连的兄弟们混得很熟了，他们也偶尔说起她，许多人都说她很漂亮，但他们接着会很不屑地说她不知道自重，小小年纪就和人家发生过关系，被人家甩了，还有脸回来在这个小店里卖东西，还对着我们像花痴一样地笑。我对那些事都不了解，只是上次听赵志刚说过一点点，没办法参与他们的讨论，但我以一个谈过恋爱的过来人的目光来看，他们说这话时，都是言不由衷，很多人实际上都在暗暗地喜欢着她，但作为一个特种兵，被军队纪律约束，他们不敢和她谈恋爱。再加上莫小洛是和我们的前特种兵兄弟谈过恋爱，结果那个家伙还按照父母的意思甩掉了她，没人好意思再接近她了，他们看上去都很勇敢，但在这种事上，都有点儿封建了。这对我来说，都不是问题，爱情发展到那种程度了，发生关系又有什么？我没觉得她有什么不好，我甚至觉得她的笑容很温暖，声音也很好听，我能看得出来，她很想和我们接近。但没人敢和她接近，李大队长的"不准到小店买东西"几乎成了特种大队的一条军规了，我后来也不敢去那里买东西了。不许和驻地女孩子谈恋爱,是条很重要的军规,无论哪个部队,都很重视。我们是特种兵,任何时候都要比其他部队更加严格,这方面也不例外。

但你不得不承认,她每天趴在柜台上,笑眯眯地看着唱着嘹亮军歌从她面前走过的特种兵,是一道美丽的风景。我们对她而言,是风景,她在店里看我们;我们也在大路上偷偷地看她,她也是风景。每次看到她时,我都觉得这是一个美丽善良的女孩子。如果没有米小阳的话,我说不定也会像那个南京的班长一样偷偷地和她谈恋爱的,不过我决不会甩掉她,父母不答应,我就带着她远走高飞,现在是什么年头了,就是在外面打工也饿不死的。

这样想时,我脸就有点儿发烧,觉得挺对不起人家米小阳的。当然,我也只是想想,作为一名老兵,什么能干,什么不能干,我还是拎得很清的。我是一个好兵。

反正每天都是训练,没什么可讲的了,还是说说我和米小阳的事吧。我们的爱情值得一说。

在说米小阳之前,我得先说说我的老家。

我老家在豫西南麦县,那是一个穷地方。在这些穷地方,直到今天,一本小小的户口簿依旧是一种身份与特权的象征,它强大得足以打败任何试图超越它的行动,哪怕是冰清玉洁得不食人间烟火的爱情。爱情实际上就讲"门当户对"。很多人写文章都批判过这个东西,说那是封建主义云云,但那都是纸上谈兵,现实生活中的爱情还真需要这个东西。两个人在一起,如果家庭背景不一样,那至少接受教育的背景得差不多吧,如果相差太多,那就没办法一起生活了。如果一个女大学生嫁给一个农民,我觉得就不会幸福,农民兄弟觉得买巧克力送玫瑰花之类的浪漫太累,女大学生也会觉得整天就谈家里母猪生了几个猪娃之类的话题也累。

你可能会说,你这是小农意识,爱情来了,挡都挡不住,仙女还会喜欢上放牛娃呢,还讲什么门当户对?你说得似乎有点儿道理,但你不要忘了,"牛郎织女"只是个神话传说而已,而文学作品实际上是作者的白日梦,是对现实缺憾的一种补偿。我也知道弗洛伊德有这种说法,这叫"利必多转移"。

我有次回家探亲,在一个省会城市转车时,公交车上有个时髦的女孩和一个男孩在谈论人生社会和理想。我站在他们旁边,人挤得像罐头里的沙丁鱼一样,不想听都没办法。那个女孩子讲到爱情时就讲"门当户对""学得好不如嫁得好"之类的歪理。

这扯得真有点儿远了,很对不起了,亲爱的读者,下面我好好叙事。我和米小阳的爱情后来被她父母知道了,遭到了他们的强烈反对,费了不少周折。我为这事还写了篇文章,发表在了南京的《东方文化周刊》上,编辑叫徐克明。那篇文章赚了两百多元稿费,我用这笔稿费给米小阳买了件毛衣寄了回去。这篇文章叫《为爱情注射狂犬疫苗》。我觉得把它拿过来放在这个小说里也很合适,省得我再啰里啰唆地讲上半天。

这篇文章是这样的:

米小阳是我的女朋友,是个中学教师,她父亲是我们家乡那个小镇的镇长。我只是个大兵,父亲是那个名叫木扎的村庄里一介农夫,最大的官是当到生产队长,这还是二十年前的事了。我和米小阳很不般配。我们开始恋爱后,就面对如何向我们的父母摊牌的问题。在我这边,这个问题就不算问题了,我父母做梦也没想到我能把镇长的女儿勾引到手,他们高兴都来不及呢。问题在于米小阳他爸,他不愿意让女儿嫁给一个前途没有保证的大兵。

我和米小阳都非常勇敢,结成同盟军,共同向横亘于城乡爱情之间的户籍制度开战。这是一场艰苦的战争,其激烈程度不亚于我曾参加过的"进攻—2003"演习。

我们是真心相爱的,以为伟大的爱情都是无坚不摧的,谁知一提出,就遭到了米小阳父亲的坚决反对。我们都没想到这位受党教育多年的老同志的脑袋竟然像花岗岩一样坚硬，他提出的理由只有一个，胡建军只是一个父母都是收废品的大兵！在我和米小阳的精心策划之下，她进行了有理有据有节制的坚决反抗，甚至以绝食相威胁，但都一一失败。米小阳一人孤身奋战半年毫无所获，为打破战争的胶着状态，我利用休假的机会回到了家乡小镇，准备和米小阳一起并肩作战，发誓要攻下她老爸这座封建堡垒。那时我还在步兵团"红四连"当兵。

　　米小阳正好放暑假，这本来是个难得的战机。但她老爸的情报系统相当得力，比克格勃还厉害，我回去的第二天，米小阳还不知道，她老爸就已经知道了，不许她出门。我在她家周围徘徊了五六天，除了利用巧克力（这本来是给米小阳买的）收买了她家邻居小孩传递了一张纸条外毫无作为，并且这张纸条还是落到了她老爸的手里。眼看假期将过，我心急如焚，为拯救恋人于水深火热之中，我选择一个月黑风高的夜晚，就像书上说的，伸手不见五指，拿出在部队练就的跨越障碍的本领，翻过她家的院墙（这真是小菜一碟），蹑手蹑脚地摸向米小阳的房间。她里应外合地把房间打开，里面一只把尾巴摇得机灵无比的狮子狗跑了出来。这只狮子狗是米小阳她爸在她二十岁生日时买来送给她的，米小阳叫它"托尔斯泰"。因为她觉得它少年老成，表情安详而深沉，像个哲学家或文学大师。因为它只是条宠物狗，我对它失去了警惕性，并且为了笼络它（对米小阳家的所有东西我都不能得罪），我没给米小阳打招呼，就先平易近狗地蹲下去抚摸它那或许有跳蚤的身子。谁知这家伙竟然是她老爸在她身边安插的奸细，它立刻扭头以迅雷不及掩耳之势在我手上咬了一口。我一边甩手一边也没忘了以牙还牙地抬腿踹它一脚。谁知这家伙相当厉害，在它被我踢向空中之前又在我腿上狠命地咬了一口，并且还很及时地汪汪狂叫两声，向她家人发出了战斗警报。楼上立马传来了类似于我们部队紧急集合时的脚步声。米小阳吓得脸色发白，脸色发白使她更加俏丽。但我也顾不得欣赏，赶紧按照部队里战术教官的教导，赶快寻找有利地形地貌。经过细致观察和缜密思考，可资利用的地形地貌，只有米小阳的床铺下面。于是也顾不得革命军人的尊严，一头钻到米小阳的床下。好在床下十分干净，说明米小阳是个整洁勤劳的女孩。这不由让我更爱她了。米小阳还很聪明。在我扑向床下的同时，那只在空中划了半条优美弧线的宠物狗四脚朝天落地以后，它犹豫了一下，立刻又向床下汪汪奔来。米小阳立马截住了它的去路，不停地把它踢得汪汪地叫着向门外跑去。这时，她老爸已经进来了，但米小阳任他进了房间，只是一个劲儿地追着那只狗，把它逼得在院中团团乱转。米小阳很委屈，眼泪汪汪地大声地喊："爸、妈，快把这只狗逮住，它是只疯狗，连我都咬。"好像要证明她说的话，这只被逼急的宠物狗这时也开始很失策地回头做出要咬米小阳的架势。尽管只是象征性地龇牙咧嘴叫个不停，但也把她爸吓得不轻。全家老少一齐出动围剿这个"文学大师"，米小阳抢先站在门口，以防它再窜入房间。结果，这只狗被套上铁链在院中与蚊虫为伍，而我却头枕米小阳的拖鞋躺在床下，任凭院中风云变幻而我胜似闲庭信步。那时我一边抚摸着渗着血的手背，一边还在想，如果得了狂犬病，我第一个就去咬赵镇长！这样一想，心情就更加好得不得了了，就差高歌一曲了。

故事的结果是这样的：等大家安顿好那只狗，疲惫不堪地回房休息以后，我带着米小阳私奔了。那天晚上我一只手捧着另一只血淋淋的手，拖着一条流着鲜血的腿，带着米小阳敲开了五家门诊部，最后好不容易在午夜十二点找到了防疫站，花了四十五元钱买了五支狂犬疫苗。我们在小镇外边的一个小树林里相依相拥地度过了一个美丽的夜晚。在我光荣负伤的这六天时间里，米小阳一直和我待在一起。但我和米小阳之间最亲密的接触仅仅局限于接吻。但也别小看接吻，它是我和米小阳之间——就像马克思讲的类人猿开始直立行走一样，是一次质的飞跃。

我本来想把米小阳生米做成熟饭的，但米小阳抵抗得十分坚决，她说："我要是这样做了，我爸妈会把我打死的！他们是老封建。"我以为她是给我开玩笑，但看她样子像是来真的。我最后就没再强求了。我们老家那边就是这样的，人都很传统，都不赞成婚前同居那一套，我很理解。

米小阳很感动，她伏在我的胸前，呜呜地哭着说："我会为你守着的，我要把我最美的时刻留在我们结婚时。"我忙装作很感动的样子低头吻她。实际上我根本就不在乎的，只要有爱情，那真不重要。不过，我也挺感动的，我们俩就像在演一部爱情大片。

但米小阳的老爸不相信我们之间会如此纯净。他觉得我们在那个晚上能干许多事。米小阳越解释他越慌张，他不但慌张，而且还催着我们赶快订婚，越快越好，好像我们不订婚，地球就要爆炸了一样。为此，米小阳总结说："帝国主义都是纸老虎。"

你可以想象，以后我和"托尔斯泰"成了莫逆之交。

那是我当兵后第一次回家探亲。我还要感谢部队让我活得有点儿尊严了。我回到家里，父亲还是从前的父亲，母亲还是从前的母亲，但他们的确有点儿不一样了，这首先从看我的目光里就能看出来，不但不再动不动就瞪我了，有时还分明带着讨好的样子，甚至在我面前说话也有点儿小心翼翼的。我现在不但是他们的儿子了，还是共和国光荣伟大的人民军队中的一员了。

更重要的是，部队还给了我勇气，让我可以翻过米小阳家的院墙，跑到她的房间里去。这要是放在以前，是连想都不敢想的事情。但我现在是名军人，我对自己的道德相当自信，就是被人发现，也不会有什么的，我们这是爱情。

我和米小阳的爱情故事就是这样了，但也不仅仅是这样，这里面还有玄机。我现在很犹豫到底该不该告诉你们真实的情况。因为要在杂志上发表，为了好看一些，我把我的老家放在了农村，实际上我家是县城的，父母是收废品的。这你们都知道。还有一些东西我没说，比如我说和米小阳接吻就像马克思讲的类人猿开始直立行走一样是质的飞跃，说的就是假话，我们在当兵前就接吻过了，早就不是类人猿了。除了这，还有一些没说，你们如此信任我的小说，我就应该把事实真相告诉你们。

事实就是：我和米小阳已经生米做成熟饭了。

那天晚上我打了狂犬疫苗以后，就和米小阳跑到了小镇的一家招待所里，我们相拥着接吻时，我的手很不老实，在她身上到处乱摸。说实话，我们在部队里长年累月很少看到女孩子，对性的渴望，比同龄人更强烈。我那天晚上就想和米小阳生米做成熟饭。我把手伸到她乳罩的扣子上时，米小阳好像还不情愿，使劲儿地甩了甩肩膀。我咬着牙，仍旧把那只手放在了她的后背上。她低着头，颤抖着低低地说："你干什么呀？讨厌！"我不吭声，又把另一只手放在了她的腿上，我的这只手很不争气，颤抖得很厉害，我真想把它砍掉。她好像很不愿意，双手来掰我的这只手，但我这只手锲而不舍地抓住了她的短裙，再也不肯松手了。我咬着牙，对自己说：胡建军，你一定要争气，你要是放开了这只手，那你就是孙子！

我的手既胆怯又不老实，我又激动又迷茫，她和我一样，我们都不好受。她艰难地喘着气，慢慢地就不挣扎了，也不看我，她闭上了眼睛，睫毛微微地颤动着，我都有点儿想哭了……

我们终于生米做成了熟饭。米小阳歪着脑袋靠在我身上，眼睛闪闪发光地看着我说："以后我就是你的人了，你要是不要我了，我肯定和你没完……"我紧紧地抱着她，心情很好地说："米小阳，我怎么会不要你呢，我们就是死了，也要把骨灰埋在一个盒子里……"我这样说，米小阳很高兴，主动地凑过来让我吻她。

事实就是这样，我要她时，她也只是象征性地抵抗一下，更没有说过："我要是这样做了，我爸妈会把我打死的！他们是老封建。"但要说明一点的是，她爸妈是老封建这的确是真的，在米小阳和我私奔六天以后回到家里，他们的确逼着米小阳和我赶快订婚。他们都是老狐狸，预感到我们之间肯定发生了许多事。

他们的预感是正确的。经过这件事，我和米小阳的恋爱就算是被"组织"确认了，是公开和合法的了。从中学到现在，我们经历过那么多事，真的像场梦一样。我们在一起时,根本就没提过宋高丽,我们都在小心翼翼地避开这个名字。她一点儿都不在乎我的过去,她说,那又有什么呢,年轻时谁没犯过错呢?只要你现在爱我,这就够了。

她这么说,我很感动。我爱米小阳,就是她老了,我也同样爱她脸上的皱纹和头上的白发。

我们的爱情故事就这么多了。后来我回到了那个红军团,没过几个月就被整编到特种大队来了。有好长时间没见到米小阳了,我还挺想她的。在紧张的军旅生活中,想想爱情,是件很幸福的事情。

真的,那时我脑袋里只有米小阳。

我们接着开始进行渗透飞行训练。这种飞行器体积很小,像一只大鸟,可以超低空飞行,雷达很难发现,适合特种兵进行空中渗透。当然这家伙的危险系数也很大,空中气流稍有变化,它就会忽上忽下偏离航线,弄不好撞到山上或者一头栽下来就会机毁人亡。我们特种大队最能飞的就是李大队长。据说当初装备这玩意儿时,他还是我们的副大队长,他看到这个长着两个翅膀的大家伙就喜欢上了,特种大队没人会用这玩意儿,他很干脆地对当时的大队长说:"我来干,我第一个上去飞!"

大队长忙说:"你带着大家飞就行了,自己可别上去。"

李大队长笑了:"不让我上去飞那可不行,我要是能飞上去了,就没人不能飞了!"

李大队长开始琢磨起这个大家伙来,我们大队是第一个装备这玩意儿的,没有训练教材,他就反反复复地"啃"说明书。刚开始是在地面上练习,他和战士们一样,一练就是十几个小时,一天下来,整个背酸疼得几乎直不起来了。练了一段时间,准备上天了,他果然和别人一样上了这个飞行器。

李大队长胆子大,这在我们特种大队是公认的,甚至有人说他是"玩命"的。

我在特种大队待的时间长了，还知道了他很多传奇故事。

李大队长当过无人机中队长，他到了现在，有事儿没事儿还总爱去无人机中队转转看看。看着无人机，就像父亲看着自己的孩子一样，目光很温柔。无人机训练就在我们特种大队周围那些地方训练，能飞的地方都飞了，显示屏幕上哪怕只是一块石头，李大队长就能看出无人机是在什么地方飞。他一直觉得不满足，总想真刀真枪地试试这玩意儿到底如何。

机会终于来了，有次在边境线上训练新型无人机时，李大队长突然指着边境线外的W高地央求生产厂家来的技师："往W高地飞飞吧。"W高地是人家的地盘，那可不是闹着玩儿的。

那些技师吓了一跳，连连摇头，觉得这太冒险了，万一被人家发现，打下来了就是一个重大政治事件，说不定会引起国际舆论的关注，第二天就会上《华盛顿邮报》头版头条了。

李大队长忙给他们分析："没事儿，今天是星期天，他们休息，警戒性很低，就是发现了，也来不及做出反应。咱们只是到W高地上空拍一下照片，然后就立即返回。"

生产厂家的技师还是不同意："万一被人家发现了，打下来了怎么办？"

李大队长狡黠地眨了一下眼睛："万一发生了这种事，你们现在还没把无人机交付给我们，你们是民间爱好者在试飞，纯属误会……"

生产厂家还是没答应。在试飞时，李大队长一直紧紧地盯着屏幕，当无人机飞到W高地旁边一个小树林时，他凑到了技师跟前："再向前面飞飞。"生产厂家不知内情，在他的指挥下，继续向前飞着。过了一会儿，看到了一个高地，李大队长一下子激动了："W高地，这是W高地！"

他指挥无人机拍了W高地的照片后，赶忙返航了。

无人机稳稳地落在了地上，李大队长激动地捋起了袖子，像个孩子一样兴奋地吆喝道："加菜，今晚喝酒！"

当天晚上，拍下的照片就被送到了上级情报部门，但人家既没肯定，也没否定，可能知道这事也太玄乎了，不表态也是一种态度，意思是说，你李大队长得悠着点了。

还有一个故事，有一次上级有关部门召开军事主官会议，结束时，首长问了一句："各单位还有什么要求？"

李大队长"霍"地站了起来："能不能组织我们到 J 镇上走一走，看一看？"

J 镇一直是个有争议有地区，也是一个潜在的作战目标，近年来局势缓和了一些，民间可以旅游。

那个首长哭笑不得："李大队长啊李大队长，就你胆子大！"

我们接着开始进行飞行渗透训练，这是个新科目。带领我们进行飞行训练的就是李大队长。我这才知道说他胆子大那还真不是吹的，你不服不行。有时天气不好，空中有雾，或者有风，这都不利于飞行训练。我们训练时用的是地方机场，地方机场也很繁忙，专门抽出时间让我们训练，还要进行空中管制，不让其他飞机从这里飞，时间非常宝贵，如果你要是不飞，那这一天就浪费了，人家不会再专门找时间补给你了。李大队长把我们集合起来，然后说："你们在下面等着，我先飞上去看看能不能飞。"说完就上去发动油门，冲上了天空，像一只大鸟在空中翱翔，慢慢地成了一个小黑点，慢慢地不见了。我们都替他捏把汗，正在踮着脚伸着脖子看着空中时，他却突然从我们身后钻了出来。他下来了还是笑呵呵的："没事，弟兄们，飞到天上去吧！"

李大队长就是这么牛，他手下的弟兄也很牛。我不擅长刻画人物，我只喜欢讲故事。我再讲一个故事，也许你们能从这里看出李大队长是个什么样的人。

我们特种大队上次去搞海训，我们特战一连的驻地本来是和地方政府协调好了，但这个地方被一个老板圈起来搞了个浴场，他说什么也不愿意让部队驻进去，地方政府派人来做工作也不行。双方僵持在那里。

我们潘连来了,他站在那里听了一会儿,我们站在旁边都气呼呼的,他也不生气,走过去很平静地对那个老板说:"行,那我们就不驻进去了,我们就驻在外面,但我们要搞警戒,这个地方谁也不能进来!"弟兄们立刻摆开架势,准备三步一岗五步一哨地把这个地方"警戒"起来。那个老板一下子傻眼了,乖乖地把地方让了出来。

那时我还有点儿担心,觉得我们潘连的方法有点儿简单粗暴,如果放在我原来的那个红军团,估计得先请示团里,然后团里再来领导,继续和人家协调,实在不行,可能要动用地方的县委书记或者县长了。但这肯定要浪费大半天的功夫。潘连这样做,痛快是痛快,但还是有点儿"野路子"的味道,大队领导知道了,说不定还会批评他的。谁知李大队长听说这件事后,不但没批评他,还拍了拍他的肩膀,哈哈地笑了起来:"痛快,就该这么干!"

李大队长带着我们飞了几天以后,各个连队自己组织飞行。刚开始的几天都没事,天气也好,万里无云,一点儿风都没有,站在高处扔片树叶下来,它就会像石子一样垂直地往下落。但到第五天时,我们刚飞上天空不久就起风了,风呼呼地吹着,队形没法保持了。营里处置还是很及时的,立即让我们降落。李大队长胆子是大,但他绝不会蛮干的。

我和那些"锅盖头"都很安全地返回地面了,但我们班长陈卫星却出了点问题。我们紧张地看着他,他那个铁家伙显然失去了控制,在两千米左右的天空中像个醉汉一样歪歪扭扭地乱飞,一会儿飘上去了,一会儿落下来了,有时是向前面跑,有时往后面飞。潘连跟着他跑,他明明知道陈卫星听不到,但他还是把手拢到嘴边,冲着天上大声喊着:"陈卫星,你不要紧张,慢慢飞!"

不管潘连怎么喊,陈卫星的那个铁家伙还是不受控制地飞快地俯冲下来。我们吃惊地站在那里,它上面还有个笨重的发动机,这比降落伞的下降速度更快,简直就像一块巨石一样直直地往下坠。我几乎不能呼吸了,张大嘴巴呆在那里,愣愣地看着天空,巨大的恐惧攫住了我的喉咙,我想象不出他摔到地面上会成什么样子。

　　那真是千钧一发的时刻，没有人能帮你，一切都靠你自己。特种兵平常都是在真枪实弹的环境中训练的，随时都要准备处置各种突发情况，真正的特种兵都具有顽强的意志和快速反应能力。陈卫星就是个牛人，他在离地面五六米高时，突然纵身跳了下来，在地上顺势打了一个滚，那个铁家伙在他身后"砰"的一声重重地摔下来了。我们奔跑过去，关切地看着他，他抡了抡胳膊，踢了踢腿，抬头对潘连笑了笑："没事，我一点儿事都没有。"然后摇了摇头，咂了咂嘴："可惜了，我本来想把它控制住的……"

　　潘连很高兴地冲上去抱住了他，在他肩上拍了一巴掌："你小子没死掉就好了！喝酒，今天晚上喝点酒！"

　　大家欢呼着冲上去和他拥抱着，个个脸上带着兴奋的神情。我也充满敬佩地看着陈卫星，这种敬佩是发自内心的，这事儿要是出在我身上，我也没把握在最后的两三秒钟内能跳出来。老李也是从这件事后开始佩服班长陈卫星的，他以后再也没有和这个一级士官小班长顶过嘴。特种兵是不大讲究军衔的，你要是没有两刷子，你就是老兵，也没人服你；你要是真牛，你就是新兵，连队干部都会高看你一眼，你就是散漫一点儿，领导看你还是很顺眼。

　　部队就是这样。

　　这是不是有点儿神了？但我敢发誓，这是真的。类似的故事还有很多。我们特种大队曾经抽出一部分人和一个省会城市的警方合作，负责一个国际会议的安全工作。在演练高楼破窗解救人质时，我们特战三连的一个排长在腰上系着钢丝，按照计划，他从楼顶上滑下来，要在八楼踹开窗户进到楼房里。但那天不知道怎么回事，他刚滑到八楼的窗口，钢丝突然断了，他仰面从八楼往下坠去。他的身子重重地砸在每个楼层的晾衣架上，翻滚着跌了下去，但跌到第三层楼时，他伸出双手死死地抓住了三楼的窗沿儿，吊在了那里，然后他撑起胳膊，一头撞进三楼的房间里了。这事儿被省城的晚报记者写成通讯发表了,全国好多报纸都转载了。但在那篇报道中,他成了那个城市公安局的一名特警。我不知道这是什么原因,可能是为了保密吧。军队毕竟是用来打仗的,这只是在执行特殊任务。

那天晚上喝酒时,我和老李都有点儿醉意了,我用胳膊碰了碰他,低低地说:"咱们去敬一下陈班长吧。"老李看了一眼坐在我们对面的陈卫星,还有点儿不好意思:"这合适吗?"这段时间里,他和陈卫星虽然没有什么矛盾,但两人之间还是有点儿别扭,除了工作上的事,两人几乎很少说话。我很真诚地说:"这样的机会多好,喝了这酒,以后都是兄弟了。"老李也有点儿心动了,我知道他其实已经不恨他了,只是没有台阶下而已。我们俩斟了满满一大杯酒,走到了陈卫星的跟前,他看见我们,忙慌地站了起来,笑呵呵地看着我们,目光里有许多很温暖的东西,就像我们是多年的铁哥们儿好朋友一样。老李心眼儿比较实,不大会说酒场上的话,这话还得我来说,我就很真心实意地对陈卫星说:"班长,你很厉害,我们真心佩服你,喝了这酒,咱们以后就是真正的兄弟!"陈卫星目光闪闪地看着我们,很兴奋,他一只手端着酒杯,一只手拍了拍我的肩膀:"你们两个也很厉害,比我当年进步快多了,都是一个班的兄弟,什么话也别说了,喝!"然后仰起脖子,把酒一下子就倒在嘴里,接着向我们亮了亮空荡荡的酒杯,又向大家嘿嘿地笑着说:"大难不死,必有后福,弟兄们,跟着我好好混吧!"

我们也笑了。要是放在从前,我们可能会觉得这话说得太粗俗了,但现在我们觉得很顺耳,这才像特种兵。我们现在已经真正喜欢上这个部队了。你想想吧,让喝酒的部队,你不喜欢它都难。

再看潘连时,甚至觉得他脸上的那几颗麻子也很动人了。

是的,我不骗你们,我们特种大队可以在周末和节假日喝酒的,不是那些娘娘腔的红酒或者葡萄酒,而是正儿八经的白酒。我不知道其他的特种兵部队让不让喝酒,但我知道其他野战部队一般是不让喝酒的,怕喝酒多了会闹事，就连啤酒也不让喝。据说，这个头儿是李大队长开的，他说，男人不喝酒像什么男人，喝！有些连长还担心，说这帮家伙个个像狼一样，要是喝醉了耍起了酒疯怎么办？李大队长说，他们喝点酒你就收拾不住他们了？那你就不要当他们连长了！

　　事实上根本就没事儿，弟兄们都是二十来岁的小伙子了，虽然个个血气方刚，但都知道好歹，都知道李大队长让我们喝酒是有着风险的，所以都很争气，从来不会因为喝酒多了而去闹事。我们都有默契，什么时间都可以闹事，但绝不会在喝酒时闹事。因为一闹事，将来肯定没酒喝了。弟兄们头脑清醒得很呢。

　　虽然我们都很庆幸陈卫星平安无事，喝酒时也豪迈得很，但第二天一上训练场，看到那些静静地躺在地上的铁家伙，心里都有点儿发毛了。想想昨天那家伙直直地往下掉，也就是几秒钟的时间，稍微一迟疑，连命都没有了，如果是自己撞到这事，谁也没把握能像陈卫星那样跳下来，就是他，也不敢打保票说他第二次还能这样。大家这样胡思乱想着，都有点儿后怕了，还有点儿不甘心。空中飞行，生死一瞬间。要是打仗还好说，别说刮风，就是下刀子，一声令下，弟兄们说上就上，半点儿含糊都没有，死掉就死掉了，军人就是用来打仗的。但这是和平时期的训练，如果再出个事故，那就太冤枉了，总觉得这是白死了。弟兄们整整齐齐地站在那里，个个把脸绷得紧紧的，都不说话。别人我不知道，反正那次我手心里都是汗。我们这些红军团来的都是新手，虽说上天时，旁边都有一个老兵跟着，但还是很紧张。

　　潘连来了，身后还跟着潘嫂和他的宝贝儿子，他叫他"元旦"，据说是在元旦时生的，平常他就喊他"蛋蛋"。潘嫂长得很漂亮，不是农村人所说的那种漂亮。农村人说哪个女孩子漂亮，你看吧，那个女孩子肯定是个屁股很大腰很粗的女孩子。他们说，屁股大能生男孩，腰粗能干体力活。这样的媳妇在农村是很受欢迎的。你爸我妈也是这么认为的。我当年把米小阳带回家时，我爸我妈对米小阳的家庭背景都很满意，觉得镇长是个很大的官，米小阳是高干子女，我能把她勾引到手，是有本事的表现。但我爸还是有点儿不满意，有天我和米小阳出去玩，刚出小巷，我爸正蹲在巷口和邻居吹牛，别人都一脸羡慕地夸我有本事，把镇长的女儿都勾引到手了。我爸也很高兴，满脸放着红光，但他还是有点儿不满足地说："好是好，就是这个米小阳身子骨太瘦了，将来恐怕还是生女娃子。"我和米小阳正好经过那里，正好听到了，我朝我爸笑笑，米小阳却有点儿不好意思，脸红红地低着头过去了。到了外边，米小阳问我："你爸怎么回事，他怎么说我将来只能生女娃子？"我一脸坏笑地看着她，说："你没听说吗，女孩子屁股大才能生男娃子？"米小阳有点儿不解地问我："是吗？为什么？"她这下子把我问住了，我还真不知道。不过，我们"贫民窟"里曾有个老太太，我都不记得她叫什么了，反正大人小孩背地里都喊她"大屁股"，她有八个儿子，一生没生过一个女儿。我后来也问过我妈，我妈也说不清这到底是咋回事。其实也无所谓，男孩女孩都一样，所谓的香火也没什么意思。我妈嫁给我爸以前，我爷爷就早已经去世了，所以，我不但没见过我爷爷，我甚至到现在都不知道他叫什么名字。我爸可能告诉过我，但我忘了。连自己的孙子都不知道自己的名字了，更不要说生平的伟大事迹了，这样的香火，你说有什么意思呢？我和我爸他们的看法相反，我倒还真喜欢小巧玲珑的女孩子。

潘嫂应该说是个少妇了，但她身材依旧苗条，也是那种小巧玲珑的样子。她长得白白净净的，就像城里的姑娘一样。但我知道她不但是农村的，还是我们潘连从人家手上抢过来的。

我知道这个故事后，对潘连更是高看一眼，男人就是应该这样，敢爱敢恨。

我们就叫潘嫂梅子吧。我们整天喊她潘嫂，她答应得脆脆的，我还真不知道潘嫂叫什么名字。

在没有成为潘嫂以前的梅子，比现在还要漂亮。她是潘连邻居大伯的女儿。两家关系非常好，今天他们家的菜烧得好，就会盛一大碗送过去，对方有好吃的，也弄一大碗过来。潘连和梅子是同一年出生，一起从小长大，一起放牛，一起割草，可以说是两小无猜。他们在一起玩得很好，大人们也没觉得有什么。但她只上到小学五年级就辍学了，而潘连一直在上学。假期回去，他们两家都种了西瓜，两块地挨得很近，常常是他们俩在那里看瓜，又说又笑的，有时玩笑开过火了，你打我一下，我打你一下，也没觉得有什么肉麻的，一切都很自然。

潘连给我们说这事时，挠着头皮说，那时根本没想到什么是爱情，想都没往那方面想，就当她是自己的小妹妹，连正儿八经地摸摸她的手都没有。潘连的表情很奇怪，好像自己很吃亏。弟兄们心照不宣地嘿嘿地笑了。潘连这人没一点儿架子，他和我们玩得很好，他桌子上放着烟，老兵进去了，拿着就可以抽。

潘连上到高二时，因为成绩实在很差，一气之下就不上学了，把课本拿到废品收购站卖掉，然后跑去当兵了。潘连提干那年夏天回去，梅子忽然变得沉默了，也很少到他们家玩儿了。潘连很迟钝，依旧没觉得有什么不对劲儿，看到她来看瓜了，就又找她开玩笑。但这次梅子没有笑，她很认真地说："到元旦时，我就准备出嫁了，你知道不知道？"潘连吃了一惊，这才发现梅子长大了，她已经是个成熟的少女了。潘连心里忽然觉得有点闷闷不乐，问她，什么时候订的婚？她低低地说，是六月份。她说出一个人名，潘连也认识那个男娃子，是邻村的，但对他印象很不好，听说他经常打麻将赌钱。潘连愣愣地问她："你干吗要嫁给他？"她喃喃地说："我家里穷，我妈看中了他家的彩礼钱，已经要了人家五千块。"五千块的确是个不小的数目，潘连那时工资只有五百多块钱，他还从来没见过这么多钱。

潘连对我们说，那时我一听，心里就很难受，我和梅子一起长大，她要嫁给这样一个人，我不愿意。这个故事我们听潘连说过很多次了，虽然知道梅子后来嫁给了潘连，但每次听到这里时，我们都有一种很紧张的感觉，让他赶紧接着往下说。

潘连和梅子都沉默了，天地间很静，连风都好像静止了。过了好长时间，梅子忽然抬起头，直直地看着他，一副豁出去的样子："你知道不知道，我一直喜欢的是你！"潘连抬头紧张地看着梅子，忽然有种想哭的感觉：是的，我也深深地爱着她！他抓着了她的手，开口就来了一句："那你就嫁给我吧，我一定会娶你！"梅子没有动，让他抓着自己的手，但她却摇了摇头："我想过很多次了，这是不可能的，你现在是个军官，你们家里是不会让你娶个农村女娃子的。"潘连很执着地说："我不管，我只知道我也爱你，只要我们相爱，别人是管不住的！"梅子还是摇头，她皱着眉头，眼睛里充满了痛苦："你是个军官，我只是小学毕业，我们之间悬殊太大了，太大了。"她说着几乎要哭了，这让潘连更心疼了，他"呼"地把她拉了过来，紧紧地抱在了怀中，安慰她说："不会的，爱情是顾不得那么多的，只要有爱，什么问题都可以解决。"

潘连回到家里，和母亲说了以后，果然遇到了前所未有的阻力。家里觉得他好不容易成了军官，脱离了农村，再也不是个农民了，应该娶个城里的姑娘了。潘连闷着头听他们在那里啰里啰唆，一声不吭。他们说得口干舌燥，充满期待地看着潘连。潘连"呼"地站了起来，扔下一句话："这是我和梅子的事，我只是给你们说一下，你们不用管那么多。"然后他就跑到了梅子家，梅子的父母正在院里铡草，潘连站在他们面前，声音很大地说："你们把梅子的亲事退掉吧，我要娶梅子了。那五千块钱，将来我和梅子一起还你们。"

潘连把事情想得很简单，自己的女儿可以嫁给一个军官，是许多农民兄弟想都不敢想的事情。梅子的父母应该为梅子感到高兴，但让他想不到的是，她的父母根本就不相信，他们斜着眼睛看了看潘连，撇了撇嘴："算了吧，你是个军官，还会娶个农村的妮子吗？我家梅子没这个福气，求求你了，离我家梅子远些吧，别人都在说你们的闲话了，你不能害了俺家梅子。"

潘连怎么发誓赌咒都不行，人家就是不相信，还说，潘连就是娶了梅子，将来也会成为一个陈世美，害了梅子。

但潘连还是和梅子不顾一切地相爱了。梅子那些天兴奋得脸蛋红扑扑的，也开始注意穿着打扮了，从前是四五天洗一次头，现在变成一天洗一次头了，梅子更漂亮了。别人在背后对她指指点点，她也不在乎，昂着头在村里走来走去，一副很幸福的样子。那时，潘连和梅子都相信，只要他俩真心相爱，没有办不到的事情。

为了这事，潘连甚至还跟那个和梅子订婚的家伙打了一架。他是在路上截住潘连的。那时他和梅子的事已经闹得沸沸扬扬了，周围十几里的乡村都知道了，都说潘连成了军官，却要回头娶个农村的姑娘，长得也不怎么样，真是个傻瓜。但潘连对这些说法都嗤之以鼻：这是爱情，爱情！你们懂吗？那个家伙气势汹汹地让我们潘连离梅子远些。潘连当然不干了，他觉得为爱情而战是光荣的，所以就很英雄地和他打了一架，结果当然可想而知，那个家伙以后见了潘连就赶紧远远地躲开了。那门亲事当然也就黄了。他们觉得梅子自由恋爱不正经，这样的女娃子贴钱给他们，他们也不要。梅子和潘连的父母都没办法了，只好随他们两个折腾去了。

潘连探亲假完了回到部队，梅子和梅子的爹妈都不放心，怕潘连变心，潘连只得再次回去，把婚结了，然后把梅子接过来，在部队外面租了一间房子。梅子没文化，也找不来什么工作，但她会织毛衣，我见过她给潘连织的毛衣，上面还绣着一对鸳鸯。潘连经常一到训练场就把外面衣服脱了，露出里面的毛衣，别人问他，他就很自豪地说："这是我媳妇给我织的！"梅子后来就靠给别人加工毛衣过日子。听说一个月也能赚个两三百元。

我们都很喜欢潘嫂，我们连里兄弟用的鞋垫百分之九十都是潘嫂给我们纳的。这很不简单，现在农村的女孩子一辍学就出去打工去了，没有几个人会纳鞋垫了。那些鞋垫是用旧衣服的布片纳成的，上面也有用线绣的各种各样很漂亮的图案。

我们一齐看着潘连一家，不知道潘连怎么把老婆孩子都带到训练场上来了。潘连一直很注意这种事的，老婆住在部队附近，但他从来不拿连队的菜或大米，也不让炊事班去送。李大队长很喜欢潘连，有次还特意让公务员给潘嫂提去了一瓶色拉油，但潘连回去就把它提到连队来了。潘连说，部队里的一根线我都不会往家里拿，我这样说话腰杆儿就硬，我要是占了部队的便宜，你们戳我脊梁骨，我在你们面前就站不直了，然后就有些威胁的意思了："小子们，你们注意了，你们抓不到我一点把柄，你要是敢操蛋，我想怎么收拾你就怎么收拾你，没他娘的什么顾忌！"

潘连就是这么狂，你不服不行。

潘连甚至根本就不让潘嫂到部队营区来，更不用说是到训练场上来了。现在他不但把潘嫂带来了，还把儿子也拉上了，我们不知道潘连这是要干什么。潘连带着一家人在我们面前站住了，他笑眯眯地看着我们，语气里有点儿嘲讽："陈卫星昨天差点报销，你们今天是不是不敢上去了？"

那么漂亮的潘嫂就站在我们旁边，水汪汪的大眼睛不时看看我们，我们当然不会承认我们心里有点儿发毛，都扯着喉咙，很男人地大声回答："不怕！"

潘连笑着摇了摇头："不老实，你们这帮小子不老实，这没什么丢人的，正常反应。你要是心里一点儿都不怕，我还怕你精神不正常呢！"

我们都嘻嘻哈哈地笑了，气氛有点儿轻松了。潘连挥了一下手，说："你们先站在这里，我先给你们飞一趟！"

潘连招了一下手，潘嫂拉着"蛋蛋"，微笑着走了过来。潘连扯着她的手，先把她扶了上去，然后又把"蛋蛋"也抱了上去。我们吓了一跳，他这是要带着他们上天了！

我们目瞪口呆地站在那里，我甚至觉得潘连像个疯子，这可不是坐波音飞机出去旅游，而是在驯服一个脾气怪异的铁家伙，风险太大了！

兄弟们静静地站在那里，我们都习惯了听潘连号令，没有他的命令，我们都不敢上去阻拦。潘连坐上去，发动机响起来了，我们的心也随着响声颤抖着，老天保佑，千万不要出事！

他们一家人飞上了天空，我们全体立正，向潘连一家三口行注目礼，心里默默祈祷着他们能平安归来。

潘连带着老婆和儿子在天空中越来越小，越飞越远，慢慢地成了一个小黑点，就在快要看不见他们时，他们又折回来了，稳稳地降落了。他把潘嫂和"蛋蛋"抱下来，把他们带到了一边，然后转身走到我们跟前，笑嘻嘻地对我们说："飞吧，没什么可怕的，你们潘嫂刚才还给我说，就像空中漫步一样，还想上去飞。你们是年轻小伙子，更不用怕了。你越飞，技术就越精，技术越精，你就越想飞。小伙子们，飞吧！"

潘嫂自始至终没有说话，一直微笑看着我们。

弟兄们目光闪闪地看着潘连，这没什么可说的了。弟兄们呼呼啦啦地上去了，踩着油门，拉动启动杆，冲上了天空。我们呼啸着飞上天空时，那种不安和紧张已经荡然无存了。在空中朝下看，感觉绝对不一样，地上的房子像火柴盒一样，河流像一条白色的绳子，洁白的云彩在身下移动，风儿在耳边呢喃，那种感觉，就像是神仙一样。我相信，就是再遇到昨天那样的情况，我们依旧能够在最后一刻逃离险境！这不是吹牛的，只要心里有数，一般情况是难不倒我们的，怕就怕乱了分寸。

但潘连为这事还是挨批了。李大队长知道后，据说很恼火，把潘连叫去狗血喷头地骂了一顿。李大队长是真生气了，他甚至还说出了这样的狠话，你死了没什么，把你老婆和儿子也拉上，你是不是发疯了？批了也就批了，我们能看得出来，李大队长还是很喜欢潘连的。很久以后，李大队长又提起这事，笑着骂了一句："妈的，也只有潘大头能干得出来！"我们潘连脑袋很大，李大队长就喜欢叫他潘大头。

半个月后，我们特种大队组织了在大海上的飞行。李大队长亲自带队，又是飞到了最前面。在大海上飞行，对弟兄们的心理素质和意志力绝对是场考验。在陆地上飞，你往下一看，树木、河流、公路这样的参照物很多，飞到一定程度，那种"天高任鸟飞"的感觉就出来了。但在茫茫无边的大海上飞，头顶是蓝色的天空，下面是蓝色的大海，波浪翻滚，就像一片树叶一样，孤零零的，没有方向，没有参照物，全靠 GPS 引导，有时就会产生错觉，觉得翼伞就像挂在天空中静止了一样，在天地之间，自己像只可怜的蚂蚁一样渺小。那种压迫的感觉我甚至都无法用语言来描述了。你们也许不信，那时我们心里真的一点儿都不慌，前面有李大队长，后面有潘连，我们都是生死与共的兄弟，无论是在天上还是海中，无论是在深山还是森林，我们永远都会在一起。

我们永远都是绝对高于对手的"锅盖头"！

"狼人"

我和陈卫星参加了"狼人"集训队，这是我们特种大队举办的，参加的都是从全军区选拔出来的战斗骨干，它主要是培养特战精英的。连里只有两个名额，弟兄们都争着要去，据说，集训结束，是要发"狼人"勋章的！但潘连还是让陈卫星带着我去。那天，他特地把我叫到他宿舍，问我："你不知道不知道我为什么让你去？"

我愣愣地看着他，说实话，我真不知道潘连为什么会让我去。其他连队都是经过考核选拔，让最厉害的人去，就我们连是潘连指定让我和陈卫星去。我从前是步兵，虽然当了几个月特种兵，有了点进步，但许多科目还没有接触过，甚至还不如文书赵志刚。按说，去集训队还肩负着为连队争光的意思。这样的事情怎么也轮不到我。我老老实实地摇了摇头。

我不知道潘连葫芦里卖的是什么药。在我印象中，潘连好像并不是很喜欢我们这些红军团来的人，虽然这段时间没怎么熊我们，但也没有把我们当作自己人。他看了看我，脸上一点儿笑容也没有，带点审视的样子说:"你是你们这批红军团来的人中,进步最快的一个。你有韧劲儿,肯吃苦,理解能力强,再稍微努力一点儿,你会成为一名很优秀的特种兵的。我想把这个机会给你,好好锻炼你一下……"

我心里一热,看着潘连激动得不知道说什么好了。他并没有看不起我们,他一直在默默地关注着我们,我们根本就不应该恨他!潘连的嘴唇翕动着,他还在说着什么,但我什么也听不见了,我被巨大的感动和喜悦所笼罩,心里突然空荡荡的,就想哭。我强忍着,装作很平静但很真诚地对潘连说:"连长,你放心吧,我一定会在集训队好好干的!"

潘连可能看出我已饱含泪水了,他站了起来,嘿嘿地笑了:"你也别激动,这次集训名额太少,如果多的话,我会让你们这些红军团来的小子们都去!"

我刚要告辞,潘连又叫住了我:"那个集训队的队长是个牛人,我们是同学,他就是魔鬼,有你受的。你要做好准备,有什么事多请教陈班长,他会帮你的。"

我忙立正站好,"啪"地给潘连敬了个礼:"连长,你放心!"

但我一到集训队就出了洋相。这里许多训练科目我都是第一次接触,比如散打训练。对那些侦察连出身的战士来说,这是他们的一个常规训练科目,他们天天训练,一到对抗训练的时候,会毫不犹豫地用尽全身力气扑向对手。如果自己挨上一拳,他一定会还你两三拳才觉得够本儿。没有人给你客气的。训练几天后,我们进行对抗时,我上来一下子就被他们打得晕过去了。这不怪他们,如果我也经过严格的散打训练,那天我就是不用全身力气攻击对方,也能用拳头或胳膊护住自己的脑袋,至少不会输得那么惨。事实上后来我再也没有输过。当然我也没有把别人打晕过。说实话,你想把别人打晕还真不容易,往往拳头刚出去,人家就反击了。也只有我这样的菜鸟,才会让人家那么轻而易举地击倒了,甚至连手都没来得及还。

但我至今一点儿都不后悔,我至今仍深深地感谢潘连,这是我的特种兵生涯最值得回味的一段时光。

我们特种大队的"狼人"集训队这几年名声很响，这是特种兵的最高荣誉了，集训半年后，能坚持下来的，都是特战精英。虽然大家都知道参加集训队很苦很累，甚至还有生命危险，比如水上跳伞，那是在玩命，万一落到水里被降落伞裹住，那就有窒息的可能。我们特种大队有十多个名额，报名的人却有两三百人，大多数却被刷掉了。如果不是潘连，而是让我像那些特种兵一样正儿八经地考核，我肯定没戏。

我一直要好好干。

我也很清楚，从士兵到大队长对我们红军团来的兄弟都有点儿偏见，没有人能帮助我，我要赢得别人的尊重，必须自己努力。是的，很多训练我都不懂，但这反而更好，我可以借着这个机会从头开始，像一个战士那样摸爬滚打，把自己当作一个新兵来操练。其实我很喜欢这种生活，这很刺激，像个军人干的事情，这比在西藏的高山哨所站岗有意思多了。当然，那里的兄弟们我也很佩服。只要是当兵的，不管在哪里，我都很佩服。我现在已经不是一名军人了，但我穿着便装走在大街上，只要看到一个当兵的，我还是会情不自禁地用目光追着人家看上一会儿，觉得他们像我的亲人。

我真正热爱我们这支伟大的军队。

我不瞒你们，那时我还有个小小的野心：我要让全大队的人都注意到我，让他们知道，我们这些红军团来的人并非都是孬种，他们同样是勇敢无比的军人！

但一开始我就出了洋相，一下子就被别人打晕过去了。

站在我对面的是第三战斗小组的组长李金胜，一个第四年的士官，特战二连的。我把牙齿咬紧，紧紧地绷着嘴唇，把全身的力气集中在拳头上，手背上露出了青筋，像蚯蚓一样蜿蜒到了胳膊上，关节突出，大拇指紧扣着中指，指甲盖变成白色的还是红色的？我不知道，我只觉得整个拳头硬邦邦的，肌肉跳动，我甚至听到了拳头划过空气发出的嗖嗖声，但我突然犹豫了：我应该用尽全身力气吗？虽然我对李金胜并不熟，但我们毕竟是穿着一样军装的兄弟，我这一拳出去把他打倒了怎么办？他要是受伤了怎么办？

可能连一秒钟的时间都不到，我稍微犹豫了那么一下，李金胜的拳头已经重重地击在了我的脑袋上，像一根巨大的木棒猛砸过来，又像无数根尖利的缝衣针扎了进来，我的脑袋嗡地响了一下，眼前发黑，鼻涕眼泪一齐都出来了，它们滑过我的脸颊，我甚至产生了一种幻觉，觉得那不是鼻涕眼泪，而是鲜血。现在有点儿记不清了，可能那会儿连小便都出来了一点儿，我无法控制自己，我想完了，整个脑袋被他打得四分五裂了。我的拳头松开了，身子踉跄着向一边歪去，我想用手捂住脑袋，它在空中抖动着，像是要抓着什么，但什么也没抓到，我像一个喝得不省人事的醉汉一样重重地摔在了地上。地上的尘土一下子飞了起来，我张大嘴巴呼呼地喘着气，那些尘土沾在我的嘴唇上、我的舌头上，钻进了我的喉咙里，我几乎不能呼吸了。我惊恐地用手抓着喉咙，发出了很难听的唔唔声。头顶上的天空在飞快地旋转着，我看见李金胜呆呆地站在那里，他的拳头仍旧紧紧地握着，机械地在胸前不停地互相撞着，茫然地看着我。四周的兄弟们惊叫着，飞快地跑了过来。我看见我班长、第五战斗小组组长陈卫星弯下腰，他的一条腿跪在尘土里，把我的头放在膝盖上，飞快地把我头上的护具拿掉，大声地问我："怎么样，怎么样？"我茫然地看着他，我想告诉他，我没事儿，但那些尘土堵住了我的喉咙，我的嘴巴一张一张的，却只能发出一些含糊不清的唔唔声。脖子像被人拧断了一样，它已经没有力气撑起我的脑袋了，我的头耷拉在陈卫星的腿上，一晃一晃的，一会儿看到的是蓝天，一会儿看到的是干燥的大地，接着就看到了集训队田队长的皮鞋了。他紧皱了眉头，脸上充满了痛苦，他瞪着我，很不高兴地问陈卫星："这是几号？"

陈卫星说："48号，咱们特种大队的。"

田队长的眉头皱得更紧了："是军官还是战士？"

陈卫星说:"是士官,是从那个红军团来的。"

田队长脸上的表情更痛苦了,甚至还有点儿不屑,他眯着眼睛盯着我,低低地咕哝了一句:"又是那个步兵团的?这些兵的素质怎么都这么差?"

他的声音飘忽不定,在我的头顶缭绕,模糊不清,但我知道他这是在说我。我觉得有点儿委屈,我是个军人,我不怕死,我也不一定打不过那个战士,我出拳比他更快,但我犹豫了一下。虽然在散打训练前,田队长说,站在你们对面的就是你们的敌人,就是你未来战场上的对手,不是他死,就是你死,你要把你所有的力气都用上,一定要先把对方打倒,这样你才有活下来的机会。我知道他说得有道理,我们就应该这么训练。但我却怎么也不可能把这个和我穿着同样军装的兄弟当作敌人,我和他无冤无仇,我也不恨他,我怎么能把我所有的力气都用上呢?这是模拟训练,毕竟和真实的战场是有区别的。我下不了那个手。但我的喉结蠕动着,却说不出一句话来。现在想想,其实和尘土无关,那一拳实在是太重了,它几乎不能让我呼吸了。但我那时不肯承认这一点,我只觉得是那些尘土堵住了我的喉咙。我带着乞求的目光可怜巴巴地看着田队长,我在心里呼喊着,别这样说我,别说样说我,我是那个步兵团来的,但也是一名真正的军人,我能把他打倒的,他要真是我的敌人,现在躺在这里的不是我,而是他!但我什么也说不出来,只有两行眼泪涌出了眼眶,顺着脸颊流进了嘴里。田队长痛苦地摇了摇头,淡淡地说:"把他送到卫生队吧。"然后转身走了,甚至都不愿意再看我一眼。

我知道田队长对我很失望,会因此看不起我的。脑袋上的疼痛像蚂蚁一样在全身游走,它们窜到胃里,胃在不停地抽搐着,里面有东西在翻腾着。我感到一阵恶心,我想歪过脑袋,把那些肮脏的东西吐到一边。我使劲儿地挣扎着,但一点儿用都没有,这只会让我更像一个垂死挣扎的人在无力地晃着脑袋,身体在不停地颤抖。陈卫星还不知道是怎么回事,他拍打着我的脸,忘了集训队的规矩,没有喊我48号,而是焦急地直接喊着我的名字:"胡建军,你怎么样,你怎么样?"我还没来得及回答就"哇"地呕吐起来,那些令人恶心的饭菜顺着我的嘴角流在了陈卫星的裤子上。他抬起头吼了起来:"都他妈的愣着干什么,快把他抬到卫生队!"

那些战士抬着我,飞快地向卫生队跑去,我只听到了他们呼呼的喘气声,脚步踩在尘土中吧嗒吧嗒的声音,我还听到李金胜在我耳边叫我名字的声音,他的声音像雨里的风声一样,含糊不清充满泪水的味道,慢慢地我就什么也听不到了……

他们后来告诉我,我十二个小时以后才醒过来。

我休息了两天。虽然头还很疼,但在这两天里,我并没有躺在卫生队里,仍然坚持跟着大家一起到训练场上去。这样我就不算是请假或旷课了——在这个集训队里,如果因病或其他情况不能参加训练七十二小时,就退回原部队。

我站在训练场边,看着那些背着六七十斤重的背囊进行蛙跳的"狼人"兄弟们,眼睛有点儿湿润了,他们要绕着这个训练场蛙跳两圈,也就是1000米。在原来那个红军团的"军事训练模范连"里,我们每天也就是徒手蛙跳500米而已。在参加"狼人"集训队最初的几天里,每次蛙跳结束,弟兄们没有一个人能站起来,腰和腿疼得就像是断了一样,只能慢慢地趴在地上,颤抖着手把背囊解下扔到一边,慢慢地反复地活动着腿,五六分钟后才能站起来,有的甚至要十多分钟。整个迷彩服全部被汗水浸透了,站起来时,身上沾满了尘土,就像从泥坑里刚刚爬出来。但我们现在都可以在蛙跳结束后立即站起来了。

这其实只是一个很简单的体能训练科目而已。在"狼人"集训队里做俯卧撑是在坚硬的水泥地上用拳头做的,并且还要做五百个。第一次做时,我们每个人的手指关节全被磨破了,鲜血淋漓,拳头撑过的地方,是一片汗渍和血迹。第二天换到了泥土地上继续做,等到关节结疤了,再到水泥地上做,再被磨破,周而复始,关节上都有了厚厚的茧子了,再到水泥地上用拳头支着做俯卧撑时，根本就不知道疼了。你可以想象，用这样的拳头打在我的脑袋上，虽然戴着护具，但也够受的了。

和这些训练相比，我挨这一拳头又算什么呢？

休息了两天，但我的脑袋还有点儿疼。这真的没什么，我相信我能在"狼人"集训队里坚持下去。尽管我知道田队长并不喜欢我，事实上他对我们所有的队员都不喜欢，看着我们的目光里总是透着一种杀气，还有一种蔑视。这种眼神让人不大舒服，但我并不是很讨厌，它可以在我面前竖立起一个假想敌，更能激发我的斗志。田队长就是我的假想敌，在这半年时间里，我一定要改变他的看法，让他看看，我们这些红军团来的步兵和那些特种兵一样能干。我得承认，我那时根本没有想过要打败他，就是我已经离开特种大队几个月了，我也没有这个想法。这个家伙太牛了，虽然我至今还不能完全原谅他后来莫名其妙地给我的那一拳，但我很佩服他，他是一名真正的特种兵！

第三天我就照常参加训练了。按照你们的想法，田队长应该表扬我一番，事实上你们错了，他不但没有表扬我，还夹枪带棒地把我臭了一顿。吃过早饭我们站好队准备出去训练时，他看到我跑出来站在了队列中，走了过来，站在我面前，直直地看着我，面无表情地问我："你行不行？"我忙声音洪亮地回答说："没事，我头一点儿都不疼了！"实际上我说的是豪言壮语，脑袋还是有点儿疼。他丝毫没有赞许我的意思，相反冷冷地说："如果你不行就不要充英雄，实在受不了，你可以打报告回去，我们不会说你受不了，就说你生病了。"

我感到有点儿委屈，咬着嘴唇，说："我能坚持到最后！"

他面无表情地朝我点了点头，不置可否地嗯了一声。

我对田队长的感情很复杂，谈不上喜欢他，但也不是很讨厌他。他是一个上尉军官，负责我们整个集训队的军事训练，本来是特战四连连长。我很清楚地记得，到"狼人"集训队报到那天，他就站在大门口，认真地盯着我们每一个人看，目光像刀子一样，仿佛在打量你到底够不够格,看得你头皮发麻,不敢迎视他的目光。在开训动员时,他站在我们面前,手背在后面,双脚跨立着,脸上出现了一种杀气:"你们到了这里,就要被训练成像狼一样凶猛的战士!单兵你是一只狼,一只不屈不挠永不退却的狼!集结起来就是一群狼,毁灭一切敌人的狼群!"

全场静穆,就连风吹过的声音也没有了。那时我一下子就喜欢上这个家伙了。我觉得军人就应该是这样,这种铿锵的语言像一把把刀子,锋利、直接,带着一种原始的血性,一种属于男人才有的豪迈和悲壮,我听得热血在全身奔腾,手都不自觉地握成了拳头,有一种想对着坚硬的墙壁猛砸的念头。我相信其他队员肯定也是这样,他们个个紧抿着嘴唇,脸色凝重,眼睛眨都不眨地听着这个上尉队长的每一句话、每一个字。

田队长的脸绷得更紧了,声音猛地提高了:"从现在开始,你们就是一名正式的'狼人'队员了,任何人不能讲条件,只要你72小时不能参加训练,无论任何原因,一律淘汰。你如果受不了,要求自动退出,集训队决不追究!你们要记住,你走一个人,不是我们做得不合格,而是你自己不合格,你根本就没资格成为一名'狼人'集训队员!"

我抬起头,看见堆满圆木、布满石子和铁丝网的训练场上,十多面军旗在风中猎猎作响。除了中间那面绣着一个露着锋利牙齿的狼头的集训队的军旗外,其他的都是我们每个队员自己部队的军旗,它时刻在提醒你,你已经不是你自己了,你身后是你所在的那个部队,你身上肩负着上成千上万名兄弟的荣誉,你就是他们。如果有一个人退出了集训队,军旗就降下一半,如果这个部队的参训队员全部被淘汰,军旗就降下了。最后留下的将是特种兵精英。特种大队来的其他人根本没问题,如果有问题,最有可能的就是我这个前步兵。说实话,那时我的压力很大,但决心也很大:我决不能输!

我目光炯炯地看着田队长,很渴望他能看我一眼,这样他就会看到我脸上也有同样的杀气和坚毅的神情,我会为我们原来的红军团、现在的特战一连争光的,哪怕只剩下最后一个人,那肯定也是我!潘连把我送来，我就不能让他丢脸！但他没有看我们任何一个人，他的目光掠过我们的头顶，一字一顿地给我们提了要求："这里的训练你们应该有所耳闻了，其实也很简单，就是一个'四不一没有'：不近人情，不讲感情，不谈条件，不降标准，没有尊严！"

　　第一天的训练就让我们见识了什么叫"四不一没有"。那天吃过早饭，田队长带着我们蛙跳到营区外面的一个稻田里，稻子收割很久了，剩下的茬子已经被水泡成黑色的了。田队长让我们一直走到稻田前才停下来，然后让我们解下背囊放在一起。我们静静地站在稻田边，不知道田队长要干什么。他走到我们的左边，突然下了一个口令："起步走！"我是站在第三排，愣了一下，向前再走一步就是稻田了，我们难道真要下去吗？没什么含糊的，第一排的兄弟扑通扑通地跳下去了，第二排第三排第四排的兄弟也跳下去了，然后散开站在了到处是污水的稻田里。我还有点儿发愣，不知道田队长要干什么。他的声音突然像炸雷一样响了起来："仰卧起坐准备！"天啊，我们要在这个稻田地里做仰卧起坐？军人毕竟是军人，没有人犹豫，一个个躺在稻田地里，跟着口令做了起来。我们抱着脑袋一起一伏，那些泥浆乱飞，溅到脸上淹着了耳朵，我们只能闭着眼睛，不然眼睛也会被泥浆糊着的。要命的是，田队长喊完一二一，还要让我们呼喊口号："忠于祖国，超越自我，挑战极限，'狼人'必胜！"这是我们集训队的口号，集合站队吃饭前都是要喊的。这样嘴巴一张，泥浆又灌在了嘴里，带着一股腥臭味，你想呕吐，但还必须得忍住。接着翻过身子开始做俯卧撑，那更倒霉，每次脑袋下去都得扎进泥浆里。谢天谢地，田队长可能也是良心发现，这时就不让我们喊口令了。这很累人，同样的科目，体能消耗绝对要比平常大两三倍。我们摇摇晃晃地站起来时，每个人都成泥人了，除了两只眼睛还在炯炯发光，看不出一点儿人样了。管你军官还是士兵，大家都是一个熊样，这时还有什么尊严可谈？你要是不卖力，就会被单独拎出来操练，那就更没尊严可谈了。

这都很正常，就连我们训练场上的铁丝网下面，还要故意弄些水进去，把它变成泥浆，这还不算，里面还掺了许多石子和碎玻璃，爬上几个来回，手上胳膊上被划开一个个口子也是很正常的。你要是贴上一个创可贴，弟兄们都会笑话你的。

我试着让自己适应这样的强度，适应这种"惨无人道"的训练。我渴望自己成为一名真正的特种兵。实际上我对"四不一没有"这样的提法并不反感。军队就是这样，它不可能温文尔雅，战争本身就是残酷的，你要保存自己，就得杀死对方，不管他是一个可敬的父亲还是一个温柔的丈夫。我得承认，参军三年来，我改变了许多。部队就是这样，它要求把你的个性统一在共性里面，哪怕你像一头不安分的驴子，它也能把你收拾得服服帖帖。它有一整套东西在改变着你，就连叠被子、打扫卫生这样琐碎的事情，也在塑造着你。这就是磨炼。不一定非要到西藏那样大雪封山的高山哨所才行，任何一个部队都可以把你磨炼成一个真正的军人。所以，我当兵以后，无论遇到哪个地方的军人，我都对他们充满了尊敬，他们都是我的兄弟。

集训队作为一个特殊的单位，只不过把一些原本存在的东西更加强化了。

我们一到集训队，无论军官或是士兵，一律把军衔取下，在头盔后面贴上编号，训练时不叫名字，只叫编号。你想想吧，整天与世隔绝，不能打电话，不能写信，搞的是魔鬼式训练，没有军官和士兵之分，都是队员，在泥浆中做仰卧起坐、匍匐前进，在污水中潜水，整天一身泥一身土的，哪里有什么尊严啊？我很理解，许多老美的战争大片中的训练也都是这样，他们甚至用语言和行动来刻意地打击你的自尊，这样你才能真正地做到像狗一样去训练，然后才能像狼一样去战斗。

如果你看过《全金属外壳》这个电影，你就会知道，我们社会主义人民军队的训练其实文明多了。

我至今都很佩服田队长。他是特种大队土生土长出来的，从战士提干，然后到 W 国的特种兵学校留学一年。那个学校在世界上名声都很响，训练严酷，进去之前，都要签订生死状的。训练结束，在考核中他取得了第一名的好成绩。在后来的"爱尔纳·突击"国际侦察兵竞赛中，田队长的表现也不错。

田队长长得并不像我想象中的特种兵，他个子不高，甚至比我们许多队员还矮，还有点儿瘦，但很精干，身上没有一点儿赘肉。他的相貌很简单，但你一看就会知道，这家伙绝对有两下子，不是一个好惹的主儿。这是一种内在的东西，它用不着显露出来，就可以让你感觉到，你和他面对面，你就会不由自主地把目光移开，不敢和他对视。他身上绝对有股杀气。他很符合我对特种兵的想象。

但我很快就发现，我这只是一厢情愿的想法，他对我们很凶。

在集训队的第五天，我们进行"审讯战俘"科目训练时，42 号就出了个洋相，他是一个省军区侦察连的副连长。这本来是个很好玩的科目。我们这些队员扮演战俘，被蒙上眼睛，扔到卡车上，转了半个小时，在某一个地点下来，先是用胡椒粉折腾你，问你的编号是多少。你当然不能说，这考验的是你的心理承受能力。但折腾你的手段是真的，胡椒粉真的是往你脸上喷的，鼻子、喉咙刺痛，就像是无数的蚂蚁在爬，鼻涕眼泪都出来了。但弟兄们都忍住了。第二关是电击。那些教员高声地吆喝着盘问着，一边把两根电线互相撞击着，闪着火花发出刺耳的嗞嗞声，旁边还有教员模拟被电击后的惨叫声，那对心理绝对是个折磨。你被蒙住眼睛，你看不到这一切，你只会觉得真的有人被电击了。我也有些害怕，但我咬紧牙关，大不了豁出去了，就是死了我也不说！但那个副连长就受不了了，把自己的编号说出来了。他在这一关算是被淘汰了，这个科目没有成绩了。田队长当场就在他屁股上踹了一脚："你他妈的是个怕死鬼，还是军官呢！"

但这还没算完，这一个科目就淘汰了两个军官队员，而战士队员却都挺住了，这洋相的确出大了。

卡车又在山沟里转了半个小时，那些教员把我们拉下来吊在树上，下面是水缸，你要是不说，就猛地把绳子松开，一下子浸在水里，停上几分钟，无法呼吸，几乎要窒息了，这才把你拉出来，你要是还不说，继续浸，反复地浸上十多次才算过关。第四关是停在一个稻田边，把你扔在稻田的污水里，你还得不停地挣扎扭动，说明你还活着。那天天气很热，弟兄们被太阳烤着，在稻田里躺了一个来小时，居然还没动静，有些兄弟就昏昏沉沉地睡着了。教员们毫不客气，呼地一盆水就浇在头上了。弟兄们全部都经受着考验了，没有人当软蛋。但非常不幸，那块稻田里有蚂蟥，有个军官队员的腿上被叮了，由于这东西在吸血时会分泌一种抗凝剂，军医过来处理掉蚂蟥后，鲜血仍旧流个不停，根本无法止住。那个军官用手紧紧地按着伤口，呜呜地哭了："我受不了了，我再也受不了，这不是人待的地方，你们根本不把我们当人看……"

田队长痛苦地皱着眉头，绕着他转了两圈儿，说："这有什么？不就是流了一点儿血嘛，你按一会儿就好了，你怕什么？怎么像个小娘们一样哭哭啼啼的？"

那个军官不敢哭了，他可怜巴巴地看着田队长："那我就退出去吧，我受不了了，我要回去……"

田队长愣了一下，眯着眼睛看了他足足有一分钟，狠狠地说："你像不像个男人？你还是个军官呢，怎么连这点苦都受不了？你还是不是一个特种兵？"

那个军官低低地说："我没想到这里原来这么苦，我真的受不了……"

田队长很干脆地挥了挥手，说："好了好了，我也不想听你再说了。你想回去就回去吧。我们早就说过，如果受不了，随时都可以退出。能坚持到最后的，才是我们真正的'狼人'队员，这里没一个孬种！我们也不要孬种！"

那个军官队员一下子从地上爬了起来，充满感激地看着田队长，啪地给他敬了个礼，很真诚地说："对不起了田队长，我不是一个合格的'狼人'队员,但我会做一个好侦察兵的!"

田队长理都没理他,转身就走到一边了。等他走远了,田队长扭过头看着我们,朝着他的背影撇了撇嘴:"他还有脸说自己是个侦察兵?没出息!还是个军官呢,我都替他老兄脸红!"

我吓了一跳,人家是军官,田队长就这样说人家,如果这事摊在我们这些战士队员身上,我想象不出他会怎样修理我们。我更加刻苦,小心谨慎地尽量不出任何差错。我不要求别人的尊重,我只要干好我自己应该干的就行。我就是这么想的。但我没想到,散打训练时出了那么大娄子,肯定会给田队长留下了很不好的印象。我必须更加努力,让他慢慢改变对我的印象。

机会很快来了。我们接着开始跳水训练。这个科目主要考虑到将来渗透到敌后时,如果暴露目标,在躲避敌人追捕时,在大海边的悬崖峭壁上,能够果断勇敢地跳下去,同时它也在磨炼着一个特种兵的顽强意志。

跳水的高度本来应该在五米左右,是在附近一个水库上进行训练的。我们五点起床,吃过早饭,背着六七十斤重的背囊徒步行军两个多小时赶到那里。场地不大,已经停了三四辆小轿车,有七八个人在岸边钓鱼,有些队员的背囊都没地方放了。教导员走到岸边,给那几个人商量:"老乡,我们部队要在这里训练,你们配合一下,到其他地方钓鱼吧。不好意思,麻烦你们了。"

那几个人扭头看了看我们,爱理不理地继续钓鱼,一点儿走的意思也没有。教导员几乎是在哀求他们了:"请你们支持一下吧,我们只用一天,明天你们还可以来嘛,也不在乎这一天,对不对?"

一个嘴里叼着支烟的家伙终于开口了,但说的话很不好听:"我们凭什么要走?这水库又不是你们部队的,你们没权赶我们走!"

我们有点儿担心地看着教导员,这种事情很棘手。这些年来,远离了战争,也就忽视了军人,部队训练什么的,一旦涉及地方,老百姓总是要讨价还价，你又不能动粗的，处理起来非常麻烦。

田队长过来了，他抱着膀子，看着他们，嘿嘿地笑了："我劝你们还是走吧，特别是把你们的车开走，我们这些兵很野，他们会用石头把你们的车砸坏的，我可是管不住他们。"

那些家伙看看我们，再看看田队长，田队长很认真地说："真的，我不骗你们的。"

他们一下子傻眼了，嘴里咕哝着，但还是很快就开着车走了。我们也嘿嘿地笑了。有时候你不得不这样。但我们一到那个用来训练的悬崖边，就都笑不出来了，一下子傻眼了，由于前段时间太旱，水库的水位下降了不少，那个悬崖离水面至少有十三四米高，站在上面往下看就有点眩儿晕。教导员有些担心，他皱着眉头看了看田队长："我看今天就不要训练了吧，毕竟安全第一。"

田队长皱着眉头，他向四周看了看，把李金胜叫了过去，让他找几条背包绳连在一起，系块石头吊到水面量一量到底有多高。结果很快出来了，十五米还要多一点儿。接着又到岸边量了量水深，有六米多深。

田队长看了看我们，又看了看教导员，咬了咬牙："我看可以跳。明天还有明天的科目，我们不能再拖了。"

教导员把身子往外面探了探说："我还是觉得有点危险，你再仔细考虑一下。"

田队长一会儿看看悬崖下面，一会儿看看我们，我们知道，他也有点儿犹豫不决。说实在话，我那会儿心里也忐忑不安，我们从前在五米高的跳台上训练过，姿势如果不对，身子向前倾，胸膛先着水的话，就像摔在了水泥地上，针刺了一样疼。就是脚先着水，但和水面有一定的角度，那后背和屁股就像被板子结结实实地砸了一下，那滋味儿也不是好受的。何况这是十五米的高度，虽然我们穿着救生衣，但也够受了。如果有恐高症那就更麻烦了。但如果田队长决定要跳，我也不会含糊的！

田队长咬了咬牙："还是跳吧。先找两个有经验的试试！"

他把李金胜叫了过去，就是那个一拳把我打晕过去的家伙。我其实一点儿都不恨他。他本来就是特种大队的，田队长是他们特战四连的连长，应该对他很熟悉了。

田队长笑呵呵地说："小子，你敢不敢跳一下试试！"

李金胜大大咧咧地说："有什么不敢的？"说完，往前一跃，真的就跳下去了。我们紧张地探着身子往下看，水面上冒出一点水花，他很快就浮了出来，抹了一把脸，笑嘻嘻地做了个胜利的手势。

田队长高声地问他："感觉怎么样？"

李金胜大声地说："没事，队长，感觉很好！"

田队长看了看教导员说："我看可以跳，你说呢？"

教导员有点儿无可奈何："那就跳吧，一定要搞好安全，如果有人不敢跳，不要像跳伞那样在后面猛地推他一把，他不敢跳就不让他跳了。"

田队长说："这当然了，咱这个集训队不会强迫的，就靠他们的军人荣誉感来训练……我他娘的还是有点儿不放心，我也跳一下试试到底怎么样。"

教导员还没来得及说什么，田队长跨到悬崖边，像一只鸟儿一样纵身跳了下去。他的姿势优美，动作熟练，像一支箭一样射进水里，冒出的水花更少，甚至并不比那些拿了金牌的跳水运动员逊色。我这不是吹牛的，这是真的，田队长那一跳真的把我征服了。

他从水里出来后，把我们集合起来，说："你们大胆地跳吧，只要按照动作要求来，没有一点儿事。你们要注意保护好自己，用一只手把鼻子捏好，防止灌进水，用另一只手护紧裆部，你们将来的幸福都在这上面，千万不要给我马马虎虎！"

我们都哄地笑了，他也笑了。在那一刻，我突然觉得阳光很明媚，鸟儿叫得很好听，田队长并不是不近人情，他和我们一样，是个有血有肉的人。

那天的跳水一直都很顺利，但大多数兄弟的姿势都不是很标准，还有几个脚一离开悬崖，身子就放平向水面扑去，砰的一声落在水里，水花四溅，他们的胸膛肯定被撞得很疼，但浮出水面时，他们却故意在那里叫："真他娘的爽啊！"田队长又好气又好笑："他妈的，你还以为这是在跳伞啊！"一直轮到40号时，终于出了点情况，田队长的哨子吹响了，他还犹豫着，没有纵身一跃，相反还往后退了两步，喃喃地说："我有恐高症，我有点儿头晕。"

田队长的眉头不易觉察地皱了一下，朝旁边努了努嘴："你到那边休息一下，做几个深呼吸，调整一下。"

40号脸红红地走到了一边，他低着头，根本就没勇气再看我们了。我有点儿看不起他，他也是一名军官。我甚至有点儿着急了，接二连三出问题的总是军官，真不知道他们到底在想什么。我不是软蛋，我那次散打失手并不是我怕死什么的，那绝对是个意外，和他们的情况不一样。我如果是他们，我会觉得无地自容的。既然穿上了军装，那就要有无畏的勇气，别说是十五米高的悬崖，就是三四十米，说让我跳，我也决不会犹豫的，就是知道自己会死掉我也会跳的！作为一个军人，必须承受他所要承受的，这没什么可说的。

又跳下去了两个，田队长扭过头看了看40号，问他："你感觉怎么样，能不能跳？"

40号走到了悬崖边，他探头往下看看，脸色有些发白，他用手护着了鼻子和裆部。田队长把哨子吹响了，他却不停地往下看，就是不肯挪动一步。田队长有些生气："你往下看什么？什么都不要看，眼睛闭上，牙一咬，给我跳下去，没有一点儿事的！"

40号慌慌地抬起头看了看对面，但一秒钟不到，就控制不了自己了，又低下头不停地看着下面，这让他更紧张了。田队长哨子吹了两遍，他还是没跳下去。田队长有点儿生气了："你们这些军官是怎么回事？就你们想得多！我也有老婆孩子，我怎么就不怕？我再吹最后一次哨子，你要跳就跳，如果不跳，你就到一边去，算是自动放弃，这个科目算是零分。"

田队长吹了一下哨子，40号猛地往前一跨，跳了下去。我们紧张地盯着水面，他从水里浮出来了，但脸却浸在水里，一动不动。田队长瞪大了眼睛，站在悬崖边，朝着水面大声地叫了起来："40号，把脸抬起来！"40号却好像没有听见一样，仍旧浮在水面一动不动。教导员脸色发白，不停地说："怎么回事，怎么回事？"我的心怦怦直跳，天啊，千万不要出什么问题啊！还没等我们反应过来，田队长突然纵身跳了下去，他显然也紧张了，居然没有用手护住鼻子和裆部，直接伸开双手扑了下去，像块石头一样重重地砸在水面上，砰的一声水花四溅，足足有一丈多高，这下够他受了，但他什么也不顾，飞快地游到40号跟前，托着他的下巴把他的头抬了起来，大声地叫："你怎么样？你怎么样？"40号睁开了眼睛，脸色惨白，他茫然看着田队长，愣愣地问他："我跳下来了？我跳下来了？"田队长显然松了口气，他哭笑不得地在他头上打了一巴掌："你这不是在水里吗？"40号还有点儿迷糊，他这时应该游到岸边，他却往水库中间游。田队长忙扯住了他的胳膊："你小子还想再搞个武装泅渡啊。"田队长连拉带扯地把40号拉上了岸，40号站在岸边，看看水面，又抬头看看那个悬崖，他的脸上慢慢地红润了，他突然跳了起来，飞快地向我们奔来，张着双手大声地叫了起来："我跳下来了，我跳下来了！"他终于活过来了！我们松了口气，也都嘿嘿地笑了，发自内心地替他高兴。我相信，这将是他一生引以为自豪的资本，也许有一天，他会脱下军装回到家乡，时光流逝，会忘记许多人许多事，但肯定忘不了这一天，忘不了迈出的这一步。那时，他的脸上肯定会露出迷人的笑容。

终于轮到我了，那没说的，双脚并拢，捏着鼻子，护紧裆部，哨子一响，我立刻纵身一跃，向水面扑去。在离开悬崖的一刹那，我甚至还别出心裁地呼喊了一声我们每天训练前都要呼喊的口号："'狼人'必胜！"风在耳边呼呼地响着，甚至连耳朵都感到有点儿疼，时间又是那么短，感觉一下子就跳进了水里。但很不幸,在空中时,我的姿势突然有了扭曲,身子向前倾着,胸膛击打在水面上,好像扑在了大地上,甚至比那还要疼痛。我甚至闪过了一个念头:我完了,我的肋骨全断了!我浮出了水面,用手摸了摸胸膛,肋骨还在。我那时真有点儿喜出望外的意思了,谢天谢地,我没一点儿事!

我爬到岸边,掀起迷彩服一看,整个胸膛像烤乳猪一样红扑扑的!

田队长在头顶冲着我说:"小子你快上来吧,你真行,你是咱们集训队最勇敢的,也是动作最难看的!"

我摸着脑袋,有点儿不好意思地嘿嘿地笑了,真不知道他这是在夸奖我,还是在嘲笑我,我就当它是夸奖我的吧。我跑上去以后,田队长朝我笑呵呵呵地招了招手,我忙跑了过去。他眯着眼睛打量着我,问我:"48号,你这家伙还真是不怕死,是不是还没女朋友?"

我脸腾地红了,有点儿不好意思地搓了搓手,说:"报告队长,我有女朋友!"

田队长故意夸张地张大了嘴巴,说:"啊,你有女朋友了,那你小子真有种!"

我依旧很严肃地绷着脸,但心里却很高兴。是的,我有女朋友了,我很爱她,她也爱我,我回去了,把这里的事给她讲讲,她一定会更敬佩我的。我一定要好好干,顺利结业,拿到那个"狼人"勋章,别人订婚时送戒指,我就送她"狼人"勋章。想想吧,这多浪漫啊。

我很爱她。在集训队里虽然训练很苦,一到宿舍就想往床上躺,躺下就会呼呼地睡着了,但我还是会忙里偷闲地想起那个美丽的少女。想起她时,我心里就很难过,好像压了一块沉甸甸的石头,堵得发慌。特种部队是秘密武器,很多东西是不能随便乱讲的,对我们的"狼人"集训队要求更高,全封闭训练。在这个山沟沟里就我们这一支部队,没有电话,没有互联网,也不能通信,我们已经有两三个月没有联系了,我根本就不知道她现在怎么样了。要命的是,由于保密需要,她根本就不知道我现在在哪里,在干什么。如果说在这里有什么让我受不了的话,那就是这种思念。它就像风一样,突然无声无息地钻进来,让你一下子茫然无措,心里空荡荡的,一个五大三粗的男人突然变得异常柔软,目光像水一样温柔,甚至还会偷偷地望着窗外的月光流泪。很多次我都对自己说,你是一个军人,一个特战精英,你不应该这样!但这没用,我总是想她。

我还知道,米小阳对我们的爱情有点儿不放心。我参加集训队的前一天,潘连特地给我放了一天假,让我出去买些日常生活用品准备一下。想想接下来有六个月的时间见不到米小阳了,要命的是,我还不能给她说。特种部队的一切都是秘密,"狼人"集训队保密要求更高,我当然不会违犯军规了。我那会儿是有点儿难过。我给她打了电话,我们在电话里天南海北地吹着,我一直咬着牙没有告诉她明天我要走了,要到一个与世隔绝的大山里参加"狼人"集训队,以后我将是一名特种兵精英了。如果我告诉她了,我想她会替我高兴的。但我咬着牙没说。我甚至感觉自己就像是红场上的苏联红军,告别了亲人,告别了家乡,阅兵一结束就直接开上了战场,那种悲壮只属于军人,也只有军人才能体验到。我很喜欢这种感觉。她不是特务,不是坏人,我相信她也不会随便告诉别人的,但既然是一条军队纪律,那我就必须得遵守。一个真正的军人,他就必须对军队纪律保持起码的敬畏!我咬了咬牙,把一肚子的话咽了下去……

已经有三个月没有见到她了,但每一天我都不曾忘记她。在紧张的军旅生活中,想想爱情,是件很幸福的事情。

我不知道她想我不想,她完全不用担心我的,我在这里过得很好。

我已经慢慢地适应了集训队的生活了。最初的紧张和疲惫已经过去了,训练强度再大也已经习以为常了。刚来到这里时,在体能训练中,每个战斗小组五个人扛着至少有两三百斤重的圆木在训练场上走一趟就有点儿受不了,腰酸背疼,如今我们可以扛着它走上四五公里都没事。

刚开始也不习惯总是背着背囊,只有在吃饭和睡觉才能取下,要知道,那个背囊足足有六七十斤重呢。现在没有背囊反而有些别扭了。在稻田里匍匐前进什么的,更是小菜一碟。

我已经深深地喜欢上这里了。

如果说我对这里有什么还不满意的话,那就是田队长。可能是他在国外的特种兵学校待过的原因,总是和我们有一定的距离,很少见到他笑。我们在训练中间休息,聚在一起说说笑笑时,他也总是离我们远远的,默默地待在一边,没人敢去和他搭话。

我尽量不去招惹他,但再小心翼翼,还是难免会出差错,我终于撞到枪口上了。

我们每天下午都要背着背囊跑一个八公里武装奔袭。这以战斗小组为单位自行组织,一般没有带队干部参加。我们跑到终点时,旁边是个村庄,那里有家小店,上面挂了一个木牌子,歪歪扭扭地写着四个字"公用电话"。我看到这四个字时,突然像被子弹击中了一样,又像是在看恐怖电影时突然出现了鬼怪,身子哆嗦了一下,甚至手脚都有点儿冰冷的感觉。你可以想想,一个三四个月没有和自己的亲人通过一次信、一个电话的人,完全与世隔绝,他想和外界沟通的愿望是多么强烈,哪怕是听听对方说一句话也行。特别是对我这样一个处于热恋中的人来说,想和自己最亲的人通通电话的愿望更加强烈。我看到这四个字时,同时也想到了我们集训队那条不许与外界联系的铁一样的军规,迄今为止,还没有一位兄弟在这上面犯规。我是一个军人,我也必须克服它的诱惑。

我们坐在地上休息时,我的眼睛总是不停地打量着那个小店,我想去给米小阳打一个电话的念头是如此强烈,脑子里全是这个想法,怎么都赶不走。我一会儿站起来四下乱走,一会儿坐下来左右张望,好像到处在找被自己丢掉的魂儿一样。我使劲儿地咬着嘴唇克制着,甚至用力地掐着自己的胳膊和大腿,皮肤都被掐紫了,但依旧无法把它压下来。哪怕仅仅打一分钟电话也行,我只想告诉她,我深深地爱着她。我终于受不了了，咬了咬牙，站了起来，对陈卫星说："咱们到一边走走，我给你说个事。"

我把他领到一边，带着哀求的口气，低低地说："陈班长，我想去给我女朋友打个电话，就两分钟。"

陈卫星看了看那个小店，又扭头看了看坐在地上休息的几个兄弟，他们正充满疑惑地看着我们。陈卫星和我已经很熟了，他有点儿为难地说："这有点儿不大好吧。队里三令五申不准和外界联系，这不仅仅是保密需要，队长还说了，这同时也是磨炼我们的意志，锻炼我们的心理承受能力。你这样一来，违犯纪律不说，前面做的不也前功尽弃了？"

我那会儿真是鬼迷心窍了，可怜巴巴地说："陈班长，我就打两分钟，说几句话就行。我和我女朋友刚确定关系，她不知道我参加集训队的事，我怕她误会我了……"

他皱着眉头，很艰难地挤出一点儿笑容，说："你给我出了个难题，我要是答应你了，一是要违犯纪律，二来也无法给弟兄们交代，他们也都想给家里打个电话……胡建军，你就忍一忍吧。"

那个念头一旦冒出来，捂也捂不住，即使那天陈卫星没有批准我，我可能还会不顾一切地去打那个电话。爱情有时就会让一个人丧失理智。我仍然在不甘心地做着努力："陈班长，咱们一起去给弟兄们解释一下，他们会理解的。"

陈卫星最后经不住我的死缠烂打，只好同意了。我们两个一起走了回来，陈卫星看着其他三个兄弟，说："胡建军想打个电话，他正在恋爱，特殊情况，大家配合一下，咱们就不要打了，大家也不要回去乱讲，就当没这回事，行不行？"

弟兄们嘿嘿地笑了，在那里起哄："好好好，我们不打。但我们得去听听，看看你们说什么情话，也跟着学两招。"

陈卫星也笑了："大家不要瞎闹了，胡建军，你赶紧去打吧，抓紧时间，要是被别人看到，咱们就都完蛋了！"

我很感动，冲着那帮弟兄们抱拳致意，然后飞快地向那个小店跑去。

直到今天，我仍旧很后悔那天的举动。虽然那个不准和外界有任何联系的规定有些不近人情，但它是有道理的。你想想看，特种部队担负着向敌后渗透的任务，它要几昼夜，甚至十几天或者几十天在敌后潜伏，有时还是单兵作战，寂寞和孤独是必须要忍受的，甚至亲情也要扔到一边去，不能那么婆婆妈妈。这种心理承受力不是一般人所能忍受的，它需要在平常的训练中慢慢养成。但我最后还是没能坚持住。更要命的是，那天给米小阳的电话，不但没有促进我们的爱情，反而让我们之间有了更深的误会。

我能感觉到，那天米小阳肯定在拿着手机等我的电话，电话刚响了一下，她就接着了："喂，哪位？"

我很激动，说话声音都哆嗦了："小阳，是我，胡建军。"

她的声音一下子变得激动、急切："你在哪里？"

我愣了一下，她一上来就问这个，我当然不能告诉她，但让我撒谎，我又做不到，只好支支吾吾地说："小阳，你别问我在哪里，你只要知道我爱你就行了。"

那边沉默了一下，她的声音里有些不安："你到底是怎么回事？为什么不能告诉我？你这几个月为什么连个电话都没有来？你到底在哪里？你在干什么？"

她这一连串的问题我都无法回答，我只好安慰她说："小阳，你不要担心，我现在很好。我们这里有规定，我们不能和外面联系……"

她的声音里突然有了哭腔："你怎么不能和我联系？你们是出去演习吗？"

我愣了一下，部队出去演习时，有时的确是需要保密的。这个理由其实也挺好啊，这样就省得我再解释了，我其实很想和她说说我是如何爱她，如何想她。我笑着说："小阳，你别着急，我们是出来演习的，很快就回去了。"

她沉默了一会儿，突然哭出声来了。我着急地说："小阳，你别哭了，我不骗你的……"

她声音突然有点儿控制不住地叫了起来："你就是在骗我！你们部队根本没有出去演习，除了你，他们都在！你为什么要骗我？我做什么事对不起你了？"

我有点儿不安地问她："你怎么知道的？"

她还是很生气："我到处都找不到你，你说我能怎么办？我天天给你们部队打电话，他们都不说你到哪里了……你肯定是调走了，想把我甩掉了！"

我吃了一惊，连忙安慰她："小阳，你别胡思乱想了，没那么回事……"

她反问我："那你怎么不告诉我你在哪里？"

我很着急，我甚至都有点儿动摇了，算了吧，她不是坏人，她又不会到处乱讲，我还是告诉她吧。但我咬了咬牙，我是个特种兵，是个能接受任何考验的军人，我们所有的一切都是秘密，我们的训练、我们所在地点、我们集训的内容，都绝不允许向外透露一个字！我不能告诉她。我喃喃地说："小阳，你要相信我……"

她很生气："你们当兵的都是坏人！你为什么，为什么就突然不见了，你想和我分手就直接告诉我，你为什么这样折磨我……"她在电话里说不下去了，呜呜地哭了起来……

我抱着电话，不知道该如何安慰她，心里很不好受，眼泪也想流出来了。我抬起头，揉了揉眼睛，手刚放下，一下子呆住了：田队长正在不远处歪着头盯着我！我的脑袋轰地一下，一片空白，这下完了，我这个洋相出大了，这不比一般的错误，这件事比其他事的性质更严重。我忙慌慌地对着话筒说了一句："小阳，我有事先走了，回去我再给你讲。"不等她说话，我忙慌慌地撂下电话就跑。小店老板追了出来："当兵的，当兵的，你还没给我钱呢！"

我脸腾地红了，忙问他多少钱。他说五块钱。他这是在宰我，两分钟都不到,哪里要五块钱啊?但我顾不得和他纠缠,跌跌撞撞地跑到田队长跟前,啪地给他敬了个礼:"报告队长,48号违犯纪律,前来接受您的惩罚!"

田队长的眉毛挑了一下,他铁青着脸,咬着嘴唇使劲儿地盯着我看,看得我头皮发麻。他就那么盯着我看了足足有两分钟,我被他看得腿都有点儿发软了。他一字一顿地说:"好,48号,你有种!"说完,他就走了。

我只好垂头丧气地跟在他后面,我已经做好了准备,只要不让我离开集训队,任何惩罚我都认了。他在陈卫星他们跟前停下了,陈卫星脸也通红通红的,整个战斗小组的人都低着头。我们这是一个整体,集训队早就有规定,小组任何一个人犯错,其他人也要跟着受罚。一想到这里,我心里更难受,宁愿只惩罚我自己,也不愿意连累了兄弟们。

田队长果然是这么处理的:"你们说怎么办?要么每个人扣十分,要么你们从现在开始,给我跑五个八公里武装奔袭!"

我看了看陈卫星,陈卫星看了看我,其他兄弟也用征询的目光互相看着。如果扣掉十分,将来集训队结束时,我们有可能会达不到要求,那样成绩就不及格,也拿不到我们梦寐以求的特种兵"狼人"勋章了。有些特种兵当了几年兵都没拿到呢。这个我们显然接受不了。陈卫星看了看田队长,喃喃地说:"队长,那我们还是跑五个八公里武装奔袭吧。"

我至今还感谢那帮"狼人"兄弟,他们没一个人埋怨我,心甘情愿地替我分担惩罚,我们一起在黑暗的夜色中奔跑着,互相帮助,互相鼓励。在跑最后一趟时,我们几乎是一起搀着跑的,每个人都到极限了,要命的是,我们连晚饭都没有吃,胃里空荡荡的,肚子很疼,像无数根针刺着一样,一阵阵地疼。但我得承认,这是个小问题,很多时候,我们都忘了这事,脑袋里只有一个念头:不能倒下,咬紧牙关,不停地跑下去!我们身上的迷彩服全湿透了,整个军靴里也灌满了汗水,汗水甚至渗过了防弹背心,边缘上的汗水一滴一滴地往下掉着。头上戴的"凯夫勒"

头盔也变得异常沉重，带子摩擦着脸，汗水再浸着，每跑一步就像刀割一样疼。两条腿像灌满了铅，迈起一步都是那么艰难。最后我们的双腿甚至失去了知觉，只是机械地抬起落下，耳边除了身边的弟兄呼呼的像老牛一样喘气的声音，什么也听不到了。我们终于跑到了终点，田队长站在路灯下看着我们，脸上没有了那种杀气，很安静，甚至还有一种很奇怪的温柔的表情。我没有细看，也许我看错了。我们弯下腰大口大口地喘着气，有两位兄弟支撑不住，重重地摔了下去。我们忙慌慌地把他们扶了起来。田队长走过来了，他的声音很轻："你们不要停下来，把背囊和头盔卸下来，慢慢走着活动活动身体。"他的口气里有一种很关切的东西。我看了看他，他也在看我，目光温柔，甚至还有那么点讨好的意思："现在十一点多了，我让炊事班做了面条，你们吃完以后好好休息休息。"我有点儿感动，眼睛几乎要湿润了。他可能也受不了这种充满感情的场面，转过身走了。我看着他的背影，眼泪不可抑止地流了下来。我是违犯了纪律，这样的惩罚是我应当承受的，这不怪他。我还能感觉出来，他并不恨我，可能还会因此喜欢上我。如果放在从前，他说不定又会拿我的前步兵身份说事儿了，但他没有。他并不是一个固执的人，他也在改变着自己的看法。是的，我和他一样，我们是一样的军人，都是不怕死的特种兵！

我抬起头，仰望布满星星的夜空，贪婪地大口大口地呼吸着新鲜的芬芳的空气。我的那些兄弟横七竖八地躺在地上，安静地望着天空，不发一语。他们没一个人埋怨我，没一个人哪怕用一种轻微的眼神来责怪我。他们是我的兄弟。部队就是这样，一群大老爷们儿，居然会产生那种比爱情更美比亲情更绚丽的友情来。这仅仅是因为长期待在一起的原因吗？不是的，我上过十几年的小学、中学，那里的同学也很多，我们待的时间更长，但现在还有哪张面孔仍旧让你念念不忘？而这个集训队，我们这个战斗小组的五个兄弟，仅仅在一起才四个月左右的时间，除了我和陈卫星，其他都是来自不同的部队，在这之前，我们没有任何关系，但我知道，我这一生都忘不了他们。是的，没有比战友情意更珍贵的了，战场上我们要互相依赖，互相帮助；在和平时期，为了我们的荣誉和骄傲，我们也会一起共同奋斗，互相支持。

大颗大颗的泪珠顺着我的脸颊流下了，我爱你们，我的兄弟！

我从来不会为自己的选择感到后悔。如果我不当兵，永远都不会知道世界上还存在着这样一种最美丽最纯粹的感情！

我一定会成为一名合格的"狼人"队员的！

进入最炎热的八月份，再有半个月左右的时间，我们"狼人"集训队就要结束训练了。所有的科目基本上都训练完了。我不能给你说得更详细了，特种兵的很多东西都是保密的，就是写小说，我也不能把它说得太清楚了。

我们现在主要是复训已经学习过的科目。这几天是水上科目。特种兵的任何训练，都把磨炼意志贯穿其中，就连最基本的水上科目也是这样。这个倒没有什么难度，但一下水，就是整天整天地泡在水里，一游就是一个上午或者一个下午，没有三四个小时别想上岸。头上的太阳热辣辣的，河水表面滚烫，腰以下才有点儿凉意，在水里游着，头上都是汗，整个脑袋昏沉沉的，有时甚至想在水中睡着了。几天下来，弟兄们脸上都被晒脱皮了，脸上白一块黑一块。但我告诉你们，我们并不觉得这难堪，这是我们刻苦训练留下来的。特种兵如果是个小白脸，那才是一个很难堪的事情。我后来偶尔看了一眼一个叫《垂直打击》的电视剧，说的是空降兵的事儿。他们算是空军的特种部队了，但里面一个女军官的脸庞雪白雪白的，好看是好看了，但太假了。我看过一幅海军陆战军女兵的照片，她们的脸庞和我们一样黑黝黝的，你一看就知道人家是动真格训练的，那才能让人服气。我一直都很佩服我们的海军陆战队的兄弟。

那几天的训练应该说是比较轻松的，我们这时已经对这种高强度的训练如鱼得水了，背上和脸上都晒得脱了好几层皮。但我偏偏在这时出事了。现在想想,那应该算是一个意外。真的,我现在谁也不恨。

那天是小组游泳对抗训练。一次五个战斗小组同时游一千米,然后要排出名次,带点比赛的味道了。当过兵的兄弟都有体会,一旦上升到比赛的层次,那是豁出命来也要占个上风的。弟兄们都进入了临战状态,激动地在那里嗷嗷叫。我后来回忆了一下,可能就在这时田队长讲了规则,但我的确没听到。那是次蛙游训练。但我一跳入水中,就用自己最拿手的自由游拼命地往终点游去。我最擅长的还是自由游,随心所欲。经过几个月的训练,我的游泳技术长进了不少,侧泳、仰泳、狗刨、蛙游我都可以。但我不大喜欢蛙游,像小鸡啄米一样不时地把头扎进水里,我总觉得那是多此一举。也许是我潜意识里不大喜欢蛙泳,也许是我的确没听到田队长的要求,反正我一开始游,就用自由游的姿势遥遥领先,很快把其他弟兄甩在了后面。那次我的确是大意了,一千米徒手游泳,对我们来说真是小意思,我们在集训队训练的武装泅渡就是一万米,弟兄们都没有什么问题,所以我就没再等他们,一个人拼命地向前游。我要是第一个游过去的,成绩平均下来,肯定能把其他战斗小组甩下一截子。就像散步一样轻松,我很快就游到了终点。我爬上岸,其他的兄弟都远远地落在了后面,至少把他们抛下了一两百米的距离。我抹了一把脸上的水,有点儿得意地看了看田队长。田队长也正在看我,他脸上似笑非笑的:"我要求这一趟是蛙游,你小子是怎么蛙游的?"

我笑嘻嘻地说:"不管用什么姿势,只要游得最快不就行了?"

田队长笑了,他伸手在我肚子上来了一拳:"你小子还挺鸟的嘛!"

我现在敢肯定,他那一拳并不是有意的,显然是在给我开玩笑,他这段时间已经对我好多了,晚上点名时还表扬过我几次。部队就是这样,两个人关系比较铁时,表达感情的方式就是你一拳我一拳的。这很平常,我有时也这么干。田队长肯定也是这样,他来了一拳后,手还扬起来,好像还要拍在我肩膀上再开个玩笑。但我已经捂着肚子了,腰也有点儿弓了:他奶奶的,这个田队长开玩笑也用这么大的力气啊?

他看出来我有点儿不对劲儿,很关切地拉住了我胳膊:"你怎么了?"

我痛苦地咧着嘴皱着眉头说:"你这一拳太厉害了!"

他有点儿不好意思,脸也有点儿红了,有点儿手足无措地看着我。他不擅长表达感情,这一次可能是在集训队和自己队员最亲密的举动了。但他忘了自己是个特种兵,出手不知道轻重,他可能觉得自己这一拳用了一点儿力气,但我还是有点儿他娘的受不了。我苦笑了一下说:"没事没事,队长,真的没事。"

我揉了揉肚子,慢慢地把腰直了起来,似乎有点儿不疼了,于是我就朝他笑笑:"真的没一点儿事了。"

他出了口气,脸上的表情有点儿怪怪的,可能是为自己刚才亲密的举动有点儿不好意思。这不像他,他一直是个不苟言笑的人。其他队员也快游过来了,他又恢复了很严肃的样子:"没事就好。你也得注意点儿,这一次就是训练蛙泳,你小子投机取巧了,下不为例啊。"

我忙一个劲儿地答应了,心里还感到很庆幸,我不是有意犯规的,的确是我自己没听清。谢天谢地,他居然没惩罚我。如果放在平常,出现类似情况,他肯定要罚你再用蛙泳游上几个来回。每一次犯规,集训队都是用这种方式。这也是我们最怕的。

那天真的没什么事,虽然肚子还隐隐约约有点儿疼,但还在我能忍受的范围之内。我接着还和大家一起游完了一万米武装泅渡。

第二天就不行了,早上一起来,肚子剧痛,好像刀扎进去了一样,我咬牙忍着和大家一起出操,然后是一千米负重蛙跳。我刚把背囊背上,肚子更疼了,胃里难受,还很恶心。我咬牙想站起来,但却一下子歪在了旁边。身边的兄弟吃了一惊,赶忙过来拉我:"48号,你怎么了?"

我的额头上已经渗出了汗珠,事后兄弟们告诉我,我的脸也很蜡黄,当时把他们都吓了一大跳。我捂着肚子,艰难地说:"我肚子很疼……"

田队长也跑来了,蹲在我面前:"怎么样怎么样?"

我觉得很不好意思,自己太不争气了,散打时被人家打晕过去了,现在又因为肚子疼倒在了训练场上,这不像是一个特种兵。我喃喃地说:"队长,真对不起,我可能坚持不了……"

他按着了我的肩膀,低低地说:"你不用训练了,先到卫生队看看……你不用担心,咱们集训队的科目基本上都完了……"

弟兄们把我抬到卫生队,军医也处理不了,赶紧送到离得最近的一家部队医院。诊断结果很快出来了:腹部软组织受伤,还有瘀血。那个医生给我说完,怪怪地看着我,问我:"你是哪个部队的?"

我告诉他我是特种部队的。我没敢说是"狼人"集训队的,这东西需要保密。

他有点儿气愤:"你们那个部队是什么部队?怎么都像土匪一样,把人都打成这样了!你是个新兵?"

他这是关心我,替我说话,但说实话,那一刻我心里很不高兴,我不愿意听到别人说我们集训队的坏话。我忙告诉他,我是个士官,是训练时不小心摔的。他有点儿不相信:"这怎么可能呢?分明是被别人打的嘛,你不要害怕,你讲出来我们会给你做主的。现在都在讲尊干爱兵,这么野蛮的人,部队不会放过他的!"

我摇了摇头:"谢谢你了,医生,真的是我自己摔的。"

那个医生半信半疑地看了看我,摇了摇头走了。

这件事情还是闹大了。我受伤的情况反馈到特种大队那里,李大队长觉得有点儿奇怪,腹部软组织受伤,还有瘀血,显然不是生病,很有可能是打骂体罚。我后来听兄弟们说,那天得知医院诊断的结果后,李大队长立即赶到了集训队,调查到底是怎么回事。结果是谁也不知道。

中午,李大队长赶到了病房,他站在我面前,很严肃地问我:"胡建军,诉我这到底是怎么回事?是谁打的?为什么我到集训队去调查时,谁都不知道这事?"

我愣了一下,我该不该把田队长给我的那一拳说出来?让我说出来很容易,那也是事实,这对我来说是件小事,但对特种大队,对田队长来说，绝对是件大事了。我很清楚，田队长即使无意的，但这件事的性质还是很严重的。现在全军估计都一样，打骂部下绝对是红线，谁也不能碰的，发现一起绝对要处理一起。如果特种大队知道了这件事，田队长肯定要吃不了兜着走，至少要给他一个处分。他的前途会因此受到影响。军人更看重荣誉，身上有污点的人，以后就很难得到重用了。

　　我看着李大队长，他紧紧地锁着眉头，严厉地看着我。我已经知道田队长并没有承认是他干的，这的确也不能怪他，他是无意的。但我得承认，我心里是有点儿不大舒服，我对田队长有点儿看法，大队既然来调查，他就应该站出来，作为一个军人，作为一个男人，承受他所要承受的，何况这也不是什么大事。难道他的前途就这么重要？我虽然是这么想的，但我并不会把真实情况告诉大队长的。这有点儿类似于背后出卖兄弟。我干不来这事。我犹豫了一下，决定对李大队长撒谎："是我自己撞的，昨天午休时，我自己跑到训练场上玩，从高墙上摔下来了……"

　　李大队长紧紧地盯着我，仿佛要穿透我的五脏六腑，看看我到底说的是不是实话。我这也是第一次向领导撒谎，心里有点儿发虚，但我还是勇敢地抬着头，直视着他的目光，这没什么，我撒的是个善意的谎言，我用不着心虚。大队长眯着眼睛打量我："你说的是不是真的？"

　　我咬着嘴唇，使劲儿地点了点头。

　　这件事就这样过去了。我既然这么说了，李大队长还能说什么呢？其实真的没什么事儿，田队长那一拳并不是很重，再加上我没有一点儿防备，所以才会这样。我从来都没想到这个平常总给我们绷着脸严肃得要命的人也会开这样的玩笑。事实上他的确不大适合开玩笑。我甚至有点儿可怜他了，他是一个真正的军人，但我不会喜欢他这个样子的领导的。我和我手下的那帮兄弟们就玩得很好，我们私下里甚至在一起抢烟抽，甚至我和米小阳恋爱的事情我都不瞒他们。

　　我不喜欢田队长整天绷着脸的样子，但我一点儿都不恨他。这是一系列意外组成的事件。我没想到田队长会给我开这样的玩笑，他肯定也没想到自己那一拳造成了这样的后果，更让人意外的是，大队居然会这么重视，还真的把这当回事儿了。我很感动，但我也决定不说出真相，我不想让田队长为难。

田队长当天晚上就赶来看我了。

我正躺在床上无聊地翻着报纸，门被推开了，田队长提着大包小包的水果、牛奶什么的挤了进来。我想站起来，他忙过来按住了我，还带着一脸的讨好的笑容："你怎么样？问题大不大？"

我有点儿过意不去，真心实意地说："队长，真的没一点儿事儿，医生给我开了药，过几天就会好的……我给你带来这么多麻烦！"

他的脸红了，很真诚地看着我，低低地说："这事怪我……胡建军，真对不起你，那天我不是有意的……"

我朝他笑了笑："我知道我知道，队长，你也不用自责了，我知道你是给我开玩笑的……"

他愣愣地看着我，眼睛突然有些红了，脸上的肌肉抖动着，泪水在眼里打转，他在努力地克制着，但最后还是没忍住，眼泪一下流了出来。我吓了一跳，我虽然住院了，但医生也说了，没伤到内脏，没什么大的问题啊。他完全用不着这么难过的。我有点儿内疚，忙对他说："队长，我明天就能出院了……"

他紧紧地抓住了我的手，把头埋在我的手上，呜呜地哭着说："我不是因为这个……我心里难受，今天中午李大队长来问你是怎么回事，我也说不知道是怎么回事，我不是怕他们给我处分……再过一个月，全军特种兵比武，我太想参加了，我要是出了这个事，肯定参加不了……"

他很伤心，哭得肩膀抽搐着，像个孩子一样无助、软弱，这哪里像平常那个威风八面的上尉特种兵啊。我的心也颤抖了，我很清楚，作为一个军人，该自己出头时却躲了起来，没有承担自己应该承担的责任，是一种什么样的滋味。他本来是个顶天立地的男子汉，是我给他带来了一个巨大的包袱，我甚至恨自己了。我也流泪了，我喃喃地说："队长，那不怪你，真的不怪你……"

他慢慢地止住了哭声，但过了好大一会儿才抬起头，直直地看着我，很认真地说："胡建军，那天我给你那一拳没人看到，你这段时间一定要给我保密，谁也不要告诉，等我参加完全军特种兵比武后，我一定会给大队讲清的！"

这其实是最好的办法，如果不讲出来，它总是一块石头沉甸甸地压在心上。我点了点头："队长，你放心，我不会讲出去的。这是我训练时自己摔的。"

他站了起来，后退了两步，突然"啪"地给我敬了个军礼："谢谢你，胡建军！"

我惊愕地看着他，他很认真，身体站得直直的，五指并拢自然伸直，中指微接帽檐右角前约两厘米处，手心向下，微向外张约二十度，手腕没有弯曲，右大臂略平，与两肩略成一线，同时注视着我。这是《中国人民解放军队列条令》中要求的标准军礼。我有点儿哭笑不得，这是在医院，表达感情的方式很多，他用不着这样的。他太正经了。我忙忍着痛，慌慌地从病床上挺起上身，给他回了个军礼。接下来我真的不知道该和他如何交流了，我们两个都很沉默。不错，田队长是个合格的军人，我很尊重他，但他身上还缺少一种魅力，也许他认为这样就是职业军人，但他错了。即使钢铁炼成的人，也是一个有血有肉的人，他要吃喝拉撒，会微笑也会哭泣，他有坚强的意志，但他也有同情、善良、悲悯，他在我们面前能够自由地表达自己的情感，从不掩饰，能够真正地把我们也当做和他一样的人，和我们一起分享他的幸福和悲伤的人，这才是我们的兄弟，真正的兄弟。作为一名军人，任何时候，我们都会听从田队长的命令，但在内心里，他不会成为我们的兄弟。

这是我的想法，我相信很多兄弟都会这样想的。我静静地看着他，他躲避着我的目光，有点儿尴尬地双手握拳，把手指弄得啪啪响。我在心里叹了口气，我们之间缺乏那种很够推心置腹地交流的气场。我只好也沉默了。坐了一会儿，他终于要走了，我甚至还松了口气，心里想，谢天谢地，好在这只是个半年时间的集训队，如果我长期在他手下干，我会吃不消的。

他拉开了门，外面的阳光照进来，他的脸庞发亮，鼻子挺直，头发理得短短的，是个标准的军人，但他的眼神很忧伤。我忙朝他笑了一下："队长，谢谢你来看我，我真的不会瞎讲的，你放心好了。"

他也朝我笑了笑，但笑得很勉强，他还是一副心事重重的样子。他很真诚地看着我，眼睛里好像还有泪水在打转，他低低地说："胡建军，你也要相信我，等我参加完全军特种兵比武回来，我一定会给大队长讲清楚这事，该怎么处分我，我都认了……"

我充满信任地朝他点了点头，这样也好，它是个包袱，讲出来他会更轻松的。我相信他是一个敢于负责的军人，一个真正的男人。我从来都没怀疑过田队长是个真正的特种兵。在集训队一次武装泅渡训练时，他刚踏进齐腰深的河流，一条大鲤鱼猛地从水底跃出水面，身子在空中划了一个弧线，就在它快要落入水中的一刹那，他挥拳出击，把那条鲤鱼击出了两丈多远，当场死掉了。

这样的传奇故事很多。他即使给李大队长讲清了，仍然会有一个很好的前途。

集训队结束以后，我们都回到了特种大队，田队长很快就去参加全军特种兵比武，取得了第一名的好成绩，回来后就提升为副营了。

特种大队从来没有人再提过我腹部受伤的事。

我至今都不知道田队长到底有没有主动站出来承认是自己那一拳把我打伤的，也许他讲了，但集训队已经解散了，这事也就算过去了。也许他根本就没给大队讲。不管是哪种结果，我都不愿意知道，这对我来说，真的已经不重要了。我只知道，我现在是名真正的军人了，一个和田队长完全不一样的军人，不但敢于承担自己所要承担的，最重要的是，我有一帮子可以生死相托的兄弟。这也许是我与田队长最大的区别。但我对他一直心存感激，在集训队的六个月里，也是最值得我怀念的六个月，它让我成长为了一名真正的特种兵……

"狼人"集训队终于结束了，我的训练成绩全优，其中武装奔袭是第一名，攀岩是第二名，这在高手林立的集训队，算是不错的了。我也取得了梦寐以求的"狼人"勋章。有的兄弟就没拿到，比如那个在"审讯战俘"训练中被淘汰的42号。特种大队李大队长在给我们颁发"狼人"勋章时还说："小伙子们，有了这个，以后你就有了吹牛的资本了！"这倒是真的，我们特战一连的兄弟还真没多少人有这个勋章。我还听说，有这种勋章的人退伍回去，地方公安局是抢着要的。

在"狼人"集训队结业典礼上，我代表集训队学员做了发言。这是一项荣誉，历年来都是由最优秀的学员来做代表的。我可能并不够格，但田队长一直大力推荐，也就定下来了。我知道他为什么这么干，我没出卖他，他总觉得欠我点东西吧。算是一种补偿吧。我也没有推辞，这没什么谦虚的。我是做好了准备，我要讲的很多，先从革命前辈们的敌后武工队讲起，讲讲志愿军侦察兵"奇袭白虎团"，再讲讲以色列特种兵突击乌干达恩培德机场等等，一直讲到我们的"狼人"集训队，争取让弟兄们听得热血沸腾，永远都记住这个日子。

我还准备安慰一下那些没有得到"狼人"勋章的弟兄们，我都已经想好怎么说了："勇士不是尽善尽美，不是常战常胜，不是刀枪不入。他们也是极其脆弱的，他们唯一需要的就是勇气，战胜自己的怯懦、恐惧和慵懒！你们在这里做到了这一点，你们就无愧于'狼人'这个称号！"

每一个坚持到最后的兄弟，骨子里都流淌着"狼人"特种兵的血液！他们虽然失败了，但他们同样值得尊敬！

我们战斗小组的弟兄们都想先看看我的发言稿，我故意卖关子不让他们看，说是看了以后，我再上去发言时，就没有震撼力了。那天轮到我发言时，我拿着发言稿，几乎是跑着跳上主席台的。那天的发言效果当然很好，我甚至还听到在主席台上坐着的李大队长小声地对政委说：

"这小子口才也不错嘛,是个好苗子!"

我发过言后,兄弟们使劲儿地拍着巴掌。我站在那里,望着远处无边的青山,眼睛有点儿发酸:我是一个特种兵了,我是一个真正的特种兵了!

回来没几天,我正在宿舍里给米小阳写信时,潘连过来了,我忙站起来,叭地给他敬了个礼。他很高兴地在我肩上拍了一下,说:"你小子不错,很给你们那个红军团争光啊。大队对你在这次集训取得的成绩很满意,大队长、政委都认为你是一个优秀的士官,准备把你当作一个典型进行宣传。"

我很开心地笑了,这个消息不错,它让我心里好受了一点儿。我该怎么做呢?我知道许多兄弟都不喜欢那种假模假式的典型,但如果大队要把我当作典型,我很乐意,甚至是更高级别的单位,比如集团军,比如军区也把我树为典型,我也愿意到处去做报告,我并不会因此感到不好意思或者脸红的。因为我是名真正的军人,我热爱我们这支伟大的军队就像我热爱自己的母亲、情人和大地一样,我愿意为它付出一切,甚至生命,如果需要,请你拿去!是的,我是一名真正的军人,我就要承受我所要承受的一切,哪怕它并不是我真正需要的。也许,这就是牺牲的含义。

像狗那样

我越来越讨厌刘坚强了。我已经不想再和他玩了。我当兵这么多年了,身上那种痞子味儿早就没了,我再也不是中学时的那个小混混了,而是一名光荣的中国人民解放军战士,并且还是一名党员。刘坚强和我一样都是大人了,他虽然有点儿胖了,胡子也不短了,天天剃得嘴唇都是青的,但他还是一身痞子味,我不喜欢。我以前回家探亲,还到他那里玩玩,这两年基本上不去了,我们两个已经没有什么共同话题了。

我上次回家时，想想我们也算朋友一场，就在快回部队时去看了他一下。他还不错，又把我拉到外面一个小饭店里喝酒。那天中午，我们两个干掉了三瓶白酒。我脑袋虽然有点儿晕，但神智依旧清醒。他就不行了，舌头也大了，说话都结巴了，上卫生间时，差点儿跑到女卫生间，亏得我眼疾手快拉了他一把，这才避免了一起严重流氓事件的发生。

那天，我把他送到他的宿舍，他靠在床边，我们没边没际地胡乱地聊着。他忽然兴奋地直起身子，凑到我跟前，神秘兮兮地问我："老胡，我问你个事儿，你得给我说实话。"

我忙点头，我本身也不习惯撒谎。

他笑笑地问我："你找过小姐没有？"

我奇怪地看了看他，不知道他葫芦里卖的是什么药，于是就忙告诉他："没有。"谁知他说什么都不信，我只得告诉他，这种事让我想想都是不可能的，真的没有。

他还是不相信，以铁得不能再铁的哥们儿口气劝我不要装了，说着还朝我撇了撇嘴说："哥们儿，咱们是什么关系啊？你在我这里还给我装什么啊？"

我有点儿恼火，说没有就没有，我有必要给你装吗？我知道现在到处都有小姐，我们县城就有许多。我还知道我们麦县有不少女孩子甚至连中学都没有上完就跑出去打工了，许多人就是在外面做小姐。在去年，我们县甚至还发现了十多个艾滋病患者，他们是从那些从外面打工回来的小姐身上得的。我从来不会去找小姐的，我并不是怕自己得病，而是有爱情洁癖，我不可想象，两个互不认识、一点儿感情都没有的人，如何能上床？在我看来，就是在对方面前脱光衣服都够不好意思了，就是去找小姐，我肯定也不行。还有一个原因，我从来不鄙视那些小姐，她们是我农村的姐妹，或者城镇下岗职工，都是被侮辱和被损害的，我更不会去找她们了。这点良心还是有的。

他朝我摇了摇头，一脸很可怜我的表情："你这家伙，当兵都当傻了，连小姐都没找过，你是不是男人？"

我斜了他一眼，有点儿不大相信："你找过？"在我印象里，去找小姐的人，都是很脏的那种人。

他的脸色立刻红润起来，眼睛也闪闪发光："对我来说，不是找过没找过的问题，而是找过多少了。"然后他就开始在我面前吹了，还说连俄罗斯姑娘都上过。我喝的那点儿酒本来没有一点儿事儿，但我听了一会儿，脑袋就有点儿疼了，心里很恶心，忙跑到门外，哇地一下开始呕吐了。他靠在床边，哈哈地笑了起来："你小子原来是孬种，这点酒都受不了了？"

我扭头瞪了他一眼："这点儿酒算个鸟，我受不了你这个狗娘养的！"说完，我直起腰就走了。他在后面哇哇地叫着，不知道他在叫什么，管他呢，从今以后，我就是没一个朋友，也不会再来找他玩了。像他这样的家伙让我恶心。

我现在真的变了，再也不是中学时的那个喜欢打架、抽烟、逃学的小混混了。我当了兵，部队的一些东西已经融进了我的血液，渗进了我的骨头，就是将来脱下了这身军装，回到了家里，成了老百姓，但我这双握过枪的手，无论再做什么，都不会是原来的我了。像刘坚强这种肮脏的人，他永远都不可能成为我的朋友了。风从对面吹来，脸上痒痒的，我知道我流泪了。我把刘坚强得罪了，但我一点儿都不后悔。还是军营好啊，至少在道德上有纪律约束，想坏都坏不起来。我们从来都不曾花心，只是有时耐不住枯燥和寂寞，想恋爱而已。部队虽然也有不尽如人意的地方，但与其他地方相比，军营几乎成了世外桃源。从前他们说转业军人不适应地方的作风，我还不服气，以为人家是瞎说，在玩矫情，现在我全信了。没说的，如果打仗，兄弟们就会毫不犹豫地往前冲，死了就死了，军人就是打仗的命。如果真有一天要脱下军装回家了，我也不要工作，自谋生路，老了就回到老家，找个农村盖间小屋，钓钓鱼，种种玉米，不和他们玩那些乱七八糟的事。

这样一想，我心里舒服多了。

我后来还听说刘坚强用他们办公室的电话打出去听色情电话，是打到香港还是国外，我已经记不清了，反正用掉了一万多块的电话费。县电业局的领导很生气，把他赶到了下边一个乡的电管所当电工去了。

我以为他要完蛋了。这种事要是放在部队，不说开除军籍，至少也得降职降衔，反正以后就没任何前途了。谁知过了半年，他老爸找关系活动了一下，又把他调回了城关镇，还当上了电管所的所长。他被赶到乡下的这段经历也成了他基层工作经历。老家的人都说刘坚强这人能混，现在说谁能混就是在夸谁，但这并不影响我仍然看不起他。

就是这样一个鸟人，现在却到部队来找我了。

刘坚强也不是笨人，他心里也清楚我很反感他，我再也不是中学时的那个胡建军了，我们是两类人，我们所走的道路，永远都不可能再交叉在一起了。他装作我们还像铁哥们儿一样，笑嘻嘻地对我说，他们单位在搞"保持共产党员先进性教育"，我们这里有革命圣地，他们是来搞"红色旅游"的，正好路过，就顺路过来看看我。

班长陈卫星把我拉到一边，悄悄问我："他是谁？"我忙说："我老家的中学同学。"我给你们说实话，部队一般都不大喜欢老家来人。领导们表面亲热得很，心里却不痛快，怕添麻烦、捅娄子。这个我也理解。任何一支军队都是枕戈待旦，不是在搞战备，就是在训练，根本抽不出时间接待。我们也都是一二十岁的大小伙子了，自己能照顾好自己了。

当然，如果是女朋友，那就是另外一回事了。上次陈卫星的女朋友来时，他去向潘连请假，我正好在潘连那里给他弄下周训练计划。一听说是去接女朋友，潘连立马答应了，还笑着对他说："你小子可以啊，这么年轻就有女朋友了？"

陈卫星有点儿不好意思地摸着后脑勺，低低地说："我们不算男女朋友，我还没拉过她的手呢。"

潘连咦了一下："咋，还没拉过手？那你小子注意了，可不能出什么事儿了。"

陈卫星的脸腾地红了,他知道潘连指的是什么,忙立正给他保证:"连长,你放心,我不会给咱连队抹黑的。"

潘连又笑了,连我都觉得他的笑声里还有点儿那么不怀好意:"你那么紧张干吗?人家大老远来看你,你也不能让人家太失望了,要让人家高高兴兴地来,快快乐乐地走哦。"虽然我不能肯定,但潘连的意思我多少还是知道的。

陈卫星忙说是。

但一个大男人来找你,部队就不大欢迎了。何况是像刘坚强这样的人,他也不是一个什么好人,我得低调行事。我把他招呼到床上坐了,但接下来我就不知道和他说什么好了。他虽然是个电管所的所长,但在我眼里,他仍旧是个痞子,一个没有道德感的人,而我已经很清楚自己是个什么样的人,要干什么事了。简单地说,我就是想成为一名真正的"锅盖头"。我们已经完全是两个世界的人了,找不到一个共同话题。他也觉得有点儿尴尬,挪了挪屁股,看了看我们的宿舍,问我:"你们这么多人都住在一个房间里?"我说是。又没有话了。过了一会儿,他又问我:"你一个月拿多少钱?"那时军队的工资还没有涨,钱不是很多,我是个第一期士官,在部队已经服役四年了,但我一个月只拿将近八百来块钱。我不觉得这有什么丢人的,反正也够我花了。我实事求是地对他说了,我一个月只拿将近八百块钱。他有点儿吃惊地看着我,有点儿不相信:"你好歹也是个士官啊。"我笑了笑:"我没老婆没孩子,一人吃饱,一家不饿,反正已经够我花了。"他立马接上了我的话:"你怎么是一个人呢?不是还有米小阳吗?你们不准备结婚了?"他这么一说,我心里有点儿不好受,将来要结婚,要生孩子,只有这点钱的确是个问题。我沉默了一阵,闷闷地说:"这不影响我和米小阳的事,有多少钱就过多少钱的日子吧。"

他看了看我,又看了看窗外,窗外的树上有只五颜六色的小鸟正在叽叽喳喳地叫着。他摆出了一副很关心我的架势:"最近咱们县里有个文件,教龄够二十年的民办教师可以转正,或者满十年再通过教师资格考试也可以成为正式教师,其他民办教师都要清退。米小阳既不符合条件,也没办法考试,她父亲正在县里活动,想把她弄成正式教师。这种事儿是要花钱的。"

我愣了一下,吃惊地看着他,这事米小阳就从来没对我说过。

如果这事儿是真的,我相信米小阳家的关系是能把它摆平的。我们那穷地方就是这样,虽然有各种政策、规定,但只要你有关系,那些政策或规定就完全成一张废纸了。就像刘坚强这样的混混都能当上电管所所长,还有什么事是不可能的?我现在已经不大喜欢家乡了,每次回去只能待上七八天,时间一长我就很烦。我深深地爱上了部队。在我们部队,这种事情绝对不会出现。

我知道这种事儿我也帮不上什么忙,但这大小也算是个事儿了,你米小阳完全应该告诉我吧。我们这段时间一直在通电话、写信,但她从来都没有给我提过这件事。我坐在床边,低着头默默地抽着烟,有种被人家丢弃了的感觉,心里很不好受。

刘坚强可能看出来了,他笑着拍了拍我的肩膀,说:"不提这个了,说说别的事儿吧。你们工资是太少了,我现在在咱们县的电业系统算是中层干部了,一个月能拿两千多元,电业系统的工资高,比那些在县委、县政府上班的公务员拿的工资都高。"我知道他的意思,反正昔日那些鱼呀虾呀都比我强。这的确值得炫耀,但我不会眼红的。我看了看他,没有吭声。他又很得意地说:"老家如果有什么事儿,你给我说一下,我一般都能摆平。"我狠狠地抽了一口烟,浓重的烟雾包围了我,我被呛得想流泪,重重地咳了几声。我真的不知道该和他说什么才好。在我看来,干什么都要凭自己的真本事吃饭。我能有什么事呢?我想了想,很想让他在米小阳的教师转正这事儿上帮她一下,但我嘴唇动了动,最后还是没说,我现在是很讨厌这个家伙。我甚至觉得和他在一起是在浪费时间，我宁愿到训练场上摸爬滚打，就是把自己弄一身泥巴也比待在这里舒服。

好不容易挨到吃饭的集合号响了，我忙跳了起来，说，我们吃饭去吧。他坐着没动，抬头问我："你们吃啥？"我说："大米干饭、冬瓜、豆角炒肉、茄子。"他皱了皱眉头说："你们就吃这些？也太简单了吧。我们电管所食堂都比你们好多了。"我说："那我们出去吃吧。"他不置可否。我只得跑出去，向潘连请了假。

我们到部队外面的一个小饭店吃过饭，他掏出钱，不给服务员却递给我，这钱我当然不能接，军人的骨气还是有的。他说："我最不喜欢让来让去了，用我的钱用我的钱，我知道你们当兵的穷。"惹得一屋子的人都看他，他更得意洋洋。他就这点能耐，浅薄、虚伪、无聊。我把自己的五十四块钱递给了服务员，他看看我，我忙朝他笑笑。然后我挠挠头问他带香烟没有。老家来人了，见了班长和首长们应该客气一些，有礼节礼貌。他有点儿不高兴："部队真没意思，一点儿自由都没有，生活也太单调了。听哥们儿劝你一句，这地方不是久留之地，待时间长了影响智商，人都会变傻的。"我皱了皱眉头，有点儿恼火地瞄了他一眼，我已经在部队待了四年多了，我很热爱我们的军队，如果有人说它不好，我听了会觉得比骂我还要难受的。我把头扭向了一边，装作没听见他的话。他很聪明，很快就看出我有点儿不高兴，就换了一个话题，问我和米小阳是不是经常联系。我不想给他多说，就轻描淡写地说，经常联系，天天打电话。实际上我们也就是一周左右通一次电话。

给你们说实话，我已经和这家伙没多少话可谈了，当兵后没多长时间我就很讨厌他了。我真想不通，他到底是发哪门子神经突然想起看我来了。谢天谢地，他在我们连队待了一天就急着要走了，他肯定看出来了，我不欢迎他。这没什么，我要是不喜欢哪个人，我就不必处心积虑地应付他，不喜欢就是不喜欢，没必要遮遮掩掩。

我向潘连请假，准备把他送到四十里外的那个不大不小的江城坐火车走。潘连毫不犹豫地同意了。这种假最好请,他巴不得来队探亲的人快走,平常你请假去江城比登天还难。老兵想去就装病,那里有个部队医院。

我和刘坚强走出部队大门,穿过村庄,在路边等公共汽车时,莫小洛突然也来了。我前面很少提到她,因为自从赵志刚给我说了她的事情以后,我就再也没有到她家那个小店买过东西了。我的命令意识还是很强的,部队说不让干,我就不干。她笑笑地看着我,笑时嘴巴向上翘着,眼睛水汪汪的,很漂亮。我只好硬着头皮和她打个招呼,问她要到哪里去。她没说,反而问我:"你要去哪里?"我指了指旁边站着的刘坚强,说:"我老家来的朋友,他要走了,我把他送到江城火车站去。"她"哦"了一下,很高兴地说:"我也去江城,咱们可以顺路了。"我笑了笑,说好啊。和她说话时,我有点儿紧张,特种大队的兵都不敢和她来往。我虽然觉得李大队长的规定很不合理,但我也不能不听。我下意识地看了看我们部队的方向,没有别人,这才镇定了一些。但我给你们说实话,听说莫小洛也去江城,我心里还是很高兴的,和她在一起,肯定比和刘坚强这个混混在一起更舒服一些。

我们一起坐在公共汽车上,公路不是很好,到处都在修路,挖得坑坑洼洼的,尘土很大,卷起的灰尘包围了整个车子,看不到外面的风景。我和刘坚强没什么可说的,只好听莫小洛在那里叽叽喳喳地说个不停,她什么都要问,问我们老家是哪里的,我说是河南省麦县的,她恍然大悟地"哦"了一下,说离这里有几千里呢。然后又眨着眼睛,很乖地问我:"河南省在哪个方向?"我看了看她,她调皮地朝我笑了笑。我还有点儿不相信:"你真不知道?"她有点儿不好意思,脸微微地红了:"我真不知道,我只知道离这里挺远的。"我只好给她说了,心想她在学校时学习肯定不好,如果她认真学了地理,肯定会知道。我觉得有点儿可惜,这么漂亮的一个女孩子,怎么就不上学呢?她继续问我想家不想。她话可真多,一直和我们聊到了火车站。我还以为她只顾和我们聊天,都忘了下车了，谁知她却说，她来江城也没什么事情，就是在家里闷得慌，出来散散心。她抬起头，很认真地问我："你还有其他事儿吗？"我很老实地说："没有。"她很高兴，灿烂的笑容像盛开的鲜花："好啊好啊，咱们一起转着玩玩，到时一起回去。"我想了想，反正这里离部队很远，没人看到，再说，我和她也没什么事儿，在一起转着玩玩又有什么呢？我点了点头，算是答应了，她很高兴，转身买了三个冰激凌，一人发了一个。

刘坚强买票去了，我和莫小洛坐在车站外面的一排凳子上，她侧着脸看着我，我有点儿不好意思，没话找话地指着售票厅说，这个城市不大，买票的人倒不少。她没接我的话，却突然问我："你们李大队长是怎么回事儿？他为什么不让你们到我家那个小店买东西啊？我们家开那个店就是想把东西卖给你们的。"我扭头看了看她，她咬着嘴唇，歪着脑袋看着我，满怀期待地等着我说点什么。这话怎么说呢？我不想骗她，就老老实实地说："部队有规定，不让我们当兵的和地方的女孩子谈恋爱，所以李大队长就先下手为强，不让到你们家那个小店买东西，以绝后患。"我没告诉她，其实这都是她和那个南京班长谈恋爱造成的。听说在这之前，我们特种大队是没有这个土政策的。但这是人家的一块伤疤，我不能这样说。她皱着眉头，眼神里有那么点看不起我们李大队长的意思："都什么年代了，你们李大队长也太封建了，你们到我家小店买些东西就是和我谈恋爱了？"她说得是有道理。但怎么说呢，部队就是这样，什么事情都要加码，比如说吧，我们部队的被子要叠成"豆腐块"，这本来是好事，整齐划一，干净整洁，但现在却纯粹是为了叠被子而叠被子，为了搞好这个"豆腐块"，我在原来的那个红军团当新兵时，半夜里都要起来，把雨衣铺在地上，在地上哼哼哧哧地叠上半天。成了老兵也不行，上级要来检查时，我们还要往里面塞木板，甚至有时还要往上面洒点水再叠。特种大队在这方面做得比较好，从来不在这方面加码，李大队长就很反感这些东西，他说内务有利于战备就行，不必要在这方面浪费精力，当然我们也不能叠得太不像话了。李大队长在某些方面很开明，但在有些方面就不行了，比如他规定的不能在莫小洛家的小店买东西，这就有点儿过了。这也是没办法的事，毕竟他当了几十年兵了，有些思维惯性还是改不掉的。

我这样给她说了一下，她好像有点儿懂了，但好像又有点儿不懂，眨着眼睛问我："李大队长是不是和我有仇啊？"我心里都想笑了，你把人家一位优秀班长都拉下水了，最后人家被开除军籍了，你说你和李大队长有没有仇？我只好安慰她说："你也别想那么多，我们没有看不起你的意思。你没看出来，我们从你家门口走时，唱歌的声音是不是格外高？"她嘻嘻地笑了，甩了一下头发，说："那倒是的，你们当兵的真有意思。"我也笑了，心情很好地说："是啊，谁让你长得那么漂亮呢。"她眼睛盯着我，一脸的温柔："那你以后到不到我家买东西？"我愣了一下，不安地看了看她，她眼睛眨都不眨地看着我，我心里很乱，我不忍心拒绝她，但我作为一名特种兵，部队的命令我当然得听。我吞吞吐吐地说："如果没有别人的话，我会去买东西的。"然后忙又加上了一句："你们那里的东西要比我们营区里超市的东西便宜。"她很得意地笑了："那当然了，我们再坑人也不能坑子弟兵啊。"

我看了看她，阳光照在她的脸上，她的脖子细长雪白，一脸天真无邪的样子。那一刻，我有点儿怪我们李大队长的意思了，他也真是的，草木皆兵了，人家又不是什么坏蛋，我们到她家小店买点东西又有什么呢？

刘坚强买完票回来了，他站在我们面前，看看莫小洛，又看了看我，突然兴致很好地说："我带了数码相机，给你们照几张合影怎么样？"莫小洛一下子从座位上跳下来，兴冲冲地看着他说，好啊好啊。我还有点儿不愿意，我不喜欢照相，但莫小洛站在那里一个劲儿地冲我招手："起来，起来，快过来。"我只好站了起来，她小鸟依人地站到了我身旁。我有点儿苦恼，刘坚强这家伙也真是的，他应该早就看出来了，我和莫小洛只是认识而已,甚至连朋友都不算,让我们照什么合影啊。他不但让我们照合影,还当起了指导老师,让她一只手揽着我的腰,我握住她的另一只手。如果换了别的女孩子,这真的没什么,我不封建,但关键她是莫小洛,是我们特种大队领导都很警惕的人物,他们要是知道我和她在一起了,没事儿也能让他们找出许多事儿来。我有点儿尴尬地说:"不用搞得那么复杂吧。"刘坚强说:"你怎么回事儿啊,当兵怎么都当成老头子了?这有什么!"我看了看莫小洛,莫小洛还是一脸兴奋,她嘟着嘴仰着脸看着我,有那么点撒娇的意思了。人家毕竟是女孩子,我没办法拒绝了,只好按他说的抓住了莫小洛的手,我手里全是汗。刘坚强拿着相机,不停地打着手势,说头贴近些再贴近些。莫小洛很高兴的样子,一一照办。我看了看她,真想不通,她的兴致怎么会这么高。

我们正在照着相时,过来一个十二三岁的小女孩,她穿得很破烂,上面斑斑点点,头发乱糟糟的,还有点儿杂草,手里拿着个破碗,向刘坚强伸出了黑乎乎的小手,胆怯地说:"叔叔,可怜可怜我吧,给我一点儿钱。"刘坚强扭头看了看她,一脸厌恶:"你滚一边儿去!"小女孩吓了一跳,但她还在不依不饶地向他要钱。他火了,绷着脸,瞪着眼睛吼道:"你走不走?你再不走,我一脚踢死你!"我瞪了他一眼,心里有点儿恼火,刚想招呼那个小女孩过来,莫小洛已经开口了,她露出一脸很亲切的笑容,对着那个小女孩招了招手:"小姑娘,你过来,到姐姐这里来,姐姐给你钱。"小女孩吸了一下鼻涕,兴冲冲地跑了过来,站在她面前,高高地举起了那只破碗。莫小洛弯下腰,把一元硬币放在了她的碗里,还有点儿不好意思地说:"姐姐钱也不多,只能给你这么多了。"小女孩很高兴,一个劲儿地说"谢谢",然后她扭头看了看我。我刚看到她时就已经做好准备了,给了她一元硬币。我只要看到乞讨的,只要对方不是年轻力壮的小伙子,我都会给他们一元硬币的。小女孩很高兴地走了。刘坚强看了看我们,从鼻孔里哼了一声:"你们两个是真傻还是假傻,他们哪里是乞丐,都是出来骗钱的!"我刚要说什么,莫小洛接过了他的话:"就是假乞丐又有什么呢?那也是因为他们穷,如果不穷,你会出来装乞丐吗?"我心头一热,有点儿感激地看了看她,我心里也是这么想的。莫小洛并不是坏人,其实还是一个很好的女孩子,善良,还有同情心。我现在一点儿都不反感她了。

刘坚强又"哼"了一声,把头扭向一边去看那些花花绿绿的广告。

开车的时间快到了,只有一张站台票,我去送刘坚强,莫小洛在外面等我。这没什么可写的了,我巴不得这家伙快走,没有抱头痛哭依依不舍,甚至我们连手都没有挥一挥,火车一动,我就长长地出了口气。我要出车站时,又有点儿犹豫了,我要不要真的带着莫小洛在江城转着玩玩?我要是带她玩了,一回生,二回熟,这让特种大队其他人知道了,我要吃不了兜着走的。我不想从出站口出去了,想顺着铁道多走一会儿,从围墙上翻过去跑掉算了。这对我来说是小菜一碟。我刚走了两步,又有点儿看不起自己了,这算什么事儿啊?你一个大老爷们儿,把人家一个小姑娘丢在车站,自己跑了,这还算个男人吗?你这样做,让人家怎么看你?亏你还是个军人呢。

最后我就准备豁出去了,莫小洛就是个老虎,我也要陪着她在江城转转了。现在回忆往事,我得老实坦白,那时我的确做了很大的思想斗争,但我也知道,那也是一个借口,我还是很渴望和她在一起的。二十来岁的年轻小伙子,关在军营里,整天看到的都是男人,每个人对女孩子都会有一些美丽的梦想。我当然也不例外,就是在一起说说话也是好的。用弗洛伊德的话说,我在做思想斗争时,也是"本我"与"超我"之间在较量。最后还是"本我"胜出了。

我一旦做出了决定,那就彻底放松了,我真的把特种大队忘掉了,反正我和莫小洛不会有什么故事的。我有自己的女朋友,我很爱她,她也爱我。我和莫小洛开始逛大街小巷。我好几个月没有出来了。那天也真想到处转着玩玩,即使没有莫小洛,我也会在江城待上半天再回去。现在有个漂亮的女孩子陪着,当然更愉快了。我有时会侧着脸看看她,阳光照在她的脸上,我甚至还看到了她耳边的淡淡的茸毛,她的耳垂洁白晶莹,她的睫毛长长的,像一个梦。我那时甚至还想,如果没有米小阳,我说不定会和她谈恋爱的。李大队长应该明白,有些东西是挡都挡不住的。但我也只是想想而已,我还是很忠诚于我和米小阳的爱情的。她是个好女孩。但想到米小阳时,心里就有点儿不高兴,她要转成正式教师了,这么大的事儿,她怎么一直都不给我说呢?想起这事儿就让我烦恼,于是我就不想她了,扭头和莫小洛说个不停。

那天我和莫小洛玩得很高兴,她像一只小鸟一样叽叽喳喳地说个不停,带着这个地方女孩子特有的软绵绵的声调,悦耳、动听。我喜欢听她说话。她还逼着我给她买了两个冰激凌。我们之间没什么隔阂了,我甚至还给她开了一个玩笑:"你不是说要给我介绍一个对象吗?"她愣了一下,皱着眉头看了看我,但很快就叫了起来:"哈哈,我想起来了,我是这么给你说过。你真没对象?"我一脸坏笑地看着她:"真没有。"她还有点儿不相信,歪着脑袋很认真地看着我:"像你这么帅的小伙子,怎么可能没有对象呢?"我忙给她说,当兵的天天要训练,哪里有空谈恋爱啊。她这才信了。我觉得有点儿好玩,装作很真诚的样子对她说:"你一定要给我介绍一个啊,我要是退伍了就不回去了,留在这里了。"她笑笑地扭头看我,眼睛像弯弯的月亮一样清澈动人:"你说的是真的?"我忙发誓是真的。她问我要找一个什么样的女孩子。我笑嘻嘻地看着她说:"我条件很高的,要像你一样漂亮,还要像你一样善良才行。"她脸腾地红了,低下了头,好像很害羞的样子。我心里更乐了,我们走了很远,她还是没吭声,我看了看她,她抿着嘴,脸蛋红扑扑的。我有些惶恐和不安,她可千万不能当真了。我犹豫了一下,最后还是叫住了她,她站在那里,直直地看着我,我吞吞吐吐地说:"我刚才是给你说着玩的,你不要真当回事儿了。"她瞪大了眼睛:"你到底哪句话是真的?"她果然把它当真了。我有点儿不好意思地说:"我们当兵的不能在驻地找对象,这是一条'高压线',谁都不能碰,我刚才是逗你玩的。"她的目光黯淡下去了，有点儿不高兴地说："你们当兵的都喜欢骗人！"我忙笑着说："你不要生气，就是一个玩笑嘛。这不，我不是又告诉你了嘛。"她转过身去，低低地说："你不用解释了，我知道了。"她真的有点儿生气了，至少心里很不高兴，我这才觉得自己那个玩笑是很低级，的确是有点儿骗人的意思了。我都有点儿生自己的气了，觉得自己这张嘴巴特别贱。我忙赶上去，小心地赔着不是，说了许多好话，这才又把她哄笑了。

我以后不会骗她了。

那天我们从江城回来，刚到他们村口，我就忙下车了，莫小洛也跟着下来了。我看了看她，有点儿哭笑不得，我本来就是怕别人看到我们坐在同一辆车上，所以才先下来。但我又不好意思和她讲明了，只好磨磨蹭蹭地站在那里，两手抄在口袋里，看了看天空，说："我们部队现在可能正在外面训练吧。"我这么一说，她立马知道我的意思了，朝我笑了笑，自己一个人走了。我看着她的背影，有点儿惆怅，她实际上是个好女孩。她突然回过头来，站在路边，歪着脑袋问我："我还不知道你名字呢，你叫什么名字？"我忙慌慌地把名字告诉她了。她又很认真地问我："那你知道我叫什么名字吗？"我笑了一下，告诉她我早就知道她名字了。她这才很满足地走了，有时还调皮地踢踢路边的石子儿，我看得出来，她心情很好。我心情也很好。

一想起米小阳，我这才想起，我还有事要问她。我耐心地站在路边，一直等到莫小洛不见了，这才一溜小跑跑回部队，在磁卡电话上给米小阳打电话。她的声音有些懒懒的："你打电话有什么事儿啊？"我愣了一下，问她："没什么事儿我就不能给你打电话吗？"她也沉默了一下，可能觉得自己是说错了，过了好大一会儿，她才低低地说："你别想那么多，我刚睡觉起来。"我看看天空，太阳已经快落山了，天啊，她可真能睡。我问她："你现在想转成正式教师？"

她没回答，却问我："你怎么知道的？"

我没好气地说:"你别问我怎么知道的,是不是有这回事儿。"

她回答得很轻松:"是有这事儿,怎么了?"

我问她:"这么大的事儿,你怎么不给我说一声?"

她的口气就有点儿讥讽的味道了:"我告诉你有什么用?你能帮上我忙吗?你有钱,还是有权?"

我简直要被她气疯了,一拳击在了磁卡电话旁的墙壁上,我没钱,也没有权,难道就不能告诉我吗?毕竟我还是你的男朋友啊。刘坚强那个小混混都知道这事儿,她居然都没给我说。我强压着怒火,问她:"现在怎么样了?"

她淡淡地说:"不怎么样,有关系就行,没有关系那些有二十年教龄的也没用。"

我有点儿愤世嫉俗了:"咱们县的那些官员是怎么回事儿?统统都该枪毙掉!"

她有点儿不高兴了:"你说话怎么这么难听?你有本事,你也当个官让人家看看!"

我有点儿瞠目结舌,脑袋像被人用棍子砸了一下,心里很不舒服。米小阳这么说我,我一点儿也没想到。我们交往这么多年了,甚至把对方的身体都交给对方了,实际上我们还是都不了解对方。她应该知道,我不是那种能当官的人,我也没兴趣当官。但话说回来,我又了解米小阳多少呢?她看来比我现实多了,我当兵都当得有点儿不食人间烟火了。我想了想,试图调节一下情绪,多站在她的立场上考虑问题,她在老家那边,整个环境就是那么乌烟瘴气,她能有个工作也不容易,我应该理解她啊。

我做了一个深呼吸,拼命地把心里的不快压下去,尽量用很温柔的语气和她说话:"米小阳,要不,让你爸到县里活动活动吧。"

她的口气也缓和了一些:"你就别操心了,我爸一直在活动,刘坚强也在帮我忙。"

我愣了一下，刘坚强也在帮她的忙？他怎么没告诉我？我有点儿不相信地拿着话筒看了看，的确是米小阳在和我说话，我没听错。我觉得我还是很宽容的，心胸也不狭窄，但我就是看不起像刘坚强这样的人。我在电话这边摇了摇头，有点儿悲伤地说："米小阳，你找什么人不行，干吗要找像刘坚强那样的垃圾啊？"

米小阳生气了，她声音很大地问我："刘坚强怎么了？你们从前不是挺好的吗？再说，人家现在是电管所所长，还入党了，人家哪点比你差了？你怎么说话这么难听？"

我很伤心，也感到害怕，米小阳的变化让我感到很陌生，她不再是中学时那个单纯的小女生了，她变得既现实又势利了。我们的距离越来越大了，就像现在，我们甚至已经无法交流了。

我叹了一口气，有气无力地说："米小阳，你自己看着办吧。反正刘坚强那样的人不值得交往，我只是给你说一下，你要怎么做你自己看。我帮不上你的忙，我觉得很对不起你。"

她很快就接上来了："没什么对不起的，这是我自己的事儿。"

我愣了一下，这的确是她自己的事儿，但这话是对她的男朋友说的，怎么听都会觉得有点儿不对劲儿。我们没法再谈下去了，再谈下去，可能我们都会越来越不耐烦的。我们只好说再见，然后挂电话。

我呆呆地站在那里，夏天还没过完，天气还很热，但我觉得那个磁卡电话机握在手里冰凉。有辆军用卡车驶进来，从外面带来的灰尘一下子扑过来，包围了我。我在灰尘中重重地咳着，心里很难受。米小阳现在的样子，让我很吃惊，我好像从来都不曾认识她一样，也许是我粗心了。军旅生活很单调，我喜欢部队，但我内心里也在渴望着某种东西能抚慰我的青春。按照这时的年龄，只有爱情。我可能一直沉醉在我们的爱情中，并没有看到爱情之外的东西。米小阳并没有错，生活是沉重的，她要生存，就要现实一点儿，功利一点儿。管他刘坚强是个什么样的人，只要他能帮上忙就行了。我太理想化了，我用部队里的生活经验来打量外面的世界,用部队的标准来要求外面的世界,这个视角本身就有问题。尽管我不愿意,但我得承认,米小阳其实并没有错。

这样一想,我的心情好受了一点儿。我默默地站在磁卡电话机旁边,想着千里之外的老家,想着那位美丽的女孩,想着那些从小教育过我们的民办教师,祝愿米小阳能在不伤害别人的情况下,也能顺利地实现自己的愿望。

我们开始了一年一度的封闭式检验性专业训练。

我们那些从那个红军团来的战士这时完全融进了整个大队,已经是地地道道的特种兵了。潘连看我们的目光也温和多了,不像刚来时,总是有意无意地带点看不起的意思。周志军也成熟多了,他从狙击手集训队回来,还得了一个大队嘉奖。他很喜欢射击,没事儿时就坐在连队门口,手里拿颗石子,眯着眼睛盯着前面的一棵树,不时地往上面砸石子。有天我问他在干什么,他头也不抬地说:"我在练习瞄准。"我看了看那棵碗口粗的树,不禁有点儿好笑:"周志军,你他妈的在搞什么啊,这么粗的一棵树,我闭着眼睛都能砸到它。"他斜了我一眼,有点儿漫不经心:"我是在乱砸树吗?我在上面做了记号!"我抬起头看了看那棵树,树干上没什么啊,我又跑到跟前,绕着树转了一圈,还是什么都没看到,我有点儿疑惑地看了看他。他一脸诡秘地说:"你再仔细看看。"我就抱着树,趴在上面看,这才看到树上用红墨水涂了一个和蚂蚁大小差不多的小点。我忙跑到周志军身边眯着眼睛看了看,要是看得不仔细,几乎看不出来。我摸了摸脑袋,有点儿不相信地看着他:"你能砸到这个点?"周志军点了点头,很得意地说:"百发百中!"我有点儿不相信,又跑到那棵树边,说:"周志军,我就站在这里看着,你再砸一下给我看看。"周志军立刻拿起一颗石子,扬手抛出,果然砸在了那个小红点上了。他一连扔了七八颗石子,全都砸中了。我终于服他了,这家伙是个搞狙击手的苗子。周志军很得意地笑了:"这有什么?我能在六百米的距离打人形靶的人中，百发百中，第二颗子弹能从第一颗子弹打出来的洞里钻出去！"我看了看他，他说得很认真。我相信他没有撒谎。那些狙击手都是用一箱一箱的子弹喂出来的。不要说他了，我们这些普通的特种兵在射击训练时，也是用整箱整箱的子弹打的。

老李和我其实干得也不错，潘连表扬过我们好几次了，我们都深深地喜欢上了这个部队。

扯得远了，还是说说我们这次专业训练吧。

这次训练是封闭式的，要拉到外面的一个野外训练基地。原谅我不能说它在哪里，这也算是一个秘密吧。我当新兵时就知道军人要保守秘密了。

我一点儿都不怕，经历过"狼人"集训队，我什么都不怕了。

这次封闭式训练带点淘汰性的，是借鉴外军的"猎人"训练来搞的。它和我们的"狼人"集训队的区别是，那是军区举办的一个侦察兵为主的战斗骨干集训，而这次是全部特种兵都要参加的专业训练。我在没当兵以前，就很喜欢看军事杂志，知道"猎人"训练是怎么回事。我知道我们即将开始的是为期两个月的魔鬼式的训练，我也感受到了整个大队有一种不同寻常的气氛。

有一点是和"狼人"集训队一样的，大队要求每个人，无论是军官或者士兵，一律都把军衔取下，在头盔后面贴上编号，训练时不叫名字，只叫编号。这和其他部队肯定不一样，和我原来那个红军团也完全是两样。就说手枪射击吧，我们从前都是立正站好，身体呈四十五度对着靶子，一手掐腰，一手持枪瞄准射击。特种大队不是这样的，他们出枪的同时推弹上膛，成跨立姿势，双手握枪击发。整个动作一气呵成，最快时整个过程只需 0.8 秒。

就凭这，我就喜欢上特种大队了。这完全是按照实战要求进行训练的，在战场上，比对方先出枪 0.01 秒，就决定了生死。

还有其他好多方面，都让我感到新鲜。比如在行军时，特种兵不会像别的部队那样按训练教材的要求,把枪背在身上,特种大队官兵只要拿到枪,都是斜挎在肩上,双手持枪,枪口呈四十五度朝下,一旦遭遇敌情,就能以最快的速度完成出枪和射击动作。我们行军时也很不守规矩,都是猫着腰跑着行军,眼睛不时地观察着周围敌情。

部队要出发了,我们被要求不能乘车,以强行军的速度徒步向训练基地开进。潘连的动员很简单,说每个人都要做好准备,我们要到阎王殿里走一遭了。那些"锅盖头"都背着双手跨立着,个个紧绷着脸,一脸杀气。我没去过,这样也好,因为无知反而无畏。毕竟也是老兵了,我还经历过"狼人"集训队,再苦再累也算不得什么。我们这些从那个红军团来的士兵,都很自觉地把自己当作了新兵,一切都是从头再来。我甚至有点儿跃跃欲试了。

经过三天的强行军,我们赶到了那个训练基地。整个大队集中在了训练场上,李大队长进行开训动员。

训练场上到处是泥浆、石子,腰粗的圆木堆在一边,我们全副武装,脸上涂满油彩,个个脸色凝重,像一棵棵参天大树挺立在那里。

他对我们的要求很简单,还是那个"四不一没有":不近人情,不讲感情,不谈条件,不降标准,没有尊严!

我虽然在"狼人"集训队已经听过这话了,但还是和其他兄弟一样激动。这话是不是有点儿狠?我在"狼人"集训队刚听到这句话时,对这个"没有尊严"有点儿想不通,现在地方上在讲"和谐社会",部队也在讲要建设"和谐军营",说得直白些,就是要尊重个人权利,给每个人以尊严。我们社会这些年来是越来越成熟了,越来越注意"以人为本"了,我们这里却在讲"没有尊严",这有点儿不合情理吧。

我和潘连熟了以后,曾经和他说过这个想法。潘连愣愣地看了看我,很奇怪地瞪了我一下:"你这人怎么这么复杂,李大队长怎么说咱就怎么干,你想那么多干什么?"但他还是皱起了眉头,显然也在想这件事儿。过了一会儿,他说:"其实也很简单,咱们搞的就是魔鬼式训练,没有什么军官、士兵的区别,都是特战队员,在沼泽中做仰卧起坐,在泥浆中爬行,在污水中潜水,每个人整天都搞得脏乎乎的,本身就已经没有尊严了,你再装那个干什么?"

我一想,觉得他说得也有道理。我没问过李大队长,不知道是不是这个意思,估计八九不离十吧。

李大队长动员的最后一句话是:"你们要记住,作为一名特种兵,你们就要像狗一样去训练,像狼一样去战斗!"然后扭身就走,连头都不回。

我们听得都热血沸腾,在一个都是铁血男人的集体里,没有人肯认输。

这种魔鬼式训练远比我想象中的强度还要大。

我不知道别的部队怎么样,我们特种部队在训练中出现受伤的情况是很正常的,甚至死亡也是有的。特种兵平常训练都是在实弹环境里,还都是险难科目,比如说跳伞、飞行训练,都有可能牺牲。我不是说,我们的军队不注意士兵的生命,在每个部队里,领导最怕的就是出事故,出现一起伤亡,全年的工作就几乎是白做了。所以,平常都很注意这事儿。但你也不能因为怕出伤亡事故就减少训练科目了,真要战争打起来了,让你上时,你却没有训练过,那就不是伤亡一两个人的问题了,而是多少人的问题了。所以,真正过硬的部队是不会因此而在训练中偷工减料的。我们特种大队就是这样,当然,上面的首长也很理解。那次飞行训练事故出来后,上面首长并没有怎么责难大队领导,意见就是,总结教训,继续训练。有这样的首长,你就更没有理由不搞好训练了。

我们解散后,我在四周走了走。这个训练基地选的真好啊,到处是山,一眼望不到尽头,除了营区,四周就是森林了。旁边有一条湍急的河流,说大也不大,说小也不小,有十来米宽了。

潘连特地把我们这些第一次来到这里的士兵集合到一起,专门交代,没有什么事,不能出去乱跑,这里的毒虫、毒蛇不少,有时甚至连草都有可能有毒。

其实不用他讲，我们第二天就知道了。我们特地上了一上午的课，专门讲了哪些草和野果能吃，哪些草和野果不能吃，并且还教了我们如何识别是否有毒。这知识很有用，将来的野战生存全靠这个了。

我们在这里的每一天都被安排得满满的，就连吃饭也是在一种战术背景下完成的。一个人一个大海碗，背着六七十斤重的背囊，不准坐在桌子旁，筷子也是用折下的树枝做的，五分钟时间，快速吃完，快速投入战斗。每天要训练到晚上十一点才能睡觉，早上五点起床。但我们几乎没有睡过完整觉，总是到半夜时，突然空爆弹响了，我们立即全副武装，背上背囊，武装奔袭至少八公里以上，到达目标后，再接着奔袭另一个目标。

还有传递炸药包训练，这不但是种战斗技能，同时也在训练你的意志。预设方案是，发现某个山洞里有敌人，要用炸药包把他们消灭掉。炸药包是点燃的，每个战斗小组是五个人，要从最后一个人那里把嗤嗤冒烟的炸药包传递到最前面的那个战士手里，然后把它扔到山洞里。想想吧，你要是稍一犹豫，炸药包就会在你手上爆炸，那不是一颗手雷，而是十多斤的炸药包！我们特战一连搞得还不错，特战三连传递炸药包时就出点情况，那个炸药包刚扔出去就爆炸了，最前面的两名战士一下子被爆炸气浪掀起来一两米。但他们反应都很快，借势在地上翻了个滚，站起来一看，两个人都没事儿。

就连战场救护，也全部按照实战要求来。每个士兵都要学会进行较为复杂的伤口处理，还都要学会静脉注射。

体能训练内容很多，也都是高强度的，甚至可以说是残酷的。每次都是把我们训练得没有力气，疲惫得不想动为止。

就连周末休息时，也带着训练目的，给你一些干粮，割给你一块生肉，带着一盒火柴，到野外进行生存训练吧。

所有的训练都是在真枪实弹的环境下进行的，就连铁丝网下面的泥浆里，不但有沙子，还有石子，石子上放置一些铁钉、碎玻璃。我们在下面爬时，上面就架着一挺机枪在突突地扫射着，子弹嗖嗖地从我们头顶上飞着，打在旁边的土地上，噗噗地响着，真有一种在战场上的感觉，每次都很紧张。

但你要是觉得这很好玩，那就错了。没有当过特种兵，不置身其中，你就永远无法想象。比如说吧，有次在爬铁丝网时，我的肘部和膝盖嵌入了碎石子，鲜血把泥浆都染红了，但没人让你停下来，子弹在你头上飞着，你也停不下来，你只能咬牙坚持。我一声不吭地爬过了铁丝网，紧接着要跳进一个污水池里，从这一端潜到另一端，池子里的水又脏又臭，这还不算，中间还有汽油在燃烧，也就是说，你得一口气潜过去，你要是憋不住气把脑袋露出来了，那就要被火烧着了。通过了整个障碍场后，潘连讲评训练情况，我双手背着，跨立在那里，鲜血顺着裤子滴滴答答地流着，但我还不能吭声。潘连好像没有看见一样，继续讲评着。我有点儿头晕，潘连的脸有点儿模糊不清，我在心里叫着，你不能倒下去，胡建军，你狗日的是个特种兵，你要是倒下去你就完蛋了，你要争气！潘连终于讲评完了，他刚说完"解散"，我立刻软软地倒了下去……

我在卫生队里待了半天，其实也没什么大不了的，只是点皮外伤，流了一点儿血，军医清洗了一下伤口，涂了碘酒包扎了一下，我就又跑回来了。掉皮掉肉不掉队，流血流汗不流泪，我可不想被他们拉下来了。潘连还有点儿担心我，我大大咧咧地说："没事儿。"想了想，我又加上了一句："我在卫生队也待不下去，要是拉下了，我想赶也赶不上来了。"

潘连很高兴，笑得五官都挤在了一起，他重重地拍了我一下肩膀："行，你小子是块当特种兵的料子！"

我感到心里暖烘烘的，这是潘连第一次拍我的肩膀。他和那帮"锅盖头"玩得很好，他经常拍他们的肩膀，喊他们是"小子"。潘连是把我当成一个真正的"锅盖头"了。

不光是我，特战一连的兄弟都是好样的。我们班长陈卫星在通过阻绝墙时，因为抓绳子不稳，没有荡到最高点，重重地摔在地上几乎休克，休息了半小时，又投入了训练。

一天训练下来，胳膊都抬不起来了，小腿肚都会肿起来，用手轻轻一摁就是一个坑，上床都要另外一个人在后面顶着，睡觉时只能弯着膝盖，腿也不想动，往床上一躺就不想起来了。营区很小，我们都是十几个人睡一个大通铺，往往睡到半夜，身子不知不觉地就换了个方向，头放在了旁边战友的脚边，训练太苦太累，有时顾不得洗脚，脚臭得能把人熏醒了。

过了半个月左右，我们基本上都适应了，胳膊和腿也不疼了，有时不训练，身上还发痒，总想找个沙袋打打。

接下来进行丛林作战训练，我这才知道为什么要把这个训练场选在这里了。训练项目很多，我说点有意思的。比如说，丛林巡逻和审讯战俘。这和"狼人"集训时又有点儿不一样了。这两个科目是放在一块训练的。训练背景是敌人特种兵渗透到丛林中，我们要把他们抓到，并通过审讯得到他们的作战情报。这是动真格的，扮演敌人是另一个特战营的兄弟。他们以战斗小组为单位，被蒙上眼睛用车拉到森林的某一处，身上带着指北针和地图。在一天一夜的时间内，他们要躲过搜捕，找到并及时地赶到六十公里外的某处报到。他们如果顺利到达那个目标，我们的丛林巡逻任务就算失败了。如果被我们抓到或在规定时间内到达不了那个地方，他们就失败了。在被我们抓到时，我们还要审讯战俘。这不是闹着玩的，我们如果审不出来，那我们就失败了。军人都是讲荣誉的，对方又是另外一个营的，双方都不会跟你客气的。我们如果抓到他们了，就先捆上，各种手段都用上了，像倒挂灌水、活埋、引诱欺骗，都是允许的。如果对方试图反抗，那就更受罪了，吃的苦也就更多。这还不算完，接下来还要进行逃亡训练，他身上的东西都被我们没收了，没有任何可以利用的东西，但至少还得在野外生存两天一夜。你们可能觉得这很好玩，找个山洞躲起来睡觉就是了。没有这么好的美事了，你在逃亡，另一拨人还在搜捕你呢,要是抓到你了,又是一番审讯战俘。特种兵都很野,审讯战俘时变着法子整你。你整过别人了,别人当然也要整你,所以谁也不敢落到巡逻队手里,那可是真正的逃亡。

我们还没来之前,就规定不让我们剃头发了。我们刚开始都不知道是怎么回事儿,头发已经很长了,就像地方上的小青年一样。有的头发长得把耳朵都快盖住了,闷得头皮发痒,大队还不让剃。我们去问潘连,潘连也是摸不着头脑,不知道是怎么回事儿。我们都有点儿不习惯了,"锅盖头"多好,洗头发时稍微用点水就行了,甚至连洗发水都不用。好在我们很快就知道是怎么回事儿了,原来我们要搞一次带有野战生存背景的渗透训练,空降到某一区域,躲过敌人的搜捕,顺利到达一百二十公里外的目标所在地。这和我们训练过的丛林作战差不多,但带点实兵演练的性质。因为搜捕我们的不再是兄弟营连,而是地方军分区组织的成百上千的民兵,如果他们抓到我们一个,可以得到一百元的奖励。

我们本来身上要带三张标志牌的,被逮住一次,罚掉一张,罚完为止。但李大队长否定了这个方案,说,这要是在实战中,逮住一次就完蛋了,要来就动真格的。

我们每个人手上都分到了一张地图、一点点干粮,可以着便衣,但携带的武器一件都不能少,每四个人为一个战斗小组。我、老李、陈卫星和周志军为一个小组。我们被带到一个完全陌生的地方,要从这里出发,三天三夜的时间到达一百二十公里外的Z镇。

我们四个人商量,我们的口音都不像当地的,民兵一问就露馅儿,干脆不穿便衣了,就穿军装。那些民兵真多,我们没走多远,就发现了他们三三两两地在四处搜索,我们只好借助树木草丛的掩护,躲过他们。就在傍晚时,我们遭遇到了险情,刚躲过一拨,前面又来了一拨,周围没有可以躲避的地方,陈卫星果断地说:"上树!"我们立刻抱着树,噌噌地爬了上去。那些树枝叶茂盛,还真把我们遮住了。

到了晚上,我们终于穿过了森林,草草地吃了几块压缩饼干,老李就催着上路了。我想了想，摇了摇头："现在还早，那些民兵正有精神呢，咱们睡觉，等到夜里十二点左右，他们睡得正死，我们正好能多赶一些路。"陈卫星他们一听，觉得我说得有点儿道理，陈卫星很高兴地给了我一拳："不错，你小子这主意不错，睡觉。"

我们就和衣躺在一个沟里的草地上，轮流放哨，美美地睡了一觉。到了夜里十二点，我们悄悄地起来了。我们根据地图，只要发现有桥梁或道路的地方，都要把它避开，那里肯定是民兵重点把守的地方。我们只好从沼泽中蹚过去，从河流中游过去，尽走那些偏僻的地方。有次还和兄弟连队的一个战斗小组遭遇了一次，双方都紧张得不行，再一细看，原来都是自己人。他们四个人都换上了便衣，戴着不知道从哪里弄来的草帽，穿着脏脏的衣服，要不细看，还真像当地的农民。他们告诉我们，已经有兄弟落在了民兵手里了。这让我们更加紧张，选的路更加偏僻难走。

天亮的时候，我们在一个山沟里小心翼翼地前进着。这里离大路很远，但那些民兵还是来了，并且还很狡猾，就趴在一个土坎后边。我们没发现他们，等走出了好远，他们突然看到我们了，大呼小叫追了过来。陈卫星边跑边说："目标太大，我们散开，让他们没法追！记住，我们要在Z镇外那个小学校前碰头！"

我们立马散开，发疯般跑起来。我们就专门找那些难走的路，哪里有石头，哪里有河流就往哪跑。但这些家伙对这里很熟，总是能抄近路堵住我们，距离就是拉不大。我和老李最后又跑到一块了，老李把地图掏了出来，一边跑着一边看，大声地冲我喊着："咱们往东边跑，那里有条河！"我们立刻折向东边，跑了两三里，终于看到了那条小河，不是很宽，但蓝幽幽的很深，这没什么可讲的，往下跳吧。一万米的武装泅渡都游过，这条小河当然不算什么，我们游了过去，那帮民兵站在岸边，气得大呼小叫起来，我看到还有人在那里打手机。

我看了看老李，说："坏了，这帮家伙发现我们了，我们不能一直向东走了，要避开这条路了。"

老李想了一下，说："那我们就先向南，走上他一二十里，然后再折向东，再向北。"

我们一直走到看不到那帮民兵了，这才折向南去。

我和老李后来干脆白天不走了，找个山沟躺下睡觉，然后晚上就用跑步的速度把耽搁的路程再补回来。再加上我们走的都是很偏僻的野外，一直没有什么事儿。一直到第三天，我们终于赶到Z镇外面的那个小学校，但我们猫着腰转了好几圈，都没有看到陈卫星他们。

我和老李躺在学校外面的一条小沟里，老李看了看我，有点儿迟疑地说："你看，陈卫星他们是不是被人家逮住了？"

我也有点儿拿不准。按规定我们要在傍晚六点赶到Z镇，时间还早，我说，再等等，如果等不到，我们再走也不晚。

我们一直等到了下午四点，我和老李就要走时，陈卫星来了，他头发乱糟糟的，衣服上也破了好几个地方。他坐下来喘了一口气，闷闷地说："妈的，周志军被那帮民兵抓住了。我一直在跟着他们，准备下手把他救出来，但一直找不到机会。"

我和老李皱起了眉头，周志军是我们的兄弟，当然不愿意他被抓住了。老李焦急地问他："他们现在在哪里？"

陈卫星趴在沟沿儿上向北边指了指："离这里不远，他们有六个人，还没有送到他们的民兵指挥部。如果现在能把他弄出来，咱们就不算违犯规则。我想和你们商量一下，看看怎么搞，咱们只有两个钟头的时间，要把周志军弄出来，还要赶回到Z镇，Z镇离这里还有五六里。"

我有点儿发愣："我们就是把周志军弄出来了，目标也暴露了，那些民兵在前面一堵，咱们就完蛋了。"

陈卫星说："没事儿，Z镇太小，民兵如果都在这里等咱们，咱们一个也进不去。指挥部有规定，Z镇方圆五里之内不准民兵再抓咱们了。这是最后一站。"

老李八公里武装奔袭最好，我们决定让他故意暴露目标，并且装作一瘸一拐的样子，引诱那些民兵来逮他。他借机把他们引开，我们上去解救周志军。

陈卫星还有点儿不放心，再三叮嘱我们，按照规定，我们特种兵是不能伤害人家民兵的，所以我们不能打人家，把人弄过来就行。

我有点儿担心："老李就是把他们引走了，他们也不会全去的，肯定要留下一两个人看着周志军，我们不动手怎么办？"

陈卫星捅了我肩膀一下："不打他们，不等于我们什么都不干啊，我们可以把他们放倒，把他们捆起来啊。"

我嘿嘿地笑了，只要动手，那些民兵肯定要玩儿完。我们三个人蹑手蹑脚地借着那些房屋、树木、柴草垛的掩护，悄悄地接近了那帮民兵。他们毫无察觉，一边走着一边嘻嘻哈哈地说笑着。这帮家伙们，居然带着绳子，把周志军五花大绑地捆起来了。老李躲在了一棵大树后面，我们走到离他一百多米远的地方，陈卫星打了一个手势，老李立马出来了，他还夸张地拿了一根棍子做拐杖，一瘸一拐地走着。那帮民兵看到他了，立刻有人叫了起来："快追快追，那里有张一百块钱！"他们呼呼啦啦地跑向老李，只留下了一个人在看着周志军。

我和陈卫星扑了过去，那个民兵还没明白怎么回事儿，就被陈卫星捂着嘴巴摁在地上了，我立马掏出军用匕首，把周志军身上的绳子割开，扔给了陈卫星。陈卫星三下五除二把那个民兵连手带脚绑上了。我又用匕首把那个民兵身上的衣服割下一小块，堵住了他的嘴。我们三个人撒开脚丫子就跑。

老李也把那几个民兵摆脱了，我们终于在六点以前赶到了Z镇。

这次渗透演练，我们一千多名兄弟，被民兵逮住了十一名。这样算算，实际上还是可以的。李大队长就很满意。那个军分区司令员连连摇头："亏本了，亏本了，我本来以为这些民兵能赚不少钱呢。"我们站在旁边，都嘿嘿地笑了。

实际上这些只是我们训练中很小很小的一部分,你只要知道,我们是群像狼那样的士兵就行了。就像李大队长说的那样,我们单兵是一只狼,一只不屈不挠永不退却的狼!集结起来就是一群狼,毁灭一切敌人的狼群!

我和老李、周志军表现还不错,我们都挺过来了。专业训练结束,李大队长来看我们时,还握着我们的手使劲儿地摇了摇:"小伙子,干得不错!"把老李感动得都要哭了,红着眼睛悄悄地对我说:"大队长这是高看咱们一眼啊,你看看,他就没给别的人讲话!"我注意看了看,他果然没给别的人说什么话,走到他们跟前时,互相敬个军礼,握一下手,也就过去了。我想了想,低低地对老李说:"他们都是一个部队的,咱是红军团来的,李大队长是在激励咱们。"老李使劲儿地点了点头:"我一定会好好干的!"

那天晚上不是节假日,但李大队长很高兴,特地破了个例,每个连队都可以喝酒。我们酒喝到一半时,潘连突然举着酒杯过来了,把我和老李、周志军,还有我们红军团来的那几个弟兄都叫了起来:"来,我敬你们十几个人一杯!"我们都有点儿受宠若惊,慌慌地站了起来,说:"连长,应该是我们敬你!"潘连拍了拍我们的肩膀:"你们辛苦了!老兵毕竟是老兵,好样的!"

特战一连的"锅盖头"一齐看着我们,不知道是谁带的头,突然响起了热烈的掌声。潘连回过头来,微笑地看着我们,也一个劲儿地拍着巴掌。我们这些红军团来的士兵都有点儿不知所措,红着脸不知道说什么好了。那些掌声比任何美酒都要醉人,我好像走在云彩里,有点儿头重脚轻。这帮"锅盖头",他们终于承认我们了!

我们是一名真正的特种兵了!

从那个训练基地回来后,每个人都收到了一大堆的信。部队规定不能上国际互联网。我们这个部队因为其特殊性,更不能上网,电话费又很贵，所以我们主要还是靠写信和亲人朋友联络。我的信也不少，我忙翻检着最重要的信，最重要的信当然是米小阳的。我们这次外出训练是封闭式的，大队规定，不能到处乱讲，家人也不行，我就没有给米小阳讲过。在那里的两个月，当然也没有电话打，我和米小阳这两个月可以说是失联了。

米小阳的来信很生气，她问我这两个月死哪里去了，是不是又有女朋友了，要把她甩了？如果想把她甩了，就给她说实话，她不会阻拦我的，等等，这让我心里很不舒服，她把我看成什么人了？我们在一起这么多年了，我是什么样的人她还不了解吗？我皱着眉头把信重重地放在了桌子上，站起来走了两圈。如果她信都是这么写的，我真不想看它了。接到女朋友的信，本来想高兴高兴，谁知看了反而更难受。

最后我还是坐了下来，心想，说不定她在后面还有一些甜言蜜语呢。谁知后面的更不像话，她讲了一大堆他们学校组织教师到乡下进行计划生育宣传的事。这是政府摊派给他们的，不下去宣传就不发工资。米小阳去宣传一次后，回来就很看不起那些农村人了。她说，真是不看不知道，一看吓一跳，越穷越生，越生越穷，这些农民真是中邪了。我知道米小阳说的也是实话。我们老家的计划生育工作很难搞，父老乡亲宁愿倾家荡产也都一定得要个男娃子。在我大伯那个村庄里，就没有一家只有一个孩子的，最少的是两个，最多的有三四个了。米小阳在信里对我的农民兄弟姐妹大大地嘲笑了一番，说她一进村子，还有土坯茅屋，到处是猪啊、牛啊拉的粪便。村里的女人好像几十天都没梳过头，头发乱糟糟的，上面还沾有草叶。小孩个个像黑乎乎的小狗一样脏兮兮的。中午是在村支书家吃的饭，他老婆给他们做捞面条吃，她吸溜一下鼻涕，用手背擦了一下，又开始和面。她恶心得差点吐，以后再也不来这样的鬼地方了，打死我也不会再去了，那不是人待的地方，恶心死人了……

我托着下巴，趴在桌子上，愣愣地把米小阳的信又读了一遍，我都有点儿不相信这是米小阳写的信了。是的，我们老家的农村是很穷，村里有些人甚至一辈子连县城都没去过。我上次回家探亲时，特地从乡下看望大伯一家时，村里有个叫王金花的老太太还问我："听说城里人都有个腰电话，是不是有这事？"我有点儿莫名其妙，后来才弄明白，她说的是挎在腰里的手机。米小阳从小是在城镇长大的，她不知道农民的艰难，不知道他们因为没有退休金之类的可以保障下半生，他们超生就是想要个男娃子养老，他们的要求并不高。其实稍微一想就会明白这个道理的。我挺同情他们的，大伯他们村里，许多老人七八十岁了，还仍旧天天下地干活。这封信让我很难受。我不喜欢那些看不起农民的人。我周围许多农民士兵兄弟，他们就很好，不比任何人差，他们朴实，能吃苦，敢于摔打自己，他们是我们这支伟大军队的基石，是我的兄弟。

　　我有点儿想不明白，当年米小阳跟着我一起跑到我家去，那里和乡下农村也没什么区别，都是一样的穷，这些年也没有什么变化，变化的是米小阳。我想象不出米小阳现在变成什么样子了。我越来越不喜欢她了，她变得越来越庸俗了。

　　我的犟脾气又上来了，决定不给她回信，就给她打了个电话，给她说我们前段时间去搞专业训练了，我刚回来。她不信，像打机关枪一样说个不停，你骗我，你肯定是想甩我。我说什么她都不信，还是死死地咬着这一点，翻来覆去就这两句话，就好像我真的想甩她一样。我说，你不要这么说了行不行？说两句其他的好不好？她说不行，不把这个问题搞清楚不行，你说，你是不是想甩我。我都快被她气哭了，根本就没有的事，被她搞得像真的一样。我很不耐烦地说，我给你说过多少遍了，我根本就没那个意思！她还缠着不放，我越听越不对，她那样子就好像盼着我把她甩了才好。她最后把我搞毛了，我口气很冲地说，你爱怎么想就怎么想吧，反正我说的都是实话，信不信由你。说完，我就挂了电话。我的脑袋有点儿疼，揉了揉太阳穴，使劲儿地摇了摇头，女孩子真是麻烦，如果她再这样无理纠缠下去，我甚至都不想和她谈恋爱了。

　　那一段时间我心情很不好。

潘连的心情也不好。上级后勤工作组下来检查，我们单位的后勤生产又是一塌糊涂，地里的菜稀稀拉拉的，有些还荒着，当然地块也不像刀切了一样整齐。连队喂的猪也不怎么样，个个瘦得像屎壳郎一样，工作组的首长一进去，它们就扒着猪圈，嗷嗷地叫着，饿得像狼一样，好像几十天没吃过东西了。我知道很多部队都有专门喂猪的战士，别的事都不干，就干这一件事。但我们特种大队不干这事，每天就是炊事班把剩菜剩饭抬来喂一下，然后他们还要跑到训练场照常进行军事训练，当然喂不好那些猪了。李大队长给我们算了一笔账，要想把猪养好，不但要专门抽调一两个战士伺候它们，还要买猪饲料。这东西又很贵，养猪成本要比到市场上买猪肉还要高，现在的伙食费已经不低了，完全不用自己养猪种菜了。再说，这要牵扯大量的时间和精力，部队不是搞这个的，部队是用来训练打仗的。李大队长说得很有道理，大家其实对这种情况都很清楚，上级有关部门也不是不知道，但我一直想不明白，既然这样，为什么还要养猪种菜？官兵们都很讨厌搞养猪种菜这些事，用它来学学文化看看书多好。我敢说，如果有一天部队取消养猪种菜了，基层官兵肯定会放鞭炮祝贺。

我们整个特种大队养的猪种的菜都不是很好。上级后勤工作组很生气，这次他们动真格的，把我们特种大队的连首长们全部用卡车拉上，让他们到兄弟部队一个炮兵团去参观学习人家的后勤生产。潘连本来就是带着情绪去的，到了那里自然不服气，总是斜着眼撇着嘴看人家养的猪种的菜，好像人家的猪和菜跟他有仇一样。人家的菜地种的就是好，一块块整整齐齐的，无论从哪个角度看，都是一条直线。上面的土也整得很平，几乎看不到一个土疙瘩。但那些菜长得却不怎么样，个个都是病恹恹的，黄不拉叽的，这也不能怪人家，弟兄们都是操枪弄炮的，种菜真不是行家，有时水浇多了，有时水浇少了，有时肥料上多了，有时肥料上少了，反正没一个能拿捏到位的。他们在这方面，还真不如一个农村老太太。我们那个红军团的菜地搞得也不错，地块都是整整齐齐的，但那些菜也不怎么样。我不敢说全军的部队都是这样,但恐怕大多数部队都种不好菜,只能在平整菜地上下功夫了。我甚至还听说,有些单位为了应付检查,连夜突击,从老百姓那里买来菜秧,直接插在地里,检查完了,那些菜也都枯死了。

  我们潘连斜着眼睛看着那些菜苗,像牙疼一样捂着腮帮子,呜呜地说:"我的娘啊,都是老弱病残,这也叫菜?"有人一带头,那帮"锅盖头"连长们立刻活跃起来了,都指指点点地数落起人家种的菜来了,还借机发了很多全军都应该取消菜地生产的牢骚怪话。工作组的领导很不高兴,很严肃地说:"你们自己的菜地搞不好,让你们来学习,你们还说风凉话,你们这帮人是怎么回事?"说完,狠狠地瞪了潘连一眼。大伙儿这才不敢吭声了。但那表情都写在脸上,个个都是不服气。

  我们也不服气,部队是用来打仗的,要比就比军事训练,种菜能种出战斗力吗?

  潘连他们接着去参观人家养的猪。人家的猪圈显然精心准备过了,地面上被水冲得干干净净的,进去不但没有臭烘烘的味道,还有一股空气清新剂的味道。潘连一进去就叫了起来:"妈呀,咱这是到哪里了?是不是到五星级宾馆里了?"人家还没听出潘连的意思,还以为他是在表扬他们,就笑哈哈地介绍经验:"我们要求每个连队必须把猪圈的卫生打扫好,给猪们提供一个舒适的环境。到了冬天,天气冷的话,我们还要在这里生火,给它们取暖。对猪们还说,这还真是五星级宾馆了。"

  潘连伸着脖子向猪圈里看了看,那些猪长得的确很肥,个个像小山一样,像个绅士一样慢条斯理地在猪圈里散着步。潘连这次是真服了,我们特种大队没有一个连队能把猪喂得这么好。更绝的是,那些猪身上个个都很干净,没一根杂草不说,都还像用梳子梳过一样,毛发都是顺着倒向后边。我们连队的那些猪不但瘦小,而且像我们这些"锅盖头"一样,整天在泥里滚土里爬,个个脏不拉叽的。特种大队的"锅盖头"连长们这下都没话说了,只有啧啧称赞的份了。那个炮兵团的领导更高兴了，还介绍了一下经验，说是为了让猪长得更快更好，他们科学养猪，天天给这些猪放莫扎特的音乐听，他们下一步准备给那些西红柿什么的也放音乐。潘连这次是真的佩服了，他的"牙也不疼了"，眉头舒展开来，脸上的几颗麻子也放出光彩来，他朝那些陪同他们的炮兵团的干部竖起了大拇指，声音很大地说："你们这哪里是在养猪啊？你们这是在养孩子啊！"

潘连说的是真心话，但工作组的领导听着却很刺耳，以为潘连又在说风凉话，当场把他揪出来了："你是哪个连队的？"潘连还不知道是怎么回事，很轻松地说："报告首长，我是特战一连的！"人家说："你不服气是不是？这好说，我给你两个月的时间，然后我们再到你们连队看看，看看你们连养的猪种的菜到底怎么样！"

潘连愣了一下，瞠目结舌地呆在那里了，其他的"锅盖头"连长们都退到一边，捂着嘴味味地笑着看他。

潘连回到连队就唉声叹气，晚点名时又发了一通脾气，大骂炮兵团那些猪和菜。

骂归骂，潘连还真不得不把它当回事，但要让我们这些"锅盖头"们也把时间花在养猪种菜上，他是不会干的。他把指导员、司务长叫来，一起来商量这事，说是三个臭皮匠顶上一个诸葛亮，但研究了半天，还是一点儿办法也没有。潘连急得在屋里团团乱转，他后悔得在自己的嘴巴上打了两下，气呼呼地说："就你贱，别人不说话你偏说，就你贱！"司务长犹豫了一下，对潘连说："要不，到时咱们也到老百姓菜地里买些菜插在地里应付他们一下？"潘连的目光亮了一下，他看了看司务长，司务长充满期待地看着他。他又看了看指导员，指导员把脸扭向了一边，装作聚精会神地看墙上挂着的训练计划。潘连皱着眉头走了两圈，最后还是摇了摇头："按说，这也是个办法，但咱不能干。应付上边好办，你能应付了战士们吗？咱要是这样干了，那些家伙嘴上不说，心里就把你看扁了。这会把连队风气弄坏的。"指导员这时好像看完了那个训练计划，把头扭了过来，说："你炮兵团里不是有个老乡吗？你打电话问问他们是怎么搞的。"

潘连愣了一下，接着就叫了起来："对啊对啊，我怎么这么傻啊？"他扑到电话机跟前，弯着腰，虚心地向那个炮兵团的老乡请教如何种菜养猪。那个老乡也是个连长，他给潘连说了实话："你们这群狗娘养的不好好养猪，还要跑到我们这里看我们养的猪，害得我们忙了一天一夜。那些猪都是从老百姓那里借来的，一天要给人家二十块钱，还都过秤了，掉一斤肉要赔人家钱呢。那些猪都脏得不行，我们又买了洗衣粉，把那些猪捆上，然后用洗衣粉把它洗得干干净净，又用梳子把它们的毛发梳得整整齐齐的，猪圈也洒上了空气清新剂……"

潘连愣住了，他结结巴巴地问人家："你们真的给那些猪用洗衣粉洗了？"

那个连长很不高兴："你把我看成什么人了？我还骗你吗？妈的，有头猪还享受不了这福分，还被我们整死了，赔了人家几百块钱。你们特种大队真是害死人！"

潘连忽然感到浑身轻松，嘿嘿地笑了："对不起对不起，谁让你们到处吹牛说你们后勤生产搞得好啊，你们自己一身老白毛，还说我们是老妖精。这下够你们受了吧！"

潘连打了这个电话，心情就好了，他笑着打了指导员一拳："好了好了，咱们不用忙了，如果像他们那样，咱还不如不干。"

潘连立马跑到李大队长那里汇报了这事。那天他从炮兵团一回来，李大队长就知道了工作组领导训斥他的话，他还把潘连叫去狠狠地骂了一顿，说潘连出什么风头不行，偏偏要出这个风头，这下好了，看你怎么收拾这个烂摊子了。

李大队长见到他还有点儿生气："你来这里干什么？"

潘连敬了个礼，笑嘻嘻地说："大队长，我来汇报一下养猪种菜的事。"

李大队长瞪了他一眼："别提这事了，随你怎么搞，反正你们特战一连的每天训练都要参加,两个月后,我专门去考你们连,要是成绩敢拉下来,我把你连长的职务拿掉!"

潘连不好意思地摸了摸自己的锅盖头,嘿嘿地傻笑着,把自己从那个炮兵团打探到的情况汇报了一下。

李大队长本来紧紧地绷着脸,听着听着脸色就缓和了,最后哈哈地笑了起来:"这个王大炮,你整的是啥事啊?"王大炮是那个炮兵团团长的绰号。

李大队长的心情变得很好,他挥了一下手,很干脆地给潘连说:"搞什么弄虚作假!咱们不搞,是什么样就是什么样,你们该干啥还干啥,别给我瞎折腾。"

潘连小心翼翼地说:"那工作组真来我们连队检查了,我怎么办?"

李大队长瞪了他一眼:"你就别操那么多心了,我给后勤部长打个电话说说情况,他们要是不听,来就来吧,我让他们直接检查咱们连队的伙食算了。养猪种菜最后不还得落实到战士们的饭碗里吗?干吗要绕那么大一个圈子?"

潘连这才如释重负地回来了,晚点名时兴致勃勃地给我们讲了讲到炮兵团参观学习的经过,以及他们是如何养猪种菜的,接着传达了李大队长的指示,让我们把心放在肚子里,好好训练。李大队长这么关照我们,滴水之恩,我们要涌泉相报,决不能在训练上给大队领导脸上抹黑。最后,潘连又总结出了一个沉重的教训,说是拍马屁也要看时机,自己说人家养猪是当孩子养的,本来是真心夸的,结果却拍在了马蹄上。

我们都嘿嘿地笑了。我也是听了潘连的讲述才把这事写得这么清楚的。我一般不会虚构的,我觉得小说要是写得好了,会很有意思的,它甚至比有些新闻报道还要真实。小说比新闻还要真实,这真他娘的是怪事。我们潘连也讨厌那些很假的新闻报道,他为这事还吃了不少苦头。这是后话,我以后再说。

怀念一只鸟

米小阳来到了我们部队。

这让我感到很突然，当我看到她第一眼时，居然有种恍如隔世的感觉。自从我看了她那封嘲笑我的农民兄弟姐妹的信后，就没给她回过信了。虽然我很爱她，但我还是觉得我们的距离是越来越远了，有很长一段时间里，我甚至都不怎么想她了。这真怪了，前几年我喜欢她喜欢得不得了，几天没她的消息，就像屁股上扎了个针锥一样坐卧不安。到了这个特种大队，离她远了，反而没一点儿事了，即便有时也想她，但一开始训练、学习，她就不见了。你不得不服气，部队还真的在不知不觉地改变着一个人。

她穿着一件白色的裙子，上面是件绿色短袖上衣，头发盘在脑后，看上去很美。有一年多没见过面了，她有点儿胖了，脸有点儿白了，好像扑了些粉，但你要是不仔细看，还真看不出来，她越来越会打扮了。她的面孔很熟悉，但好像又有点儿陌生了，我就那么愣愣地看着她。她看见我，显然也吃了一惊，站在那里，瞪着水汪汪的大眼睛呆呆地看着我。我穿着一身已经磨得发白的迷彩服，上面还有白白的碱渍和泥巴。我刚理过发，就是那种脑袋三面发光的"锅盖头"。她指着我，喃喃地说："是你吗，胡建军？你怎么变得这么黑了？"我嘿嘿地傻笑一下，我看过镜子，我现在的脸庞和乡下的农民大哥们差不多，甚至比他们还黑。这没什么，当兵的脸如果还是白生生的，那真是个鸟兵了。

我愣愣地问她："你怎么来了？"

她瞪了我一眼："我没事就不能来吗？"

我摸着自己的"锅盖头"，有点儿不好意思地笑了，觉得自己刚才问的那一句话好傻。是啊，想来就来，爱情需要理由吗？

我把她送到大队的招待所，那个招待所从外面看，就是三层很旧的楼房，但里面装修得很好，就像外面酒店里的标准间一样，有卫生间，也有淋浴房，什么时间都有热水，部队条件是越来越好了。最重要的是，你家里来人住在这里是不用掏钱的。我觉得部队这样做很有人情味。它会让你的家人也会在不知不觉中喜欢上它的。

她坐在床上，把胳膊支在桌子上，静静地看着我。我看看她，又低下了头，我不知道说什么好了。她那封信让我一下子觉得我们之间有了距离，并且距离很大。我们每次通电话，并不是很愉快。我说不清，但我知道，我们之间已经有些问题了。我只好给她说连队的事，我还是拣最精彩最有传奇性的事情给她讲，比如潘连追野兔的事，比如我们在渗透演练中与民兵斗智斗勇的事，但她没听一会儿，就打起了哈欠，站起来伸了一个懒腰，说："没意思，你们那是在过家家。"我愣了一下，我觉得这些事很值得我们自豪，在她眼里，却成了小孩子过家家。我本来心情很好，你说是兴奋也行，身子都是热的，她这么一说，一下子把我说话的激情浇灭了，我都感到身上有点儿冷了。我低着头，有点儿闷闷的，心里不大舒服，她根本就对我和我的兄弟们的事不感兴趣。我想了想，只好问她老家中学同学的情况。她告诉我，我们那些同学中考上大学的，现在基本上都毕业找到工作了，她的那个表姐宋高丽就在县委上班。她说完以后，表情怪怪地看着我。我愣了一下，宋高丽的样子又浮现在了我的面前，我想起了那天晚上我站在法国梧桐树下抽烟的情景，想起了我和陈小刚打架的事，也想起了她抱着我使劲儿地喊着我的名字，但她的面目已经有点儿模糊不清了。我已经几乎把她完全忘记了。那时我们真的还小。时间真快啊，转眼间，我们都已经长大成人了。

我和米小阳在一起时，她从来都没提过这个名字，我们都小心翼翼地避免提到她，后来是真的把她忘了。我笑了笑，笑得很坦荡。

那些往事离我很远很远了，那年的胡建军已经从我的生命中远去了，我和他没有关系了，我完全是另外一个人了。

她沉默了一会儿，又说那些家在县城没考上学的同学中，有些通过关系也都有了工作，有几个没办法，只好到深圳那边打工去了，听说混得还可以。说完这些，我们又没话说了，我不知道自己这是怎么回事了，从前我是多么迫切地想和她在一起啊，那时总有说不完的话。

我们两个已经不是刚刚恋爱那阵了，连摸一下对方的手都要犹豫半天，按道理讲，我们熟得不能再熟了，我应该见到她就扑上去才对。但我却一点儿都不激动，真的，也许是在她说我们那些训练是在"过家家"以后吧，我的心一下子凉了，我甚至都没有和她说话的兴趣了。我这时才知道，我的变化不仅仅是理个"锅盖头"，脸变黑了，手变粗糙了，在我内心深处，我也有了本质的变化——我从里到外都是一个不折不扣的特种兵了，我的思想，我对外界的看法，包括看女孩子的目光，都是一个特种兵才有的目光了。不管我愿不愿意，我已经和从前不是一个人了。

她看着我，眼角边慢慢地皱了起来，眼睛也眯了起来，突然扑哧笑了一声："你变了，变傻了。"

我愣愣地看她，正在想她说这话是什么意思时，她扑了过来，抱住了我，把嘴唇压在了我的嘴唇上。散发着芳香的嘴唇，柔软的嘴唇，光滑的身子，美丽的少女，甜蜜的爱情……

我年轻的心一下子又被她点燃了，我紧紧地抱着她，有种想伏在她的胸前痛哭一场的感觉了。我也说不清，感觉就是这么奇怪，仿佛我这几年来的等待，全是为了这一天。我立马决定原谅她了。我甚至有点儿自责的意思了，人家是女孩子，我们大老爷们弄枪使棍的，你给人家讲那些摸爬滚打的玩意儿干什么啊？人家不感兴趣也很正常嘛。女孩子喜欢什么？人家就喜欢逛街、游玩、巧克力和玫瑰。你提那些圆木、那些武装泅渡、原始森林干什么？

我决定再也不在她面前提我们特种兵的那些事了。

现在回想起来，那些天里真是天堂漫步的日子。潘连特意给我放了几天假,让我陪着她到四十里外的江城玩玩。但潘连有一点很明确,吃过晚饭,一定要回来。其实不用他讲,我也很自觉,我毕竟不是第一年的新兵蛋子了。但米小阳有点儿想不通,她还想让我晚上陪她看星星什么的,如果放在中学时代,我觉得这很浪漫,但我现在一听就想笑,觉得这个举动特别幼稚,像小孩子一样。我耐心地做她工作,军队纪律什么的讲了一大堆,也不知道她听进去没有,反正我都是把她逗笑才走的。

但也有不开心的时候。我们到江城玩时,干什么都得她掏钱。这本来是男人应该做的,但我还真没法子,她没说她要来,我刚把工资寄回老家了,父亲来信说他腰疼,我让他到医院看看。我们第一次到江城的一个旅游景点玩时,我有士兵证不用买门票,我本来想给她买张门票,挤过去一看,门票要八十元钱,我口袋里只有六十元钱,就是准备用来吃饭的。我脸红了红,只好又退了出来。她也看出来了,自己挤进去买了一张门票。我们那天都有点儿闷闷不乐的。回到招待所里,尽管我们竭力地想避开这个话题,但我们还是说到了这上面。她问我:"你到底一个月拿多少钱?"我脸有些发烧,吞吞吐吐地说:"我刚把钱寄回家给父亲看病用了,一个月有八百来块吧,也不少了。"她吃惊地看着我,有点儿不相信:"就这么一点点,你还觉得不少了?你怎么这么没出息!"我斜了她一眼,不高兴地说:"你说这话是什么意思?什么叫没出息?贪官钱多,那他们就出息了?"米小阳很不耐烦地摆了摆手:"不和你说了,不和你说了,说两句话就要吵了。"她不吭声了,我也只好不吭声。我想和她说说,我是一个士兵,我在这里能找到我的价值,我觉得很快乐,这是用多少钱都买不到的。但我又怕说了她也不懂,又把我嘲笑一番,说我假模假式地玩矫情,我还不如不说。

我们谁也不说话,屋里很静,空气很闷,我甚至觉得屋里有股不好闻的味道,我过去把空调关了。但天气很热,没过一会儿,身上都是汗,她斜着眼睛瞪了瞪我,我只好又把它打开了。我有点儿坐卧不安,真想跑出去。过了好大一会儿,还是她先开口了:"你好歹也是第四年兵啊。"

我皱了一下眉头,还是说钱。我只好耐心地给她解释说:"我是士官,不是军官,工资没他们拿得多。但比从前好多了,从前这只能算是超期服役,是不能拿工资的。我们潘连就当了整整五年兵,第六年才提干的,那时他就拿八十多块钱。"她摇了摇头:"不管怎么说,反正拿得太少了。我现在一个月是一千五百元,在深圳的同学,有的已经拿到五六千元了。"

我这才想起,忘记了一件重要的事,我抬起头,忙问她:"你教师转正的事怎么样了?"

她有点儿娇嗔地瞪了我一眼:"你现在才想起问我呀,一点儿都不关心我。告诉你吧,早就转成正式的了。"

这是好事,我心情高兴了一点儿,有点儿不好意思地嘿嘿地笑了:"我们前段时间出去搞封闭式训练,没办法联系你嘛。"

她心情忽然又不好了,皱着眉头,低低地说:"转正这事真是费了不少力气,到现在还有人不断地写信告我,说我不符合转正条件。"

我有点儿紧张,问她:"那怎么办?"

她看了看我,又很轻松地笑了:"没事了没事了,生米做成熟饭了,他们再上蹿下跳,也不能怎么着我了。"

我说不清当时我心里是怎么想的,她能转成正式教师,我应该替她高兴,但她这是利用不正之风弄来的工作,可能会因为她而把人家符合条件的挤掉。我知道老家有许多人当了一辈子民办教师,无论从哪个方面来说,他们都应该转成正式教师。我很看不惯那些不正之风。如果换成我,因为我而把人家挤掉的话,我宁愿不转正。随波逐流没错,但做人还是得有一个基本底线的。我很清楚,我想得没错,但我又不能这样说她,看着她陶醉的模样,我的心情突然变得很不好。

我能看得起的就是那种真正凭实力说话的人。这不光是我,我们每个特种兵肯定都会这么想的。这种精神已经完全融入我们的血液之中了。

米小阳还不知道,还在那里笑嘻嘻地给我说着,她说刘坚强帮了很大的忙,就连那些告她的信件,也是他去摆平的。说到这里,她小心翼翼地看了看我,低低地说:"人真是不可貌相啊,想当年,咱们上高中时,刘坚强还是个小混混,可现在人家却成个人物了。"

我绷着脸,不高兴地说:"他再变,骨子里还是个小混混。"

米小阳很奇怪地问我:"你们不是朋友吗?"

我把脸扭向了一边,心里有点儿恼火,声音很大地说:"你别提他,你说他是我朋友,简直是对我的侮辱,我就是没一个朋友,也不会和他这种人混到一起!"

米小阳站了起来,直直地瞪着我,气呼呼地说:"你什么意思?是不是不想让我和他交往?"

我沉默了一会儿,抬起头,用恳求的目光看着她,低低地说:"是的,我不想让你以后再和他交往。米小阳,他真的不是一个可以交往的人。"

米小阳很生气,脸涨得通红,眼睛潮潮的,好像要流泪了。她咬着嘴唇,瞪着我恨恨地说:"我真不理解你了,人家有什么不好?你怎么就看不起人家!"

我呆呆地看着她,我说什么呢?我说他打色情电话的事?她肯定已经知道了;说他嫖妓的事?我觉得又没法子开口;说他在火车站踢那个少女乞丐的事?米小阳肯定也不理解的,她甚至会觉得这是人家精明的表现,哪像我们,总是上当受骗给人家钱。

我低着头,闷闷地坐在那里,我觉得很难过。我知道,我们的爱情可能要完蛋了。即使没有刘坚强这事,我们迟早也会分手的。我们已经是两条路上的人了。

你们已经看到了,我和米小阳之间已经出现了一条深深的鸿沟,我们对这都很清楚,但我们都装着没看到,接下来的几天里,我们还是装作很高兴的样子在江城转着玩。后来那几天,我甚至觉得这是一件苦差事了。我宁愿和兄弟们一起在训练场上杀声震天地操练了。好几天没训练了,我还真是浑身发痒。

她要走的那天,我去招待所送她。她抱着我接吻时,我都有点儿应付的意思了。但她并没有马上松开的意思，相反，她紧紧地抱着了我。她流泪了，伏在我胸口，低低地哭泣着，喃喃地说："建军，你不要当兵了，你跟我回去吧。我想好了，你就是没工作也没什么，回去了我们就结婚。"

我摇了摇头，她对部队太不了解，那显然是不可能的，我是第一期士官，至少还得服役两年。如果让我当逃兵，那更不可能，我连想都不会去想的。话又说回来，她这也是一时冲动，我要是真的跟她回去了，没过多长时间，她就会后悔得要死。我们两个的距离，也就是理想与现实之间的距离。

我把手抽出来，坐在床上，双手抱着脑袋，心里很乱。我们是两个世界的人，我多少还是有点儿想把生活弄得像理想中的一样，她却是非常现实的，从前是这样，现在还是这样。要知道，与军人恋爱，实际上和现实无关，而是和理想恋爱。她不是一个可以为理想献身的女孩子。我们恋爱这么多年了，我很了解她。

许多事情，我也是现在才想通的。艰苦的军旅生活，摔打的不但是我们的身体和意志，还使我们慢慢地成熟起来了，让我们变得和以前不一样。我有次回家探亲，中学时的同学请我吃饭。我那时的朋友都不是好学生，算是一群小混混了，他们大声吆喝着唱卡拉OK，和服务员调情。我格格不入，坐在一边默默地抽烟，默默地想着连队，想着战友。他们都想不通，说我像变了一个人。

是的，我已经不是从前的小混混胡建军了，我现在是特战队员胡建军。

她愣愣地看着我，好像在央求我了："在部队简直是在浪费青春，你别再转第二期士官了，你再当两年兵就回去好不好？我再等你两年。回去咱们再找找人，给你安排一个工作……"

我抱着脑袋，使劲儿地抓着头皮，心里充满了无边的悲伤，我甚至有点儿恨她了。她把部队当成什么了？她把我当成什么了？我这是在浪费青春吗？她这一句话就把我这四年来的时光一下子否定掉了，在她眼里，难道我这兵当得真的就没一点儿价值？我知道，她内心里是真心可怜我的。但她永远不懂，我和从前不一样了，我那时是把她看得像天使一样，镇长的女儿在我们眼里，都像天使一样。但我现在不会了，我是名热爱自己职业的军人，不需要别人的可怜与施舍。我有我作为一名军人的尊严，也许这种尊严是盲目的，但它是强大的。

我说不用了，谢谢你，米小阳，真的很感谢你来看我，我在这里过得很开心。

她瞪大眼睛看着我，她突然问我："你说句实话，你是不是为我当的兵？"

我想了一会儿，我从前是这么给她讲过。我那时的确是想在部队混个前途，将来和她门当户对地恋爱、结婚。但现在没有了，自从我们授了军衔，戴上了帽徽、领花以后，我的许多想法都变了，不再是从前那种为找条出路什么的而当兵了。我是一名士兵，就要有士兵的样子，如果仅仅是为了找条出路而留在部队，我觉得这不是一种光荣，而是一名军人的耻辱。我没想其他的，我就是想成为一名优秀的军人。我抬起头，很肯定地告诉她："米小阳，你不要想那么多，我现在是为我自己当的兵。"

她擦了一下眼泪，又恢复了从前那种很现实的样子。说实话，我不喜欢她这样子，但现在无所谓了。她好像松了口气，说："这就好了，我本来以为你是为了我才吃了这么多苦，才变成这样子……我们现在谁也不欠谁的，你说是不是这样？"

我很肯定地点了点头，这才是她，她真的用不着在我面前伪装。恋爱时我们还小，不懂得爱情；我们现在成熟了，有能力有理智来处理我们的感情。我知道我们的爱情走了。我不难过，真的，我那时一点儿都不难过，相反还很轻松。我甚至觉得少年时的爱情有点儿可笑，我一直都知道她是个很现实的人，但我还是那么执迷不悟地爱着她。她可以是一个很好的恋人，甚至是一个很好的妻子，但她永远都不可能是军人的。

能爱上军人的女孩子，都或多或少地和现实有一点儿距离，她们是靠理想生活的。她什么都不缺少，她缺少的正是这一点，而我能给她的，仅仅是一个美好的理想。

她走了，我们的爱情也走了。

我在这里说得很轻松，实际上她走后没几天，我就开始难受了。现在回头想想，纸上谈兵是件很容易的事。赵括就很自以为是，结果把四十万大军弄没了。我也是一个纸上谈兵的人。米小阳来了以后，我就知道我们的爱情完蛋了，心里也有准备，我以为分手时，我一定会很潇洒，甚至还会唱支歌。但实际是我错了，我不但潇洒不起来，还痛苦得一塌糊涂。

米小阳回去半个月后，她的信来了。我撕开信，感到很奇怪，信是她和刘坚强一起写的。他们在信中追述了我们在中学时代结下的深情厚谊，以及他们对我的思念之情，最后祝我和那个叫莫小洛的女孩白头到老、爱情千古。真是莫名其妙。米小阳又在这封信的后面调皮地加了一句："你如果同样祝福我们了，我们会谢谢你的。祝福我们吧。谢。"

信里还夹着一沓照片，除了刘坚强给我和莫小洛照的千姿百态的合影外，还有一张是他和米小阳的婚纱照，她像只小鸟一样依在刘坚强的肩膀上，脸上笑笑的。刘坚强一只手揽着她的腰，对着镜头笑得踌躇满志，我知道他这是笑给我看的。我不由得湿润了双眼。想起那年当兵走时，她还送给我一个笔记本和MP3，MP3里全是她唱的歌，让我想家时听听。我坐在列车上，翻开她送给我的那个笔记本，上面有她娟秀的字迹，她说："好男儿都应该去当兵，我会时刻注视着你，为你的成长喝彩。我的大兵！"我扭头看看窗外，故乡正在慢慢远去，我开始思念那个温柔的女孩，并且觉得很幸福，对自己的未来也充满了信心。我必须在部队埋头苦干成材，为我自己，也为爱我的那个女孩。我在黑暗中悄悄地捏了捏拳头，咬了咬牙，旁边接兵的排长笑了笑说："不要太激动了嘛！"

我那时做梦也没想到，米小阳实际是个很有心机的人啊。我很佩服她，她上次来时，肯定知道我和莫小洛的照片，但她居然装作什么都不知道。刘坚强这人真是不可救药了，我还以为他给我和莫小洛照相，是闹着玩的，谁知他是为了给米小阳看。天知道他在米小阳跟前讲了什么话，即使他什么也没讲，米小阳也不可能是我的了。寒意从脚下慢慢地沿着小腿肚爬上来，我的手都有点儿哆嗦了，心里空荡荡的。这是件多么让人感到悲伤的事情啊，那个叫米小阳的少女，中学时代是多么单纯啊，那时我们什么都不懂，连为自己的前途好好学习都不知道，但她现在什么都知道了，并且还有心机了。还有刘坚强，他那时即使是个社会上的小混混，但也是个可笑的小混混，总是像个小跟班一样跟在我后面，可他现在就像一个阴谋家一样暗算了我。而我，被这两个人完全蒙在了鼓里。仅仅是四年多的时光，我们已经完全是两个世界的人了。他们和我没什么关系了，但我还是很难受，米小阳也许并没有做错什么，她有权利追求自己的幸福，但她要嫁给刘坚强了，我一想到他那副龌龊的嘴脸就恶心。她嫁给谁不行，怎么偏偏要嫁给他？

后来我有很多次回想起我当兵走的那天晚上，刘坚强请我喝酒时的情景，他说他要替我照顾米小阳。那时我很相信他，完全把他当作了一个朋友，甚至是一个兄弟。我的心里充满了伤感和被捉弄的屈辱感觉，我其实一点儿都不了解这个看上去有点儿龌龊的男人。我现在才知道，他比我想象的还要有心计，并且没有什么底线。我有点儿疑惑，我真的不知道刘坚强是什么时候开始喜欢米小阳的，也许在这之前就开始了吧，但我居然到最后一刻，都没有丝毫察觉。

我永远都不会原谅他。

泪水缓缓地流了下来，它们滴在那张婚纱照上，滴在他们幸福的脸庞上，我使劲儿地把它扯成了碎片，然后揉成一团，扔在了垃圾桶里。他们并不是真的让我祝福他们的，他们完全是来恶心我的。人心是如此叵测。我摇了摇头，决定把他们抛在一边，不去想他们了。我虽然难受，但还没有丧失理智，我和莫小洛的那些合影，要是被别人看到，我跳进黄河也说不清。我把它们放在床铺下，但想想不放心，忙又拿出来夹在一本厚厚的书里放在了柜子里，但没过一会儿，又有点儿心虚了。最后只好把它们揣在口袋里，悄悄地跑到营区的一个小树林里，把那些照片烧着了，看着它们冒出了青烟，然后化成了一堆灰烬，又用土把它埋起来，这才长长地出了口气。

我不会和这个女孩子扯上什么关系的。

我就在那天晚上出了洋相。那天晚上是周末，按照我们特种大队的土政策，我们是可以喝酒的。都知道这个机会来之不易，可能是全军唯一一个可以喝酒的部队了，特种大队的士兵们都很珍惜这个机会，从来没有人因为喝酒而闹事。我他妈的那天晚上却发了酒疯。米小阳和刘坚强的影子不停地在我眼前晃着，那张被我扯碎的婚纱照从垃圾桶里飞了出来，自动地拼贴起来，我低下头，它在酒杯里，我抬起头，它在天花板上，我闭上眼睛，它又跑到了我心里。心里堵得慌，好像压了一堆石头，我以为我喝些酒就可以把它赶走了。我开始闷着头喝酒了，但当我刚喝下第一口酒时，胃里就开始难受了。他们还没看出来，继续让我喝。没过一会儿，我就受不了了，想要呕吐，周志军忙过来搀着我，摇摇晃晃地走进了卫生间。我趴在马桶上，大口大口地呕吐着。我这时又想起了米小阳，想起了我们长达四五年的爱情，想起了刘坚强那个龌龊的男人，她将来是他的妻子了。我一边哭着一边呕吐着。周志军手足无措地站在我跟前，他着急地看着我，不知说什么好。我很感激他，我们是从一个红军团过来的，他是我的兄弟。我抱着他，呜呜地哭了："兄弟，哥哥的爱情死了，她要跟一个我最恶心的人结婚了，她知道他不是一个东西，可她还要嫁给她……"

周志军拍着我的后背，他是一个腼腆的人，他甚至还没有恋爱过，不知道该怎么安慰我，我也不需要他的安慰。我以为我哭上一阵子会好的，谁知并不行，我还是很清醒，心里还是很难受。我跌跌撞撞地到了食堂，拿起了酒瓶。陈卫星和老李他们看出来苗头有些不对，瞪着眼睛不安地看着我。陈卫星犹豫了一下,最后还是站起来拦住了我,关切地问:"建军,你能不能喝?不能喝就算了……"我把酒瓶紧紧地抱在了怀里。老李过来伸手要抢酒瓶,我把他的手很粗暴地推开了,但他很坚决地又抓住了酒瓶。我只好红着眼睛,可怜巴巴地对他说:"老李,你让我再喝点儿,我没事的。"

现在想想,那时我真是钻进了牛角尖里了。实际上刘坚强肯定知道米小阳和我发展到了哪一步,但他毫不在乎地要娶她,他不是一个好人,但你不能说他对米小阳就不是爱情了。那时我没想那么多,就只是一个劲儿地想,她嫁给什么人不行,为什么偏偏要嫁给刘坚强这个杂种?这让我受不了。我很想好好地大醉一场,第二天醒来就把这件事忘掉,把米小阳他们当作一页书翻过去。我必须像个真正的特种兵那样去战斗,不能被这件事绊住脚跟。在我再三保证"没事儿"的情况下,老李这才把酒瓶给我了。是的,我就是想醉得一塌糊涂,把这件事忘掉。我喝一会儿酒,去呕吐一阵,有时又抱着周志军像个孩子一样呜呜地哭。

那天晚上我真是疯了。陈卫星他们说什么也不让我喝,但我还是坚持要喝。当我喝光一瓶酒时,还是很他妈的清醒,刘坚强那张龌龊的脸总在我脸前晃个不停。这真他妈的讨厌人。我准备再打开一瓶酒时,一向脾气都很温顺的周志军夺下了我手中的酒瓶,藏在了身后,大声地说:"我不给你,你看你都喝成什么样子了!"

现在回想起来,那天晚上我真的很混账,他这是爱护我,是为我着想,但我却突然火了,瞪着血红的眼睛朝他吼道:"你个狗娘养的,把酒给我!"

他依旧紧紧地护着酒瓶,倔强地说:"我就是不给你,你喝得太多了!"

我想都没想地举起了拳头,老李紧紧地抱着了我。整个食堂都被惊动了,其他班的兄弟都抬起头,惊讶地看着我们。很多人的目光里甚至有一种鄙视的味道了,喝酒不能闹事,这成了一条不成文的规定了。我相信，我如果做得更过分的话，他们有可能冲过来揍我一顿的。

潘连过来了，他站在那里，皱着眉头看着我，声音很低但很严厉地说："你不能喝了！"

我反而叫得更凶了："谁说我不能喝？我还能喝！"

潘连朝陈卫星努了一下嘴："你找两个人把他带到宿舍里，他要是再闹，把他摁到水龙头下给他醒醒酒！"

陈卫星和老李立马把我架了起来，我挣扎着被他们弄到了宿舍。他们把我安置在床上，我有点儿清醒了，但酒精刺激得我脑袋很疼，我看着他们，他们都瞪着眼睛，皱着眉头看着我。我再也忍不住了，抱着老李，呜呜地哭着说："老李，你说说，我和米小阳四五年的感情，她怎么会嫁给一个小混混呢？难道就因为帮她转成正式教师了？老李，你说说……"

老李他们拿"天涯何处无芳草"这样的话劝我，但根本就不管用，我也知道自己这样闹很没出息，但就是控制不住。我正闹着，潘连进来了，他们不吭声了，我也不吭声了，愣愣地看着他。潘连坐在我身边，像个大哥哥一样亲切地问我："你今晚是怎么回事？家里是不是有什么事了？"我的眼泪又很不争气地涌出来了，我抽着鼻子喃喃地讲了我和米小阳分手的事。

潘连本来笑呵呵的，态度挺好的，听着听着，他突然一下子就站了起来，指着我的鼻子说："你这个狗娘养的，我还以为你们家里出了什么事，吓我一大跳！这是什么大不了的事？不就是女朋友和你吹了，你还好意思讲，这算什么事？你还是一名特种兵吗？"

我一下子愣住了，呆呆地看着他。

潘连摇了摇头："你呀你，多棒的一个小伙子，她不要你，说明她没眼光。你要是真为这事蔫了，那就不像男人了，人家和你吹了，一点儿都不冤枉你！"

潘连托着腮，在屋里转了两圈，然后停下来看着我，说："小子，别难过了,相反你要更加振作,你要以实际行动来证明你是个响当当的特种兵!让她知道,她放弃的是最好的!"

我看了看潘连,我承认他说的是那么回事,但我心里还是不好受,我知道我的毛病在哪里。她嫁给谁都行,但我就是不想让她嫁给刘坚强。我看着潘连,喃喃地说:"可她要嫁的是个坏蛋,他还嫖妓……"

潘连瞪了我一眼:"你管那么多事干什么?我还觉得崔莺莺不应该嫁给那个手无缚鸡之力的张君瑞,应该嫁给强盗黄飞虎才对呢。人家都不是你的人了,你还自作多情地操那么多心干什么?王八对绿豆,只要他们看着对眼就行。"

我愣了愣,是啊,她已经决定要嫁给他了,也许他正是她要的那种人,他能混事,也能帮她,我总是活在自己的理想中,和现实脱节,她一个人在家乡,我什么也帮不上她,她有委屈了,有困难了,我不能把她揽在怀里安慰她,甚至还不想听她在那里絮絮叨叨地说个不停。她跟了我,未必会幸福。她跟了他,也未必没有幸福。我爱她,就应该让她追寻自己的生活。这道理原来就是这么的简单。

我终于明白了,每一个人都有自己的幸福,我不能要求每个人都像我一样活着。

潘连拍了拍我身上的被子,笑哈哈地说:"小子,你好好想想吧,管你想通没想通,明天你都不能给我压床铺,你要是敢给我压床铺,看我怎么收拾你!"走到门口,他又扭头丢下了一句话:"小子你记住,你混好了,将来是她来找你,不是你去找她!你要是成了孬种,你再怎么求她都没用!"

他刚跨出门槛,我从床上爬下来,叫住了他。潘连扭过了头,我忙立正,啪地敬了个军礼:"我想通了,连长,谢谢你!"

潘连笑了,朝我竖起了大拇指,我知道他的意思:好样的,这才像我们的特种兵!

我真的好了,我很少再去想米小阳他们的事了,他们也没再和我联系。如果说人生是本书的话，这一页我不会再留恋了。你们如果不信，可以继续看下去，以后我不会再提她半句了。不是我不想提她，而是在以后的日子里，我很多时候根本就没想到过她。她有自己的人生。我不会怪她的，美好的或者不美好的，幸福的或者不幸福的，该过去的总会过去的。我衷心祝愿她，有一个美好的未来。在路的尽头，鲜花盛开。

第四季　第三十二条军规

爱上你

我们还是天天训练，每天早上起来就是体能训练，然后上下午都是专业训练，晚上折腾到十点左右睡觉。一躺到床上，很快就呼呼地睡着了，累得都没精力胡思乱想了。我如果只写这些，那就不像个小说了。我说点其他的事吧。

我和老李干了一件大事，一件轰动了集团军，甚至整个军区的大事。后来听说被军区通报批评了，我没看到那个通报，但我想那是有可能的。现在到处都在讲"双拥""和谐"，我们把地方上的一个老太太弄骨折了，这是件很恶劣的事情，军区要是通报批评，那也是很正常的。

我一直都很后悔。有很多次，我一个人静静地坐在那里，回忆那天晚上的每个细节、每一个动作、每一句话，时间仿佛静止了，我把它们放大，细细地审视。每一次回忆都带来了无穷的懊恼，假设我们当时的态度能好一点儿，假设我们不站在那里大呼小叫地吆喝，也许就不会捅出那么大的娄子了。可惜这都是假设。

那天晚上是我和老李在特种大队门口站岗。我一直都很喜欢站岗，我觉得这是和平时期最能体现军人价值的地方，你挺直脊背站在那里，军装笔挺，目视前方，一脸刚毅，哪怕阳光刺眼，晒得你的头皮冒汗，或者寒风挟着雪花抽打着你的脸庞，你都一动不动。在大门口站岗和在部队里面站岗的感觉绝对不一样，老百姓要在你面前来来往往，你的形象代表着整个军队，他们看你的目光里有审视，有羡慕，甚至有敬畏，会让你不由自主地把胸脯抬得更高。我一当兵就喜欢在部队大门口站岗，你可以说这是一种虚荣心，但它的确给我带来极大的满足。白天要训练，不可能让一个人站下去，我主动让那些排在我后面的人晚上不要起来接哨了，我愿意继续站下去。漆黑的夜晚，尽管外面的大路上空无一人，但我仍觉得人来人往，他们或羡慕或充满敬意地看着我。后来我成了老兵，还当了班长，改变了许多，但喜欢站岗这一点一直都没变。我和老李站岗都站得很正规，我们从来不会东张西望，或者偷偷地吹牛，我们都很喜欢这种感觉。

那天晚上我们从九点站到了十点半，陈卫星和周志军接哨来了。我和老李从哨位上下来，一边漫无边际地吹着牛，一连往连队走。月亮很圆，不时地钻进云彩，然后又钻了出来，就像和我们捉迷藏一样。星星不多，但个个都很亮，我甚至都有了弄包花生米，买上几瓶啤酒，和老李偷偷地跑到营区后面的山顶上赏月的念头了。我看了看老李，刚想征求一下他的意见，他突然捂着肚子叫了起来："日他娘，尿憋得很，我得解决一下。"他这么一说，我也觉得有点儿尿急，我俩就提着裤子往路边跑。刚下了营区的马路，看到垃圾站旁边影影绰绰地有个人，在弯着腰扒拉着那些垃圾。我本来不想管这事，撒完尿就要走了，老李却拉住了我："咱们去把他撵走了。"

我们都知道那个人是外面村庄的，我们驻地周围的村庄还是很穷的，老百姓经常到我们部队来捡垃圾。听说前些年部队一般是不管的，他们到营区里就像到了自己家里一样，到处逛。还有一些人不自觉，拿个蛇皮袋，看着像捡垃圾的，实际上趁人不备就把战士们晾在外面的衣服塞进蛇皮袋里拿走了，还有一些人会顺手牵羊地偷部队晾在外面的白菜什么的。这样的事情多了，部队就不允许了，再加上正在搞正规化建设，经常有些老头老太太背着脏兮兮的蛇皮袋在营区里乱转，看着也不雅观。

还有一个原因也很重要，我们部队是陆军中的王牌部队，你也可以说它是"秘密武器"，因此一直是敌特的重要目标，千方百计要刺探我们的情报。部队刚组建那阵子，就抓住过特务。从这一点来说，你也不得不防范着，特务额头上又没刺字，他们要是混进来了怎么办！

刚开始还不管用，你不让他们进来了，他们说好好好，我不进去了，然后一转身又从围墙上翻进来了。后来只好动用了纠察，让纠察在营区里巡逻，看到有老百姓就把他请出去。纠察班的士兵们赶了几次，还是没用，挨了大队领导的批评，火气就上来了。有个六十多岁的老太太，经常来捡垃圾，被赶出去好多次了，她还是要来，纠察班只好把她关到了禁闭室。禁闭室是用来关那些违反纪律的士兵的，没有窗户，是个黑屋子，里面只有一个铁盆，吃喝拉撒都在里面，气味很不好闻。禁闭室已经很长时间都没用过了，这下派上用场了。那个老太太就在禁闭室找了块石头，敲着那个铁盆，在里面喊："不好了，救命啊，解放军打人啦！"声音一直传到了司令部，李大队长听到后，把警卫连的连长叫来一问，差点儿给他两脚："你怎么不长点儿脑子？人家那么大岁数了，儿子都比你大了，你把人家关在里面干什么？要是有个三长两短，到时你哭都来不及！"警卫连长吓得脸都白了，乖乖地跑去把老太太放了。

这样一来，村民胆子更大了，还是经常偷偷地跑到营区里来。李大队长没办法了，只好找了他们村支书，让村里管管。村支书态度很好，满口答应了。李大队长刚回来，村里的广播就响了："各家各户注意了，管好自己家的老人，不要让他们再到部队捡垃圾了，这个部队已经不是以前的那个部队了，他们会打人的，是真打，打死了可别怪村里没给你们讲！"

李大队长鼻子都要气歪了，跑到村支书那里，很生气地问他："你这人是怎么回事？我们部队什么时间打过百姓？你怎么能这么说话呢？"

那个村支书嘿嘿地笑了，说："大队长你不要生气，我这只是吓唬吓唬他们，老百姓没办法讲道理，你一吓他们，他们就听话了。"

李大队长哭笑不得，以后再也不找村里了，只是交代哨兵一定要看好大门，纠察班不定时地巡逻。我其实对那些老百姓也没多少看法，他们不就是来捡捡垃圾嘛。我就曾经看到过，一个老太太拎着一个蛇皮袋到了我们连队食堂后面，在剩菜剩饭里扒拉了半天，找出了一块肉，在自来水下面冲了冲，放到嘴里。那一次看得我差点流泪，我老家的父老乡亲就是这样，除了逢年过节，他们很少吃肉。我在小时候就曾经在城里运来的垃圾堆里捡长了绿毛的牛肉干吃，害得我拉了好几天肚子。

我对老李说："算了吧，这事归纠察班管，和咱们没关系，快点回连去吧，早点儿睡觉，说不定半夜里还要搞武装奔袭呢。"

老李不答应了，他很认真地看着我，严肃地说："你这就不对了，部队就是咱的家，家里闯进来一个外人，你怎么能不管呢？"

我一时也没话说了，老李就是这样，特别爱较真。他见我不吭声，劲头来了，又数落我说："你都当这么多年兵了，还是一点儿警惕性都没有。咱们这是什么部队？咱们是特种兵啊，是秘密武器，他万一是个特务怎么办？"

老李这么一说，我也有精神了："对对，冷战时期有个美国间谍，他每天都专门收集苏联驻美国大使馆的垃圾，从里面弄出了许多有价值的情报。"

特种大队的每个纸片都进了碎纸机，不会有什么情报混到垃圾里，我这样说，只是过过嘴瘾，谁知老李却当真了，他瞪大了眼睛看我："真有这事？"

我忙说有这事。

老李着急地说："那咱们快去看看吧。"

我们还没到那个人影跟前，老李就大声地吆喝起来："哪里来的特务？你给我站住！"

那个人影站了起来，冲着我们说："你们两个在这里穷咋唬什么？我怎么是特务了？"

那是一个老太太的声音，我有点儿犹豫，不想去管了，老李却恼火了:"你跑到我们部队来了,你还有理?你有本事你别走,我把你送到纠察班去,关你两天,看你还有没有理!"

那个老太太有点儿慌张,跌跌撞撞地跑了起来。我有点儿担心,刚想让她注意点儿,老李却叫了起来:"你还跑,我看你还能跑到哪里去!"边说着边使劲儿地跺着脚,就好像他真的在追人家。

那个老太太跑得更快了,她跑到围墙边,爬了上去。我对老李说:"别闹了,咱们也回去吧。"

我话音刚落,那个老太太惊叫了一声,从围墙上重重地摔了下来,躺在地上大声地呻吟起来。我和老李都慌了,赶忙站住,老李很紧张地看着我,着急地说:"怎么办,怎么办?"

我心里也像揣了一只兔子七上八下的,但我们肯定不能扭头就跑,那不是男人干的事情,我朝他吼了起来:"怎么办?赶紧过去看看啊!"

我们忙跑了过去,只见那个老太太躺在地上,她一头白发,身子很瘦,使劲儿地挣扎着想坐起来,但试了几次,还是没能坐起来。我的脑袋嗡地响了一下,在心里一个劲儿地祈祷,千万不能出事啊,千万不能出事啊。我忙蹲下来问她:"老太太,你摔到哪里了?"

老太太使劲儿地叫着,一会儿说腰,一会儿说胯骨,我想把她扶起来,她腰刚一动,又疼得哎哟哟地大叫起来。她这不像装的,脸色灰白,还渗出了密密麻麻的汗水,看来摔得还真不轻。我吓得要死,老人的骨头都很脆,她要是有个三长两短,我们可负不起这个责任,说不定还得坐牢去了。我忙抬起头,带着哭腔喊老李:"你快去给连长报告一下!"

老李像个新兵一样乖乖地"哦"了一声,慌慌地跑走了。我抓住老太太干枯的手,安慰她说:"别急别急,我们领导一会儿就来,看看怎么样,该上医院我们就立即送你到医院,你别急。"

老太太看着我,很生气地大声地叫道:"我都是快七十岁的人了,进来捡些垃圾,你们就像追特务一样地追我……"话没说完,又哎哟地叫了起来。我忐忑不安地看着她,她满脸皱纹,沟沟壑壑的,有些头发被汗水浸湿了，贴在脸上，脸部因为痛苦而扭曲着。我忽然觉得有点儿面熟，再仔细看看，才看出她就是那个在我们连队食堂的剩饭里捡肉吃的老太太。我蹲在她面前，心里很内疚，也很后悔，这都怪老李，本来根本就没我们的事。可话又说回来了，部队有规定，我们看到了，要是还不管，这似乎也说不过去。老李要是不吓唬她就好了。

我默默地看着那个老太太，她在那里一边喊叫着，一边骂着我和老李，我闭着眼睛，让她骂，如果她骂骂我们会减轻她的痛苦，我宁愿她一直骂下去。我心里很乱，想了很多，但有一点我很肯定，事情已经出来了，如果要我们承担责任的话，账就记在我和老李头上，我决不会把责任都推到他一个人身上的，我们都是兄弟，不能落井下石，再说，我的确也有责任，老李在那里跺脚时，我当时还觉得有点儿好玩。

潘连来了，他在黑暗中看了我一下，我没有看清他瞪了我没有，但他没有吭声，拿着手电筒照了照老太太。我这才看清，老太太的裤子上有一片血迹。潘连蹲下身看了看老太太的腿，温和地说："老太太，没事的，我们先把你送到卫生队看看。"

老太太抬起头吃力地看了看他，嘴巴张了张想说什么，但疼痛使她又抱着腿叫了起来。

潘连立马站起来朝我努了努嘴："小子，这是你干的好事，你把她背到卫生队去！"

我忙弯下腰，老李和文书赵志刚在后面托着把她架到我背上。她很瘦，身子很轻，我有点儿心酸，我奶奶如果还活着，也应该是这个年纪了。我背起她，慌忙往卫生队跑。

卫生队长也被惊动了，他过来看了看，问了问她哪里疼。她咬着牙，小声呻吟着，说是胯骨疼。卫生队长摸了摸她的胯骨，然后皱着眉头，冲着我们摇了摇头："可能是骨折了，得赶快送到大一点儿的医院去。"

潘连俯下身来，问她："老太太，你家里还有什么人，我们去通知一下。"

老太太瞪大眼睛看着她，突然用力地拍着床叫了起来："通知我家人干什么？你们把我追得从墙上摔下来了，你们就得负责！"

我眼前一黑，这下完了，她要是缠着部队，部队就麻烦了。

潘连的眉头皱着，但他没有生气，温和地说："老太太，你放心，我们部队一定会负责治好你的。可你总得先给家里人说一下吧，不然他们不知道你到哪里了，他们放心吗？"

老太太抬起头，疑惑地看着潘连，潘连知道她不相信自己，便直起了腰，拍了拍胸脯："你放心好了，解放军说话算话！"

老太太这才说："那你们到门口的小店给莫小洛说一下吧，就说她奶奶被人家追得从墙上摔下来，快死了。"

我愣了一下，原来是莫小洛的奶奶！我眼前又出现了那个漂亮女孩的模样，她笑时鼻子微微皱起，眼睛水汪汪的。我脸上像火烧了一样，天啊，如果她知道是我和老李干的这事，她会怎么想呢？我正在胡思乱想，潘连突然给了我一脚："你还愣着干什么？还不赶快叫人去！"

我忙像兔子一样慌慌地跑了出来，路过部队大门口时，陈卫星很奇怪地问我："你跑那么快干什么？刚才怎么回事？鬼哭狼嚎的！"

我顾不得回答他，跑到那个小店门口，小店已经关门了，我只好使劲儿地擂着门，喊着莫小洛："你快出来，你快出来！"陈卫星瞪着眼睛看着我，叫了起来："怎么回事？你小子这么大胆子，我们还站在这里，你都敢去找人家！"

我扭过头，带着哭腔说："班长，你就别拿我开心了，莫小洛她奶奶捡垃圾，我们刚才吓唬她一下，她摔骨折了。"

我班长这才闭上了嘴巴，眨着眼睛看着我，一副没反应过来的样子。莫小洛从门缝里伸出半个脸，低低地问我："啥事啊？"

我结结巴巴地把事情给她说了，她颤抖着声音问我："她怎么样？"

我说："她现在在我们卫生队，没什么大事，但得住院，你快去吧，你带两件衣服，估计你得跟着一起到医院去。"

莫小洛跟着我慌慌地跑到卫生队,她一看到奶奶裤子上的血迹,脸唰地白了,泪水也流下来了,扑过去一把抓住了老太太的手,焦急地问她:"奶奶,你怎么样?"老太太一脸痛苦地看着她,嘴角动了动,努力地挤出了一点儿笑容,但比哭还难看。她的声音缥缈,就像很容易被扯断的蜘蛛丝一样虚弱,无力地说:"小洛,你别哭了,奶奶没事,真的,一点儿事都没有。"

莫小洛一直在流泪,但她使劲儿地咬着嘴唇,没有哭出声来,我知道她在极力地控制着自己。她可能不想在我们面前露出软弱的一面。我很感激她,她一直紧紧地抓住奶奶的手,安慰着她,既没有对我们横鼻子瞪眼,也没有冲着我们大喊大叫。实际上她完全有理由这么做的。她真是一个好姑娘。

连里的司务长也来了,他从口袋里掏出一个厚厚的信封递给了潘连。潘连立即让我、莫小洛和卫生队的一个军医,再加上他,一共四个人,把莫小洛的奶奶抬到了救护车上,连夜送到江城那个部队医院去。

到了医院一看,果然是胯骨骨折,没什么可说的,必须得住院了。

那天晚上,办完住院手续,潘连要跟着救护车回去,让我先在这里看护着。他要走时,特地把我拉出来,眼睛死死地盯着我,看得我心里发毛,以为他要训我一顿,我已经做好准备了,反正逃不掉了,别说他训我,就是揍我一顿,我也认了,我们这是自作自受。谁知潘连并没有训我,而是朝医院努了努嘴:"小子,我把你留下来,你自己得注意一下,别惹那个女孩子,你就陪老太太说说话,不要理她。我要是听说你和她勾三搭四的,到时我剥你的皮!"

我有点儿哭笑不得,都什么时候了,潘连还说这样的话,我根本连想都不敢想,但他没训我,我还是很感激的,忙说:"连长你放心,我决不会惹她的。我闯出了这么大一个祸……"

潘连挥了挥手:"其他的以后再说。你先把老人侍候好,一定要记住,你态度一定要好,无论她提什么要求,你都答应人家。没有热水了,你就赶紧打热水去。过一会儿再看看有没有夜市，如果有的话，再去买些水果。记住，态度一定要好！"

我使劲儿地点了点头。

那天晚上我一直在忙个不停，给他们打了开水，又到夜市买了一些香蕉、苹果，每隔一会儿，我会问问老太太还疼不疼。医生让她吃了些止痛片，她说好多了，不怎么疼了，有时她还会张开掉了许多牙齿的嘴巴，气呼呼地骂上我两句，然后闭着眼睛喘着气，但脸上却安静了许多。我一直不敢看莫小洛，我知道她不会骂我的，但我心里还是不好受。我本来想亲自给老太太洗脚，莫小洛把洗脚水夺过去了，她给老太太洗了脚。我这不是做作，我真的把她当作奶奶来看待了。我奶奶去世很早，我至今还记得，在每天晚上的煤油灯下她给我讲故事的情景。妈妈生下我不久就开始下地干活，是奶奶把我带大的。我对老人的感情很深。莫小洛的奶奶本来应该安享晚年，现在却碰到了这样一件事，遭受这样的罪，换了谁，谁也不好受。我很不安，尽可能地想多干些事来弥补自己的过错。由于我态度好，老太太最后过意不去了，她看着我，脸上的绵绵阴雨越来越少了，甚至还出现了一点儿雨过天晴的迹象，她的语气缓和了一些："小伙子你也不要自责了，这事儿也怪我，你们纠察从前关过我，我一见你们就害怕。"

我有点儿吃惊地看着她，原来被纠察关到禁闭室的老太太就是她。这让我更不安了，我小心翼翼地看了莫小洛一眼，她很平静，正在静静地看着我。我脸红了一下，喃喃地给老人说，他们那样做绝对不应该，我们李大队长事后还骂了他们一顿。我一边说一边给老人家削苹果，老太太接住了，很慈祥地说："我牙不好，吃不成了，还是让小洛吃吧。"说着递给了莫小洛，脸上还露出了一点儿难得的笑容。我忙站起来给老人剥了一个香蕉。老人接住了，她有点儿过意不去，让我不要忙了，坐在椅子上趴到床上眯一会儿吧。我忙摇了摇头，说我不困。我说的是实话，出了这么大一个事，我哪里睡得着啊。

莫小洛除了和奶奶说说话，就安静地看着我转来转去。潘连不让我和她说话，但两个人待在这里，一直不说话也很尴尬的。最后我实在没什么可忙了，便一会儿跑到窗口朝外面看看，一会儿跑到门口看看，一会儿拿着开水瓶摇摇，里面水满满的，我找不到借口溜出去。

老太太可能也真累了，一会儿就呼呼地睡了。

屋里就剩下我们两个人了，我低头看着自己的脚尖，莫小洛在玩自己的指甲。我们都不知道说什么才好。这种气氛很不自在，我鼓足勇气看了看她，她正好也抬起头微笑着看我，好像有话要对我说，我有点儿不好意思地说："我先到外面抽支烟。"

她眨着水汪汪的大眼睛，看着我点了点头，我忙一下子蹿了出去。我刚到走廊上把香烟点着，她就出来了，我看了看她，还是不知道说什么好。我们把她奶奶弄成这样了，我都觉得没脸见她了。最后还是她先开口了："真不好意思，给你们带来麻烦了，我也不让奶奶到部队去捡垃圾，可她就是闲不住。"

她这样说，我很感动，我忙说："对不起，对不起，我们错了，我们不该吓唬老人家……"想了想，又加上了一句："我不知道她是你奶奶……"说完这句话，我就有点儿后悔了，我这是什么意思啊？要是别人的奶奶，吓唬人家就是应该的了？我脸有点儿红了。

她一点儿都没有埋怨我们的意思："其实也怪我奶奶……"

我看了看病房，有点儿不安地说："你奶奶身体怎么样？不会有什么事吧。"

莫小洛眨了眨眼睛，安慰我说："应该没事吧，她身子骨一向都很硬朗，每天吃饭前都要喝一杯白酒呢。不怕你笑话，她这么大岁数了，每次到你们部队捡垃圾都是翻墙进去的。"

我说："那她身体是蛮好的。"

莫小洛好像猜透了我的心思，她低声说："你也不用想那么多，应该能治好的，我奶奶也不会没事找事的，她很开明，年轻时还当过女民兵队长呢！也算是半个解放军啦。"

说到这里，她看着我很灿烂地笑了。我也赶忙陪着她笑了，心里沉甸甸地压着的那块石头分量轻了一些。我很感激她，这个事情出来以后，我的精神高度紧张，一直处在不安和焦虑中。当过兵的兄弟可能理解我的心情，部队一般都很反感军民纠纷，这要消耗大量的人力和精力，影响部队工作正常开展。还有一条重要原因就是，这些年来，军队在社会中处于边缘地位，这本来是好事，如果处在风头浪尖，成为全国人民关注的热点，那必定是处于战争边缘或战争状态了，至少也是需要军人去抗洪救灾什么的。军人地位下降不是坏事，正好说明国家稳定，人民安居乐业，不需要军队出面。但这也带来了一种很不好的倾向，军队有个什么事情，就会被人们无限放大，口水与唾沫都来了。军民纠纷这样的事情更容易造成不好的影响，这在部队几乎是个"高压线"，没人敢去碰的。即便有些军人在地方上被一些小年轻欺负了，也只能忍着，不是兄弟们没有血性，而是不想给我们热爱的军队抹黑。就拿特种兵来说吧，任何一个士兵徒手格斗时，对付四五个小年轻都不成问题，但我还真没听说过有哪个特种兵在地方上惹事的。

这样看来，我和老李闯的祸够大了，老人万一有个什么事，我和他都要吃不了兜着走。所以，莫小洛安慰我时，我很感激他，这让我心里好受一些。那天晚上，她给我说了很多关于她奶奶的事情。我这才知道，她奶奶还有一段光荣的历史。村里人都叫她"花木兰"，几乎忘记了她的真名。莫小洛说，小时候她也不知道是怎么回事，还以为奶奶年轻时会唱戏，演过花木兰。后来长大了问奶奶，才知道奶奶年轻时当过女民兵队长，那时的民兵是正儿八经的，平常都带着步枪。那是二十世纪的五六十年代，蒋介石总是说要"反攻大陆"，每年都要派好多特务渗透或者干脆空投过来，民兵就配合军队搜捕这些特务，还真抓到过，上过报纸，就像海岛女民兵一样。那个电影的原型本来说是她们，但最后用了另外一个女民兵连的事迹。

莫小洛说这些事时，神采飞扬，就像讲她自己一样，我听得也津津有味，有一会儿，我甚至忘了自己在医院。

说实话，我一直很内疚，这位当年叱咤风云的女民兵英雄，却因为捡些垃圾而摔断了胯骨。我眼睛有点儿红，喃喃地对莫小洛说："对不起，我们不是有意的……"

莫小洛直直地看着我，脸上有一种很温柔的东西，她摇了摇头，很真诚地说："你不要这么说了，你们又没做错，我知道你们部队要求很严，我奶奶不应该到你们部队去。你放心好了，我们家里人都很好的，他们不会无理取闹的。"

那天晚上我们说了很多，在黎明到来之前，我们才趴在床边沉沉地睡去了。

第二天一大早，李大队长、政委都来了，莫小洛的爸爸妈妈也来了。莫小洛的爸爸是个四十多岁的中年人，整天风吹日晒的，脸色很粗糙，是那种很典型的农村人。她妈妈也不是那种泼妇，一来就坐在床头，问婆婆哪里疼，想吃什么，等等。我当了这么多年的兵，多少还是见过一些军地纠纷的，很多人一上来就冲着部队大喊大叫，想让部队多赔偿些钱。真的，他们一家真的是好人。

政委显然对这件事很恼火，看见我就狠狠地瞪了我一眼，目光简直像把刀子，要把我杀了一样。李大队长自始至终都没有看我，他走到莫小洛奶奶的床边，弯下腰来，问她怎么样了。我紧张地看着莫小洛的奶奶，她没有大喊大叫，相反有些不安，挣扎着想坐起来，李大队长赶紧把她按住了，让她安心养伤，需要住多长时间，需要多少钱，都没问题，全部由部队来报销。莫小洛的奶奶有点儿过意不去了，喃喃地说："谢谢你了，大队长，是我老了，不中用了……"我看得出来，莫小洛的奶奶、爸爸、妈妈都不是那种胡搅蛮缠的人，他们很老实，李大队长说什么，他们都一个劲儿地点着头，不停地说："谢谢李大队长，谢谢部队。"

我的鼻子有点儿发酸，他们和我老家的父老乡亲一样忠厚老实。我知道，如果他们提出更多条件，部队也是没办法的，她毕竟是在部队摔伤的，我们毕竟吓唬过人家。

李大队长他们要走了，他用征询的目光看了看莫小洛的奶奶和她的爸爸妈妈，带着商量的口气说："我们要不要留下一个人帮着照看老太太？"他说完这话时，莫小洛看了看我，目光里有一些期待。我其实也想留下来，倒不是因为莫小洛，我也不敢对她有任何想法，我只想多陪陪老人，让她心里好受一些。我想多做些事弥补一下。

莫小洛的奶奶和爸爸妈妈连忙说："不用不用。"她奶奶还看了看莫小洛说："有小洛在这里就行了，他在这里也不方便照顾我，还是让他回去吧。"

李大队长想了想，说："那也行，如果还需要护工什么的，你们说一下，这钱也由我们来出。"

我于是就跟着李大队长的车回来了。李大队长一路上沉着脸，一声不吭，倒是政委沉不住气了，他看了看我，吼了一声："你们是不是没长脑袋？那么大岁数的老人了，你们干吗要吓唬人家？"

我不知道说什么好，只能低着头，心里很难受。

政委见我不说话了，更生气了，骂了我一句："就你这个熊样，摔断腿的怎么不是你！"

李大队长回过头来，很平静地说："老王，你也不要说他了，他毕竟是咱大队的战士，也是为了大队好，要是真来了特务，他们不去管，那样出的事情不就更大嘛。出了这件事是个意外，谁能想到呢。"

我看了看李大队长，心里一热，甚至有种想流泪的感觉。

我不知道是不是李大队长给潘连交代过了，我回去后，潘连也没怎么说我，反而把我和老李都叫了过去，叮嘱我们不要想得太多，以后注意文明执勤就行，身上不要背包袱，好好训练，有什么事，部队会出面处理的。

潘连想了想，又对我们说："有空我会安排你们轮流去看看人家，带些水果什么的,多说些暖心窝子的话,人心都是肉长的,咱们态度好了,人家也不会耍赖的。"

我和老李头点得像小鸡啄米一样,别说这,就是关我们几天禁闭室,我们也都认了。我们出来后,老李长长地舒了口气,说:"妈的,潘连真他妈的好,李大队长也真好,我当了十几年兵,还真没见过这么好的领导!"说着说着,他的眼圈红了。我也很感动,要是放在从前红军团里,我和老李肯定早就被训死了。我不是说红军团不好,但那里的干部有时想问题的确不像潘连和李大队长这样,他们更像政委一样,不分青红皂白,上来就先把你好好收拾一顿再说。

这样的部队你不会不喜欢的。

李大队长和潘连是很实在的人,他们都很公正。你们也肯定看出来了,许多人以为特种兵就是四肢发达,头脑简单,实际上不是那么回事。特种兵担负着渗透敌后的特殊作战任务,每一名士兵都要反应敏捷,具有灵活的思维和独立解决问题的能力,把方方面面都考虑周全。是什么就是什么,不玩虚的。这已经是特种大队官兵的一种生活态度了。所以,像那些养猪种菜的样板工程根本就不会在我们大队出现。别说大队领导不搞,就是他们想搞,弟兄们也不会服气的。

我这是扯到哪里去了?我只是想说,潘连和李大队长就很实事求是。我和老李虽然方法有些不大好,但我们的确是在维护大队的利益。我抽了抽鼻子,对老李说:"你看,潘连他们并没把咱们当成外人,李大队长这人也不错,以后咱们可要好好干。"

老李一个劲儿地点头:"那是那是,一定好好干,一定好好干!"老李的脸红彤彤的,鼻子上还挂着几滴汗水,他说这话时的样子,就好像是个刚到部队的新兵表决心一样。

莫小洛的奶奶在医院住了半个月,当她得知已经花掉一万多块钱时,说什么也不住了。他们村的村支书还劝她:"干吗不住?反正花的是部队的钱,不住白不住!"老太太有点儿生气了,说:"部队的钱也是钱,这个医院是个无底洞,我还是回家养着吧。"

医生把后果说得很严重,说她胯骨骨折,岁数又大,将来有可能下不了床了,还是住在医院继续观察吧。老太太说啥也不答应,就是要回家。

李大队长带着财务股长到医院结了账,把老太太接回家,但这事并不算完,如果不做个了结,搁在那里,还是部队的一块心病。大队专门召开常委扩大会研究这事,潘连也参加了。我后来听潘连讲,会上吵得很厉害,有人说,部队三令五申不准进来捡垃圾,给他们村里也讲过了,老太太不听,三番五次进来,屡教不改,这次摔伤了是她自作自受,部队已经给她治疗了,算是仁至义尽了,如果他们还有什么要求,那就和地方政府一起来解决,实在不行,就走法律这条途径。

李大队长没有同意,他觉得部队还是有责任的,再说,老太太都七十多岁了,晚年有可能就只能躺在床上,他们家人还要照顾她,无论如何,就算是尽人道主义,部队还是应该赔偿人家的。

这事算是定下了,问题在于到底赔偿多少钱。有人建议再赔偿一万,有人说两三万,最后还是李大队长拍了板,决定赔偿五万元。

李大队长话音刚落,政委突然咳了一下,他低着头,用大拇指和食指掐着眉心,缓缓地说:"部队不能出这个钱,要出,就让那两个鸟兵出,他们不是士官吗?那就扣他们工资,每个月让他们拿义务兵的钱,剩下的就赔偿给老人,什么时间赔偿完了,什么时间再发工资。"

会议室里一下子静了下来,大家一齐看着政委。

潘连说:"我当时一听就急了,顾不得这是大队的常委扩大会了,立即站起来就说,我不同意,老李还是有老婆孩子的人,就靠他这点工资生活,这一扣掉,那还怎么活啊。"

但这是政委说的话,大家看看潘连,再看看政委,政委紧紧地皱着眉头,瞪着潘连,别人也不敢吭声了。

潘连豁出去了,他把脖子硬了硬,又说:"如果大队没这个钱,那我们连队出这笔钱,我们勒勒裤腰带,每天挤出点儿伙食费,也不能让他们掏这笔钱。他们这两个鸟兵也不是为自己的事，他们这也是为了大队好，我们连队掏这笔钱值得！"

李大队长生气了，他啪地拍了一下桌子，朝潘连吼了一声："潘大头，你这个狗娘养的瞎嚷嚷什么？这不是在研究嘛，你敢扣连队伙食，我立马把你撤掉！"

李大队长讲完，怒气冲冲地瞪着潘连。

潘连后来对我们说，他知道李大队长不是真的在生他的气，只是把他当成打气筒出出气。

参谋长看了看李大队长，又看了看政委，他们两个都在瞪着潘连，参谋长迟疑了一下，但他还是开口说话了："部队工资低，这两个战士家里也不怎么样。我看还是大队出这个钱吧。"参谋长一带头，其他几个营长也建议由大队出这个钱。

潘连回来给我们说了这事，说到这里时，我抬头看了看他，说："连长，如果让我们掏这个钱，我愿意。"我说的是实话，这样会让我心里好受些。老李也赶忙表了态："连长，我也愿意出。我没事的，老婆孩子在农村，地里只要长庄稼，他们就饿不死。"

潘连瞪了我们一眼："你们这两个鸟兵，到现在嘴巴还死硬死硬的！不用你们掏了，政委已经同意了，由大队出这个钱，就当出钱买个文明执勤的教训！"

小说写到这里我才觉得，所有的语言都是苍白的，我不知道该如何表达自己的心情。事情过去那么长时间了，我还记得，那天下午我爬到了营区最高的一个坡头上，站在一块大石头上，打量着整个特种大队，看着那些陈旧的楼房，那些布满了铁丝网和各种障碍物的训练场，看着营区里一棵棵参天大树，看着那些在营区里走动的"锅盖头"们，突然就泪流满面了。是的，我已经深深地爱上这支部队了，我愿意把自己的一切，包括生命都交给它，当战争来临时，我会毫不犹豫地勇敢作战，捍卫我们特种大队的光荣和骄傲，哪怕战死，我也不会停下自己冲锋的脚步!

我永远都是一名"锅盖头"!

那年夏天很快过去了,接着是冬天,我们天天都在训练。没有什么可写的,值得高兴的是部队终于加工资了,我拿到了一千六百多元钱。我一下子给家里寄回去了一千五百元钱。我每个月只留一百元钱。对我来说,这已经够了。吃的穿的都是部队的,我也就抽烟花点钱,实际上烟也很少抽的,你的烟瘾再大,一开始训练,就什么都忘了。我脱下军装以后,可以上互联网了,这才知道这件事原来在互联网上已经吵翻了天,许多人都在那里瞎嚷嚷,觉得不应该给我们加工资。我已经离开了部队,但我还是觉得那些瞎嚷嚷的人都是站着说话不腰疼,别看他们的帖子写得那么理直气壮,实际上你一个月给他一万块钱,他也未必愿意来。其他部队可能没有我们特种兵这么大的训练强度,但也轻松不到哪里,双休日同样很难得到保证,也不能上互联网,几个月见不到一个姑娘也是常有的事。你让他来试试,估计他一个月就受不了。

不说这些了,还是回头说说我在特战一连的那些事吧。

春天来了,我终于成了一个逃兵。

部队开始了跳伞训练。跳伞是特种兵训练的一个重要内容,但这也是一个险难科目,特别是直升机跳伞,在舱外有一个涡流区,跳伞时必须延迟开伞时间。上级规定像李大队长这样的年龄和级别的领导可以不跳。四十来岁的人了,胳膊、腿都硬了,弄不好会骨折的。大队也一直严格执行这项规定。

但每年李大队长都要和我们一起跳伞。

这很让我们政委头疼,他实际上是一个好人,当李大队长还是副大队长时,他就是政委了,但他一直都很尊重李大队长的决定。这非常难得。很多部队的军政主官的关系是很难搞的。政委一直都不想让我们李大队长跳伞。据说有次在训练跳伞时,集团军一位首长来了,问李大队长在哪里。政委就仰头指了指天空中盛开的伞花,说:"他在天上!"集团军首长生气了,说政委,你这家是怎么当的?连他都管不住?所以,每次跳伞训练时,政委都死死地盯着李大队长,不让他跳。

李大队长大大咧咧地说:"政委,你放心,我是侦察兵出身的,跳过多少年了,会出什么事啊……"

政委打断了他的话:"不行,你好好在地面上待着!"

李大队长嘴上答应着,趁政委不备,背上伞包混到了跳伞的战士中。政委发现了,飞机已经飞上天了,他忙赶到指挥塔台上让李大队长下来。李大队长有点儿嬉皮笑脸地说,我现在已经在天上了,想下来也只能跳下来了。政委没办法了,只得眼睁睁地看着李大队长从飞机上跳下来了。

政委后来只好不管他了。

陈卫星还给我们讲过一件事,说是有一年部队组织跳伞训练,从八百米的高空往下跳时,一个战士的主伞出了故障,没有打开,像个秤砣一样直直地朝地面坠了下来。好在这名战士反应很快,在离地面三百米的时候,他拉开了备用伞,安全着陆了。八百米的高空,落到地上,也就是十秒左右的时间,生死也就那么一瞬间。发生了主伞没有及时打开的情况后,每个新兵的心上像压了块石头,显得紧张和惶恐,大队也有领导建议先休整两天再跳,但李大队长坚持继续跳,他说:"越是在这种情况下,越要跳,特种兵要是怕这怕那,那就不是特种兵了。我第一个跳!"第二天,李大队长背着伞包站在战士们的面前。和平常一样,他的动员很简单:"弟兄们,背上你的伞,到敌后去!"战士们的脸上立即露出了轻松的笑容。

我很佩服李大队长。一个优秀军事指挥员,他本身具备过硬的军事技能,不用多说,就具有了权威性和号召力。他站在那里,就是一个标杆,一面旗帜,再孬蛋的兵,也会跟着他把自己锤炼成出色的士兵。

特种大队的兄弟们说起自己的大队长,都说他是"空中第一飞"。

这是一个绰号,但这个绰号里有一种真正的军人味儿!

我们跳伞那可是真跳，这不比别的军事训练，说不定还能玩点花样造假，这是真功夫。很多人对我们这支军队有很多误解，有人曾经在互联网上写到中俄联合军演时，俄罗斯士兵跳伞是在四百米的空中跳的，中国军队为了保安全，是在八百米的空中跳的，没人敢在四百米的低空中跳伞，从而质疑中国军队的打赢能力。我不知道这是不是真的，但如果说中国军队不敢在四百米的空中跳伞，那就是瞎扯了，因为这就是一个常规的跳伞训练科目。我不知道你们相信不相信，我们连三百米超低空跳伞都搞。那是一个什么概念？几秒钟的工夫就落到地上了，几乎是在跳离飞机的同时你就得把伞打开，你反应稍一迟钝，立即就摔到地上了。这连国外一些特种部队都未必敢搞。还有水上跳伞，那也是很危险的，如果弄不好，降落伞就把人裹在里面了。

如果这还不算，那我再说个"三无"跳伞怎么样？战争爆发时，空降渗透敌后，不可能预先进行准备，不可能有人在地面做引导，甚至连那边的气候都是随时有变化的。我们特种大队很早就开始搞了无地面指挥引导、无气象保障、无预先勘察地形的"三无"跳伞训练。飞机把你拉到一个完全陌生的领域，你们往下跳吧。就这么简单。我后来就搞过三百米的超低空跳伞。

我们这些红军团来的步兵们，都没搞过跳伞，刚开始时很紧张，总是胡思乱想，伞要是打不开怎么办？要是被飞机的涡流区卷进去了怎么办？我们坐在飞机上，紧紧地抱着伞包，个个把脸绷得紧紧的，也不说话。我手心里全是汗。轮到我们跳了，我在心里默念着每个步骤，走到飞机舱口，纵身往下一跃，还不知道是怎么回事，啪的一声，降落伞打开了，把身子往上猛地一提，然后向大地飘了下去，速度还是很快的，一会儿工夫就接触到了地面。我跌坐在青草地上，大地的泥土的味道让我深深地陶醉。我们都有点儿不敢相信，就这么跳下来了？我们兴奋地跳了起来，叫着抱在一起欢呼。我听说有些老兵跳得"油"了，还会在空中玩些花样，做些小动作。但对我们这样的大多数新手来说，说不害怕那是假的，但跳过几次以后，就觉得没什么了，看着大地在脚下旋转，越来越近，那种眩晕的感觉真是妙不可言。我甚至深深地喜欢上跳伞了。

　　许多事情往往在你意想不到时突然就出来了，我最后那次跳伞就出事了。本来一切都很顺利，伞也打开了，我在空中时还冲着越来越近的大地做了个鬼脸，但在落地时没搞好，被降落伞拽着跟跄几步，碰到一块大石头上。小腿骨咔嚓一下，我立刻觉得一阵刺痛，眼泪就掉出来了，一下子栽倒在地上。我艰难地坐起来，抱起腿一看，小腿一片乌青，立马肿起来了。那是真疼，疼得我龇牙咧嘴，额头上出了一层密密麻麻的汗水。

　　送到江城的部队医院一拍片子，小腿骨骨折，必须住院治疗。

　　那也没什么可说的，只能治疗了。我没哭，也没有像一些电影电视上演的那样，一点儿都不愿意在医院里住下去，又哭又闹地还要去训练场。那些实在太假了，军人都很冷静，会很坦然地接受现实，不会无理取闹的。我问了问医生，会不会落下后遗症，比如跛腿什么的。我最怕这个，真要是这样了，别说是特种兵，连个普通的兵都没法当了。医生说，你是个小年轻，身子骨结实着呢，只要安心治疗，别没事乱跑，恢复起来很快的。我一听，就安心了，决心严格要求自己，医生不让我乱跑，我脚再痒都不下床。我就想早点儿出院。

　　跳伞训练结束后，潘连和陈卫星过来看我，他们安慰我说，没什么大不了的，这是跳伞中最常见的一种伤，特种大队有不少兄弟都这样摔过。休养治疗一段时间，就一点儿事儿都没有了。他们这样一说，我更安心了。

　　我在医院整整地待了两个来月。好在特种大队的训练科目我都已经搞过一遍了，就是出院了，估计也不会在训练中拖兄弟们的后腿。这样一想，心里好受多了，每天就是看看书或者看看电视，有时下地走走，但每次我都用拐杖，不让那条受伤的腿着地，我想让它快点好了。

　　我做梦也没想到莫小洛会突然跑来看我。那天上午我正在看书时，病房的门被打开了，一束阳光照了进来。我把手放在额前，眯着眼睛，看见一个女孩子站在门边，笑眯眯地看着我。一下子就认出她来了，她是莫小洛。

我已经记不清那时我是什么感觉了。这两个月里，特种大队先是组织跳伞，然后到外地参加一场重大演习，到现在还没回到部队，除了潘连和陈卫星百忙之中匆匆地来看过我一次后，没有人再来看我，连个说话的人都没有，我是有那么点孤独。所以，看到莫小洛时，我很高兴，但同时也有一些紧张，这是部队医院，虽然我们之间没什么事，但我还是很怕被人知道了，告诉我们特种大队的人，无论是潘连还是李大队长知道了这事，我都死定了。

我敢打保票，我和老李把人家老太太胯骨弄骨折了，潘连和李大队长都能容忍，但他们肯定容忍不了我和莫小洛交往这件事。前者我们还是出于维护部队的利益，出发点是对的，后者却是严重违反了特种大队的土政策，而土政策往往还是很严格的。

但人家来了，我总不能再把人家赶走吧。我忙招呼莫小洛坐下，她还提了一兜苹果。她去洗了洗，要帮我削皮。我忙说："我是腿断了，不是手断了，还是我来削吧。"她微笑着把我的手推了回去："你别动，你是病人。"再争下去就没意思了，让别人看到了，还以为我俩在拉拉扯扯呢，我只好不动了。

她坐在床边，就像我的妹妹，脸微微地有点儿红，眼睛一眨，长长的睫毛颤动着，就像一个不谙世事的小女孩。我有点儿不安地问她："你怎么来了？"

我想她会说，她是到江城来办事，顺便来看看我。谁知她很认真地说，那次我奶奶摔伤时，你照顾得不错，还经常来看她，你现在来住院了，我来看看你，也是应该的呀。

我有点儿不安，好在她很快岔开了，问我的腿怎么样了，我说没事了。我想了想，问她奶奶的身体怎么样了。

她脸上露出了笑容，说现在好多了，能拄个拐杖下地走动了。我长长地松了一口气，她要真的瘫痪在床上，我会内疚一辈子的。

我很真诚地说："莫小洛，你们一家都是好人。"

莫小洛撇了撇嘴："才不呢，你们部队就觉得我不是好人，防我像防贼一样。我们家那个小店就是为你们开的，你们都不敢去，好像我们那是黑店一样。"

我脸红了红，李大队长那个规定的确有些过火，但我们身为军人，当然要遵守纪律。我也知道，并不是每个人都像我这么听话，还是有不少兄弟图个方便，也有可能就是为了去看看她，和她说句话，有时会偷偷地到她那里买东西的。我们都有点儿怕儿李大队长。我没办法给她解释，那是她的一块伤疤，能不去碰它就不要碰它了。

我只好岔开了话题，问她："你怎么知道我在这里？"

她嘻嘻地笑了，很开心地说："前几天，你们连的那个老李，偷偷摸摸地买了一大堆水果去看我奶奶，她问他的。他还以为是我奶奶怪你没来，就忙把你的事情都给我们说了。我这才知道你原来也住院了。我奶奶让我来看你的，她一直说你人不错呢。"

我的眼睛有些潮湿，喃喃地说："你奶奶真好，我们对不起她。"

她很轻松地笑了："你不要这样说了，都快过去一年了，你们部队还给了几万块钱，我们一家人也很过意不去的。你们部队里的人真好。"

我看了看她，她说得很认真，一点儿都不像是装的。这真是个好女孩，我们特种大队的那个班长曾经伤害过她，但她并不恨我们部队。这样的女孩子没有什么心计，很善良，也很宽容、大度，在她面前，你有时会觉得自己很渺小。

她眨着眼睛，长长的睫毛一闪一闪的，很好奇地问我："老李原来都有孩子了，我还以为他没结婚呢。他是一个士兵，还能结婚啊？"

我告诉她，老李是第三期士官，是可以结婚的。事实上，只要是第二期士官，都可以结婚，我要是转了第二期士官，也可以结婚了。

说完以后，我脸红了一下，真不知道我干吗这样给她说呢。现在想想，我那时对她已经有好感了，我不知道是不是从那时开始喜欢上她的。人内心的东西，有时自己也无法了解。这也许就是人们常说的潜意识吧。

说完这话以后，我又很混账地加上了一句："当然，我们部队严禁士兵在驻地谈恋爱，更不能结婚的。"说完以后我就后悔了，我这好像是要拒绝人家一样，或者要申明自己的立场一样，实际上人家能不能看上自己还不一定呢。再说，这也是她的一块伤疤。

她听了我的话，果然有些不自然了，低下了头，两手交叉放在膝盖上，咬着嘴唇不吭声了。我有些慌了，害怕因为这句话而伤害了她，忙说："对不起，我不是有意的……"

她猛地抬起了头，直直地看着我，很认真地说："你不用解释了，那事已经过去好长时间了，我已经完全忘记了，真的，我从来都不去想它了。"

我们都不吭声了，病房里很静，空气里有一种淡淡的忧伤和不安。我们突然又开始拼命地说话，那些无关紧要的话语从我们的嘴巴里流淌出来，在病房里像胶水一样漫延，爬到墙上，挂到天花板上，裹着了我们的身子。我们像穿着厚厚的铠甲，说着一些无关痛痒的事情。我给她说我的父亲母亲，说我们的木扎，木扎旁边的小河，河里的小虾。她给我讲村里鸡毛蒜皮的事情，讲她小学时的同桌和初中的老师。我们不停地说着，那些泡沫到处弥漫。我们用说话来掩饰着我们的不安和慌张，实际上我们到底说了什么，很快就忘记了，我现在一点儿也想不起来了。

她一直待到下午才走。我要起来送她，她坚决不让，让我好好养伤。她出去了，我趴在窗前，看着她穿着洁白的连衣裙走在医院的大院里。她的秀发飘飘，像面旗帜。快出医院大门时，她突然扭过了头，向这边张望着。我这时应该扬起手，主动给她打个招呼，但鬼使神差，我慌慌地缩下脑袋，心里扑通扑通地跳个不停。我有气无力地靠在了墙上，对自己说，胡建军，你爱上谁都行，千万不要爱上她。你是一个特种兵，一个军人,一个真正的士兵!

爱情毒品

有时候,很多事情,你明明知道那是不对的,不应该做的,但你就是控制不了自己。犹如飞蛾扑火,没有人强迫,但你还是不由自主地要扑上去。我在当兵的时候,最喜欢看一位名叫朱苏进的军人作家的作品,他在随笔《面对无限的寂静》里面说的一段话很好:"最危险的东西往往最优美,最优美的东西也往往最危险。危险与优美,互相暗藏着对方,如同一柄剑的双刃。它的每一锋刃都背靠着另一锋刃,你很难说它哪一面更锋利。"我之所以要把这段话原封不动地引用下来,是因为我觉得用在这里很合适,比如说士兵的爱情。

我和莫小洛如果产生了爱情,就是最优美的,同时也是最危险的。

我在住院的那段时间里,她每隔几天就来看我一次,后来,几乎天天来了。每次来都要帮我洗洗衣服什么的,这的确让我轻松了许多。我最难受的就是洗衣服,腿还跛着,腰都没法弯,只能把盆子放在桌子上,也不能长时间站在那里,只能坐在凳子上洗,往往衣服洗好了,我身上穿的衣服也被弄脏了。每天我都盼着她来,但我也很害怕,如果让李大队长他们知道了,那我就真的完蛋了。后来我就不让她到病房来了,我拄着拐杖,把脏衣服装在一个塑料袋里,一瘸一拐地下楼,然后到医院旁边的一个公园里去和她约会,她在那里找个自来水管,把衣服洗好了,我再拎回去。

爱情就是这样默默地发生了。我们都是血气方刚的年龄,从前一直在训练场上摸爬滚打,旺盛精力都消耗在了各种障碍物上,根本没时间去想爱情。现在住院了,整天没事情干,你不想它都不行。这有点儿像钱锺书先生在《围城》那本小说中说的:"咱们这批人,关在山谷里,生活枯燥,没正常的消遣,情感一触即发,要避免刺激它"。这句话很经典，部队就像一个与世隔绝的山谷。我一直觉得应该把这句话写在《新兵手册》中，让他们人人知道。

莫小洛经常到我这里来，我们说说笑笑着就熟得不能再熟了，最初的紧张和不安慢慢地消失了，我甚至还借着看手相的名义抓到了她的手。她的手细腻、白嫩，能看到手背上的血管，手掌很柔软，好像没有骨头一样，我一脸坏笑地说："你的手长得真漂亮。"她一下子把手缩回了，把小手扬了起来："你不正经了！"但她的脸突然红了，把手放了下来。我也有点儿害怕了，不敢看她，转过身子看着窗外，装作看风景的样子。

莫小洛很快又找到了一个话题，她说你知道不知道，我一直都很想当兵，中学毕业时报考的学校都是军校，高考落榜后，部队征兵时，我还跑到县武装部报了名，可惜人家不要女兵。

她看了看我，又看了看窗外，甩了一下头发，笑着说："虽然我当不成兵了，但我以后要找一个当兵的，算是军嫂了。"

说实话，那一会儿我有点儿感动，现在很少有女孩子愿意嫁给当兵的了。有个挺有名气的网站曾经做过一个调查，女孩子愿意不愿意嫁给军人。结果，大多数人都不愿意，主要是因为要两地分居、部队生活紧张、待遇低，等等。谁都有追求幸福的权利，她们并没错，这是一个很现实的时代，理想主义已经不时髦了。

想成为军嫂的女孩子，多多少少都是有点儿理想主义的。

我看了看莫小洛，她微笑地看着我，看得出来，她很想把这个话题继续下去。我想起了她曾经有过一次的爱情，她那次爱上了我们部队的一个班长，那个班长还因为这事被开除军籍了。我有点儿不理解，很真诚地对她说："那个家伙也真是的，他既然离开了部队，完全可以娶你的。"

她愣了一下，收起了脸上的笑容，捋了捋额前的头发，沉默了一会儿，摇了摇头，淡淡地说："不是他不愿意，而是我不愿意了……"

我有些吃惊地看着她，想不通这到底是怎么回事。

那天中午，莫小洛把她的那次爱情都告诉我了，我这才知道人们口口相传的东西原来是多么不可信。她说，那个班长老家的确是南京的，但不是市里的，只是属于南京的高淳县，很偏僻的一个地方，家还是农村的，父母也不是什么大官，都是农民。他从前说的都是骗人的。这都算了，男人谁没点虚荣心呢。他后来到南京市一家大酒店当保安，人家知道他当过特种兵，他身上也真有功夫，就让他当了保安队长，一个月能拿两三千元钱。按说，这在南京已经不错了，但他不满足，整天看着那个大酒店的小姐大把大把地赚钱，也让莫小洛当小姐。她当然不干了，他就动手打了她，她就又跑回来了……

我吃惊地看着她，有点儿不敢相信："不会吧，我听说他在部队表现还挺好的，军事素质很过硬的。"

莫小洛看了看我，淡淡地说："这有什么奇怪的？人都是会变的，我也没想到他会变成这个样子。那时，我连跳到长江的心都有了，我真的去了长江大桥。"

我有点儿担心地看着她，但她很平静，就像在讲述别人的故事一样。我很佩服她，她能抚平了自己的伤口。我突然对她有一种很怜惜的感情，她是个好女孩，但命运对她太不公平了。

我愤愤不平地说："这个家伙真不是个人，他怎么会这样呢？"

莫小洛悲伤地摇了摇头："他本来也不是一个坏人的，但环境会改变一个人的。其实想想，最可靠的男人还是在你们部队里。"

这我倒赞成，部队是一个很封闭的环境，有时就像一个世外桃源。但它也有一种不好的东西，就像朱苏进说的，最优美的往往是最危险的，在这个相对纯净的环境成长起来的士兵，一旦有机会接触到那种不好的东西，他们可能接受得更快，甚至更彻底，比如那个班长。当然，也有一种人，就像我一样，不管到了哪里，都不会坏到哪里去的。也许，我在中学时本来就是一个混混，在部队反而变成了另外一种人，部队已经把我的血液全部换了一遍，我不可能再回头走原来的路了。

我在想，如果换了我，我一定会好好地爱她，像一个真正的男人那样，让她幸福，从来都不会后悔嫁给了一个曾经当过兵的人！这个想法让我吓了一跳，慌慌地看了她一眼，好在她低着头在看着自己修长的手指，没有注意到我。

　　这个话题太沉重了，我们两个反而都不知道该说什么好了。闷闷地坐了一会儿，莫小洛突然问我："你记得不记得咱们第一次一起到江城的事？"

　　我忙点了点头："我记得，我去送我同学刘坚强回去。"

　　提起刘坚强，我突然想起了米小阳，心里一下子空荡荡的，如果不出意外的话，他们现在已经结婚了。我已经有好长时间都没再想过他们了，但现在一想起，心里还是静不下来。我知道米小阳已经和我没有关系了，但我还是很想知道她现在过得好不好。实际上，这和我又有什么关系呢？过得好不好，我都没办法了。但我就是控制不住，总是想她。

　　她歪着脑袋，冲着我调皮地眨了眨眼睛，笑着问我："那你肯定还记得你那个同学给咱们两个拍了照片这事吧。"

　　我当然记得，我一直怕她问我这事。我看了看她，她充满期待地看着我，我在脑中飞快地盘算了一下，我可以撒个谎，说刘坚强回去后一直没和我联系，我也可以说，他不小心把照片从数码相机中删掉了。我本来真打算这样说的，但我突然说不出来了。怎么说呢？那个班长已经欺骗过她了，我如果再欺骗她，哪怕是个善意的谎言，我都觉得可耻。这样单纯、善良的女孩子，谁都不忍心欺骗她的。我咬了咬牙，给她说了实话："他把照片寄给我了，我把它们烧了。"

　　她很吃惊地看着我，一副不相信的样子："你怎么把它们烧了？"

　　我看了她一眼，赶紧低下了头，吞吞吐吐地说："我怕被连长知道了……"

　　她脸红了一下，她很聪明，立刻明白我的意思了。她的脸色黯淡下来，眼睛里的光亮慢慢地熄灭了。她默默地把目光投向了窗外，窗外高大的杨树上绽出了新芽。有鸟从空中掠过，欢快地唱着歌飞走了。我很难受,我知道我让她伤心了,我很想把她揽在怀里,抚摸她的长发,用我满腔的柔情安慰她。但我是名士兵,不能这样做。人生最痛苦的事情,莫过于你爱的人就在你身边,但你却不能去爱。我很痛苦地盯着地面,我和她之间已经没有丝毫的障碍了,再傻我也能看出来,她很喜欢我。我如果现在想拥抱她,她不会拒绝我的。她就在我身边,我伸手就能触摸到她的清秀的脸庞,但我们之间却隔着一层厚厚的墙,我们能感受到它是冰冷和坚硬的。我故意不去看她,但我却在用全部的器官感觉着她,注意着她的一举一动。我甚至有种想哭的感觉了。

过了好大一会儿,莫小洛小心翼翼地看了看我,低低地问我:"你在想什么呢?"

我说什么啊?看着她清秀的脸庞,我想把她揽过来,紧紧地抱着她,吻她的脸、鼻子和红润的嘴唇,然后告诉她,我爱她。我心里充满了激情,但说出来的话却和她毫无关系:"那个刘坚强把我从前的女朋友抢走了。"

莫小洛跳了起来,惊讶地叫了一声:"啊,你原来还有女朋友啊!"

我感到很奇怪:"怎么了,我不能有女朋友啊?"

她忙摇了摇头,有点儿迟疑地说:"不是的,不是的,我一直以为你没有女朋友呢。"

她直直地看着我,目光里突然有一种很坚定的东西,但她的声音是颤抖的:"我如果爱上你了怎么办?"

我吓了一跳,我知道我很喜欢她,但爱情真的来了,我却有点儿手足无措了。我知道特种大队的那条不成文的规定,也知道《中国人民解放军士官管理规定》第三十二条规定:"士官原则上不得在部队驻地或本部队内部找对象结婚。"这是条"高压线",没人敢碰的。事实上我也一直在克制着自己,想把那些念头堵住,不让它蹦出来。但最终我还是失败了。它就像一粒顽强的种子,在黑暗的泥土里发芽,使劲儿地生长着,要拱出地面,呼吸新鲜的空气,在春天温暖的风中开花结果。这种事情你挡是挡不住的。老李的兵龄长,他曾经告诉我说,我们那个红军团,曾经有过女兵,都在卫生队。平常部队很注意这方面的事情,千方百计地防范,但最后还是出事了。老兵退伍时,在操场上举行"告别军旗"仪式,仪式刚结束,从卫生队里冲出来一个女兵,从警卫连里冲出来一个男兵,两人就在操场上抱头痛哭,把团长和政委的脸当场都气白了。后来才知道,他们已经偷偷地谈了一年多的恋爱,部队居然没一个人知道!

我看着莫小洛,她的眼睛水汪汪的,充满期待地看着我。她目光闪烁着,温柔又充满不安,但它像一把刺刀,穿过那堵隔在我们中间的沉重的墙,火花四溅,照着我苍白的面孔。我身上很冷,嘴里发苦,我的手指在颤抖着。我不想再逃避了,如果这是爱情,那就让它来吧。我想把我的一切,我的想法,我的过去,我的爱,我的梦,我的不安和害怕,全部都说出来。也许我们不能相爱,但我也要让她知道我的一切,让她知道,并非所有的士兵都像那个班长一样,会有人把自己的一切都交给她,信任她,永远都会爱着她。

我喃喃地说:"小洛,我爱你,可我……"

她扑上来,用嘴巴堵住了我的嘴。我紧紧地抱着了她,我们发疯般地亲吻着。她的身体柔软,身上散发着少女温暖的体香。是的,我爱她,我已经离不开她了。那一会儿,我甚至还想,让军纪见鬼去吧!我是一个特种兵,特种兵都是敢做敢干的爷们儿,我爱她,她爱我,我们的爱情无罪,如果因为爱情而被处罚,所有的闪电啊、雷啊、暴风雨啊,你们都来吧!

我们平静下来了,我把她揽在怀里。她脑袋枕在我的胸口,刮着我的鼻子,絮絮叨叨地对我说:"你第一次到我家小店买东西时,我就喜欢上你了,我喜欢你那时很害羞的样子。"我笑了笑,是有那么回事,但我已经想不起我买的是什么东西了,更不记得我曾经害羞过。我问她,她说:"你买的是香烟啊,我说给你介绍个对象,你脸腾地红了。"我一下子想起来了,那次我的确因为撒谎说我没有对象,所以脸红了。

她说完以后,突然跳了起来,指着我的鼻子叫了起来:"啊,你骗我!"

我吓了一跳,愣愣地看着她,不知道她说的是什么意思:"我骗你?我怎么骗你了?"

她嘟着小嘴,气呼呼地说:"你还说呢,我那时问你有没有对象,你说没有!"

我有点儿不好意思,摸了摸我的"锅盖头",嘿嘿地笑了:"我想逗你玩嘛。你那时准备给我介绍谁啊?"

她很神秘地笑了一下:"我不告诉你。"

我很好奇:"说说,到底是谁?"

她突然咯咯地笑了起来:"你真傻啊,还能有谁?是我自己呗。我准备过段时间再给你说,就说给你找不来对象,干脆把我赔给你吧。谁知你后来再也不找人家了!"

我说:"不是我不去找你,是我们部队不让去你那里买东西。"

说到我们部队,我有点儿清醒了,脑袋上像被人击了一棍子,心里被压上了一块沉甸甸的石头一样不好受。我一直想成为一名真正的特战队员,最好将来能转成第二期士官,默默地等待着战争爆发,像个真正的军人那样去战斗。我甚至还梦想着有一天,我的骨灰也能放在家乡的烈士墓园,上面贴着我穿着军装的照片。我看了看她,她还沉醉在爱情之中,安静的脸庞犹如一个梦。我不忍心把她的梦打碎,但有些话我必须得和她讲明,我不能骗她。我咬了咬嘴唇,终于鼓足了勇气,喃喃地说:"小洛,你知道我们部队的规定,我也想成为一名好士兵。如果你相信我,那你等我退伍时,我一定和你结婚!"

她倚在我的肩头,闭着眼睛,低低地说:"你不要说了,我知道你的意思,你放心好了,我不会告诉任何人的,我也不会去找你的,我知道你爱我,你知道我爱你就行了。我会一直等你退伍的。你放心,我们村里人都不会纠缠我的,他们没人敢娶我……"

我知道她的意思,在农村,跟人私奔是件很丢人的事情,没人愿意娶这样的姑娘。但对我来说，这根本不是问题。爱情来了，我们什么都不会在乎的。我很感激地看着她，她很懂事，一点儿也没为难我。如果这样的话，我们也有可能就像老李讲的那个故事一样，一直等到退伍时，兄弟们才有可能知道这件事。这样，我没有辜负我所热爱的军营，同时也没有辜负我爱着的姑娘。我身上轻松了许多，低下头吻了吻她的耳朵。她静静地伏在我的肩上，突然一副心事重重的样子。我扭过头问她："你怎么不说话了？你在想什么？"

她没吭声，过了一会儿，她把头从我肩上移开了，愣愣地看着我，眼里有泪花在闪动。她喃喃地问我："你知道我从前有过人了，你不会嫌弃我吧！"

我皱了皱眉头，我知道她的意思，不错，我是一个从小县城来的大兵，但我不是那么封建的人，我只知道我们相爱，这就够了。我捧起了她的脸，心疼地说："傻丫头，你想那么多干什么？只要我们相爱，其他的算什么呢。"

她脸上已经满是晶莹的泪水，她很感动，又主动过来吻我。在这甜蜜的幸福的时刻里，我们都流泪了。我知道我们的爱情来之不易，值得我们一生珍惜，好好爱护。

我决定把我和米小阳所有的一切都告诉她。她高兴地说："这下好了，咱们扯平了，是不是？"

她像个天真烂漫的小姑娘一样，我也很高兴，忙一个劲儿地点头说是是是。

我们的爱情就是这样。我后来治好了伤，回到了部队，我们就很少见面了。每天从她家那个小店经过时，最多就是脉脉含情地互相注视着对方。这很正常，很多兄弟都在偷偷地看她，她也在看着我们大家，没有人能看出来，她实际上只是在看我一个人。我们都在小心翼翼地克制着，这样会让我们负罪感少一点儿，自认为并没有违反军纪，自己还是一名合格的军人。

我深深地爱着军队，我不愿意让自己玷污这支伟大军队的荣誉。我把所有的精力都投入了训练之中，如果爆发一场战争，我会第一个报名参战。我要成为一名真正的士兵，一个像狼一样凶猛的战士！这样我心里会更好受一些。事实上，那时我的军事素质已经不比任何一个特种兵差了，甚至还超过了许多人，我毕竟是个第五年的老兵了。

他们都说我是一个好兵。

兄弟连

时间过得真快，一年时间很快就要过去了。这一年时间里，没有发生多少事情。我和莫小洛的爱情，没有人知道，我们见面都是在四十里外的江城。我虽然是个老兵了，但去一趟江城也很不容易。我们训练时，一穿上迷彩服，军衔就统统卸掉了，也就是说，不管你是新兵、老兵还是军官，在训练场上你就是一名特战队员。所以，我能出去的机会也并不比那些新兵们多。我和莫小洛很少见面，有时两三个月才能见一次面，但我们已经很满足了。

日子就这样平静地过去了。

冬天快来的时候，我们潘连捅出来了一件大事：他把我们大队宣传股长打了！宣传部长姓周，我们就叫他周股长吧。

我早就听说，潘连很不喜欢这个周股长。当周股长还是周干事时，他负责大队的新闻报道，我见过他很多次，脖子上经常挂着一个照相机，跑到训练场上对着我们照个不停。他长得有点儿胖，脸庞很大，有几分官相。在我们特种大队里，大部分人都偏瘦，像这样的体型很难找到。我一直觉得他为人还是不错的，总是笑眯眯的，有点儿像书上画的弥勒佛。我们在训练间隙休息时，经常找几个战友挤在一起，摆出各种很牛的造型，让他给我们拍几张照片。他一般都会答应的，并且还会给我们冲洗出来，我们给他钱他也不要。但潘连就是看不惯他，一见到他，就阴沉着脸，有时还会撇撇嘴，咕哝一句："什么玩意儿，不就是耍笔杆子的嘛。"

我那时其实对潘连是有意见的，认为潘连这是看不起文化人的表现。怎么说呢，我们这支军队在历史上走过不少弯路，在红军时期，觉得知识分子是小资产阶级分子，容易动摇，杀过不少人。张国焘是个大知识分子，但他杀的知识分子最多，最后连看到戴眼镜、口袋里别个钢笔的都杀。我曾看过一位革命前辈的回忆文章，他说，那时都不敢说自己识字了。一个部队都是或多或少地带着过去的影子，我不能说是百分之百，至少在有些部队里，军事干部多多少少还是有点儿看不起政工干部的，觉得他们就会耍耍笔杆子，玩玩嘴皮子，中看不中用。这些年部队招了不少地方大学生，有些人就受不了这个，没干多久就要闹着转业。所以，潘连这样说周干事时，我觉得很不好，我甚至做好了连队再召开民主生活会时，给潘连提提意见的准备。

我和班长陈卫星很熟了，几乎成了无话不谈的朋友。我给他说了我的这个想法。陈卫星摇了摇头："你不了解情况，不要瞎说。潘连不像你说的那样看不起政工干部，他和咱们指导员不是配合得挺好的吗？他和周干事就是尿不到一壶，你提也没用。"

我感到很奇怪："他们两个有什么事？"

陈卫星说："你别打听了，潘连就是看不惯他，你敢在他面前提他，潘连就会跟你急。"

我锲而不舍地追问到底是怎么回事，他刚开始不想说，说这就像在背后讲人家坏话一样，不是君子所为。我再三请求，搞得他不胜其烦，只得很详细地给我说了潘连和周干事的事。

潘连还是副连长时，参加全军特种兵比武，综合成绩第一。这是很不简单的，参加比武的都是全军特种兵精英，第一名那是什么概念，那是可以到国际上参加"爱尔纳·突击"侦察兵竞赛的！事实上潘连还真参加过。

这个竞赛是从一九九二年开始的，由爱沙尼亚军方主办的，邀请各国特种部队参加，地点是在作战环境最恶劣的原始森林中，以高难度、大强度、远距离、多课题和惊险惨烈超乎想象、真枪真弹酷似实战而闻名世界。一个小国家弄的国际侦察兵竞赛能够让美国这样大牌国家的特种兵都参加，那的确不是吹牛的。在二〇〇五年的爱尔纳竞赛中，中国特种兵以3∶0的成绩战胜了美国"海豹"突击队。"海豹"突击队那可是美国特种兵的标杆部队啊。中国特种兵就是这么牛。

潘连回来后就立了一个一等功，年底被评为优秀党员，本来还准备提前晋职，大队让周干事来给潘连写个人物通讯，在军区报纸上宣传一下。周干事奉命来采访潘连，潘连开始并不感兴趣，说："我没什么事，就是天天带着战士们一起训练，有什么可写的呢。"周干事软磨硬泡，说是组织交代的任务，这不仅仅是写你一个人的问题，而是通过宣扬你这个典型，促进整个大队，甚至整个集团军的军事训练再上一个台阶。潘连想了想，觉得他说得有点儿道理，再说，这还是组织上交代下来的任务，潘连不敢马虎了，就专门抽出半天时间，还把文书叫来，说是自己有记不清的地方，让文书补充。他主要谈了训练上的事情，但周干事觉得不过瘾，一再让他谈谈家庭。潘连说："我家里没什么事啊，父亲早在我上中学时就去世了，母亲在农村老家，我兄弟们多，都是他们在照顾。她生活得好好的，我每月都要给她寄回去两百块钱，吃穿不愁，在我们村里的老太太中，她算是最有钱的了。怎么，这个也要写？"

周干事忙说："不写不写，那你爱人呢，她是不是下岗职工？"

潘连笑了笑："算是下岗农民吧，她本来就是农村的，现在在外面开了一个小店，买了一台机器，专门给人家加工毛衣，一个月赚个三四百元钱，关键是有个事情干干，不然她闲得心慌。"

周干事又问："他们支持你工作吗？"

潘连不假思索地说："支持支持，我是个军官了，在我们老家，那是一个很光荣的事情。我妈还到处给人讲，让人家眼红得不行。我妈就让我在部队好好干。我爱人也不错，我们从来不吵架的。"

再采访下去就没什么可说的。潘连心想，既然说是要促进军事训练，那就应该多讲军事训练方面的事情，但这个周干事总是扯些鸡毛蒜皮的事，这让潘连有点儿不高兴，但他也没往心里去，以为周干事是在和他拉家常。谁知那篇人物通讯一出来，潘连就傻眼了。那天文书还没到连队，就举着报纸像举着一个炸药包冲了过来，嘴里还喊着："连长连长，你上报纸了！"

潘连很高兴，拿过来一看，上面还有他的照片，篇幅挺长，有千把字了。潘连更高兴了，还笑着骂了一句："这个狗娘养的周干事，还真有两把刷子！"但潘连看着看着脸色就变了，那篇报道几乎没提他讲的那些军事训练方面的事情，就是开头提了一句，说他在全军特种兵比武中获得了较好的名次，曾经参加过"爱尔纳·突击"国际侦察兵竞赛，立过一等功云云，下面就写他以连为家，一心扑在工作中，母亲在年初得了癌症，要动手术，但为了连队的训练，潘连只是给家里打了次电话，没有回去。他又让潘连的父亲多活了十来年，说他是去年得病去世的，那时部队正好要参加一场重大军事演习，潘连给自己的哥哥打电话说，忠孝不能两全，他不能回去了，请哥哥替他给父亲多磕几个头吧，然后把眼泪一抹就上演习场去了。还讲了潘连的爱人是个下岗职工，家里非常困难，就靠给人家洗衣服赚些钱养家糊口，住的房子在下雨天就要漏雨，一直想让潘连修一修，但潘连"为大家，舍小家"，没时间修理。整篇报道写得绘声绘色，让人一看，觉得潘连这家人的命运真是太苦了，简直是没法活了，潘连的奉献精神太感人了。

潘连的脸立马红了，他看了看周围的兄弟，这份军区报纸是要订到班的，大家堆在一起抢着看，都觉得这是好事，自己的连长上了报纸，光荣啊。弟兄们叽叽喳喳地议论着，有几个老兵甚至还过来叫着让潘连请客。潘连突然吼了一声："请个鸟，都给我扔了！"

潘连说完，拿着报纸，气冲冲地跑到了宣传股，把那份报纸扔在了周干事的脸上："你他妈的写的是什么玩意儿？你给我说说，你哪句话是真的？"

宣传股的人吓了一跳，愣愣地看着潘连，周干事脸也红了。他拿起那份报纸，喃喃地说："新闻嘛，哪能百分之百地都按实际来写，不都得拔高一点儿嘛。"

潘连指着他的鼻子，气得手都发抖了："我不需要你拔高！别人不知道，还以为是我给你讲的呢，我这不成了说假话的吗？我还怎么带我们连的兵？我他妈的被你写成什么人了？连我爹死了我都不回去，我难道就是那么狗屁不通的没一点儿人情味儿的人吗？"

周干事还不服气，说："你自己不讲谁知道有没有这事？这些事不是会衬托得你的精神境界更高嘛！"

这句话把潘连惹火了，潘连上去推了他一下："你他妈的还有理了！报纸就是被你们这些鸟人弄得都没人看了！"

周干事也很生气了："你什么意思？我替你宣传，你不感谢我就算了，你反而倒打一耙……"

潘连冷笑了一下："你宣传我？你他妈的让我丢人现眼了！"

周干事摆了一下手，不耐烦地说："算了算了，不和你说了，狗咬吕洞宾，不识好人心！"

他说完这句话，潘连的拳头就过去了："你还嘴硬！"宣传股的人赶紧过来拉住了潘连，潘连要揍周干事，最后连政治处主任都惊动了。那时政治处主任就是我们现在的政委，他就是从那时开始不喜欢我们潘连。他过来黑着脸训我们潘连："潘铁军，你在这里闹什么？你还像不像一个副连长了？你看看你现在是个什么样子？"

领导都被惊动了，潘连不好意思再闹了，但他走时还当着主任的面给周干事撂下了一句狠话："小子，你给我走着瞧，你敢再到我们连队，我见一次收拾你一次！"潘连喜欢用"收拾"这个词，这个词让主任很恼火，本来要严肃处理潘连，但李大队长不同意，最后只好暂时不考虑提升连长的事了。潘连倒没什么,他说不提就不提吧,只要每个月给我发工资就行了。

潘连后来真成了连长,周干事也当了股长,事情过去这么多年了,他们两个人关系好了一点儿,见面了,人家是机关的,潘连也会给他敬礼,有时为了工作需要,周股长到了特战一连,潘连当然也不会真的去收拾人家。但两人不可能有什么深交了。

这次周股长真是把潘连惹火了。

这和上次去友邻那个炮兵团参观后勤生产的事有关。事情都快过去一年了,集团军后勤生产工作组也没来过,好像忘了这事。有次我们连指导员到周股长那里玩,两个人是老乡,说话就很随便,聊着聊着不知怎么扯到了潘连身上,指导员就把这件事当作笑话给周股长说了。谁知道,说者无心,听者有意,周股长手又痒了,连夜写了一个通讯报道,开始就讲,集团军后勤工作组到了特种大队,看到一块菜地如何如何好,到了养猪场,看到一个连队养的猪如何如何好,最后一问,才知道是特战一连的。这次工作组下来本来就是专门检查特种大队后勤生产的,非常满意。然后就是倒叙,说潘连在那次参观时,受到了工作组的批评,当场立下军令状,让工作组两个月后再到连队看看。回到连队后,潘连痛定思痛,主动向兄弟部队学习,买来种菜养猪的书刻苦钻研,终于打了一个漂亮的后勤生产"翻身仗"。周股长不愧是当过新闻干事,那篇报道写得活灵活现,就像真的一样。

潘连这次干得更鲁莽了,他气冲冲地跑到宣传股,把报纸扔到人家面前,吼了一声:"你他妈的是怎么回事?写这种狗屁东西还真写上瘾了!"人家还没反应过来,他上去就给了人家一拳头!别人忙过来拉住他,他还把人家甩到一边,当场又给了周股长几拳,周股长鼻子都被打出血了。这还了得,他一个基层连长,居然跑到上级领导机关闹事,还动手打了人,并且还是个股长!特种大队还从来没有过这样的事,在我们昔日的那个红军团里也没听说过。李大队长也很生气,大队几个领导碰了一下头，决定先把潘连关到禁闭室。

刚开始我们都没在意，觉得这是小事，特种兵是很野，打个架什么的也很正常，潘连最多被关上两天也就算了。但谁也没想到，这事还是弄大了。人家宣传股长根本没动手，甚至也没骂你，你上去就打人家，那性质就不一样了，那不叫打架，那叫打人了。

大队开会研究这事时，李大队长还想保住潘连，说这个事周股长也有责任，你写新闻报道没错，但你总不能乱写吧，都知道特种大队不喜欢搞什么养猪种菜，特战一连的养猪种菜不能说是全大队最差的，但也好不到哪里，你在那里瞎编什么啊。我看，给潘铁军和那个股长各一个严重警告，让他们写个检查，在全体军人大会上念念就行了。

李大队长这个意见被大多数人否定了。他们认为潘连作为一个基层连长，跑到机关来打人，他眼里哪里还有上级领导机关？周股长虽然有错，但他可以向组织反映，再怎么说，也不能一上来就动手，至少要给他一个记大过处分，调职时也不考虑他。政委甚至还建议把他降职降衔。

在这次会议上，李大队长感到很难受。一方面，他不想把潘连处理得太重，潘连的军事素质在全大队都是数一数二的，他是看着潘连从战士干到连长的。另一方面，大家的意见他不能不考虑。

最后终于做出了决定，潘连被记大过一次，在全体军人大会上做检查，向周股长认错赔礼道歉，年底调职晋衔不予考虑。周股长也得就他写假新闻一事做检查。

处理完这事以后，李大队长把潘连叫到办公室，把他臭骂了一顿，说："就你那鸟样，你再这样下去，我就让你转业！"潘连这时也有点儿后悔，他耷拉着脑袋，低低地说："我错了我错了，大队长，我以后一定会改！"

大队把这个处理意见上报集团军，集团军认为处理太轻，一个连长，跑到机关去打股长，全军罕见！这是和平时期，如果放在战场上，够着执行战场纪律了！集团军抓着不放，潘连最终被处理转业了。

潘连知道这个决定后，脸都灰了，站在连队门口，呆呆地盯着连值日生。那个小战士被他看得心里发毛，悄悄地走到了一边。我们也不知道说什么好，都躲在一边静静地看着他。我们都舍不得让他走。指导员过来了，肩并肩地站在他旁边，轻轻地说："老潘，想开一点儿。"

潘连扭头看了一眼指导员，好像突然清醒了，他跳了起来，跑到司令部，连门也没敲，一下子就闯进了李大队长的办公室，像受了委屈的孩子一样，泪水哗哗地出来了："大队长，我不是故意的，我只是一时冲动，我以后再也不会这样了，怎么处理我都行，哪怕让我当排长就行，不要让我离开部队，你给我说说话！"李大队长叹了口气："你跑去打领导机关的人，性质是很严重，这又不是第一次了，我怎么好说话呢？"潘连抹了一把泪，还是苦苦哀求李大队长："大队长，你说了话，他们都会听的。"李大队长摇了摇头，潘连这也是糊涂了，这是集团军的决定，李大队长哪里能说上话啊？他的眼睛红了，低低地对潘连说："周股长是做得不对，我们已经严厉批评他了。下一步还要专门研究如何处理他，至少要把他降职降衔。但你这样做，的确很严重。上边也说了，这要是放在战场上，是要执行战场纪律的。你自己好好反思一下吧。"潘连只好哭哭啼啼地走了。

潘连后来还是被处理转业了。这就是军队，它有各种纪律约束，你要是违反了，不管你是天王老子，还是功臣英雄，处理起来都是毫不含糊的。潘连知道这是不可更改的了，也不好意思再去找李大队长了，只能接受了。

潘连走的那天，我们连一百多名兄弟整整齐齐地站在连队门口，没有人动。我们静静地看着他，他的眼睛泛红。这些天里，他总是把自己一个人关在屋里，流了不少泪。是的，部队工资是低，但作为一名真正的军人，没有人会因为这个而要求离开部队的。部队就像他的家一样，他的生命已经与部队融为一体，无法割舍了。潘连看着我们，抽了抽鼻子，努力地想露出点笑容，但那笑容比哭还难看。他走到我们跟前，给我们每个人敬礼，然后握着手使劲儿地摇摇。他一直在忍着，但握到最后一个人时，终于流下了一行行泪水。我们都低下了头，不敢看他了，我们怕他会控制不住，突然放声大哭。我们也怕自己哭起来。他是我们的连长，我们曾在一个锅里吃饭，一起参加演习，一起摸爬滚打过啊。

潘连最后还是没能控制得住，他刚走出不远，突然放下了手中的提包，抱着连队门前的那棵大杨树放声大哭起来。那种哭声是我从来没有听过的，你可以说它是撕心裂肺，也可以说它是号啕大哭。他哭得双肩抽搐着，眼泪鼻涕都流了出来。弟兄们拥上去，他抱着指导员哭，抱着排长哭，抱着老兵哭，也抱着那些新兵哭。他像个孩子一样，喃喃地哭着："我舍不得你们，舍不得连队……"我们哭得很凶，一大堆男人就那么挤在一起，头抵着头，大声地号哭着。没有当过兵的人，没有在部队里待过的人，是根本没办法体验这种感情的。我们是兄弟，是一家人，谁都知道，这一别，可能是再也不会见面了。

哭吧，大声地哭吧，这里没有别人，谁也不会笑话我们的，都是生死与共的兄弟，要哭，就大声地哭吧，要号，就使劲儿地号吧……

潘连走了，潘嫂也跟着走了，他再也没有给我们联系过。这样其实也好，不然，每次联系都将是一次撕心裂肺的疼痛。我不知道其他战友怎么样，我们这些留在部队里和已经退伍的战友，基本上没有再联系过。这并非是我们没有感情，而是每一次联系，都会让我们想起昔日一起摸爬滚打的情景，想起我们像兄弟一样共同战斗的生活，这带来的只是无限的留恋和分离的痛苦。就是在梦中想起他们，醒来时也已经是泪流满面了。因为感情太深，所以我们都不联系。

没有任何感情能比得上战友之间那么纯粹的感情了，在战争中，我们将待在同一条战壕中，彼此像兄弟那样去战斗，互相依赖互相帮助，甚至还要为对方挡住子弹。是的，这是一种可以面对生死考验的感情！

从那以后，我再也没有像那天一样流过那么多的泪。亲爱的潘连，你永远都是我们的兄长，永远都是一名"锅盖头"，祝福你有一个灿烂的前途、幸福的明天。

大兵，别哭

我也走了，离开了那帮兄弟。在潘连走后不到一个月的时间里，特战一连这个尖刀连队里又出来了一个必须离开部队的士兵，这对一个连队来说，是相当严重了。如果因为我而给一连的兄弟们带来了麻烦，我愿意在这里向他们道歉。对不起了，兄弟们，我并不想离开你们，但我必须得走了。

我比潘连更惨，我是被开除军籍遣送回老家的。

怎么说呢？离开部队以后，很多次我会想起我在特战一连的日子。我喜欢上了特种兵生活，也喜欢上了整天摸爬滚打的训练生活，甚至也和其他弟兄一样，张口就是脏话，那是男人的天下，高兴了就唱歌，不高兴了就骂娘。人活得很自在，根本不用考虑钩心斗角什么的。你要是一个工于算计的人，那你就玩完，弟兄们不喜欢这样的人，逮住机会就会好好地修理你。我们都习惯了这种生活。军区"战斗骨干"班在我们特种大队集训时，兄弟部队的一个学员就说："以前听说特种大队很厉害，没想到训练这么苦这么累，简直是惨不忍睹！"但他们也是好样的，他们都经受住了所有的考验，没有人中途退出。他们除了把我们大队的训练场上的"不近人情，不讲感情，不谈条件，不降标准，没有尊严"这个"四不一没有"标语贴在了宿舍墙上，还自己写了一句话贴了上去：是男人就要成为一个真正的特种兵！

一个真正的军人，一个真正的男人，都会喜欢这样的部队的！所以，让我离开特种大队，我是一百个不愿意的，我从来都没想到我会离开它。事实上，我们都已经是名真正的特种兵了，老李当上了班长，周志军也要转成第二期士官。我也不错，在特种兵比武中，还拿了个武装奔袭第一名的好成绩。指导员也找我谈了话，说是准备让我也当班长。特种兵的班长不是随便想当就能当上的,他必须军事素质十分过硬,这样才能让那些像野马一样的特种兵兄弟服气。我如果说我不想当班长,那是假的,我是个士兵,能当的最高的官也就是班长了,它不但是一个职务,还是一种承认,一种属于士兵的最高荣誉!

　　冬天是个很讨厌的季节,我最讨厌冬天,不知道为什么,一到冬天,我的手就会被冻伤,从小到大,一直都是这样。我手背上有块很大的疤,我一直不知道是怎么来的,后来我母亲告诉我,是我刚满一岁那样冬天,手被冻烂了,手背上都能看到骨头了,疼得我整整哭了一个冬天。这二十多年来,手和脚每年都要被冻坏。这年格外严重。雪下得越大,我们的训练抓得越紧,很多时候还要进行耐寒训练,趴在雪地上一动不动,雪花很快就落满了全身,有时就成了一个雪堆,你站在那里,根本就看不出来雪地里埋藏着成百上千个士兵。刚开始手很发痒,慢慢地就肿成了一个馒头,一按就是一个坑,接着就开始溃烂,流出了黄黄的脓水,各种防冻膏都用了,但还是不管用。其实也不是很疼,关键就是痒,看见一棵树就想上去用手背蹭蹭。当然你也不能真去蹭,那样舒服是舒服,但会溃烂得更快,面积更大。我只好忍着,连痒都不搔,因为奇痒难耐,每天都是闭着只眼睛,歪着嘴巴咝咝地抽着冷气。指导员人还不错,他实在看不下去了,让我休息几天。我当然不干了,你这又不是什么大不了的病,还没到休息的份上。我说没事,指导员,一点儿都不疼。他们挨不过我,只好让我跟着一起训练。我这不是思想境界有多高,而是一个人待着实在无聊。我的训练一直都没落下来,虽然因为那次我在杀死歹徒事件表现得很软弱,搞得田连长对我有点儿意见,但他还是在晚点名时专门表扬了我一下,后来连大队领导都知道了,军区电教室来拍我们特种兵训练的片子,政治处主任专门把他们带到我们特战一连,把我的手拿出来让他们看,他们的机器还拍了一下,我没有看过那个专题片,不知道用了没用这个镜头。万一你们看到了,那只长满冻疮的手就是我的,那个特战队员就是我。

连里就安排我去大队门口站岗。有时还轮不到我，但连里也让我去，比如该我们老李站岗了，指导员就说，老李有点儿事，胡建军你去站岗吧。我知道，这其实是连里变相让我休息。我很感激他们。但我一到大队门口站岗就出事了。

我说过，我们大门口隔一条马路就是莫小洛家的那个小店。莫小洛每天都在那里卖东西，我双脚跨立站在门口，她就趴在柜台上，双手托着腮，笑眯眯地看着我，看得我脸上都是痒痒的。我其实也很想看她，但我对面还有个兄弟也在站岗，我又不能太明显了，只能趁他不备，偷偷地瞄她一眼，忙慌慌地把目光收回。

我记不清是在第五天还是第六天了，那天刚下过雪，太阳出来了，明晃晃的，地上的雪刺人眼睛。我不怎么会写小说，更不擅长描写景物，反正，就是一个很好的天气。我心情很好，如果大门口没人了，还会和站在我对面的陈卫星有一搭没一搭地说两句话，我声音很大，故意让莫小洛能够听到。有一次，我偷偷地去看她时，她朝我挤挤眼睛，做了个鬼脸。我脸红了一下，真是个可爱的姑娘。

就在这时，那个事情就来了。一个小流氓过来了。我一看他就有点儿不大舒服，他头发染得黄不拉叽的，穿的牛仔衣的袖口上还挂着一个很大的圆环，这如果是在城市，可能就叫酷了。但这是在农村，农村有自己的审美标准，这样的穿着就是游手好闲的流氓。我仔细地看了他一下，认出他来了，就是我在前面说过的那个浑身有纹身的家伙，我曾经把他从摩托车上摔了下来。我们部队驻地周围就那么几个村庄，很多人我们虽然叫不上名字，但都很熟悉。为了叙述方便，我们就叫他"刺青"吧。我说这个家伙是流氓，一点儿都没冤枉他。我听莫小洛说，他有次在路上见到邻村一个女孩子，就蹭过去，嬉皮笑脸地说："妹子，咱们到沟里玩玩吧。"那个女孩子骂他，他还是嬉皮笑脸地上去动手动脚的，那个女孩子叫了起来，正好有人过来，他这才骂骂咧咧地走了。但那个女孩子家里也很厉害，是一个大家族，她回去一说，他们家就召集了二三十人，拿着木棒、铁锨，跑到"刺青"家里，把他狠狠地揍了一顿，据说有半个月他都下不了床了。但他还是不改，整天不干农活，到处游手好闲地乱转，还总想整个事出来。

他不是莫小洛他们村庄的，也不知道怎么会瞄上她了。他趴在柜台上，朝莫小洛吆喝："妹子，给我拿包烟。"莫小洛问他："你要什么烟？"他嬉皮笑脸地说："你想给我什么烟就给我什么烟。"莫小洛不高兴了，瞪了他一眼："你这人怎么这么怪，你要什么烟就说一下，哪里有那么多废话？"他不生气，反而嘿嘿地笑了："妹子，你态度要好一点儿啊。"莫小洛随手扔给了他一包香烟，他还不走，站在那里，抽出一支烟，问莫小洛："妹子，你这里有火吗？"莫小洛拿出一支打火机放在了柜台上，"刺青"不怀好意地看着她，一脸的流里流气："妹子，我给你十块钱，你帮我点火吧。"莫小洛瞪他一眼，说："你自己没有手吗？"

我们自始至终都站在那里看着，陈卫星刚开始还觉得好玩，嘿嘿地笑着朝我挤眉弄眼的："这个家伙想勾引人家莫小洛哩。"我看了他一眼，气呼呼地说："他不是个好东西！"陈卫星笑着朝我摇了摇头，那意思是说，关咱们屁事。但看了一会儿，陈卫星也有点儿生气了，他皱起了眉头："他妈的，就在咱们眼皮子下面调戏良家妇女，也太不把咱们放在眼里了吧。"我狠狠地看着这个"刺青"，低低地说："就是，他要是敢碰莫小洛一下，我非去揍他一顿不可！"陈卫星并不知道我和莫小洛之间的事，他也不觉得我说这句话有什么特殊，不要说是我，换了任何一个当兵的，看到这种事，都会有一种冲上去修理修理这个家伙的意思。陈卫星说："和地方老百姓打架不好吧，咱们把他吓走就行了。"

那个家伙还在那里骚扰："妹子，你今年多大了？"莫小洛没理他，把头扭向了一边，他还不知趣，继续纠缠着莫小洛："妹子，你长得这么漂亮，怎么会没对象呢？"莫小洛往我这边看了看，我看见她的眼里已经有泪水了。我咬着牙瞪着那个家伙，恨不得现在就冲过去把他一把揪起来扔到一边。我看了看陈卫星，心里有点儿犹豫，我该不该上去呢？

我要上去揍他一顿，陈卫星万一看出来我和莫小洛在恋爱那就麻烦了。我正在这里胡思乱想，那个小流氓又在挑逗莫小洛："妹子，我这人也不错，没人敢要你，我敢要你，要不，你嫁给我吧。"莫小洛生气了，她大声地骂了一句："你回家找你妈去吧！"

那个家伙还没生气，脸皮真够厚的，他举起了双手，做投降状："好好好，你厉害，我走我走。"他说着，掏出买香烟的钱递给了莫小洛，莫小洛去接时，他突然抓住了莫小洛的手，嬉皮笑脸地说："妹子，我给你看看手相吧。"莫小洛骂了起来："你他妈的是神经病啊，你把我的手放开。"他不放，莫小洛突然伸出另一只手，打了他一耳光。"刺青"愣了一下，他突然把香烟摔在了柜台上，冲着莫小洛很凶地叫了起来："你他妈的还敢打我！你这个破鞋，别他妈的敬酒不吃吃罚酒！"他隔着柜台拽着了莫小洛的头发，把她拖了出来。陈卫星叫了起来："你这个流氓，你把她放开！"他话音还没落，我已经冲过去抓住了那家伙的胳膊，他扭头吃惊地看着我，叫了起来："哥们儿，你想干什么？"我不吭声，一拳打在了他肚子上，他使劲儿地挣扎着，还在那里大喊大叫："当兵的打人啦，当兵的打人啦！"村里人出来了，莫小洛站在旁边呜呜地哭着，他们很快就看出来是怎么回事了，在那里嗷嗷叫："打，使劲儿打，打死这个狗日的！"这个家伙一看没人帮他，突然怪叫一声，从腰里掏出了一把匕首，猛地刺了过来。莫小洛惊叫了一下，她愣愣地看着我。我一把夺下了他的匕首，但还是划了我手背一下，鲜血涌了出来。我很恼火，这个狗娘养的，还想和我们特种兵叫板？我的拳头狠狠地砸在他身上，他只有招架的功夫了。他的声音越来越低，后来就不再鬼喊鬼喊的，慢慢地开始求饶了。陈卫星也过来了，他在旁边大声地喊我："够了，胡建军，你不要把人家打死了！"

我这才放开手，这个家伙站起来，什么话也不敢说，跌跌撞撞地跑走了。他可能永远都不会明白，这个特种兵是怎么回事，突然就像疯子一样冲过来了？我刚转过身，正想不动声色地走回去，莫小洛突然冲了过来，抓住了我的手，我手上的血实际上已经不流了，只是浅浅的一道口子而已，但她却被吓坏了："你疼不疼？疼不疼？"我摇了摇头，如果这时候我们两个分开，应该还没什么事的，我是看不下去帮她一下，她看看我的手也很正常，但我鬼使神差地问了她一句："你怎么样？你没事吧！"她抬起头，眼睛里蕴满了泪水，她突然扑过来，紧紧地抱着了我，把脑袋埋在我的胸口，呜呜地哭了起来："你把我娶走吧，你把我娶走吧，他们谁都想欺负我……"

我和莫小洛的事情一下子轰动了整个特种大队。

指导员当天就找我谈了话，他把我叫到他的宿舍，把门掩上，有点儿紧张地问我："胡建军，你说实话，你和莫小洛是不是谈恋爱了？"我如果不承认，指导员也会没办法的，他们又没抓到什么把柄。但如果他们去向莫小洛证实时，告诉她说，胡建军亲口说了，他没有和你谈恋爱。莫小洛根本受不了这个打击，我不愿意再伤害她，我们的一个特种兵兄弟已经伤害过她了，我不能再这么伤害她了。再说，我是一名特种兵，就要敢作敢当，我们一向都看不起那种缩头乌龟。

我老老实实地承认了："我和莫小洛是在谈恋爱了。"

指导员的脸唰地沉下来了，他狠狠地抽了口烟，闷闷地问我："什么时间开始的？"

我想了想，就告诉他说，是在我们跳伞训练我摔伤住院那阵开始的。

指导员愣了一下，他瞪着我，一脸很痛苦的表情："这么说，你们在一起都快一年了？"

我没吭声，时间过得真快啊，转眼之间一年时间就快过完了。我还觉得就像昨天一样，莫小洛站在医院的窗口，外面的阳光照着她，她的额头光洁，头发很长，她安静地看着我，甜甜地笑着。她是一个好女孩。

指导员痛惜地看着我，摇了摇头："你知道不知道，我们已经把你报上去了，命令很快就下来了。你刚立了个三等功，发展势头很好，我们还准备明年把你转成第二期士官，将来有可能转成第三期士官。你怎么能这样干呢？"

　　我知道转了第三期士官，就是退伍了，也不用跟着父母收废品了，是要安排工作的，这是生活在底层的每个人的梦想。它不但可以改变一个人的命运，甚至还改变了后代的命运。我也有这个梦想，除了改变自己的命运，我更想继续留在部队，像个真正的军人那样去战斗。但出了这个事情，也没什么可说的了，该来的迟早都要来，那就让我像男人一样去承受吧。

　　指导员抽着烟，在屋里走来走去，他突然停了下来，狠狠地盯着我，突然咆哮起来："你他妈的是怎么回事？是不是没见过女人？莫小洛算什么，她是个破鞋！你怎么连这样的人都找？"

　　我吃惊地抬起了头，愣愣地看着他。我本来是低着头的，准备他说什么就是什么，我只听，不会反驳他的。我知道自己违反了纪律，他说什么都是应该的。但他的这句话把我激怒了，我狠狠地瞪着他："指导员，你说话注意点，你要尊重人，不要侮辱她！"

　　指导员的眼睛红了，手握成拳头举了起来，我依旧死死地瞪着他，他就是打我，我也不会还手的，但他决不能再说这句话，我不会让自己心爱的女人再受到这样的侮辱。他的拳头最后没能落下来，他转身出去了，啪的一声重重地甩上门。他可能被我气昏头了，这是他的房间，该走的是我，而不是他。

　　接下来这两天倒很平静，没有人管我，连队该干什么还干什么，指导员也没找我。其他连的"锅盖头"们都像无头苍蝇一样到处转着打听胡建军是谁，那两天到我们特战一连会老乡的人比平常多了好几倍，他们的目光贼亮贼亮地打量着我，仿佛非要从我脸上找点什么东西出来不可。实际上他们会很失望，我很平静，事情出来了，就让它来吧，该关我的禁闭我就去，该我承受的我就要像个男人那样去承受。我不会为这事哭哭啼啼的。特战一连的许多兄弟看我的目光也都怪怪的，聚到一起议论时，都拍着脑袋说，胡建军这小子很正常啊，该笑的时候笑，该正经的时候比谁都正经,谁知道这家伙心里做事呢,一折腾就是个大事,乖乖,厉害啊。他们这样说我时,并不背着我,有时还会过来冲我胸口来上一拳:"你这个狗娘养的,可以嘛!"我朝他们苦笑了一下,不知道他们是在赞扬我,还是在讽刺我。可能是两者兼而有之吧,我能读懂那种怪怪的眼神,军营里难得见到一个女孩子,如果身边有个兄弟违反军纪和驻地女孩谈恋爱了,他们嘴上不说,心里还是有点儿敬佩这小子有种,甚至可能还会有点儿羡慕。当过兵的兄弟可能都有体会,如果连里有个士兵违反其他方面的军纪,比如偷鸡摸狗什么的,整个连的兄弟立马就和他划清界限了,有些老兵手痒了,甚至会上去收拾他一顿。但像谈恋爱这样的事情,大家的态度就很暧昧了,不但没人疏远,相反还会有事没事地凑过来打听一些细节。我和莫小洛的事情当然不会给他们讲了,那是爱情,是我的隐私,同时我心里也正在难受,我不知道部队将要如何处理我。

处理是肯定的,就看程度轻重如何了,只要不让我走,哪怕劳教我一年我都认了。

我知道在这些天里,特种大队的领导正在开会研究如何处理我。我想可能是处分,毕竟我和莫小洛是偷偷地谈恋爱,没有造成什么严重后果。我一直表现得都很好,训练成绩还不错,在比武中还拿到过名次,不是那种整天吊儿郎当的兵。我做梦也没想到,居然会被开除军籍。后来有很多次,我曾经想过,如果我最初知道是这个结果,我还会不会和莫小洛谈恋爱?我想可能不会的。我已经深深地喜欢上了特种大队,喜欢上了特战一连,习惯了宿舍里那种充满了雄性的气味,习惯了训练场上弥漫的硝烟和子弹的叫声,就连我们每天体能训练时用的原木,那种木材的香味也让我深深地迷恋……

两天以后,李大队长找我谈话。我走进他的办公室,双脚立正,啪地给他敬了个标准的军礼。他脸上没有很恼火的样子,态度也很温和,指了指旁边的沙发,说:"你坐你坐,坐下来说话。"

我心里一沉，觉得事情有些不妙，他如果上来就痛骂一场，哪怕揍一顿，那反而好办了，说明他还要你，他还是把你当作了他的一个兵，但现在他却对我很客气，那说明真的完了。

我忐忑不安地坐了下来，李大队长看了看窗外，窗外树上有鸟在叽叽喳喳地叫着。他扭头看了我，摇了摇头，好像在自言自语："莫小洛啊，莫小洛，又把我的一个兵拉下水了！"

那天，李大队长没有给我啰唆什么，上来就问我和莫小洛发生过关系没有。我说没有。这是真的。我和莫小洛在一起，已经违反了军规，我不会往下再滑一步的，无论何时，我都在提醒我自己，我是一名"锅盖头"。

李大队长扭头认真地打量着我，好像有点儿不相信。我直视着他，我相信他会从我的眼睛里看出来我没有骗他。他似乎相信我了，收回了目光，淡淡地说了句，这就好。我刚要松口气，他又开口了："给你两条路，你自己选一条。一个是留在部队继续干，但必须和莫小洛断绝关系；另一个就是离开这里，管你以后干什么，和特种大队都没关系了。"他皱着眉头看着我，目光里带着一种审视。我低下头，心里很难受。我想留在部队继续干，在我眼里，部队已经是我的"桃花源"了，我适应并且习惯了它。我愿意永远都是一名"锅盖头"。我和驻地的女孩谈恋爱了，但我真的不是一个鸟兵，最好能给我一场战争，让我证明我是个真正的军人！我不愿意离开部队，但我也不能伤害莫小洛。我们特种兵兄弟都是好样的，像那个欺骗她的班长毕竟是少数，我不能再伤害她了。她是真正喜欢我们军人，虽然被伤害了一次，但依旧飞蛾扑火一般又爱上了一个军人。这个军人如果再伤害到她，她可能连爱的能力都没有了。我是一名"锅盖头"，敢做就要敢当，我宁愿自己受伤，也不能伤害她了。

我的泪水出来了，我擦了一把眼泪，看着李大队长，咬了咬牙说："那我就离开这里吧……"

李大队长终于生气了，站了起来，指着我的鼻子，大声地吼起来：

"你他妈的怎么这么不争气,你知道不知道我为了把你留下来做了多少工作?为了一个那样的女人值得吗?她哪里值得你去爱她?"

我的眼里含着泪水,真诚地看着李大队长,低低地说:"大队长,莫小洛是个很好的姑娘,她一直都喜欢我们这个部队的每一个人,如果你还认我曾经是你手下的一名特种兵,请你不要那么说她!"

李大队长愣了愣,长长地叹了一口气,摆了摆手:"那你走吧。"

我站了起来,刚走到门口,李大队长叫住了我:"你等一下。"他俯下身,写了一个人名和一个电话号码递给了我:"你拿着这个吧,这是G市公安局局长的电话,他是我的战友,一直想要我们特种兵,进去就是公务员待遇,我一直没答应他。我本来想昨天就给他打电话了,但我还想你能留在部队……"

我的泪水汹涌而出,我知道我已经给他带来了一个不小的麻烦,把一个士兵开除军籍,至少要报到集团军批准。这事肯定要捅大了,部队是很难容忍这种事情的,作为大队长,他将会受到来自上边的严厉批评。他很清楚这一点,但他还是这么关心我,我只是一个小小的士兵啊。我站在他的面前,啪地给他敬了一个军礼。

特种大队,我所有的"锅盖头"兄弟,我永远都爱着你们……

几个月后,我在G市公安局收到了老李的一封信,他告诉我说,当连队知道我要被开除军籍后,指导员又特地找了李大队长,请求大队长手下留情,说你再有不到一年的时间就干满一期士官了,就可以顺利退伍了,现在就不要开除军籍了。李大队长坚决地拒绝了,他说,他问过你了,你不可能丢下那个女孩子不管的,你做的也对,像个男人做的,但你只要违反了军纪,就是还有一天要退伍,他也要把你开除军籍!

我知道这事后,一点儿都不怨恨李大队长,真的,我一点儿都不恨他,他是对的。我是一名"锅盖头",要像个男人那样去战斗,也要像个男人那样敢爱敢恨,承受我要承受的,开除军籍是对我必要的惩处,我要勇敢地去面对。我不恨特种大队的任何人,相反,我一直都很想念他们。

无论是陈卫星、老李,还是潘连、指导员、李大队长,甚至现在的田连长,我能记得他们每个人的表情、每个人的面貌、每个人的声音。有很多次,我常常一个人坐着发愣,仿佛看到他们正排着队,唱着嘹亮的军歌从我面前走过,他们的"锅盖头"在阳光的照射下,闪闪发亮!

他们永远都是我的兄弟。

我很清楚地记得,我走的那天,弟兄们站在连队门口,静静地看着我,没有说话,四周很静,我甚至能听到空气流动的声音。连里干部都没出来,大队派一位军务参谋跟着,他要带着我回到老家,去和地方武装部办理交接手续。我这是被开除军籍走的,不是什么光彩的事,弟兄们拿不准该不该给我说两句鼓励的话。我冲他们挥了挥手,算是告别了,那时我还真露出了一点儿笑容,我就转过身走了,泪水还是流了出来,它们像蚯蚓一样在我脸上爬着,流到嘴里,味道苦苦的。最先冲过来的是老李,他紧紧地抱着我,泪水涌了出来,他哽咽着说:"兄弟,以后多保重!"陈卫星也来了,他抓住我的手使劲儿地摇了摇:"兄弟,好好干,永远都不要给咱特种兵丢脸!"我抹了一把泪,使劲儿地点了点头。赵志刚来了,周志军来了……我们的手一握再握,我们抱了又抱,我的"锅盖头"兄弟,我们一起在寒风呼啸的山林里过夜,我们一起紧紧抱着在冰凉的海水中训练,我们一起从飞机上跳下,我们一起乘着飞行器在天空中飞翔,我们一起在泥水中匍匐前进……如今我们却要分别了,我知道,我这一去,就再也不会回来了,这有可能就是我们的永别了,有些兄弟,我们可能一生都无法再见面了,可我真的一步都不想离开啊……

我和那个军务参谋走出了部队大门,我看到了莫小洛,她穿着一件火红的羽绒服,脚下放着一个提包。她看着我,眼睛里都是泪水。一股巨大的悲痛压了过来,我这次是真的要走了,要离开我的部队了。我缓缓地回过头来,看着雄伟的大门上放大的特种大队的标志,那把锋利的宝剑,我引以为自豪的标志,它就缝在我迷彩服的袖子上,如今也不得不去掉了,它再也不会属于我的了。我闭上眼睛,我想起了两年前的那天中午,我们乘着军用卡车赶到这里时,我曾是那么讨厌这个地方,讨厌这里的破旧营房,讨厌营区后面的山坡,但我现在已经适应并且深深地喜欢上了它,它的气味、它的声音、它的脾性都已经成了我身体的一部分,我永远都是属于它,我从来都不曾想过我要离开它。但我现在还是要离开了,并且以这种方式离开它了。是的,我要走了,但我永远都会记住,无论走到天涯海角,我永远都是一名"锅盖头"!我睁开了眼睛,明晃晃的太阳刺疼了我的眼睛,我的腿一软,面对特种大队的大门,跪在了雪中……

就当它是后记吧

小说写完了,我不知道说什么好了,这很糟糕,我看过很多小说,都有一个后记,写得也很好,作者要讲讲如何构思这个小说的,有些什么创作心得,等等。这对我说,有点儿为难,我不知道这个东西写得怎么样,也没有什么创作心得,写的就是我在特种大队的那些事,想到哪里算哪里,没有讲究那么多,我甚至都有点儿怀疑它是不是小说了。

管它呢,就当它是个小说吧。为了让它更像那么回事,我决定也弄个后记,这个后记也就是前些天我写给老李的一封信。现在有手机,有互联网,有QQ、MSN,联系的方式很多,但这些都和军营无关。士兵是不允许用手机和上互联网的,可能也就只有当兵的在写信了。我很喜欢这种方式,我还常和老李通信。他写来的每封信,我常常看了一遍又一遍。我很想念我在特种大队的那些兄弟们。

亲爱的老李,很长时间没有联系了,很想念你们,兄弟们都好吧。
先说说我的事吧,我知道你一直都很关心。我在这边很好,我在G市公安局刚成立的特警大队,一进来,他们就把我的待遇安排成和正式警察一样了,明年通过公务员考试,就是正式警察了。怎么说呢,警察也有制服，但我还是喜欢咱们特种兵的山地迷彩服，喜欢咱们的圆形迷彩帽，喜欢咱们脸上涂满油彩的样子。有很多个晚上，我常常梦到你们，梦见我和你们一起在丛林中训练，梦见我们一起潜水、一起跳伞的情景，醒来时，我还以为是在部队里，看看四周，这才发现是在G市。听着窗外汽车呼啸而过的声音，我这才想起，我已经不是一个特种兵了。很多次我在梦中醒来时已经是泪流满面了。

我说不清该不该后悔我的选择，但有一点我是肯定的，我是爱莫小洛的。如果不是因为她，换上其他任何一件事，我都不会离开特种大队的。她爱我们军人，即使她被我们的特种兵兄弟伤害过，她仍然深深地爱着我们。这样的女孩子已经很少了，互联网上有许多对我们军人的看法，那些人永远都想象不出我们每天都在干什么。当他们在网上发着牢骚时，我们有可能就在污水坑里或者泥浆里爬行着，他们在晚上泡吧时，也许我们就在冰凉的海水中训练。我并不怨他们，这是我们的职业，他们对我们有没有偏见，我们都会那样做的。莫小洛一直都很喜欢我们当兵的，我不能再伤害她了，让她觉得我们军人都不值得她去爱。她是一个好女孩，她现在参加了一个电脑培训班，我们单位的领导说了，她只要学好，就把她安排在公安局电脑室。他们真的对我很好，特警大队刚成立，他们的装备也很先进，咱们用的飞行器他们也有，到时还得我来带着他们训练。虽然我在特种大队只待了两年，但我学到了许多东西。我永远感谢特种大队！

我一直没给李大队长写信，很多次提起笔来，最后又放下来了，我不知道该说什么才好。他并没有错，事实上，他对我很好。我也知道，我或多或少地让他失望了。我能看出来，他爱着我们每一个特种兵，总想把我们训练成一个真正的军人，像狼一样去战斗的军人！他是一名真正的职业军人，我很尊敬这样的军人！我不想给他写信，并且盼着让他早日把我忘掉。不怕你笑话，我有时候有点儿多愁善感，比如对莫小洛，我其实从看她第一眼就喜欢上她了。这样说来，我还算是一个合格的特种兵吗？我想算吧。我们不是杀人机器，而是一群有血有肉的人。

怎么说呢，曾经有个叫朱苏进的军人作家，写了许多小说，里面的主人公都很职业军人，李大队长就很像他们。另外一名军人作家阎连科写的《夏日落》这样的军事题材小说我也很喜欢，他写的是农民军人，我也是从小县城出来的，我很理解那些农民兄弟士兵。但这并不妨碍我更喜欢朱苏进的小说，他小说中的军人都是理想化的军人，他们仿佛不食人间烟火，是作家心目中的军人。我几乎看完了他所有的作品。我得承认，他的目光是看得很远的，我们的军队迟早都要向那一步前进，而阎连科们"农家军歌"式的作品，已经很不合时宜了，现在你很难找到那样的军人，现在的军人身上都或多或少地带着朱苏进小说中主人公的影子。简单地说，有点儿像职业军人的样子了。

我很想念部队，那时没有写日记的习惯，时间一长，很多事，甚至一些兄弟，我都慢慢地忘记了。所以，我准备写个我在特种大队那两年生活的小说，我已经动手写了一部分，从前没写过小说，但感觉还可以，就是咱们特种兵的那些事，写起来很轻松。我准备把你和周志军，还有潘连、李大队长他们都写下来，也许还会把我和莫小洛的事也写下来。后来你经常问我和小洛到底是怎么回事，我一直没告诉过你，等我写完了，到时给你复印一份寄过去，你自己看吧。写得如果不好，你不能骂我。第一次写东西，写得不好也是难免的。你说对吧。

现在我已经写了几章，有两三万字吧，我把它们贴在了互联网上的一个论坛里，有许多人在看，反响还可以。我写完以后，还要好好地修改。我想写个真正的特种兵的小说。但你也知道，我们这支部队有着太多的秘密，有许多东西我是不能写在小说中的，我曾是一名军人，现在离开了部队，但我永远都会遵守我们军队的纪律，不该说的坚决不说。我只能说，我们真正的特种兵不会比人们想象中的特种兵差，有很多时候，他们更厉害！

老李，你一定会觉得很奇怪，我们整天在部队里冲啊杀啊，平常写个学习笔记还要咬着笔杆想上半天,现在怎么开始写小说了?我没有其他想法,也不是在赶时髦,我只是想用这部小说纪念我们的过去。有很多时候,很多事情,你要不去想,你就会慢慢忘掉的。在特种大队的点点滴滴,我都想记着,写小说也许是一个很好的方式。

　　如果能够顺利写完,到时我复印一份寄给你,写得不好,请别笑我。就写到这里吧。很想你们。

闪开,我来歌唱老 A
（后记）

把这部小说叫作《锅盖头》颇为踌躇,因为已经有一部同名外国电影在那里放着,但我又很执着地要用这个名字,可能潜意识里就想告诉大家,我们也有自己的"锅盖头",它就是"老A"。

我当然早就知道老外的那个关于"锅盖头"的电影,并因此知道了这是专属特种兵的发型。虽然我当的是炮兵,但这不影响我心向往之。后来在电视上看到我们的特种兵,发现他们的发型和我一样,还是板寸,觉得真没劲。我这样想,是因为我在部队已经待了十五年,从新兵蛋子一路摸爬滚打成一个老兵油子,军校毕业后,还在野战军当过步兵排长。那时部队流行一句话"紧步兵,慢炮兵,吊儿郎当后勤兵",但我一点都不怵,步兵就步兵,谁怕谁,我有杀手锏,那就是五公里武装越野。我当兵是有备而来的,七月高考一结束,我就打算当兵了,每天早上要绕着村庄跑上好几圈,远远超过五公里了。跑了五个月,这才应征入伍。那年的新兵连,五公里越野能跑过我的还真没几个。等我上完军校,分配到这支野战军当了步兵排长,我自信跑不了第一,前三名总没问题吧,就想在五公里越野中露一手,结果全连拉出来一跑,我却跑个倒数第一。当时就蒙了。作为一名军官,连新兵都跑不过,这太丢人了。没办法,那就从头开始,努力训练吧。

我在那支步兵部队一待就是一年半,有点儿模样了,还立了当兵以来第一个三等功。2008年我到我们军区所在的特种兵部队体验生活，因为有这段步兵排长的经历，觉得也没什么，特种兵部队，它还是部队嘛。谁知还就是不一样，到了那个部队门口一看，哨兵发型还真的就是"锅盖头"。所有的兵们都是。当时我就被强烈震撼了，热血沸腾了。还体验个啥啊，机会难得，我和他们一起训练吧，过把"锅盖头"的瘾。虽然第一时间就把板寸整成了"锅盖头"，但跟着他们训练半天，我就很自觉地不和他们玩了。跑步还行，仅仅也只是还行，人家是全副武装负重八公里越野，我是徒手越野，也就勉强跟得上，接下来双手握拳在水泥地上做俯卧撑，背着七十斤重的背囊蛙跳，在满是污水的稻田地里匍匐前进，我傻眼了，这完全把人当牲口来练了嘛。是的，他们还真把"像狗一样去训练，像狼一样去战斗"当标语挂出来了。人贵有自知之明，咱还真不是那块料儿，老A不是谁想当就能当的。那总得干些事吧。我说，我给你们写部小说吧。我就要份花名册，白天跟着他们一起体验生活，中午、晚上，逮住他们休息的时间，从花名册上随机找个人过来，有战士，有军官，让他们随便聊他们的故事，啥都可以聊，恋爱故事也行，臧否人物也可，最好能把我当树洞。当然，我找河南兵、山东兵比较多，我一开口，河南兵一听一口河南腔就觉得亲，一觉得亲，啥话都给你说了。山东兵也是。陌生人见到我，一听我说话，十个有九个都问我，你是不是山东人？这可能是和我在苏北新沂待过一年半有关系。那个部队往北三四百米就是山东，我常跟着几个排长跑到山东境内的一个小镇买煎饼吃。我现在还记得那个镇好像叫红花埠。我们在菜地搞生产时，也经常有山东大婶挎着篮子来卖煎饼。山东煎饼吃得多了，口音里带点儿山东味也是很正常的。就这样，待了半年，听了上百名特种兵兄弟的故事，小说自然而然就出来了，就是这部《锅盖头》。

这部小说写得很真实，除了我自己的当兵经历，就是我看到听到的特种兵兄弟的故事，所有的故事皆有出处。小说是2009年出版的，虽然早就卖完了，但一直默默无闻，一直到2015年时，它迎来了一次改变命运的机会。感谢原总政艺术局干事李亚平和著名军旅影视策划李洋老师的大力推荐，北京一家影视公司买走了电影电视剧的改编权。我本来也可以当编剧，确实也有这个想法，想和军旅"悬浮剧"掰掰手腕。我们写小说、写剧本从来都是脚踏祖国的大地，一直都是结硬寨，打呆仗。但与影视公司交流过程中，我发现我们想法差距太大，是无法取得最大公约数的那种差距；另外我写的是陆军特种兵，要改编成空降兵，我对空降兵真没什么了解，再加上那时还有其他事儿，那我就学习莫言老师吧，影视作品是再度创作，至于怎样再度创作，要给人家最大自由，原著作者不干涉。事情有时很奇妙。就在《锅盖头》签了版权合同一周后，西安有家影视公司联系我，问我这个小说版权在不在。我很遗憾地说，你们要是早一周联系我就好了。原来，是前几天，他们公司的美术看到桌上放着我这部小说，闲着没事，就翻了翻，一翻就被吸引着一口气看完了，然后就向老板推荐，老板就让联系我。每个人都会因为偶然因素而有了不同的命运，小说也是这样。

电视剧现在出来了，它的名字叫《空降利刃》。我得老实承认，电视剧和我的原著小说《锅盖头》有点儿关系，但也就类似把这个项目"扶上马，送一程"。我的小说只是带个头，后来走着走着，编剧带着它走到另一条道上去了。实际上小说的作用相当于"药引子"吧。

电视剧是编剧的功劳。他们说剧本是根据空军空降部队官兵提供生活原型的原创作品，不是根据我的长篇小说《锅盖头》改编的电视剧剧本。我毫无异议。电视剧片头打上"鸣谢《锅盖头》小说作者裴指海"也是恰当的。属于我的就是我的，不属于我的，我绝不会揽到自己的篮子里。这是一个作家，同时也是一名军人的道德操守。

我喜欢《锅盖头》。它源于一种爱，对"锅盖头"深沉的爱。从《锅盖头》开始，我写的所有小说都源于"爱"。我写得更多的小说是战争题材，在那个步兵部队待了一年半后，我被抽调出来做了六年军史，采访了三百余名经历过战争的老兵，我对战争的了解超出了对故乡的了解。

有个写小说的朋友，曾经为我的小说写过一篇评论。我还担心，我创作的那些不但有英雄荷尔蒙，更有"哀怜伤病"的战争小说，会不会让人不舒服呢？事实上并不是这样，她在这篇评论结尾写道：同为军人，通过阅读裴指海的作品，我也重新"发现"了军人，对人民军队有了更深层次的认知，越来越爱，打量身边战友的眼光都发生了质的改变，觉得他们是那样可爱与真诚。这显然受益于裴指海的作品，这正是军事文学震撼心灵的地方。

我很感动，她看出来了。我所有的小说都是源于爱，爱她，才会为她而歌。

这部《锅盖头》当然也是，它是一部献给老A的赞歌。从某种意义上说，它和《士兵突击》具有相同的气质，原生态地呈现了子弟兵的真实模样。《空降利刃》虽然自《锅盖头》始，但它走了另外一条路，我觉得这部小说可以再次改编。如果有这样的机会，我将赤膊上阵，搞一部扎扎实实反映真正野战军的电视剧出来。军人的感情，只有军人才懂。

感谢北岳文艺出版社和刘文飞先生再次出版了这部小说，并对一些内容进行了修订。它对我意义重大。当读者读到这部书的时候，我很可能已经退出现役，再也没有比这更好的纪念品了，它凝聚着我对这支伟大军队的最深沉的爱，永与我同在。

锅盖头

出品人	续小强	选题策划	刘文飞	责任编辑	刘文飞
复　审	陈学清	终　审	贾晋仁	印装监制	巩　璠

项目运营　|　有度文化·刘文飞工作室

投稿邮箱　|　liuwenfei0223@163.com　　　微信公众号　|　bywycbs1984

微　　博　|　http://weibo.com/liuwenfei